Andrew Kippis

Leben des Capitain James Cook

Andrew Kippis

Leben des Capitain James Cook

ISBN/EAN: 9783743620445

Hergestellt in Europa, USA, Kanada, Australien, Japan

Cover: Foto ©Raphael Reischuk / pixelio.de

Manufactured and distributed by brebook publishing software (www.brebook.com)

Andrew Kippis

Leben des Capitain James Cook

Leben

des

Capitain James Cook

von

Andreas Kippis.

Erster Band.

Aus dem Englischen.

Hamburg, 1789.
bei Benjamin Gottlob Hoffmann.

Vorrede.

Ob ich gleich oft als Schriftsteller vor dem Publikum aufgetreten bin: so geschah es doch nie mit solchem Mißtrauen und mit solcher Versorgniß, wie bey jetziger Gelegenheit. Dieß kömmt von der besondern Beschaffenheit des Werks her, womit ich mich jetzt beschäftige. Eine Nachricht von dem Leben des Capitains Cook muß vornämlich aus den Reisen und Entdeckungen, die er machte, und aus den Schwierigkeiten und Gefahren, welchen er ausgesetzt war, bestehen. Die ihn betreffenden Privat-Umstände können, ob sie gleich mit äußerstem Fleisse gesammelt worden sind, mit seinen öffentlichen Verrichtungen weder an der Zahl noch an Wichtigkeit in Vergleichung kommen. Seine öffentlichen Verrichtungen sind diejenigen Dinge, die den Mann zeigen, seine Denkungsart und seinen Charakter an den Tag legen; und diese sind daher die wichtigen Gegenstände, auf welche die Aufmerksamkeit seines Lebensbeschreibers gerichtet seyn muß. Die richtige Behandlung dieser Sache ist gleichwohl mit nicht geringer Schwierigkeit und Umständen verknüpft. Es wird oft die Frage entstehen, wie weit man in der Anführung der besondern Umstände gehen müsse? An der einen Seite läuft man Gefahr, zu weitläuftig zu werden, und sich mehr, als nöthig ist, auf Dinge, die bereits bekannt sind, einzulassen, und an der andern eine gar zu nüchterne Erzählung wichtiger Gegenstände zu liefern, so daß die Wünsche und Erwartungen der Leser dadurch hintergangen werden. Von diesen beyden Fehlern scheint der letzte derjenige zu seyn, der am sorgfältigsten vermieden werden muß; denn woferne man nicht dasjenige,

Vorrede.

was Capitain Cook gethan hat, und was ihm begegnet ist, einigermaßen ausführlich erzählet, so würde man der Welt nur einen sehr unvollkommenen Abriß von seinem Leben liefern. Der gehörige Mittelweg ist vermuthlich dieser, daß man dasjenige, wobey er persönlich Antheil nahm, vorzüglich erzähle, und über das andere nur leicht hingehe. Aber auch hier ist es kaum möglich, auch würde es nicht zu wünschen seyn, die Anführung einiger der auffallendsten Umstände zu vermeiden, welche sich auf die neuen Länder und ihre Bewohner beziehen, die unser großer Seefahrer besuchte, da diese einen Theil der Kenntnisse und Vortheile ausmachen, die aus seinen Unternehmungen fließen. Ich mag es nicht wagen, zu entscheiden, ob ich diesen Mittelweg richtig getroffen habe. Ich habe es mir wenigstens sorgfältig angelegen seyn lassen, ohne immer völlig im Stande zu seyn, mich selbst zu überzeugen, daß ich glücklich gewesen bin; weswegen ich mich denn gar nicht wundern werde, wenn man verschiedene Meynungen darüber hegt. In diesem Falle ist alles, was ich zu meiner Vertheidigung anführen kann, dieses, daß ich es so gut gemacht habe, wie es mir nur immer möglich

)(3

war. Bey allem dem schmeichele ich mir mit der
Hoffnung, daß ich dem Publikum ein Werk geliefert habe, welches nicht ganz uninteressant und
ohne Unterhaltung ist. Diejenigen, welche mit
des Capitains Cook Seezügen am besten bekannt
sind, werden vermuthlich ein Vergnügen daran
finden, daß sie dieselben hier in der Kürze übersehen können, und daß seine Handlungen, da man
sie von der die Schiffahrt betreffenden und andern
kleinfügigen Umständen, welche in den weitläufti-
gern Reisen wesentlich nothwendig waren, abgesondert hat, in einen engern Gesichtskreis gebracht
worden sind. Diejenigen aber, wenn es solche
giebt, die bisher nur eine unvollkommene Kenntniß von demjenigen gehabt, was dieser berühmte
Mann gethan und entdeckt hat, werden durch die
Länge folgender Erzählung nicht beleidiget werden.

In mancherley Rücksicht wird man neuen
Unterricht in diesem Werke finden; und andere
Dinge, die nicht so vollkommen bekannt waren,
sind in ein helleres und völligeres Licht gesetzt.
Dieß wird man, wie ich hoffe, im ersten, drit-
ten, sechsten und siebenten Kapitel wahrnehmen.

Vorrede.

Es ist gleichfalls zu bemerken, daß die neuen Sachen, die hier mitgetheilt werden, völlig authen-
tisch sind, und aus den bewährtesten Quellen hergenommen sind. Meine Verbindlichkeiten von dieser
Art sind in der That sehr groß, und fodern mich
zur wärmsten Dankbarkeit auf. Die Data und
Thatsachen, die sich auf des Capitains Cook verschiedene Beförderungen beziehen, sind nach der
Anweisung des edeln Lords, welcher im Admirali-
täts-Collegium präsidirt, und durch Begünstigung
des Herrn Stephens aus den Admiralitätsbüchern
genommen. Ich ergreife diese Gelegenheit mit
Vergnügen, bekannt zu machen, daß ich in meinem
Leben verschiedentlich Gelegenheit gehabt habe,
Beweise von des Lords Howe Gefälligkeit und
gütigen Aufmerksamkeit zu erhalten. Dem Herrn
Stephens bin ich auch noch die Mittheilung anderer Nachrichten ausser denen schuldig, welche die
Zeiten der Beförderungen des Capitains Cook betreffen, so wie ich ihm auch für seine Bereitwilligkeit überhaupt, die Absicht des gegenwärtigen
Werks zu befördern, danke. Der Graf von
Sandwich, dieser große Beschützer unsers See-
fahrers, und die vornehmste Triebfeder seiner

großen Unternehmungen, hat mich mit einigen wichtigen, ihn betreffenden Nachrichten beehret, besonders in Rückſicht auf die Umſtände, die vor ſeiner letzten Reiſe hergiengen. Dem Eifer des Sir Hugh Palliſer für das Andenken ſeines Freundes bin ich beſonders verbunden. Aus weitläuftigen Nachrichten, die er mir gütigſt mitgetheilt hat, habe ich ſehr weſentliche Umſtände genommen, wie aus dem Verfolg dieſes Werks, und beſonders aus dem erſten Kapitel erhellen wird. In demſelben Kapitel kommen einige Thatſachen vor, die Admiral Graves mir durch den ehrwürdigen Doctor Douglas, jetzigen Biſchof von Carlisle hat zukommen laſſen, deſſen vortrefliche Einleitung zu der Reiſe nach dem ſtillen Meere jedem Verfaſſer des Lebens des Capitains Cook die weſentlichſten Dienſte leiſten wird. Des Capitains liebenswürdige und vortrefliche Wittwe, die von allen ſeinen Freunden mit Recht hochgeachtet wird, hat mir von verſchiedenen häuslichen Umſtänden Nachricht gegeben. Ich würde es an Dankbarkeit ermangeln laſſen, wenn ich hier den Namen des Herrn Samwell weglieſſe; denn obgleich dasjenige, ns von ihm diesem Werke einverleibet worden, breits dem Publikum mitgetheilt ist: so muß ich doch bekannt machen, daß es auf Bitte unsers gemeinschaftlichen Freundes, des ehrwürdigen Herrn Gregory, ursprünglich zu meinem Gebrauche geschrieben, und mir überlassen worden, und daß es auf mein besonderes Ansuchen, absonderlich gedruckt worden ist. Meiner Verbindlichkeiten gegen andere Herren werde ich am gehörigen Orte erwähnen.

Allein vor allen bin ich dem Sir Joseph Banks, Präsidenten der königlichen Societät, Erkänntlichkeit für den Antheil schuldig, den er an dem Werke, welches ich jetzt bekannt mache, genommen hat. Seinem Gutachten zufolge ward es der Welt in derjenigen Gestalt, die es jetzt hat, mitgetheilet, und in jedem Theile der Unternehmung hat er mir unabläßig Beystand geleistet. Er hat das ganze Werk nachgesehen, und ihm hat man es zu danken, daß das Werk in mancher Rücksicht vollständiger ist, als es sonst gewesen seyn würde. Die Bemühungen des Eifers und

* 2

Vorrede.

der Freundſchaft, wovon ich in der Ausarbeitung des Lebens des Capitains Cook ſo viel
Proben gehabt habe, entſprachen vollkommen
derjenigen warmen Bereitwilligkeit, die Sir
Joſeph Banks immer in Beförderung desjenigen zeigt, was er der Sache der Wiſſen-
ſchaften und Litteratur für zuträglich hält.

Inhalt des ersten Bandes.

Erstes Kapitel.

Zweites Kapitel.

Inhalt.

Drittes Kapitel.

Erstes Kapitel.

Lebensgeschichte des Capitains Cook vor seiner ersten Reise um die Welt.

―――――――――

Capitain James Cook hatte keine Ansprüche an vorzüglicher Achtung wegen seiner glänzenden Geburt, oder der Würde seiner Ahnen. Sein Vater, James Cook, von welchem man wegen seiner Mundart, glaubte, daß er aus Northumberland gewesen sey, lebte in dem niedrigen Stande eines Bauerknechts, und heyrathete eine Frau, die mit ihm gleichen Standes, und deren Taufname Grace war. Beyde standen in ihrer Nachbarschaft wegen ihrer Ehrlichkeit, ihrer Mäßigkeit und ihres Fleisses in gutem Rufe. Sie wohnten anfänglich in einem Dorfe, Namens Morton, und zogen darauf nach Marton, einem andern Dorfe in dem nördlichen Theile von Yorkshire, welches an der Landstraße von Gisbrough, in Cleveland, nach Stockton am Tees, in der Grafschaft Durham, in einer Entfernung von sechs Meilen von jedem dieser Städte liegt. Capitain Cook ward den 27 October

Erster Theil.　　　　　　　　A

1728 *) zu Marton geboren, und ward der Gewohnheit des
Vicarius dieses Kirchspiels gemäß, welcher die Kinder bald
nach ihrer Geburt zu taufen pflegte, am folgenden 3ten November getauft. Er hatte acht Geschwister, die nun alle todt
sind, eine Schwester ausgenommen, die sich mit einem Fischer
zu Redcar verheyrathete. Der erste Grund zur Erziehung
des jungen Cook ward zu Marton gelegt, wo eine Frau
Walker, die Schulmeisterin des Dorfs ihn lesen lehrte. Als
er acht Jahr alt war, ward sein Vater, der wegen seines
Fleisses, seiner Häußlichkeit und Einsicht im Ackerbau im besten Rufe stand, auf einem dem verstorbenen Thomas Skottow, Esq., Namens Airy Holme, in der Nähe von Groß-
Ayton, zum Großknecht oder Hofmeyer bestellt. Er begab
sich also mit seiner Familie **) dahin, und sein Sohn gieng
auf Kosten des Herrn Skottow zu Ayton in die Schule, wo
er im Schreiben und in den ersten Regeln der Rechenkunst
Unterricht empfieng.

Ehe er dreyzehn Jahr alt war, ward er zum Herrn
William Sanderson, einem Hutstaffierer, oder Krämer zu
Staiths, einer ansehnlichen Fischerstadt ungefähr zehn Meilen nördlich von Whitby in die Lehre gethan. Die Beschäftigung aber war der Neigung des jungen Cook gar nicht
angemessen. Die See war der Gegenstand seiner Wünsche,
und seine Liebe zu derselben mußte nothwendig durch die Lage
der Stadt, in welcher er sich befand, und durch die Lebensart

*) Die Hütte, in welcher Capitain Cook das Licht der Welt
erblickte, ist niedergerissen, und keine Spur mehr davon
vorhanden.

**) Herr Cook, der ältere, brachte die letzten Jahre seines
Lebens bey seiner Tochter zu Redcar zu, und muß, als er
starb, ungefähr fünf und achtzig Jahr alt gewesen seyn.

demjenigen, mit welchen er oft Verkehr hatte, gestärkt werden. Nach Entstehung einiger Mißhelligkeit zwischen ihm und seinem Herrn erhielt er seine Entlassung und trat bald hernach auf sieben Jahr bey dem Herren John und Henry Walker, von Whitby in Dienste, die sich zu den Religionsmeynungen der Quacker bekannten, und die vornehmsten Eigner des Schiffs Freelowe und noch eines andern Schiffs waren, welche beständig zum Kohlenhandel gebraucht wurden. Den größten Theil seiner Lehrjahre brachte er am Bord des Schiffs Freelowe zu. Als diese um waren, fuhr er fort bey dem Kohlenhandel und andern Handelszweigen, jedoch vornehmlich bey dem ersten als gemeiner Matrose zu dienen, bis er endlich zum Unterbootsmann auf einem von des Herrn John Walkers Schiffen ernannt ward. Man erinnert sich nicht, daß er sich während dieses Zeitraums weder in Ansehung seiner Fähigkeiten, noch in Ansehung seines Betragens besonders hervorgethan hat, ob man gleich nicht daran zweifeln kann, daß er sich einen ansehnlichen Grad von Kenntniß in dem praktischen Theile der Schiffahrt erworben hatte, und daß sein aufmerksamer und durchdringender Geist einen Vorrath von Anmerkungen sammlete, der ihm in seinem künftigen Leben nützlich seyn konnte *).

Als im Frühjahr 1755 die Feindseligkeiten zwischen England und Frankreich zum Ausbruche kamen, und man sehr eifrig Matrosen preßte, befand sich Cook mit dem Schiffe, zu welchem er gehörte, auf der Themse. Anfänglich

A 2

*) Aus dem Kirchenbuche zu Marton; aus einer Erzählung von einigen Einwohnern dieses Kirchspiels, und aus einer Nachricht von Jackson, Esq., von Normanby in Yorkshire in einem Briefe an Sir Joseph Banks, Baronet, Präsidenten der königlichen Societät.

verbarg er sich, um nicht gepreßt zu werden; als er aber
überlegte, daß es, aller seiner Wachsamkeit ungeachtet schwer
seyn würde, die Entdeckung zu vermeiden, oder der Verfolgung zu entgehen: so beschloß er, nachdem er der Sache
weiter nachgedacht hatte, freywillig in seiner Majestät Dienst
zu treten, und sein Glück in Zukunft bey der königlichen
Seemacht zu suchen. Vlleicht hatte er einige Ahndung,
daß es ihm durch seine Thätigkeit und Bemühungen gelingen
würde, sich weit über seine jetzigen Umstände empor zu schwin-
gen. Er begab sich also zu einem Sammelplatze nach Wap-
ping, und ließ sich von einem Officier vom Kriegsschiffe the
Eagln, einem Schiffe von sechszig Kanonen, annehmen,
welches damals Capitain Hamer commandirte. Im October
1755 ward der damalige Capitain, jetzige Sir Hugh Palliser, zum Befehlshaber dieses Schiffs ernannt, und fand,
als er das Commando übernahm, den James Cook, in
welchem er bald einen tüchtigen, thätigen und fleißigen Seemann entdeckte. Alle Officiere legten ihm das beste Lob bey,
und der Capitain war mit seinem Betragen so gut zufrieden,
daß er ihm jede Ermunterung, die in seiner Gewalt war,
angedeihen ließ.

Nach Verlauf einiger Zeit empfieng Capitain Palliser
ein Schreiben von Herrn Osbaldeston, damaligen Parle-
mentsgliede für Scarborough, worin er ihm meldete, daß
verschiedene seiner Nachbaren ihn gebeten hätten, dem Capitain Palliser einen gewissen Cook, der sich am Bord seines
Schiffs befände, zu empfehlen. Sie hatten gehöret, daß
Capitain Palliser ihn seiner Aufmerksamkeit gewürdigt hatte,
und baten, daß er, wenn er glaubte, daß Cook es verdiente,
anzeigen möchte, auf welche Art Herr Osbaldeston am besten
zur Beförderung dieses jungen Mannes behülflich seyn könnte.
Der Capitain ließ Cooks Verdienste in seiner Antwort

Gerechtigkeit wiederfahren, meldete aber dabey dem Herrn
Osbaldeston, daß er, da er nur erst kurze Zeit bey der könl,
lichen Flotte gedienet hätte, nicht zum Oberofficier befördert
werden könnte. Capitain Palliser setzte noch hinzu, daß
Herrn Cook vielleicht eine Bestallung als Schiffsmeister ver-
schafft werden könnte, wodurch er zu einer Stelle würde erhoben werden, welcher er mit Geschicklichkeit und gutem Erfolge vorzustehen im Stande wäre.

Diese Bestallung erhielt er am 10ten May 1759 für die
Schaluppe Grampus; weil aber der wirkliche Schiffsmeister
sich unerwartet bey derselben wieder einfand, so konnte die
Ernennung nicht Statt haben. Vier Tage hernach ward er
zum Schiffsmeister des Garland ernannt; allein nach angestellter Nachfrage fand sich's, daß er nicht zu demselben gelangen konnte, weil es bereits unter Segel gegangen war.
Am folgenden Tage, nämlich am 15ten May, ward er zum
Schiffsmeister des Mercury ernannt *). Diese schnell auf
einander folgenden Ernennungen zeigen, daß er mächtige
Freunde hatte, und daß die Absicht, ihm zu dienen, aufrichtig und wirksam war.

Der Mercury war nach Amerika bestimmt, wo er zur
Flotte unter dem Commando des Sir Charles Saunders
stieß, welche in Verbindung der Landmacht unter dem Ge-
neral Wolfe, in der berühmten Belagerung von Quebeck begriffen war. Während der Belagerung mußte ein schwerer
und gefährlicher Dienst nothwendig ausgerichtet werden.
Dieser bestand darin, die Tiefen des Canals des Lorenzflusses
zwischen der Insel Orleans und dem nördlichen Ufer, gerade
vor der Fronte des befestigtem französischen Lagers zu

A 3

*) Aus den Admiralitäts-Büchern.

Montmorency und Beauport, auszulootsen, um den Admiral in den Stand zu setzen, Schiffe gegen die feindlichen
Batterien zu legen, um unsre Armee bey einem allgemeinem
Angriffe, den der heldenmüthige Wolfe gegen das feindliche
Lager zu unternehmen gedachte, zu decken. Capitain Palliser, welcher Cooks Scharffsichtigkeit und Entschlossenheit
kannte, empfahl ihn zu diesem Dienste, und er richtete ihn
auf das vollkommenste aus. Diese Arbeit verrichtete er zur
Nachtzeit, verschiedene Nächte nach einander. Endlich ward
er vom Feinde entdeckt, welcher eine große Anzahl Indianer
und Canons in einen am Flusse gelegenen Walde zusammen-
brachte, die in der Nacht ins Wasser gelassen wurden, in
der Absicht, ihn zu umzingeln und abzuschneiden. Er ent-
kam bey dieser Gelegenheit mit genauer Noth. Er mußte zu
diesem Ende die Flucht ergreifen, und landete auf der Insel
Orleans bey der Wache des englischen Hospitals. Einige
Indianer sprangen hinten ins Boot, indem Herr Cook vorne
heraussprang, und das Boot, eine Barke, die zu einem der
Kriegsschiffe gehörte, ward im Triumph hinweggeführt.
Er lieferte gleichwohl dem Admiral einem so richtigen und
vollständigen Grundriß von dem Canal und den verschiedenen
Tiefen, als man nur immer hätte machen können, nachdem
sich unsere Landsleute im Besitze von Quebeck befanden. Sir
Hugh Palliser hat gegründete Ursache zu gläuben, daß Herr
Cook vor dieser Zeit wohl niemals einen Pinsel gebraucht
hatte und keinen Riß zu machen wußte. Allein seine Fähig-
keit war so groß, daß er in kurzer Zeit in allem, dem er seine
Aufmerksamkeit widmete, zur Vollkommenheit gelangte.

Herr Cook richtete noch einen andern sehr wichtigen
Dienst während der Zeit aus, da die Flotte im St. Lorenz-
flusse lag. Die Schiffahrt in diesem Flusse ist ungemein
schwer und gefährlich. Für die Engländer war sie dieß

beſonders, da ſie damals großentheils Fremdlinge in dieſer
Gegend von Nord-Amerika waren, und keine Karte hatten,
auf deren Richtigkeit ſie ſich verlaſſen konnten. Der Admiral ertheilte daher Befehl, daß Herr Cook gebraucht werden
ſollte, diejenigen Gegenden des Fluſſes unterhalb Quebeck
zu unterſuchen, wovon die Seefahrer in Erfahrung gebracht
hatten, daß beſondere Schwierigkeit und Gefahr daſelbſt
war. Er führte dieß Geſchäfte mit demſelben Fleiſſe und derſelben Kunſt aus, wovon er bereits eine ſo glückliche Probe
abgelegt hatte. Als er dieſe Unternehmung geendigt hatte,
ward ſeine Karte mit dem Tiefen und der Anweiſung, welchen Weg man auf dem Fluſſe nehmen mußte, bekannt gemacht. Zum Lobe der Richtigkeit und des Nutzens dieſer
Karte braucht man weiter nichts zu ſagen, als daß man ſeit-
dem nicht nöthig gefunden, eine andere bekannt zu machen.
Diejenige, welche in Frankreich erſchienen iſt, iſt nur eine
Copey der Karte des Herrn Cook in kleinern Format.
Nach der Unternehmung gegen Quebeck ward Herr Cook
durch einen Beſtallungsbrief des Lord Colvill am 22ſten
September zum Schiffsmeiſter des Kriegsſchiffes Northumberland ernannt, auf welchem Schiffe dieſer Lord im folgenden Winter als Commodore, mit dem Commando einer
Escadre zu Halifax blieb. Herr Cook ermangelte nicht, ſich
durch ſein Betragen in dieſer Stelle die Achtung und Freundſchaft ſeines Commandanten zu erwerben. Während der
Muße, die ihm die Winterszeit gewährte, gebrauchte er
ſeine Zeit, ſich ſolche Kenntniſſe zu erwerben, die ihn zum
künftigen Dienſte vorzüglich geſchickt machten. Zu Halifax
las er zuerſt den Euclydes, und legte ſich auf das Studium
der Aſtronomie und andere Zweige der Wiſſenſchaft. Die
Anzahl der Bücher, deren er ſich dazu bediente, war nur
geringe; allein ſein Fleiß ſetzte ihn in den Stand, manchen

Abgang zu erſetzen, ſo daß er viel weiter kam, als man von
den Vortheilen, deren er genoß, erwarten konnte *).

Mittlerweile da Herr Cook Schiffsmeiſter des Northum⸗
berland unter Lord Colville war, begab ſich dies Schiff im
September 1762 nach Newfoundland, um behülflich zu ſeyn,
dieſe Inſel durch die Truppen unter dem Commando des
Oberſtlieutenant Amherſt den Franzoſen wieder abzunehmen.
Als man die Inſel wieder erobert hatte, hielt die engliſche
Flotte ſich einige Tage zu Placentia auf, um dieſen Ort in
einen vollſtändigern Vertheidigungsſtand zu ſetzen. Wäh⸗
rend dieſer Zeit zeigte Herr Cook einen ſolchen Fleiß in der
Unterſuchung des Havens, und der Höhen des Orts, daß
er die Aufmerkſamkeit des damaligen Capitains, jetzigen
Admirals Graves, Commandanten des Antelope, und Gou⸗
verneurs von Newfoundland auf ſich zog. Der Gouverneur
ward daher bewogen verſchiedene Fragen an Herrn Cook zu
thun, deren Beantwortung ihn veranlaßte, eine ſehr günſtige
Meynung von ſeinen Fähigkeiten zu hegen. Dieſe Meynung
nahm um deſto mehr zu, je mehr er von des Herrn Cooks
Betragen ſah; welcher, wohin ſie ſich auch begaben, fort⸗
fuhr, allen Gegenſtänden, die ſich auf die Kenntniß der
Küſte bezogen, und dienlich waren, die Ausübung der Schif⸗
fahrt zu erleichtern, die unermüdetſte Aufmerkſamkeit zu
widmen. Die Achtung, in welcher er ſich bey dem Capitain
Graves zu ſetzen gewußt hatte, ward durch die Zeugniſſe,
die alle Officiere, unter welchen er diente, von ſeinen Cha⸗
rakter ablegten, noch beſtätiget **).

*) Aus einer Nachricht des Sir Hugh Palliſer.

**) Aus einem Auffatze des Admiral Graves, den der ehrwür⸗
dige Doctor Douglas, jetziger Biſchof von Carliſle mitge⸗
theilt hat.

Gegen das Ende des 1762ſten Jahrs gieng Herr Cook
mit nach England, am 21ſten December deſſelben Jahrs
verheyrathete er ſich zu Barking in Eſſex mit Jungfer Eliſa-
beth Battes *), einem liebenswürdigen und tugendhaften
Frauenzimmer, welche mit Recht auf ſeine zärtlichſte Achtung
und Liebe Anſpruch machen konnte, und derſelben auch genoß.
Allein ſein Stand und die großen Pflichten wozu er aufge-
fodert ward, erlaubten ihm nicht, an der ehelichen Glückſeligkeit ohne viele und langwierige Unterbrechung Theil zu
nehmen.

Frühzeitig im Jahre 1763 nachdem der Friede mit Frankreich und Spanien geſchloſſen war, beſchloß man, daß Capitain Graves als Gouverneur von Newfoundland wieder ausgehen ſollte. Da dieß Land in Anſehung der Handlung einen
ſehr hohen Werth hatte, und ein Gegenſtand eines heftigen
Streits zwiſchen den Engländern und Franzoſen geweſen war:
ſo wirkte der Capitain eine Anſtalt zur Unterſuchung der Kü-
ſten aus, die er gleichwohl mit einiger Schwierigkeit erhielt,
weil die Regierung in England die Sache nicht genugſam ein-
ſah. Als Capitain Graves überlegte, wie der Plan zur
Ausführung zu bringen ſey, hielt er Herrn Cook für denjenigen, der zu dieſem Endzwecke geſchickt wäre, und es wurden
ihm deswegen Vorſchläge gemacht, die er, ſeiner erſt neulich
erfolgten Verheyrathung ungeachtet, bereitwillig und klüglich
annahm. Er gieng alſo mit dem Capitain als Aufſeher aus,
und ward zuerſt gebraucht, Miquelon und St. Pierre zu
unterſuchen und aufzunehmen, welche den Franzoſen im Frie-
denstractaten waren überlaſſen worden, die, auf Befehl der
Adminiſtration, zu einer gewiſſen Zeit Beſitz davon nehmen

A 5

*) Aus einer Nachricht der Frau Cook.

sollten, wenn auch der englische Commandant im Lande noch nicht angekommen wäre. Als Capitain Graves in selbiger Weltgegend angelangt war, fand er daselbst den Gouverneur, Herrn d'Aujac, welcher aus Frankreich abgesendet war, mit allen Colonisten und seiner eignen Familie an Bord einer Fregatte und einiger Transportschiffe. Man wußte es gleichwohl zu veranstalten, sie einen ganzen Monat in dieser unangenehmen Lage zu erhalten, welche Zeit Herr Cook brauchte, seine Untersuchung zu vollenden. Als das Geschäfte geendigt war, setzte man die Franzosen in den Besitz der beyden Inseln, überließ ihnen den ruhigen Genuß derselben, und erzeigte ihnen alle Höflichkeit *).

Zu Ende der Jahrszeit gieng Herr Cook zurück nach England, blieb aber nicht lange zu Hause. Im Anfange des 1764sten Jahrs ward sein alter und beständiger Freund und Gönner, Sir Hugh Palliser, zum Gouverneur und Commodore von Newfoundland und Labrador ernannt, und bey dieser Gelegenheit war es ihm ein Vergnügen, Herrn Cook in derselben Bedienung, die er unter dem Capitain Graves gehabt hatte, mitzunehmen. Man hätte auch in der That keinen finden können, der geschickter gewesen wäre, das Vorhaben, womit man im vorigen Jahre den Anfang gemacht hatte, völlig auszuführen. Die Karten von den Küsten in dieser Gegend von Nord-Amerika waren sehr fehlerhaft, und es war für die Handlung und Schiffahrt der Unterthanen des Königs höchst nothwendig, neue, die richtiger und nützlicher wären, zu veranstalten. Diesem zufolge ward Herr Cook, unter dem Befehle des Admirals Palliser, am 18 April 1764 zum Seeaufseher von Newfoundland und Labrador ernannt, und hatte ein Schiff, den Schonar the

*) Aus einem Aufsatze des Admirals Graves.

Grunville, welches ihm in dieser Absicht zu Dienste stand.
Wie gut er seinen Auftrag ausgerichtet habe, weiß jedermann,
der mit der Schiffahrt bekannt ist. Die Karten, die er nach-
mahls von den verschiedenen Untersuchungen, die er angestellet
hatte, bekannt machte, erwarben seinen Fähigkeiten und seinem Charakter großes Ansehen, und die Nutzbarkeit derselben ist allgemein bekannt. Man weiß, daß diese Karten,
in so fern sie Newfoundland betreffen, den königlichen Mini-
stern zur Bestimmung der Gränzen im letzten Frieden große
Dienste thaten. Herr Cook zog von den innern Gegenden
dieser Insel eine viel vollständigere Erkundigung ein, als
vorher jemahls geschehen war. Er wagte sich tiefer mitten
ins Land hinein, als je vor ihm versucht worden war, und
entdeckte verschiedene große Seen, die auf der Generalkarte
angezeigt sind *). Allem Ansehen nach ist Herr Cook mit
diesen Dienstleistungen, die Zwischenzeit mitgerechnet, da er
im Winter gelegentlich nach England zurück kam, bis ins
Jahr 1767 beschäftiget gewesen, zu welcher Zeit er zuletzt in
seiner Bedienung als Aufseher des Seewesens nach Newfoundland gieng. Hier ist nicht zu vergessen, daß er, als er
diesen Posten bekleidete, Gelegenheit hatte, der königlichen
Societät eine Probe von seinem Fortgange in den astronomischen Wissenschaften vorzulegen. Er schrieb einen kurzen
Aufsatz, und rückte ihn in den sieben und funfzigsten Band
der Transactionen ein unter dem Titel: „Beobachtung
einer Sonnenfinsterniß auf der Insel Newfoundland am
5 August 1766, nebst der daraus hergeleiteten Länge des Orts
der Beobachtung.“ Die Beobachtung ward auf einer der
Burgeo-Insel bey dem Cap Ray unter der Breite von
19°36'19'', am südwestlichen Ende von Newfoundland

*) Von Sir Hugh Palliser mitgetheilt.

angeſtellet.   Des Herrn Cooks Aufſatz ward vom Doctor
Bevis dem Herrn Witchel mitgetheilt, welcher ihn mit einer
zu Oxford von dem Herrn Hornsby angeſtellten Beobachtung
derſelben Finſterniß verglich, und daraus die Verſchiedenheit
der Länge in Anſehung der Beobachtungsplätze berechnete,
wobey er den gehörigen Abzug wegen der Wirkung der Parall
axe, und der ſphäroidiſchen Figur der Erde machte.   Aus
den Transactionen erhellet, daß unſer Seefahrer ſich
den Namen eines geſchickten Mathematikers bereits erworben hatte *).

*) Philoſophiſche Transactionen, ſieben und funfzigſter Band.

Zweites Kapitel.

Fortsetzung der Lebensgeschichte des Capitains Cook bis zu Ende seiner ersten Reise um die Welt.

Schwerlich giebt es etwas, welches der natürlichen Neubegierde der Menschen eine größere Befriedigung gewährt, als Nachrichten von entfernten Ländern und Völkern. Aber nicht bloß die Neubegierde wird dadurch befriediget; sondern die Sphäre der menschlichen Kenntnisse wird auch dadurch erweitert, und verschiedene Gegenstände kommen uns zu Gesichte, die, wenn man mit ihnen bekannt ist, zur Vervollkommnung des menschlichen Lebens und zum Nutzen der Welt ungemein viel beytragen. In Beziehung auf Nachrichten von dieser Art haben die Neuern außerordentliche große Vortheile über die Alten. Die Alten konnten ihre Untersuchungen weder mit derselben Genauigkeit anstellen, noch so weit darin gehen, wie die Neuern. Die Landreisen waren viel unbequemer und gefährlicher, als in neuern Zeiten, und da die Schiffahrt hauptsächlich auf die Küsten eingeschränkt war: so muß sie nothwendig in sehr enge Gränzen eingeschränkt gewesen seyn.

Auf die Erfindung des Compasses, die durch den feurigen und unternehmenden Geist verschiedener geschickter Männer unterstützt ward, folgten wunderbare Entdeckungen.
Vasco di Gama umsegelte das Vorgebürge der guten Hoffnung; und da auf diese Weise ein neuer Weg nach Ostindien
ausfindig gemacht ward: so wurden die Länder in selbiger
Weltgegend genauer und in größerm Umfange bekannt. Co-
lumbus entdeckte eine neue Welt, und endlich vollendete
Magelhaens die schwere und bisher noch nicht versuchte Unternehmung, die Welt zu umsegeln. Ihm folgten andere Welt-
umsegler zu verschiedenen Zeiten, wovon die Nachrichten
aber nicht in die gegenwärtige Erzählung gehören.

Der Entdeckungsgeist, welcher gegen das Ende des funfzehnten Jahrhunderts, und im ganzen sechszehnten so thätig
war, fieng gleich nach dem Anfange des siebenzehnten Jahrhunderts an in Abnahme zu gerathen. Große Seefahrten
wurden bloß gelegentlich unternommen, und mehr aus bloß
geizigen, oder kriegerischen Absichten, als aus edeln und
großmüthigen Grundsätzen. Allein seit einigen Jahren hat
man sie wieder vorgenommen, und zwar in der großen und
wohlthätigen Absicht, die Glückseligkeit des menschlichen Geschlechts zu befördern.

Ein Anfang von dieser Art ward unter der Regierung
Georgs II. gemacht, während welcher zwo Reisen vollendet
wurden; die erste unter dem Commando des Capitains
Middleton, und die zweyte unter der Anführung der Capitaine Smith und Moore, um eine nordwestliche Durchfahrt
durch die Hudsons-Bay zu entdecken *). Es war aber doch
der jetzigen Regierung der Ruhm vorbehalten, den Geist der
Entdeckung aufs höchste zu treiben, und darin nach den edel-

---

*) Einleitung zu Capitain Cooks Reise nach dem stillen Meere.
Erster Band.

ften Grundsätzen zu verfahren; man suchte Entdeckungen
nicht aus Gierigkeit, oder Ehrgeiz zu machen, nicht um die
Einwohner neu entdeckter Länder zu plündern, oder zu ver-
nichten, sondern um ihren Zustand zu verbessern, sie in den
Künsten des gesellschaftlichen Lebens zu unterrichten, und die
Gränzen der Wissenschaften zu erweitern.

Der Friede war im Jahre 1763 nicht so bald hergestellt,
als der König diese löblichen Absichten in seinen Schutz nahm,
und zwo Reisen um die Welt waren bereits unternommen
worden, ehe Capitain Cook seine erste Reise unternahm. Die
Anführer bey diesen Reisen waren die Capitaine Byron,
Wallis und Carteret *), welche verschiedene Entdeckungen
machten, die in keinem geringen Grade zur Erweiterung der
Kenntnisse in Beziehung auf die Erdbeschreibung und Schiffahrt beförderlich waren.   Da aber gleichwohl die Absicht,
in welcher sie ausgesendet worden sind, allem Ansehen nach auf
einen besondern Gegenstand im südlichen Weltmeere vornämlich Beziehung gehabt hat: so hinderte der gerade Weg, dem
sie auf ihrer Rückreise bey Ostindien vorbey nehmen mußten,
daß sie nicht so viel thun konnten, als man sonst hätte erwarten können, um der Welt eine vollständige Uebersicht jener
unermeßlichen Weite des Oceans, welche das südliche stille
Meer in sich begreift, zu gewähren **).

*) Die Capitaine Wallis und Carteret giengen zu derselben
  Unternehmung mit einander aus; da aber die Schiffe, welche
  sie commandirten, zufälliger Weise von einander abkamen,
  so fuhren sie in ihrer Reise fort, und kamen auf verschiedenen Wegen zurück. Daher giebt auch Doctor Hawkesworth
  von eines jeden Reise einen besondern Bericht.

**) Einleitung zu Capitain Cooks Reise nach dem stillen Meere,
  1r Band.

Ehe Capitain Wallis und Capitain Carteret nach Großbritannien zurückkamen, ward schon eine andere Reise beschlossen, wozu die Vervollkommung der astronomischen Wissenschaft die unmittelbare Gelegenheit gab. Die Astronomen
hatten berechnet, daß die Venus im Jahre 1769 vor der
Sonnenscheibe vorbey gehen würde, und man urtheilte, daß
der beste Platz, dieß Phänomen zu beobachten irgendwo in
der Südsee, entweder auf den Marquesas, oder auf einer
derjenigen Inseln seyn würde, welche Tasman Amsterdam,
Rotterdam und Middelburg genannt hatte, und die jetzt unter
der Benennung der freundschaftlichen Inseln besser bekannt
sind *). Da dieß eine Sache von vorzüglicher Wichtigkeit
in der Astronomie ist, welche die Aufmerksamkeit fremder
Nationen sowohl, als unserer eigenen rege machte: so nahm
die königliche Societät sich derselben mit demjenigen Eifer an,
den diese gelehrte Gesellschaft zur Beförderung eines jeden
Zweigs der philosophischen Wissenschaften jederzeit gezeigt
hat. Diesem zufolge ward Sr. Majestät unter dem 15 Februar
1768 ein langer Aufsatz überreicht, worin die große Wichtigkeit des Gegenstands vorgestellet, und gezeiget ward, welcher
Achtung die vornehmsten Höfe in Europa derselben gewürdi-
get hätten. Unter andern ward darin gebeten, daß ein Schiff
auf Kosten der Regierung beordert werden möchte, um ge-
schickte Personen an Bord zu nehmen; welche den Vorübergang der Venus an einem der oben benannten Plätze beobachten sollten. Nachdem dieser Aufsatz dem Könige durch den
Grafen von Shelburne, (nunmehrigen Marquis von Lands-
down), einem der ersten Staatssecretäre Sr. Majestät war
vorgelegt worden: so geruhete der König, den Lords-Com-
missarien der Admiralität zu erkennen zu geben, daß ein Schiff
in

*) Einleitung zu Capitain Cooks Reise, 1r Band.

In Bereitschaft gesetzt werden möchte, um solche Beobachter
zu transportiren, welche die königliche Societät nach der Südsee zu senden für dienlich erachten würde; und am 3ten April
zeigte Herr Stephens der Societät an, daß eine Barke zu
diesem Endzwecke ausgerüstet worden sey *).

Derjenige, den man zuerst ausersehen hatte, die Aufsicht bey dieser Unternehmung zu führen, war Alexander
Dalrymple Esq. ein vornehmes Mitglied der königlichen Societät, welcher außerdem, daß er eine genaue Kenntniß der
Astronomie besaß, sich durch seine geographischen Untersuchungen in den südlichen Meeren, und durch eine herausgege-
bene Sammlung verschiedener Reisen nach diesen Weltgegenden hervorgethan hatte. Da Herr Dalrymple die Schwierigkeit, oder vielmehr Unmöglichkeit einsah, ein Schiff, dessen Mannschaft nicht unter der Kriegszucht der königlichen
Seemacht stünde, durch unbekannte Meere zu führen: so
machte er es zu einer Bedingung seiner Reise, daß man ihm
das Patent eines Capitains des Schiffs auf dieselbe Art ver-
leihen sollte, wie man es dem Doctor Halley auf seiner Ent-
deckungsreise gegeben hatte. In dieß Begehren wollte Sir
Eduard Hawke, welcher damals im Admiralitäts-Collegio
präsidirte und mehr von dem Geiste seines Standes, als
Erziehung oder Wissenschaft besaß, schlechterdings nicht willigen. Er sagte im Collegio, daß sein Gewissen ihm nicht
erlaube, irgend ein Schiff Sr. Majestät einem Manne an-
zuvertrauen, welcher nicht ordentlich zu einem Seemann erzogen wäre. Als man nun deswegen weiter in ihn drang: so
erklärte er, daß er sich lieber die rechte Hand abhauen lassen,
als eine Bestallung von solcher Art unterschreiben wollte.

*) Aus dem Clabbebuch des Cônseil der königl. Societät.

Erster Theil.   B

Einigermaaßen rechtfertigte ihn in dieser Rückſicht das auf-
rühreriſche Betragen der Mannſchaft des Doctors Halley,
welche ſich weigerte, die geſetzmäßige Autorität ihres Befehlshabers anzuerkennen, und ihn in einen Streit verwickelte,
der von ſchädlichen Folgen begleitet war. An der andern
Seite war Herr Dalrymple eben ſo ſtandhaft in ſeinem Verlangen, daß man die von ihm vorgeſchlagenen Bedingungen
genehmigen möchte. So ſtanden die Sachen, als der Admi-
ralitäts-Secretär, Herr Stephens, deſſen genaue Kenntniß
der vielen perſönlichen Charaktere, mit welchen er, vermöge
der Stelle, die er bekleidete, zu thun hatte, ſeinem Verſtande
eben ſo viel Ehre machte, als ſein redliches und einſichtsvolles
Betragen dem Amte, welches er ſo viel Jahre, und unter
ſo vielen Adminiſtrationen zu ſeiner Ehre und zum Nutzen
des Publikums verwaltet hat, im Collegium die Anmerkung
machte, daß, da Sir Eduard Hawke, und Herr Dalrymple
beyde unbiegſam wären, kein anderes Mittel übrig bliebe,
als einen andern Mann ausfindig zu machen, welcher zu dem
Dienſte tüchtig wäre. Er kenne, ſagte er, einen gewiſſen
Herrn Cook, welcher Aufſeher des Seeweſens zu Newfoundland geweſen, ordentlich bey der Flotte erzogen, Schiffsmeiſter bey derſelben wäre, und von welchem er urtheilte, daß er
zu der Führung der gegenwärtigen Unternehmung alle erforderliche Eigenſchaften beſäße. Herr Stephens empfahl zugleich dem Collegium, ſich deswegen bey Sir Hugh Palliſer
zu erkundigen, welcher neulich Gouverneur zu Newfoundland geweſen, und mit Cooks Charakter vollkommen bekannt wäre. Sir Hugh freuete ſich, daß er Gelegenheit hatte, ſeinem Freunde zu dienen. Er unterſtützte
des Herrn Stephens Empfehlung ſo ſehr er nur immer
konnte, und ſetzte noch vieles zum Vortheile des Herrn
Cook hinzu, wozu ihm die beſondere Kenntniß, die er von

seine Fähigkeiten und von seinem Verdienste hatte, Anlaß
ge *). Herr Cook ward also von den Lords der Admiralität
zu Commando der Unternehmung ernannt, und bey
dieser Gelegenheit zum Range eines Lieutenants der königlichen Seemacht befördert. Seine Bestallung ist vom 25sten
May 1768 **).

Nach erfolgter Ernennung war die erste Sorge, ein
Schiff anzuschaffen, welches zu den Absichten der Reise geschickt wäre. Dieß Geschäft ward dem Sir Hugh Palliser
aufgetragen, welcher den Lieutenant Cook zu Hülfe nahm,
und beyde untersuchten eine große Anzahl Schiffe, die damals
auf der Themse lagen. Endlich wählten sie eins von dreyhundert und siebenzig Tonnen, welchem man den Namen,
the Endeavour beylegte ***).

Indem nun die Anstalten zum Seezuge des Lieutenants
Cook gemacht wurden, kam Capitain Wallis von seiner Reise
um die Welt zurück. Der Präsident der königlichen Societät,
Graf Morton hatte diesem Herrn bey seiner Abreise empfoh-
len, einen dienlichen Platz zur Beobachtung des Vorübergangs der Venus auszumachen. Er ließ sich demnach diesen
Gegenstand angelegen seyn, und da er auf seiner Reise eine
Insel entdeckt hatte, welcher er den Namen der Georgs-
Insel gab, von welcher man aber nachmals befunden, daß
sie den Namen Otaheite führt: so urtheilte er, daß die Lage
von Port Royal auf dieser Insel zu dem Endzwecke sehr
geschickt wäre. Er gab dem Grafen von Morton nach seiner

B 2

*) Aus einer Nachricht von Philipp Stephens, Esq. die Sir
　 Joseph Banks mitgetheilt hat.

**) Aus den Admiralitäts-Büchern.

***) Von Sir Hugh Palliser mitgetheilt.

Zurückkunft in England von seiner Meynung unverzüglich Nachricht, die Societät trat derselben bey, und eine diesem gemäße Antwort ward an die Commissarien der Admiralität ertheilt, welche sich um eine Anweisung, nach welchem Orte die Beobachter gesendet werden sollten *), an die Societät gewendet hatten.

Herr Charles Green, welcher seit geraumer Zeit Gehülfe des Doctor Bradley auf der königlichen Sternwarte zu Greenwich gewesen war, ward dem Lieutenant Cook zugegeben, um den astronomischen Theil der Reise zu besorgen, und sie empfiengen bald nach ihrer Ernennung von der Versammlung der königlichen Societät ausführliche Instructionen in Rücksicht auf die Methode, nach welcher sie ihre Untersuchungen anstellen sollten **). Der Lieutenant ward auch von Joseph Banks, Esq. (jetzigem Sir Joseph Banks, Baronet) und dem Doctor Solander begleitet, die im Frühlinge ihres Lebens, und der erste mit großen für ihn damit verknüpften Kosten, alle Vergnügungen der sittlichen Gesellschaft verließen, und sich zu einer sehr verdrüßlichen, mühseligen und gefährlichen Seereise in der löblichen Absicht entschlossen, um überhaupt Kenntnisse zu erwerben, die Kenntniß der Natur insbesondere zu befördern, und etwas zur Vervollkommnung und Glückseeligkeit der wilden Bewohner der Erde beyzutragen.

Obgleich die Beobachtung des Vorübergangs der Venus vor der Sonnenscheibe der vornehmste Gegenstand der Reise des Lieutenants Cook war, so war sie doch nicht der einzige. Ihm war auch, obgleich der Hauptabsicht untergeordnet, eine genauere Untersuchung des stillen Weltmeeres aufgetragen,

*) Allgemeine Einleitung zu Hawkesworths Reisen, 1 Band.

**) Clabbebuch der Versammlung,

und er war, nach vollbrachtem Hauptgeschäfte angewiesen, in den großen südlichen Meeren neue Entdeckungen zu machen *).

Die Besatzung auf des Lieutenants Cook Schiffe bestand, außer dem Commandanten aus vier und achtzig Personen. Es war auf achtzehn Monate mit Lebensmitteln versehen, führte zehn Kanonen und zwölf Drehbassen, und hatte einen ansehnlichen Vorrath an Ammunition und andern Noth- wendigkeiten **).

Am 25sten May 1768 ward Lieutenant Cook von den Lords der Admiralität ernannt, das Schiff Endeavour zu commandiren, worauf er sich am 27sten an Bord begab, und das Schiff übernahm. Es lag damals in dem Bassin des Schiffszimmerhofes zu Deptford, wo es so lange liegen blieb, bis es vollkommen ausgerüstet ward, um in See gehen zu können. Am 30 Julius segelte es die Themse hinab, und am 13 August kam es in Plymouth Sunde vor Anker. Am 26sten desselben Monats ward der Wind günstig, unsre See- fahrer giengen unter Seegel und ließen am 13 September auf der Rhede Funchiale auf der Insel Madera die Anker fallen ***).

Lieutenant Cook und seine Gesellschaft wurden, so lange sie sich auf dieser Insel befanden, von dem Herrn Cheap, da- sigem Englischen Consul und einem der ansehnlichsten Kauf- leute in der Stadt Funchiale auf das gütigste und freygebigste behandelt. Er drang darauf, daß sie bey ihm ins Haus ziehen mußten, und versah sie mit allen möglichen Bequemlichkeiten

B 3

*) Hawkesworth Reisen, 1 Band.

**) Ebendaselbst.

***) Hawkesworth Reisen, 2 Band.

während ihres Aufenthalts zu Madera. Doctor Thomas
Heberden, erster Arzt der Insel, ein Bruder des vortreffli-
chen und gelehrten Doctors William Heberden zu London,
gab ihnen gleichfalls große Beweise von seiner Aufmerksamkeit und Höflichkeit. Doctor Thomas Heberden leistete dem
Herrn Banks und Doctor Solander in ihren botanischen
Untersuchunegn allen Beystand, den er nur immer konnte*).

Allein dem Lientenant und seinen Freunden widerfuhr
nicht bloß von den Engländern eine gütige Aufnahme; selbst
die Patres im Franciscaner-Kloster äußerten so gute und großmüthige Gesinnungen gegen sie, dergleichen man von portu-
giesischen Mönchen nicht hätte erwarten sollen, und bey einem
Besuche, den sie in einem Nonnen-Kloster abstatteten, gaben
die Nonnen ein besonderes Vergnügen über diesen Besuch zu
erkennen. Die guten Nonnen legten auch bey dieser Gelegenheit einen lustigen Beweis von den Fortschritten ab, die sie
in der Bildung ihres Verstandes gemacht hatten. Sie hatten
gehöret, daß sich große Philosophen unter den Englischen
Herren befänden, und ließen daher eine Menge Fragen an
sie ergehen, unter welchen sich auch diese befand: wann es
donnern würde? und eine andere, ob Quellwasser, dessen
sie sehr benöthiget waren, irgendwo innerhalb der Mauern
des Klosters ausfindig gemacht werden könnte. So geschickt
auch unsere Philosophen waren: so setzten diese Fragen sie
doch in Verlegenheit **).

Nachdem Lieutenant Cook einen frischen Vorrath von
Ochsenfleisch, Wasser und Wein eingenommen hatte: so gieng
er in der Nacht vom 18ten September von der Insel Madera
unter Wasser, und setzte seine Reise fort. Ungefähr um den

*) Hawkesworth Reisen, 2 Band.

**) Ebendaselbst.

7 November fiengen verschiedene Artikel vom Schiffsvorrathe
umwas knapp zu werden, aus welcher Ursache der Lieutenant sich denn entschloß, zu Rio de Janeiro einzulaufen.
Diesen Hafen zog er jedem andern Hafen in Brasilien,
und den Falklands-Inseln vor, weil er daselbst mit allem,
dessen er bedurfte, besser versehen werden konnte, und an einer
freundschaftlichen Aufnahme gar nicht zweifelte *).

Auf der Fahrt zwischen Madera und Rio de Janeiro
hatten Lieutenant Cook, und die Herren, die sich am Bord
des Schiffs Endeavour befanden, Gelegenheit, eine philosophische Frage auszumachen.   Am 29 October des Abends
bemerkten sie das glänzende Ansehen der See, dessen von
unsern Vorfahren so oft erwähnt worden, und wovon man
so mancherley Ursachen angegeben hat.   Man sah schnelle
Lichtstrahlen aus derselben herausfahren, die den Blitzstrah-
len vollkommen glichen, nur daß sie nicht so groß waren;
und sie kamen in solcher Menge hervor, daß bisweilen acht
bis zehn in demselben Augenblicke sichtbar waren.   Des Herrn
Cook und der andern Herren Meynung war, daß diese Lichtstrahlen von irgend einem glänzenden Thiere herrührten,
und ihre Meynung ward durch Versuche bestätigt **).

Zu Rio de Janeiro, wo der Lieutenant Cook am 13 November vor Anker kam, wiederfuhr ihm diejenige höfliche
Aufnahme nicht, womit er sich vielleicht zu sehr geschmeichelt
hatte. Die Zeit seines Aufenthalts daselbst brachte er in beständigen Zänkereyen mit dem Vicekönige zu, welcher auf die Absichten
der Engländer nicht wenig eifersüchtig zu seyn schien; auch
waren alle Versuche des Lieutenants, der Sache eine gute

B 4

*) Hawkesworth Reisen, 2 Band.

**) Ebendaselbst.

Wendung zu geben, nicht im Stande, eine günstige Wirkung hervorzubringen. Der Vicekönig unterschied sich auf keine
Weise weder durch seine Kenntnisse, noch durch Liebe zur
Wissenschaft, und der große Gegenstand der Reise des Herrn
Cook war völlig über seine Begriffe erhaben. Als man ihm
sagte, daß die Engländer auf Befehl Sr. brittischen Majestät
nach Süden segelten, um den Vorübergang des Planeten
Venus vor der Sonnenscheibe, ein astronomisches Phänomen
von großer Wichtigkeit für die Schiffahrt zu beobachten: so
konnte er sich keinen andern Begriff davon machen, als daß
dieß der Durchgang des Nordstern durch den Südpol wäre.

Während des ganzen Streits mit dem Vicekönige betrug
sich der Lieutenant Cook mit eben so viel Muth, als Beschei-
denheit. Einen frischen Vorrath an Wasser und andern Nothwendigkeiten konnte man ihm nicht versagen, und dieser war
um den 1 December an Bord geschafft. An diesem Tage ließ
der Lieutenant den Vicekönig um einen Lootsen ersuchen, um
den Endeavour in See zu bringen; weil aber der Wind hinderte, daß das Schiff nicht auslaufen konnte: so mußte es
noch einige Zeit länger im Hafen liegen bleiben. Am 2 December kam zu Rio de Janeiro ein spanisches Packetboot,
mit Depeschen an, die von Buenos Ayres nach Spanien bestimmt waren, und der Befehlshaber desselben, Don Antonio de Monte Negro y Velasco, erbot sich mit großer Höflichkeit, Briefe von den Engländern nach Europa mitzunehmen.
Lieutenant Cook nahm dieß gütige Anerbieten an, und gab
dem Don Antonio ein Packet an den Admiralitäts-Sekretär
mit, welches Abschriften von allen Briefen enthielt, die zwischen ihm und dem Vicekönige gewechselt waren. Er hinterließ auch dem Vicekönige Duplicate derselben, damit er sie,
wenn er es für dienlich erachtete, nach Lissabon senden
könnte.

Im 5 December, an welchem Tage eine vollkommne Windstille herrschte, lichteten unsre Seefahrer die Anker, und buchsirten den Meerbusen hinunter; allein zu ihrem größten Erstaunen geschahen zween Schüsse auf sie, als sie Santa Cruz, der vornehmsten Vestung des Hafens, gegen-über gekommen waren. Lieutenant Cook ließ sogleich die Anker fallen, schickte nach dem Fort, und ließ um die Ursache fragen. Die Antwort war, der Commandant hätte keinen Befehl von dem Vicekönig bekommen, das Schiff fahren zu lassen, und ohne dergleichen Befehl sey es nie einem Schiffe erlaubt worden, unterhalb dem Fort hinabzulegen. Es ward nun nothwendig, zum Vicekönige zu schicken, um sich zu erkundigen, warum dieser Befehl nicht wäre ertheilt worden; und sein Betragen schien um desto außerordentlicher zu seyn, da man ihm Nachricht von der Abreise der Engländer ertheilt, und er für dienlich erachtet hatte, einen sehr höflichen Brief an Herrn Cook zu schreiben, worin er ihm eine glückliche Reise wünschte. Der Bote des Lieutenants kam in kurzer Zeit mit der Nachricht zurück, daß der Befehl schon vor einigen Tagen ausgefertiget, und daß er aus unbegreiflicher Nachläßigkeit nicht abgeschickt worden sey. Es währte bis den 7 December *) ehe der Endeavour unter Segel gieng.

In dem Berichte, den der Lieutenant Cook von Rio de Janeiro und dem umliegenden Lande gegeben hat, kömmt ein Umstand vor, welcher der Menschlichkeit nicht anders als höchst schmerzhaft seyn kann. Dieser ist die abscheuliche Aufopferung des Lebens, die bey der Bearbeitung der Goldminen gemacht wird. Zu diesem Endzwecke werden jährlich für Rechnung des Königs von Portugall nicht weniger als vierzigtausend Sklaven eingeführt, und den Engländern ward

B 5

*) Hawkesworth Reisen, 2 Band.

glaubwürdig berichtet, daß diese Anzahl im Jahr 1766 um so viel zu geringe war, daß noch zwanzigtausend derselben aus der Stadt Rio gezogen wurden *).

Von Rio de Janeiro setzte Lieutenant Cook seine Reise fort, und lief den 14 Januar in die Meerenge le Maire ein, zu welcher Zeit die Fluth das Schiff mit solcher Heftigkeit heraustrieb, und auf der Höhe von Cap Diego eine so hohe See verursachte, daß es sich oft vorne so tief senkte, daß der Bogspriet unter Wasser war **). Am folgenden Tage ankerte der Lieutenant zuerst vor einer kleinen Bucht, welche man der Hafen Mauritius zu seyn befand, und hernach im Meerbusen des Glücklichen Erfolgs. Mittlerweile da der Endeavour an diesem Orte lag, ereignete sich die merkwürdige Begebenheit mit Herrn Banks, Doctor Solander, dem Wundarzte, Herrn Monkhouse, und dem Astronomen, Herrn Green, nebst ihren Begleitern, Bedienten und zween Matrosen, als sie auf einen Berg hinan stiegen, um Pflanzen zu suchen. Bey dieser Unternehmung waren sie sämmtlich der äußersten Gefahr und Kälte ausgesetzt. Doctor Solander ward von einer Schläfrigkeit befallen, die ihm beynahe das Leben gekostet hätte, und zween schwarze Bediente starben wirklich. Als diese Herren endlich am zweiten Tage ihrer Reise wieder an Bord des Schiffs gelangt waren, wünschten sie einander Glück zu ihrer Rettung mit einer Freude, die nur von denen empfunden werden kann, die gleiche Gefahren ausgestanden haben, und Herr Cook ward von einer sehr schmerzlichen Herzensangst befreyet. Es war ein fürchterliches Zeugniß von der Strenge der Himmelsgegend, daß diese Begebenheit sich in selbiger Weltgegend mitten im Sommer

*) Hawkesworth Reisen, 2 Band.

**) Ebendaselbst.

und am Ende eines Tages zutrug *), deſſen Anfang eben ſo
gelinde und warm war, als es gewöhnlich im Maymonate in
England iſt.

Während der Durchfahrt durch die Meerenge le Maire
hatten der Lieutenant Cook und ſeine geſchickten Freunde Gelegenheit, mit den Bewohnern des daran liegenden Landes in
einen ziemlichen Grad der Bekanntſchaft zu kommen. Hier
ſahen ſie die menſchliche Natur in ihrer niedrigſten Geſtalt.
Die Eingebornen ſchienen die ärmſten und verlaſſenſten ſowohl,
als dümmſten von allen Menſchenkindern zu ſeyn. Sie bringen ihr Leben damit zu, daß ſie in den fürchterlichen Wüſte-
neyen, von welchen ſie umgeben ſind, herum irren, und ihre
Wohnungen ſind elende Hütten von Stecken und Gras aufgeführt, in welche nicht allein der Wind, ſondern auch Schnee
und Regen eindringen können. Sie ſind beynahe nackend,
und aller Bequemlichkeit, welche die roheſte Kunſt liefert, ſo
ſehr beraubt, daß ſie auch nicht einmal die geringſten Geräth-
ſchaften haben, ihre Speiſen zu bereiten. Sie ſchienen gleichwohl keinen Wunſch zu hegen, mehr, als ſie beſaßen, zu
erwerben, und von denjenigen, was die Engländer ihnen
anboten, ſchien ihnen nichts als Knöpfe, eine überflüßige
Zierde des Lebens, annehmlich zu ſeyn. Doctor Hawkesworth zieht hieraus den Schluß, daß dieſe Leute in Rückſicht
auf die Glückſeligkeit, deren ſie genießen, uns wohl gleich zu
ſchätzen ſeyn mögen **). Allein dieß iſt gleichwohl ein Satz,
den man nicht ſo übereilt zugeben muß. Es iſt freylich ein
herrlicher Umſtand in der Ordnung der göttlichen Vorſehung,
daß die roheſten Bewohner der Erde, und diejenigen, die
in der ungünſtigſten Himmelsgegend gelegen ſind, ihre

*) Hawkesworth Reiſen, 2 Band.
**) Ebendaſelbſt.

unglücklichen Umstände nicht empfinden. Man muß aber doch immer zugeben, daß ihre Glückseligkeit sowohl in Anse= hung der Art, als des Grades viel geringer ist, als jene ver= nünftige, gesellschaftliche und moralische Glückseligkeit, die man in einem höchst ausgebildeten Zustande der Gesellschaft zu erreichen vermögend ist.

Auf den Reisen nach dem südlichen stillen Ocean ist die Bestimmung des besten Weges aus dem atlantischen Meere ein Punkt von besonderer Wichtigkeit. Welche außeror= dentliche Schwierigkeiten die ersten Seefahrer in dieser Rücksicht erfahren, ist bekannt genug. Vor der Fahrt um Cap Horn fürchtete man sich besonders so sehr, daß die Fahrt durch die magellanische Meerenge, der allgemeinen Meynung nach, weit vorzuziehen war. Lieutenant Cook hat auf das zuverläßigste bewiesen, daß diese Meynung irrig war. Er brachte nur drey und dreyßig Tage auf der Fahrt um das Feuerland von dem östlichen Eingange in die Meerenge le Maire zu, bis er ungefähr zwölf Grad gegen Westen und viertehalb gegen Norden von der magellanischen Meerenge fortgerückt war, und während dieser Zeit hatte das Schiff fast gar keinen Schaden gelitten. Wenn er dagegen vermit= telst jener Durchfahrt in den stillen Ocean gekommen wäre, so würde er sie in nicht weniger als drey Monaten haben zu= rücklegen können. Ueberdieß würde seine Mannschaft sehr abgemattet worden seyn, und die Anker, Cabeltaue, Se= gel, Tauwerk und Stangen des Schiffs würden sehr gelitten haben. Bey der Fahrt, die er wählte, war er allen diesen Ungelegenheiten nicht ausgesetzt. Mit einem Worte, Lieute= nant Cook leistete durch sein eignes Beyspiel, indem er das Cap Horn umfuhr, durch seine genaue Bestimmung der Breite und Länge der Oerter, wohin er kam, und durch seinen

Unterricht für künftige Reisende, diesem Theile der Schiffahrt, die wesentlichsten Dienste *).

Am 26ſten Januar verließ der Endeavour Cap Horn, und es ergab ſich, daß von dieſer Zeit an bis zum erſten März, während einer Fahrt von ſechshundert und ſechszig Seemeilen, ſich kein Meerſtrom fand, den man auf dem Schiffe merklich empfunden hätte. Es war daher höchſt wahrſcheinlich, daß unſre Seefahrer keinem Lande von irgend einer beträchtlichen Größe nahe geweſen ſind, da ſich immer Meerſtröme finden, wenn das Land nicht weit entfernt iſt **).

Im Verfolg der Reiſe des Lieutenants Cook vom Cap Horn nach Otaheite wurden verſchiedene Inſeln entdeckt, welchen man die Namen Lagoon-Eyland, Thrumbcap, Bow-Eyland, the Groups, Bird-Eyland und Chain-Eyland beylegte. Man fand, daß die meiſten dieſer Inſeln bewohnt waren, und der mit Graſe bewachſene Boden und die Wälder von Palmbäumen, die man auf einigen derſelben ſehen konnte, gaben ihnen das Anſehen eines irrdiſchen Paradieſes in den Augen von Leuten, welche, wenn man die fürchterlichen Berge auf dem Feuerlande ausnimmt, ſeit langer Zeit nichts als Himmel und Waſſer geſehen hatten ***).

*) Hawkesworth, 2 B.

**) Hawkesworth, 2 Band.

***) Ebendaſelbſt. — Lagoon-Eyland liegt in der Breite von 18° 47'' S. und der Länge von 139° 28' W.; Thrumbcap in der Breite von 18° 35' S. und in der Länge von 139° 48' W.; Bow-Eyland in der Breite von 18° 23' S. und in der Länge von 141° 12' W.; Die ſüdöſtlichſte Inſel von den Groups in der Breite von 18° 12' S. und in der Länge von 142° 42' W.; Bird-Eyland in der Breite von 17° 48' S. und in der Länge von 143° 35' W.; und Chain-Eyland in der Breite von 17° 23' S. und in der Länge von 145° 54' W.

Am 11ten April bekam man auf dem Endeavour Ota=
heite zu Gesichte, und am 13ten kam dieß Schiff in der Bay
von Port=Royal, die von den Einwohnern Matavai genannt
wird, vor Anker. Da es wahrscheinlich war, daß der
Aufenthalt der Engländer auf dieser Insel eben von keiner
gar kurzen Dauer seyn würde, und viel von der Art und
Weise abhieng, wie der Verkehr mit den Einwohnern ange=
stellet würde: so entwarf der Lieutenant Cook, mit großer
Einsicht und Menschlichkeit eine Anzahl Vorschriften, nach
welchen seine Mannschaft sich in ihrem Betragen richten
sollte, und gab Befehl, daß sie pünktlich beobachtet werden
sollten *).

*) Hawkesworth, 2 Band. — Die Vorschriften waren fol=
gende: 1) Alle erlaubte Mittel anzuwenden, um Freund=
schaft mit den Eingebornen zu unterhalten, und sie mit aller
nur erdenklichen Leutseligkeit zu behandeln. 2) Es sollen
eine oder mehr tüchtige Personen ernannt werden, mit den
Eingebornen um alle Arten von Lebensmitteln, Früchten
und andern Erzeugnissen der Erde zu handeln; und kein Of=
ficier, oder Seemann, auch keine andere zum Schiffe gehö=
rige Person soll um einige Gattung von Lebensmitteln,
Früchten oder andern Erzeugnissen der Erde mit ihnen han=
deln, oder zu handeln sich anerbieten, woferne sie keine Er=
laubniß dazu haben. 3) Wer am Ufer etwas, es sey was
es wolle, zu thun hat, soll seine Pflicht mit allem Fleisse
ausrichten, und wenn er aus Nachläßigkeit ein Stück von
seinen Waffen oder Geräthschaften verliert, oder sich stehlen
läßt: so soll der volle Werth davon von seiner Bezahlung
abgezogen werden, der bey der Flotte in solchen Fällen ein=
geführten Gewohnheit gemäß, und er soll noch dazu so be=
straft werden, wie die Beschaffenheit des Versehens es ver=
dient. 4) Mit eben derselben Strafe sollen diejenigen belegt

Eines der erſten Dinge, welche die Aufmerkſamkeit des
Lieutnants nach ſeiner Ankunft auf der Inſel Otaheite be,
ſchäftigten, war, Anſtalten zur Vollziehung ſeines wichtigen
Auftrags zu machen. Da er nun in einer nach Weſten vor,
genommenen kleinen Reiſe keinen bequemern Hafen, als den,
jenigen, worin der Endeavour lag, gefunden hatte: ſo be,
ſchloß er, an Land zu gehen, und einen Fleck, der von den
Kanonen des Schiffs beſtrichen werden konnte, auszuſuchen,
um daſelbſt ein kleines Fort zur Vertheidigung aufzuwerfen,
und alles in Bereitſchaft zu ſetzen, um die aſtronomiſche
Beobachtung anſtellen zu können. Er nahm alſo eine Anzahl
Leute zu ſich und landete in Begleitung des Herrn Banks,
Doctors Solanders und Herrn Green. Sie wurden bald
über einen Platz einig, der zu ihrer Abſicht ſehr geſchickt
war, und in einer anſehnlichen Entfernung von allen Woh,
nungen der Eingebornen lag. Indem nun dieſe Herren den
Platz auszeichneten, welchen ſie einzunehmen die Abſicht heg,
ten, und ein kleines, dem Herrn Banks gehöriges Zelt errich,
tet ward: ſo verſammelte ſich nach und nach eine große Anzahl
der Landes-Einwohner um ſie herum, aber in keiner feindſeligen
Abſicht, da bey den Indianern kein Gewehr von irgend einer
Art zu ſehen war. Herr Cook gab ihnen gleichwohl zu ver,
ſtehen, daß keiner von ihnen über die Linie, die er gezogen

werden, die irgend etwas von dem Schiffsvorrath, von wel,
cher Art es auch ſey, rauben, damit handeln, oder handeln
wollen. 5) Für keine Gattung von Eiſen, oder aus Eiſen
gemachten Dingen, noch für irgend eine Gattung Tuch,
oder anderer nützlichen oder nothwendigen Artikel ſoll etwas
anders, als Lebensmittel eingetauſcht werden.

J. Cook.

hatte, kommen sollte, einer ausgenommen, welcher ein
Oberhaupt zu seyn schien, und Owhaw, ein Eingeborner,
der sich sowohl bey des Capitain Wallis Unternehmung, als
bey der jetzigen Reise zu den Engländern gehalten hatte.
Der Lieutenant bemühete sich, diesen beyden Leuten zu verstehen zu geben, daß der Platz, den man abgestochen hatte,
nur gebraucht werden sollte, um eine gewisse Anzahl Nächte
daselbst zu schlafen, und daß man ihn hernach wieder verlassen würde. Er konnte nicht mit Gewißheit bestimmen, ob
man seine Meynung begriffen hätte, oder nicht; aber das
Volk bewies einen Gehorsam und eine Ehrerbietigkeit, die
man kaum hätte erwarten können, und die sehr willkommen
waren. Die Leute setzten sich außerhalb dem Kreise nieder,
und erwarteten friedlich und ununterbrochen den Fortgang
der Arbeit, womit man, um sie zu vollenden, über zwo
Stunden zubrachte.

Nachdem dieses vollbracht war, und Herr Cook dreyzehn Seesoldaten und einen Unterofficier zur Bewachung des
Zelts bestellt hatte: so nahm er mit den Herren, die bey ihm
waren, einen kleinen Gang in die Wälder des Landes vor.
Sie waren aber noch nicht weit gekommen, als ein sehr unangenehmer Vorfall sie wieder umzukehren bewog. Einer von
den Indianern, welcher bey dem Zelte blieb, nachdem der
Lieutenant und seine Freunde selbiges verlassen hatten, nahm
die Gelegenheit wahr, die Schildwache unvermuthet zu über-
fallen, und entriß derselben die Flinte. Hierauf gab der Unterofficier, welcher die Mannschaft commandirte, und Mid-
shipman war, den Seesoldaten Befehl zu feuern. Mit gleichem Mangel der Ueberlegung und vielleicht mit gleicher Un-
menschlichkeit feuerten die Soldaten ihre Gewehre auf den
dicksten Haufen des flüchtenden Volks ab, welches über hundert Mann stark war. Da man bemerkte, daß der Dieb
nicht

nicht fiel: so ward er verfolgt und erschoffen. Aus nachmals angestellter Erkundigung erhellete glücklicher Weise,
daß außer diesem niemand von den Eingebornen weder getödtet, noch verwundet war.

Lieutenant Cook, welchem das Verhalten des Unteroffi-
ciers ungemein mißfiel, bediente sich aller Mittel, die nur in
seiner Gewalt waren, den Indianern ihre Furcht und das
Schrecken zu benehmen, es wollte ihm aber doch nicht sogleich
glücken. Am folgenden Morgen sah man nur wenige Einwohner am Ufer, und kein einziger kam von denselben ans
Schiff. Den Engländern war es dabey besonders leid, daß
selbst Owhaw, welcher bisher so standhaft in seiner Zuneigung gewesen war, und sich am vorigen Tage vorzüglich thätig bewiesen hatte, um den Frieden, welcher unterbrochen
worden war, wieder zu erneuern, sich jetzt nicht sehen ließ.
Allein des Abends, als der Lieutenant sich bloß mit der zum
Boote nöthigen Mannschaft und einigen von den Herren ans
Land begab, versammelten sich zwischen dreyßig und vierzig
von den Eingebornen um sie herum, und verhandelten ihnen auf eine freundschaftliche Art Cocosnüsse und andere
Früchte *).

Am 17ten April errichteten die Herren Cook und Green
ein Gezelt am Ufer, und brachten die Nacht daselbst zu, um
eine Verfinsterung des ersten Trabanten des Jupiters daselbst
zu beobachten; allein das gelang ihnen nicht, weil der Himmel mit Wolken bedeckt ward. Am folgenden Tage fieng der
Lieutenant mit so viel von seinen Leuten, als auf dem Schiffe
nur immer entbehret werden könnten, an, das Fort zu
errichten. Indem die Engländer sich mit dieser Arbeit
beschäftigten, wurden sie von den Indianern so wenig daran

*) Hawkesworth, 2 Band.

Erster Theil.   C

gehindert, daß viele ihnen vielmehr freywillig behülflich wa=
ren, und die Schanzpfähle und Faschinen aus dem Walde,
wo sie waren gehauen worden, mit großer Hurtigkeit herbey
brachten. Herr Cook war in der That so gewissenhaft, sich
ihres Eigenthums zu bemächtigen, daß jeder Pfahl, den
man brauchte, gekauft, und kein Baum gefället ward, wenn
er nicht vorher ihre Einwilligung erhalten hatte *).

Am 26 April ließ der Lieutenant sechs Drehbassen im
Fort aufpflanzen, und sah bey dieser Gelegenheit mit Leid=
wesen, daß die Eingebornen dadurch beunruhiget und in
Schrecken gesetzt wurden. Einige Fischer, die auf der Erd=
spitze wohnten, nahmen ihre Wohnung in einer größern
Entfernung, und Owhaw gab den Engländern durch Zeichen
seine Erwartung zu verstehen, daß sie ihre großen Kanonen
in vier Tagen abfeuern würden.

Am folgenden Tage, den 27 April gab der Lieutenant
durch die Bestrafung des Metzgers vom Endeavour einen
auffallenden Beweis, wie sehr er über Gerechtigkeit hielte,
und sich angelegen seyn ließe, die Einwohner vor Unrecht
und Gewaltthätigkeit zu schützen. Dieser ward beschuldiget,
daß er einer Frau, der Gattinn des Tuboural Tomaide, eines
Oberhaupts, der wegen seiner Zuneigung zu unsern Seefah=
rern merkwürdig war, gedrohet, oder gar versucht habe,
ihr das Leben zu nehmen. Der Metzger wollte ein steiner=
nes Beil um einen Nagel von dieser Frau kaufen. Diesen
Kauf zu schließen, weigerte sie sich schlechterdings. Der
Kerl ergriff hierauf das Beil und warf den Nagel auf die
Erde, wobey er zugleich drohete, daß, wenn sie den ge=
ringsten Widerstand thäte, er ihr die Gurgel mit einer Sense,
die er in der Hand hatte, abschneiden wollte. Die

*) Hawkesworth, 2 Band.

Beschuldigung ward in Gegenwart des Herrn Banks so vollkommen bewiesen, und der Metzger hatte so wenig zu seiner
Entschuldigung zu sagen, daß sein Verbrechen im geringsten
nicht zweifelhaft blieb. Herr Banks gab dem Lieutenant
von dem Vorfalle Nachricht, und dieser nahm, als gedachter Anführer sich mit seinen Weibern und andern Eingebornen am Bord befand, Gelegenheit, den Verbrecher herauf-
zurufen, und ertheilte, nach Wiederholung der Anklage und
Beweise, Befehl, daß er sogleich bestraft werden sollte. Indem nun der Metzger entkleidet, und an den Mast gebunden
ward, waren die Indianer ungemein aufmerksam, und
erwarteten den Ausgang in stiller Unentschlossenheit. Allein
so groß war die Menschlichkeit dieser Leute, daß, so bald
er den ersten Streich bekommen hatte, sie sich seiner mit
großer Bewegung annahmen, und ernstlich baten, daß der
Rest der Strafe ihm erlassen werden möchte. Hierzu aber
konnte der Lieutenant aus mancherley Ursachen seine Einwilligung nicht geben, und als sie fanden, daß ihre Fürbitten
fruchtlos waren, so gaben sie ihr Mitleiden durch Thränen
zu erkennen *).

Am 1sten May ward die Sternwarte errichtet, und der
astronomische Quadrant ward mit einigen andern Werkzeugen ans Land gebracht. Als die Herren Cook und Green am
folgenden Morgen ans Land giengen, um dem Quadranten
die gehörige Stellung zum Gebrauche zu geben, war er zu
ihrem unaussprechlichen Erstaunen und Leidwesen nirgends
zu finden. Er war in ein Gezelt, welches dem Lieutenant
zu seinem Gebrauche vorbehalten war, und in welchem niemand geschlafen hatte, gebracht worden; er war niemals
ausgepackt worden, und hatte ein beträchtliches Gewicht.

C 2

*) Hawkesworth, 2 Band.

Von den andern Werkzeugen fehlte keines, und eine Schildwache hatte fünf Yards vom Gezelte die ganze Nacht hindurch gestanden. Diese Umstände erregten den Verdacht,
daß der Diebstahl vielleicht von einigen unserer eigenen Leute
begangen seyn möchte, die, da sie einen bretternen Kasten
gesehen, und nicht gewußt, was darin befindlich wäre, vielleicht geglaubt hätten, daß Nägel und andere Artikel zum
Handel mit den Eingebornen in demselben enthalten wären.
Man nahm also die schärfste Nachsuchung vor, und demjenigen, welcher den Quadranten finden würde, ward eine ansehnliche Belohnung versprochen, aber alles vergebens. Bey
dieser Ereigniß leistete Herr Banks vortrefliche Dienste. Dieser Herr hatte mehr Einfluß bey den Indianern, als irgend
eine andere Person am Bord des Endeavour, und da nun
fast gar kein Zweifel übrig blieb, daß der Quadrant von einigen der Eingebornen war weggenommen worden: so beschloß
er, sich in die Waldung zu begeben, und ihn daselbst aufzusuchen, und — seinen klugen und muthigen Bemühungen hatte
man es zu danken, daß er wieder gefunden ward. Das
Vergnügen, welches man bey der Zurückbringung desselben
äußerte, war der Wichtigkeit der Begebenheit gleich; denn
der große Gegenstand der Reise hätte auf keine andere Art
zur Vollziehung gebracht werden können *).

An demselben Tage entstand noch eine andere Verlegenheit, wiewohl nicht von so ernsthafter Art, wozu einer unserer Officiere Anlaß gab, welcher den Tootahah, einen ihrer
Hauptleute, der sich mit den Engländern in die freundschaftlichste Verbindung eingelassen, unüberlegter Weise in Verhaft
genommen hatte. Lieutenant Cook, welcher ausdrücklich
befohlen hatte, daß kein Indianer gefänglich angehalten

---

*) Hawkesworth, 2 Band.

werden sollte, und daher über diesen Vorgang eben so sehr
erfreut als betroffen war, ließ den Tootahah sogleich wieder
in Freyheit setzen. Dieser Indianer hatte sich so fest eingebildet, daß man ihn tödten würde, daß man ihn nicht eher
von dem Gegentheile überzeugen konnte, bis er aus dem Fort
gelassen ward. Seine Freude über seine Befreyung war so
groß, daß sie sich in einer Freygebigkeit äußerte, woran unsre
Leute Theil zu nehmen sehr abgeneigt waren, weil sie wußten,
daß sie bey dieser Gelegenheit keine Ansprüche auf Gunstbezeugungen hatten. Der Eindruck, den der Verhaft dieses
Hauptmanns verursachte, wirkte gleichwohl so stark auf die
Gemüther der Eingebornen, daß sich wenige von ihnen sehen
ließen, und es ward so wenig zu Markte gebracht, daß die
Engländer an den Nothwendigkeiten Mangel litten. Endlich gewann man durch die klugen Bemühungen des Lieute-
nants Cook, des Herrn Banks und Doctors Solander die
Freundschaft des Tootahah vollkommen wieder, und diese
Versöhnung wirkte wie ein Zauber auf die Indianer; denn
es war nicht so bald bekannt, daß er sich freywillig an Bord
des Endeavour begeben hatte, als man schon Brodfrucht,
Cocosnüsse und andern Vorrath in großem Ueberflusse ins
Fort brachte *).

Der Lieutenant und die übrigen Herren hatten bisher
aus lobenswürdiger Vorsichtigkeit nur Knöpfe gegen die eben
erwähnten Artikel von Lebensmitteln umgetauscht; weil aber
nicht viel mehr zu Markte gebracht war: so mußten sie zuerst
am 8ten May mit ihren Nägeln hervorkommen, und die
Wirkung dieser neuen Waare war so groß, daß man für
einen von der kleinsten Gattung, welcher ungefähr vier Zoll

*) Hawkesworth, 2 Band.

lang war, zwanzig Cocosnüsse, und Brodfrucht nach Maß, gabe bekam *).

Allererst am 10ten May vernahmen unsre Reisenden, daß der indianische Name der Insel Otaheite hieße, bey welchem Namen sie seit dem immer unterschieden worden **).

Am Sonntage, d. 14 May zeigte sich ein Beyspiel von der Unaufmerksamkeit, welche die Eingebornen gegen unsre Art des Gottesdienstes bewiesen. Der Lieutenant hatte angeordnet, daß der Gottesdienst im Fort gehalten werden sollte, und wünschte, daß einige der vornehmsten Indianer dabey zugegen seyn möchten. Herr Banks bewirkte, daß Tubourai Tamaide und seine Gattinn Tomio sich dabey einstellten, da er sich Hoffnung machte, daß dieß Anlaß zu einigen Nachforschungen von ihrer Seite und zu einigem Unterrichte auf dieselben geben würde. Während des ganzen Gottesdienstes beobachteten sie des Herrn Banks Betragen sehr aufmerksam, und standen, saßen oder knieeten, wie sie ihn dergleichen vornehmen sahen, und schienen es auch einzusehen, daß die Engländer sich mit einer ernstlichen und wichtigen Sache beschäftigten. Als aber der Gottesdienst zu Ende war, that niemand von ihnen einige Fragen, auch wollten sie keine Erklärungen anhören, die man ihnen von demjenigen, was vorgegangen war, zu machen versuchte ***).

Als der Tag zur Vollziehung des großen Endzwecks der Reise herannahete, beschloß Lieutenant Cook zufolge einiger Winke, die er von dem Grafen von Morton bekommen hatte, zwo Partheyen auszusenden, um den Vorübergang der Venus aus andern Stellungen zu beobachten. Er hofte,

---

*) Hawkesworth, 2 Band.

**) Ebendaselbst.

***) Ebendaselbst.

daß durch dieß Mittel der glückliche Erfolg der Beobachtung gesichert werden würde, wenn sie etwa zu Otaheite fehlschlagen sollte. Er ließ demnach am 1 Junius den Herrn Gore, nebst dem Herrn Monkhouse und Herrn Sporing, einem Begleiter des Herrn Banks in dem langen Boote nach Eimeo, einer benachbarten Insel abgehen. Herr Green versah sie mit den erforderlichen Werkzeugen. Herr Banks selbst entschloß sich, dieser Reise beyzuwohnen, auf welcher er von Tubourai Tamaide und Tomio, nebst andern Eingebornen begleitet ward. Sehr früh am folgenden Morgen schickte der Lieutenant den Herrn Hicks, nebst Herrn Clerk, Herrn Pickersgill und Herrn Saunders, welcher einer der Midshipmen war, in der Pinnasse ab, und ertheilte ihnen Befehl, einen gelegenen Platz gegen Osten in einiger Entfernung vom Haupt-Observatorio auszusuchen, wo sie sich gleichfalls der Werkzeuge bedienen könnten, womit sie zur Beobachtung des Durchgangs versehen waren.

Alle diejenigen, die Theil an der Sache nahmen, waren in größter Besorgniß, ob das Wetter zum glücklichen Erfolge der anzustellenden Beobachtung auch günstig seyn würde. In der Nacht, die vorhergieng konnten sie nicht ruhig schlafen; ihre Besorgniß aber ward ihnen glücklicher Weise benommen, als die Sonne frühmorgens den 3ten Junius ohne Wolken aufgieng. Das Wetter blieb den ganzen Tag hindurch eben so heiter, so daß die Beobachtung an allen drey Orten glücklich von Statten gieng. Im Fort, wo Lieutenant Cook, Herr Green und Doctor Solander sich befanden, ward der ganze Gang des Planeten Venus vor der Sonnenscheibe vorüber mit vielem Vortheile beobachtet. Die vergrößernde Kraft des Fernglases des Doctors Solander übertraf die Kraft dererjenigen, die dem Lieutenant und dem Herrn Green gehörten. Alle nahmen einen Dunstkreis, ober eine dunkele Wolke um den Körper des Planeten wahr, welche viel Unordnung in den Zeiten der Berührung, und besonders der innern machte; und in ihrer Angabe dieser Zeiten wichen sie in einem größern Grade von einander ab, als man hätte erwarten sollen. Nach dem Herrn Green geschah

	St.	M.	S.
Die erste äußerliche Berührung, oder die erste Erscheinung der Venus auf der Sonne um ﹐ ﹐	9	25	42
Die erste innerliche Berührung, oder der gänzliche Eintritt um	9	44	4
Die zweyte innerliche Berührung, oder der Anfang des Austritts um ﹐ ﹐ ﹐ ﹐ ﹐	3	14	8
Die zweyte äußerliche Berührung, oder der völlige Austritt um ﹐	3	32	10

Die Breite des Observatoriums befand man 17° 29′ 15″; und die Länge 149° 32′ 30″ westlich von Greenwich.

Einen umständlichern Bericht von dieser großen astronomischen Begebenheit, deren genaue durch des Königs großmüthigen der Wissenschaft verliehenen Schutz bewirkte Beobachtung Sr. Majestät so viel Ehre macht, findet man im ein und sechszigsten Bande der philosophischen Transactionen *).

Das Vergnügen, welches Lieutenant Cook und seine Freunde darüber empfanden, daß sie den ersten großen Endzweck ihrer Reise so glücklich erreicht hatten, ward nicht wenig durch das Betragen einiger Matrosen vermindert, welche

---

*) Hawkesworth, 2 Band. Philosophische Transactionen, 61ster Band.

mittlerweile, da die Aufmerksamkeit der Officiere mit dem
Durchgange der Venus beschäftiget war, eines der Vorraths=
häuser erbrachen, und einen Vorrath langer, spitziger Nä=
gel stahlen, die nicht weniger als hundert Pfund betrugen.
Dieß war ein schlimmer Umstand von öffentlicher und ernst=
hafter Art; denn diese Nägel hätten, wenn sie auf eine unge=
schickte Art unter den Indianern in Umlauf gekommen wären,
den Engländern unersetzlichen Schaden gethan, weil der
Werth des Eisens, ihrer vornehmsten Waare, dadurch ver=
mindert worden wäre. Einer der Diebe, von welchem man
gleichwohl nur sieben Nägel wieder bekam, ward entdeckt;
allein ob man ihn gleich mit einer Strafe von zwey Dutzend
Streichen belegte: so wollte er doch keinen der Mitschuldigen
angeben *).

Wegen der Abwesenheit der beyden Partheyen, die man
ausgesendet hatte, um den Durchgang zu beobachten, ward
der Geburtstag des Königs am fünften Junius, anstatt am
vierten, gefeyert **), und die Festlichkeit dieses Tags
mußte durch den glücklichen Erfolg, womit die Freygebigkeit
Sr. Majestät war gekrönet worden, ungemein erhöhet
werden.

Am 12 Junius war Capitain Cook wieder in die Noth=
wendigkeit gesetzt, eine strenge Züchtigung auszuüben. Einige
Eingeborne hatten bey ihm eine Klage angebracht, daß zween
Matrosen ihnen verschiedene Bogen und Pfeile nebst einigen
Stricken von geflochtenen Haaren geraubet hätten. Die
Beschuldigung ward völlig erwiesen, und er verurtheilte beyde
Verbrecher jeden zu zwey Dutzend Streichen.

C 5

*) Hawkesworth, 2 Band.

**) Ebendaselbst.

An demselben Tage entdeckte man, daß Otaheite, so wie andere Länder, wo ein gewisser Grad des gesell= schaftlichen Lebens herrscht, seine Dichter und Musicanten hat. Herr Banks hatte des Morgens auf einem Spatzier= gange eine Anzahl Eingeborne angetroffen, von welchen man, nach näherer Erkundigung, vernahm, daß es reisende Mu= sicanten wären. Auf erhaltene Nachricht, wo sie die Nacht zubringen würden, begaben alle Herren vom Endeavour sich dahin. Die Bande bestand aus zween Flötenspielern und drey Trommelschlägern, und die Trommelschläger begleiteten die Musik mit ihrer Stimme. Zu ihrem Erstaunen befan= den die Engländer, daß sie selbst gemeiniglich der Gegenstand des Gesangs waren, worauf die Musicanten doch nicht vor= bereitet waren. Diese Musicanten ziehen beständig von einem Orte zum andern, und werden von dem Herrn des Hauses und den Zuhörern mit denjenigen Dingen, deren sie bedürfen, belohnt.

Die wiederhölten Diebstähle, die von den Einwohnern zu Otaheite begangen wurden, setzten unsre Reisende sehr oft in Verlegenheit, und des Lieutenants Cook ganze Weisheit ward erfordert, sich dabey gehörig zu verhalten. Seine Ge= sinnungen in Ansehung dieses Gegenstands legten seine groß= müthige Gemüthsart an den Tag. Er hielt es für eine Sache von Wichtigkeit, den Diebereyen auf einmal, wo möglich, dadurch ein Ende zu machen, daß etwas geschähe, wodurch die Eingebornen überhaupt bewogen werden möchten, selb= gen in Rücksicht auf ihr gemeinschaftliches Interesse vorzu= beugen. Er hatte aufs strengste verboten, auf sie zu feuern, selbst wenn man sie bei dem Versuche, den Engländern etwas zu stehlen, beträfe. Der Lieutenant hatte hierzu verschiedene Gründe. Die gemeinen Schildwachen waren auf keine Weise so beschaffen, daß man ihnen die Gewalt über Leben

und ihr anvertrauen konnte, und Cook war auch nicht der
Meynung, daß die von den Otaheiten begangenen Diebstähle
eine so strenge Strafe verdienten. Sie wären nicht unter
Englands Gesetzen geboren, auch wäre es keine der Bedingungen, unter welchen sie auf die Wohlthaten der bürgerlichen
Gesellschaft Ansprüche machten, daß ihr Leben verwirkt seyn
sollte, wenn sie sich des Diebstahls nicht enthielten. Eben so
wenig aber als der Lieutenant wollte, daß auf die Eingebornen scharf gefeuert werden sollte, eben so wenig billigte er es,
nur blind auf sie zu schließen, weil sie dieses, wenn sie die Un-
schädlichkeit davon zu wiederholten Mahlen befunden, endlich
verachten würden. Zu einer Zeit, da ein beträchtlicher Diebstahl
war begangen worden, gerieth ihm zufälliger Weise etwas in die
Hände, wovon er hofte, daß es ein glückliches Mittel seyn
würde, künftigen Versuchen von der Art vorzubeugen. Ueber
zwanzig Segel-Canoes der Einwohner kamen mit einem
Vorrath von Fischen an. Dieser bemächtigte sich der Lieutenant Cook unverzüglich, und nachdem er sie in den Fluß hinter dem Fort gebracht hatte, zeigte er an, daß er die Canoes
verbrennen lassen würde, woferne man die gestohlnen Sachen
nicht wieder zurückgäbe. Diese Drohung, die er jedoch zu
vollziehen nicht willens war, wagte er bekannt zu machen,
in der völligen Ueberzeugung, daß, da die Zurückgabe auf
diese Weise zu einer gemeinschaftlichen Sache gemacht ward,
alle gestohlne Güter auf das eilfertigste wiedergebracht werden
würden. Hierin hatte er sich gleichwohl geirrt. Ein eiserner
Kohlenstörer ward freylich zurückgegeben, worauf man instän-
dig anhielt, daß die Canoes ausgeliefert werden möchten;
allein er bestand noch immer auf seine erste Bedingung. Am
folgenden Tage konnte er sein Erstaunen nicht bergen, als er
sah, daß wieder nichts war zurückgegeben worden; und da
das Volk wegen der Fische in der äußersten Bedrängniß war,

indem selbige in kurzer Zeit verdorben wären: so war er in die
unangenehme Nothwendigkeit gesetzt, entweder die Canoes
demjenigen, was er feyerlich und öffentlich erkläret hätte,
zuwider, frey zu geben, oder sie zum großen Schaden dererjenigen, welche unschuldig waren, zu behalten.   Er erlaubte
indessen den Eingebornen, um ihnen einigermaaßen zu Wil-
len zu seyn, die Fische wegzuschaffen, behielt aber die Canoes.
Allein dieß Mittel war so wenig vortheilhaft, daß es vielmehr zu neuer Verwirrung und Ungerechtigkeit Anlaß gab;
denn da es nicht leicht war, auf einmal zu unterscheiden,
welchen Personen die verschiedenen Partheyen von Fischen
gehörten: so wurden die Canoes von solchen geplündert, die
nicht das geringste Recht an irgend einem Theile der Ladung
hatten.   Als man endlich zu wiederholtenmalen auf die Zurückgabe der Canoes anhielt, und Lieutenant Cook Ursache
hatte zu glauben, daß die Sachen, welcher wegen er sie zurück
behalten hatte, sich nicht auf der Insel befänden, oder daß
diejenigen, welchen ihre Zurückbehaltung zum Nachtheil ge-
reiche, schlechterdings außer Stande wären, die Diebe zu
bewegen, ihren Raub wieder heraus zu geben: so beschloß er,
wiewohl nicht gleich unmittelbar, in die Bitte der Eingebornen zu willigen.   Unsern Befehlshaber kränkte es gleichwohl
nicht wenig, daß sein Entwurf so übel abgelaufen war *).

Um dieselbe Zeit ereignete sich ein anderer Vorfall, der
sie, aller Behutsamkeit der Vornehmsten von unsern Reisenden ungeachtet, mit den Indianern beynahe veruneiniget
hätte.   Der Lieutenant hatte ein Boot ans Land geschickt,
um Ballast für das Schiff einzunehmen.   Der Officier fand
nicht sogleich Steine, die zu der Absicht geschickt waren, und
fieng an, einen Theil eines eingeschlossenen Orts einzureißen,

---

*) Hawkesworth, 2 Band.

in welchem die Einwohner die Gebeine ihrer Todten aufbe-
wahrten. Diesem Beginnen widersetzte sich ein Theil der
Einwohner mit Gewalt, und man schickte einen Boten an
die Gezelte ab, den Herren zu melden, daß man dieß nicht
gestatten wollte. Banks begab sich sogleich nach dem Orte
hin, und endigte den Streit in kurzer Zeit dadurch freundschaftlich, daß er die Bootsleute nach dem Flusse hinschickte,
wo sie Steine in hinlänglicher Menge, ohne einige Möglichkeit, jemanden dadurch zu beleidigen, sammeln konnten.
Diese Indianer schienen durch eine Beleidigung von welcher
sie befürchteten, daß sie den Todten wiederfahren würde, mehr
als durch eine den Lebendigen zugefügte Beleidigung beunruhiget zu werden. Dieß war das einzige Beginnen, wobey
sie den Engländern Widerstand zu thun wagten; und die
einzige Beleidigung, die man einer einzelnen zum Endeavour
gehörigen Person je zufügte, erfolgte bey einer ähnlichen Gelegenheit *). Alle Reisende sollten sich freylich äußerst angelegen seyn lassen, die Religions-Vorurtheile des Volks,
unter welches sie kommen, nicht muthwilliger Weise zu beleidigen.

Um die Kunst der Schiffahrt und die Sphäre der Entdeckungen, zween Gegenstände, wovon nicht nöthig ist, zu
sagen, daß der Lieutenant Cook sie nie aus den Augen ließ,
zu erweitern, gieng er am 26 Junius mit Herrn Banks in
der Pinnasse aus, um die Insel zu umfahren. Die besondern Umstände dieser Fahrt um die Insel, auf welcher der
Lieutenant und seine Begleiter durch den befürchteten Verlust
des Boots einmal in große Unruhe geriethen, werden in des
Doctors Hawkesworth Erzählung weitläuftig angeführt.
Auf dieser Reise erwarb sich Cook eine Bekanntschaft mit den

*) Hawkesworth, 2 B.

verschiedenen Districten von Otaheite, von den Hauptleuten, welche denselben vorstunden, und von einer Menge sonderbarer, die Sitten und Gewohnheiten der Einwohner betreffender Umstände. Am ersten Julius langte er bey dem Fort zu Matavai wieder an, nachdem er befunden hatte, daß die Insel, die beyden Halbinseln, woraus sie besteht, mit eingerechnet, ungefähr dreißig Seemeilen im Umfange habe *).

Auf die Umschiffung von Otaheite folgte eine Unternehmung des Herrn Banks, um dem Flusse bis zum Thale, woraus er entspringt, nachzuspüren, und zu untersuchen, wie weit seine Ufer bewohnt wären. Auf dieser Reise entdeckte er viele Spuren von unterirrdischem Feuer. Die Steine hatten, so wie die zu Madera, augenscheinliche Merkmale, daß sie im Feuer gewesen waren, und sogar der Thon auf den Bergen hatte ein gleiches Ansehen.

Herr Banks beschäftigte sich auch noch auf eine andere achtungswürdige Art. Er streuete nämlich eine große Menge Sämereyen von Wassermelonen, Pommeranzen, Limonien und andern Pflanzen und Bäumen aus, die er zu Rio-de Janeiro gesammelt hatte. Für diese bereitete er den Grund aus beyden Seiten des Forts, und wählte so viele verschiedene Arten des Erdbodens, als er finden konnte. Er theilte auch diese Sämereyen freygebig unter die Eingebornen aus, und pflanzte nicht wenig davon in den Wäldern **).

Lieutenant Cook fieng nun an, Anstalten zu seiner Abreise zu machen. Am 7 Julius beschäftigten sich die Zimmerleute mit der Einreißung der Thore und Pallisaden der Festungswerke, und an den beyden folgenden Tagen fuhr man mit der Schleifung fort. Unser Befehlshaber und die übrigen

---

*) Hawkesworth, 2 B.

**) Ebendaselbst.

Henn hofften, daß sie Otaheite würden verlassen können, ohne den Einwohnern weiter einige Beleidigung zuzufügen, oder von ihnen beleidiget zu werden; allein in dieser Rücksicht warden sie unglücklicher Weise betrogen. Der Lieutenant hatte bey einem kleinen Zwiste zwischen zween fremden Seeleuten und einigen Indianern klüglich Nachsicht gebraucht, als er unmittelbar in einen Streit verwickelt ward, den er sehr bedauerte, und dessen Vermeidung doch ganz und gar nicht in seiner Gewalt war. Mitten in der Nacht zwischen dem achten und neunten Julius, begaben sich Clement Webb und Samuel Gibson, zween von den Seesoldaten, heimlich weg aus dem Fort. Da man sie frühmorgens nicht fand, so befürchtete Cook, daß sie die Absicht haben möchten, zurückzubleiben; weil er aber die Einigkeit und das gute Vernehmen, welche jetzt zwischen unsern Leuten und den Eingebornen herrschten, nicht gerne stören wollte; so beschloß er, einen Tag zu warte, ob die Leute vielleicht zurückkommen würden. Als aber die Seesoldaten, zum größten Leidwesen des Lieutenants am 10ten frühmorgens noch nicht zurückgekommen waren: so erkundigte man sich nach ihnen bey den Indianern, welche bekannten, daß jeder von ihnen ein Weib genommen, und daß sie beschlossen hätten, Landeseinwohner zu werden. Nach einiger Ueberlegung unternahmen es zween von den Eingebornen, diejenigen, die Cook hinzusenden für dienlich erachten würde, nach dem Orte hinzuführen, wo die Ausreisser sich aufhielten, und diesem zufolge schickte er einen Unterofficier und Corporal der Seesoldaten mit den Führern ab. Da es von äußerster Wichtigkeit war, die Leute wieder zu bekommen, und daß dieses bald geschähe: so ward verschiedenen von den Hauptleuten, die sich mit ihren Frauen im Fort befanden, und unter welchen Tuboural Tomaide, Tomio und Oberea waren, angedeutet, daß man ihnen nicht

eher, als nach der Zurückkunft der Flüchtlinge erlauben würde,
daſſelbe zu verlaſſen; und der Lieutenant hatte das Vergnügen zu bemerken, daß ſie durch dieſe Anzeige wenig oder gar
nicht beunruhiget wurden, und das Vertrauen hegten, daß
man ſich ſeiner Leute verſichern, und ſie ſo bald als möglich
zurückſenden würde. Indem nun dieſes im Fort vorgieng,
ſchickte unſer Befehlshaber den Herrn Hicks in der Pinnaſſe
ab, um den Tootahah an Bord des Schiffs zu bringen.
Cook hatte Urſache zu erwarten, daß, wenn die indianiſchen
Führer getreu wären, die Entlaufenen, und diejenigen, welche
abgeſchickt waren, ſie aufzuſuchen, noch vor Abends zurückkommen würden. Seine Erwartung aber ſchlug ihm fehl,
ſein Verdacht ward ſtärker, und da er es, bey Herannäherung der Nacht nicht für ſicher hielt, diejenigen, die er als
Geiſſeln zurückbehalten hatte, im Fort bleiben zu laſſen: ſo
ertheilte er Befehl, den Tubourai Tomaide, die Oberea,
und einige andere an Bord des Endeavour zu bringen; ein
Umſtand, der eine ſo allgemeine Unruhe verurſachte, daß
verſchiedene von ihnen, und beſonders die Weiber, ihre Beſorgniſſe mit großer Bewegung und vielen Thränen zu erkennen gaben. Ungefähr um neun Uhr ward Webb von einigen
Eingebornen zurückgebracht, welche erklärten, daß Gibſon,
der Unterofficier und Corporal nicht eher würden zurückgegeben werden, bis Tootahah in Freyheit geſetzt wäre. Lieutenant Cook befand nunmehr, daß das Blatt ſich gewendet
habe; da er aber zu weit gegangen war, als daß er wieder
hätte zurückgehen können: ſo ſchickte er ſogleich den Herrn
Hicks mit einer ſtarken Parthey in dem Langboote ab, um
die Gefangenen zu befreyen. Dem Tootahah gab man zu
gleicher Zeit zu verſtehen, daß es ihm zukäme, einige ſeiner
Leute mitzuſchicken, in der Abſicht, ihnen thätigen Beyſtand
zu leiſten. Nach dieſem Antrage bequemte er ſich ſogleich,

und

und die Gefangenen wurden ohne den geringſten Widerſtand ausgeliefert.   Am folgenden Tage wurden ſie zurück aufs Schiff gebracht, worauf die Hauptleute aus ihrem Verhafte entlaſſen wurden.   Dieß war das Ende einer Sache, die dem Lieutenant viel Unruhe und Sorge gemacht hatte.   Man ſieht aber doch, daß die Maaßregel, zu welcher er griff, eine Folge von einer unumgänglichen Nothwendigkeit war, weil er ſeine Leute auf keine andere Art, als durch den Verhaft der Haupt- leute hätte wieder bekommen können.   Die Liebe war die Verführerin der beyden Seeſoldaten.   Die Zuneigung, welche ſie zu zwo Mädchen gefaßt hatten, war ſo ſtark, daß ſie die Abſicht hatten, ſich ſo lange zu verbergen, bis das Schiff abgeſegelt wäre, und die Inſel zu ihrem Wohnplatze zu machen *).

Tupia war einer von den Eingebornen, welcher den Eng- ländern ſo beſonders ergeben war, daß er ſie während der ganzen Zeit ihres Aufenthalts zu Otaheite faſt gar nicht ver- ließ.   Er war der Oberea erſter Miniſter zu der Zeit geweſen, da ihre Gewalt und ihr Anſehen aufs höchſte geſtiegen war, und er war auch zugleich oberſter Prieſter des Landes.   Mit ſeiner Kenntniß der Religionsgrundſätze und Cärimonien der Indianer, verband er große Erfahrung in der Schiffahrt, und eine beſondere Bekanntſchaft mit der Anzahl und Lage der benachbarten Inſeln.   Dieſer Mann hatte oft ein Ver- langen geäußert, mit unſern Seefahrern zu gehen, und als ſie zur Abreiſe bereit waren, kam er mit einem Knaben von ungefähr dreyzehn Jahren an Bord, und bat, daß man ihm erlauben möchte, ſie auf ihrer Reiſe zu begleiten.   Es war aus mancherley Gründen ſehr zu wünſchen, einen ſolchen

*) Hawkesworth, 2 Band.

Erſter Theil.   D

Mann an Bord zu haben, und Lieutenant Cook nahm daher den Vorschlag mit Freuden an.

Am 13ten Julius lichteten die Engländer die Anker, und sobald das Schiff unter Segel war, nahmen die am Bord befindlichen Indianer Abschied, und weinten, mit anständigem und stillem Kummer, welcher viel rührendes und zärtliches hatte. Tupia bewies bey diesem Auftritte eine wahrhaftig bewundernswürdige Standhaftigkeit und Entschlossenheit; denn ob er gleich weinte, so trug doch das Bestreben, welches er anwendete, seine Thränen zu verhehlen, mit ihnen dazu bey, ihm Ehre zu machen.

Unsere Reisende hielten sich drey Monate lang zu Otaheite auf, wovon der größte Theil in herzlichster Freundschaft mit den Einwohnern, und einer beständigen Erwiederung guter Dienste zugebracht ward. Der Umstand, daß einige Zwistigkeiten entstanden, ward von dem Lieutenant Cook und seinen Freunden, die sich äußerst angelegen seyn ließen, sie so viel als möglich zu vermeiden, gar sehr bedauert. Die vornehmsten Ursachen derselben entsprangen aus der besondern Lage und den Umständen der Engländer und Indianer, und besonders aus dem Hange der letztern zu Dieberreyen. Bey den Wirkungen dieses Hanges konnte man nicht immer Nachsicht brauchen, noch ihnen vorbeugen. Es war gleichwohl ein Glück, daß die entstandenen Zwistigkeiten nur in einem einzigen Falle eine unglückliche Folge hatten, und daß dieser Zufall dem Lieutenant die Lehre gab, die wirksamsten Maaßregeln zu nehmen, um dergleichen Begebenheiten in Zukunft vorzubeugen. Nichts lag ihm so sehr am Herzen, als daß der Verkehr seiner Leute in keinem Falle Anlaß zum Blutvergießen geben möchte.

Der Handel mit den Einwohnern um Lebensmittel und Erfrischungen, welcher hauptsächlich unter der Aufsicht des

Herr Banks stand, ward mit so vieler Ordnung, wie auf irgend einem wohleingerichteten Marktplatze in Europa, getrieben. Man fand, daß Aexte, Beile, eiserne Spitzen, große Nägel, Spiegel, Messer und Knöpfe die besten Artikel zum Absatze waren; und für einige derselben konnte man alles, was die Einwohner besaßen, bekommen. Feine weisse, oder gedruckte Leinewand war ihnen freylich auch lieb; aber für eine Axt, die eine halbe Krone werth war, bekam man mehr, als für ein Stück Leinewand, welches einen Werth von zwanzig Schillingen hatte *).

Man würde zu weit von dem Endzwecke dieser Erzählung abweichen, wenn man sich in eine umständliche Nachricht von der Beschaffenheit, den Erzeugnissen, Einwohnern, Gewohnheiten und Sitten der Länder, die von Cook entdeckt, oder besucht wurden, einlassen, oder einen umständlichen Bericht von jeder die Schiffahrt betreffenden, geographischen und astronomischen Beobachtung mittheilen wollte. Dergleichen kann man in den Reisen, die unter Autorität bekannt gemacht worden, ausführlich nachlesen. Hier wird es genug seyn, zu bemerken, daß unser Befehlshaber Otaheite nicht verließ, ohne einen Vorrath von Nachrichten und Unterricht zur Erweiterung der Kenntnisse und zum Nutzen der Schiffahrt gesammelt zu haben.

Indem nun der Endeavour seine Reise langsam fortsetzte, berichtete Tupia dem Lieutenant Cook, daß auf vier der benachbarten Inseln, die er durch die Namen Huaheine, Ulietea, Otaha und Bolabola unterschied, Schweine, Geflügel und andere Erfrischungen, womit man in der letzten Zeit zu Otaheite nur kärglich war versehen worden, in großer Menge zu haben wären. Der Lieutenant

D 2

*) Hawkesworth, 2 Band.

wünschte gleichwohl zuerst eine Insel zu untersuchen, welche gegen Norden lag, und Tethuroa hieß. Er näherte sich also derselben; da er aber fand, daß es nur eine schmale, niedrige Insel wäre, und ihm zugleich gesagt ward, daß sie keine ansäßige Einwohner hätte: so beschloß er, die fernere Untersuchung derselben aufzugeben, und Huaheine und Ulietea aufzusuchen, welche, der Beschreibung nach, wohlbevölkert und so groß als Otaheite waren.

Am 15 Julius, da das Wetter nebelig war, und Kühlungen und Windstillen mit einander abwechselten, so daß man kein Land sehen konnte, und nicht viel von der Stelle kam, gab Tupia einen unterhaltenden Beweis, daß er in der Ausübung seines priesterlichen Charakters einigen Grad der Kunst mit seinem Aberglauben zu vereinigen wußte. Er betete oft zu seinem Gotte Tane um Wind, und eben so oft rühmte er sich auch der Erhörung. Um sich dieser zu versichern, bediente er sich in der That einer sehr wirksamen Methode, denn er fieng niemals an, sich eher an seine Gottheit zu wenden, als bis er wahrnahm, daß die Kühlung so nahe war, daß er wußte, sie würde sich dem Schiffe nähern, ehe sein Gebet zu Ende gebracht seyn könnte *).

Als der Endeavour am sechszehnten Julius dem nordwestlichen Theile von Huaheine nahe war, kamen gar bald einige Canoes von derselben, in deren einem sich der König der Insel und seine Gattinn befanden. Anfänglich fürchteten sich die Leute; als sie aber den Tupia sahen, verloren sich ihre Besorgnisse zum Theil, und endlich wagten sich, der öftern und ernstlich wiederholten Versicherungen der Freundschaft zufolge, ihre Majestäten und verschiedene andere an Bord des Schiffs. Ihr Erstaunen über alles, was man ihnen

*) Hawkesworth, 2 Band.

zeigte, war ungemein groß, und dennoch erſtreckte ſich ihre Neugierde auf keine andere Gegenſtände, als auf ſolche, die ihnen beſonders, um ſie zu bemerken, ausgezeichnet wurden. Als ſie vertrauter geworden waren, gaben ſie Herrn Cook zu verſtehen, daß ihr König Oree heiſſe, und daß er zum Beweiſe der Freundſchaft den Vorſchlag thue, daß ſie ihre Namen mit einander umtauſchen möchten. Unſer Befehlshaber willigte ſogleich darein, und ſo lange ſie beyſammen blieben, war der Lieutenant Oree, und der König war Cookee. Als der Endeavour Nachmittags in einem zwar nur kleinen, aber vortreflichen Hafen an der Weſtſeite der Inſel, welcher Owharre hieß, die Anker hatte fallen laſſen, begab ſich Cook in Begleitung des Herrn Banks, Doctors Solander, Monkhouſe, des Tupia und der Eingebornen, die ſeit früh morgens an Bord geweſen waren, ſogleich ans Land. Die Engliſchen Herren nahmen an den zween folgenden Tagen kleine Reiſen ins Land vor, auf welchen ſie wahrnahmen, daß die Einwohner von Huaheine denen zu Otaheite in Anſehung ihrer Geſtalt, Kleidung, Sprache und anderer Umſtände, ſehr ähnlich wären, und die Erzeugniſſe des Landes ſich vollkommen glichen.

In dem Handel mit unſern Leuten verriethen die Einwohner von Huaheine eine Behutſamkeit und Bedenklichkeit, welche verurſachten, daß der Verkehr mit ihnen langſam und verdrüßlich war. Die Engländer mußten alſo am 19ten Julius mit einigen Beilen hervorrücken, wovon man ſich anfänglich Hoffnung machte, daß es in einer Inſel nicht nöthig ſeyn würde, die niemals von Europäern war beſucht worden. Für dieſe erhielt man drey große Schweine, und da man Nachmittags unter Segel zu gehen beſchloß, ſo kam Oree nebſt verſchiedenen andern an Bord, um Abſchied zu nehmen. Cook ſchenkte dem Könige einen kleinen zinnernen

Teller mit der Innschrift: „Sr. brittischen Majestät Schiff Endeavour, Lieutenant James Cook Befehlshaber, d. 16 Julius, 1769, Huaheine." Unter den andern Geschenken, die Oree bekam, waren auch einige Medaillen, oder Zahl= pfennige, die der Englischen Münze ähnlich, und im Jahre 1761 geschlagen waren; welches alles und besonders den Teller der König sorgfältig und unverletzlich aufzubewahren ver= sprach. Der Lieutenant glaubte, dieß wäre ein so dauerndes Zeugniß, als man sich nur immer verschaffen könnte, daß die Engländer die Insel zuerst entdeckt hätten, und nachdem er seine Gäste, die mit der ihnen wiederfahrnen Begegnung ungemein zufrieden waren, entlassen hatte: segelte er nach Ulietea, wo er am folgenden Tage in einem guten Hafen den Anker fallen ließ *).

Tupia hatte seine Besorgniß geäußert, daß unsre See= fahrer, wenn sie auf dieser Insel landeten, den Angriffen der Einwohner von Bolabola ausgesetzt seyn würden; wel= che, wie er sagte, dieselbe neulich erobert hätten, und von denen er sich sehr fürchterliche Begriffe machte. Dieß hielt aber die Herren Cook und Banks, den Doctor Solander und die andern Herren nicht ab, sich sogleich ans Land zu begeben. Tupia, welcher gleichfalls von der Gesellschaft war, führte sie ein, indem er einige Cärimonien vollzog, wie er vorher auch schon zu Huaheine gethan hatte. Hierauf steckte der Lieutenant ein Englisches Fähnlein auf, und nahm im Namen Sr. brittischen Majestät Besitz von Ulietea und den drey

*) Hawkesworth, 2 Band. Huaheine liegt unter der Breite von 16° 43" S. und der Länge von 150° 52' W. von Green= wich. Diese Insel ist von Otaheite ungefähr 31 Seemeilen entfernt, in der Direction von N. 58. W. und hat unge= fähr sieben Meilen im Umkreise.

benachbarten Inseln Huaheine, Otaha und Bolabola, die er sämmtlich im Gesicht hatte.

Am 21sten Julius ward der Schiffsmeister in dem Lang-boote abgeschickt, um die Küste an der südlichen Seite der Insel zu untersuchen, und einer der Unterbootsleute mußte mit der Yolle ausgehen, um die Tiefen in dem Hafen, wo der Endeavour lag, auszuloothsen *). Zu gleicher Zeit gieng der Lieutenant Cook in der Pinnasse ab, um denjenigen Theil von Ulietea, welcher gegen Norden liegt, in Augenschein zu nehmen. Banks und die andern Herren begaben sich auch wieder ans Land, fiengen einen Handel mit den Eingebornen an, und untersuchten die Erzeugnisse und Seltenheiten des Landes; sie sahen aber nichts, was der Aufmerksamkeit wür-dig gewesen wäre, einige menschliche Kinnbacken ausgenom-men, die, so wie die Hirnhäute bey den Indianern in Nord-Amerika, Siegeszeichen waren, und vermuthlich von den Kriegern aus Bolabola als ein Andenken ihrer Eroberung waren aufgehangen worden.

Da das Wetter am 22sten und 23sten Julius nebligt war, und der Wind abwechselud ziemlich stark wehte: so wagte der Lieutenant es nicht, in See zu gehen; allein am 24sten, gieng er, wiewohl der Wind noch immer veränderlich war, unter Segel, und richtete seinen Lauf nach Norden mit ein-gebundenen Segeln; da er die Absicht hatte durch eine weitere Oeffnung, als diejenige, durch welche er in den Hafen kam, wieder auszulaufen. Er war gleichwohl, indem er dieses

D 4

*) Dieser Hafen, oder diese Bay heißt bey den Eingebornen Oopoa, und erstreckt sich fast in der ganzen Länge der Ost-seite der Insel. Da wo er am weitesten ist, kann er eine große Anzahl Schiffe aufnehmen.

that, in größter Gefahr, auf einen Felsen zu gerathen. Der Schiffsmeister, welcher auf seinen Befehl zwischen den Reihen von Felsen beständig das Senkbley gebrauchte, rief plötzlich aus: „Zwey Faden!" Obgleich unser Befehlshaber wußte, daß das Schiff wenigstens vierzehn Fuß tief gieng, und die Untiefe folglich nicht unter dem Kiel des Schiffs seyn konnte: so ward er doch nichts destoweniger mit Recht darüber unruhig. Zum Glücke hatte der Schiffsmeister sich entweder geirret, oder der Endeavour segelte am Rande einer Corallen-Bank hin, von welchen viele in der Nachbarschaft dieser Inseln so steil als eine Mauer sind.

Nach einer verdrüßlichen Schiffahrt von einigen Tagen, während welcher man verschiedene kleine Inseln sah, und das Langboot zu Otaha landete, begab sich Lieutenant Cook zurück nach Ulietea, aber nach einer andern Gegend, als diejenige, die er vorher besucht hatte. Am 1sten August ankerte er in einem Hafen an der Westseite der Insel. Diese Maaßregel war nothwendig, um einen Leck zu stopfen, den das Schiff in der Pulverkammer bekommen hatte, und um mehr Ballast einzunehmen, da man es zu leicht befunden hatte, als daß es bey etwas starkem Winde Segel führen konnte. Der Ort, wo man den Endeavour eingelegt, hatte eine bequeme Lage zu des Lieutenants Absicht, Ballast und Wasser zu bekommen.

Banks, Doctor Solander und die andern Herren, die sich an diesem Tage ans Land begaben, waren mit der Art, wie sie ihre Zeit hinbrachten, sehr zufrieden. Die Aufnahme, die ihnen widerfuhr, war im höchsten Grade ehrerbietig, und das Betragen der Indianer gegen die Engländer gab eine Furcht zu erkennen, die mit einem Vertrauen vermischt war, daß sie keine Neigung hätten, auf irgend eine Art zu beleitigen. In einem Verkehr, welchen der Lieutenant und seine

Freunde verschiedene Tage lang mit den Einwohnern in diesem Theile der Insel unterhielten, sah man, daß die Furcht, welche Tupia in Beziehung auf die Eroberer zu Bolabola an den Tag gelegt hatte, gänzlich ungegründet war. Selbst Opoony, der fürchterliche König von Bolabola, begegnete unsern Seefahrern mit Ehrfurcht. Als er sich am 5ten August zu Ulietea befand, schickte er dem Herrn Cook ein Geschenk von drey Schweinen, einigem Geflügel, und verschiedene Stücken Tuch von ungemeiner Länge, nebst einem ansehnlichen Vorrath an Plantanen, Cocosnüssen und andern Erfrischungen. Dieß Geschenk war mit einer Nachricht begleitet, daß er die Absicht habe, am folgenden Tage bey unserm Befehlshaber einen Besuch abzulegen. Dem Zufolge hielten sich der Lieutenant und die andern Herren am 6 August alle zu Hause, um diesen wichtigen Besuch abzuwarten. Allein Opoony erschien nicht, schickte aber drey hübsche Mädchen als Gesandtinnen, um etwas zur Vergeltung für sein Geschenk zu fodern. Da nun der große König nicht zu den Engländern kommen wollte: so beschlossen die Engländer, sich Nachmittags zum großen Könige zu begeben. Der Nachricht zufolge, die man von ihm als König der Bewohner von Bolabola, diesen Eroberern von Ulietea, die ein Schrecken aller andern Inseln waren, gegeben hatte, vermutheten der Lieutenant Cook und seine Freunde, daß sie einen jungen und muntern Anführer, aus dessen Blicken Verstand hervorleuchtete, und an welchem man Merkmale eines unternehmenden Geistes wahrnehmen könnte, sehen würden. Statt dessen aber fanden sie einen schwachen, abgelebten und hinfälligen Greis, der vor Alter halb blind, und so träge und dumm war, daß er kaum den gemeinen Grad von Menschenverstand zu besitzen schien. Am folgenden Tage begab sich Opoony mit unsern Seefahrern nach der Insel Otaha, als seinem

D 5

vornehmsten Residenzorte, und man hoffte, einige Vortheile
von seinem Einflusse zu haben, um diejenigen Lebensmittel,
an welchen Mangel war, zu erhalten. Allein diese Hoffnung
schlug unsern Seefahrern fehl; denn ob sie ihn gleich mit einer
Axt beschenkt hatten, um ihn zu bewegen, daß er seine Unterthanen ermuntern möchte, sich mit ihnen in ein Verkehr einzulassen: so mußten sie ihn doch verlassen, ohne einen
einzigen Artikel bekommen zu haben.

Unsre Seefahrer hatten sich wegen der Zeit, welche die
Zimmerleute brauchten, um den Leck des Schiffs zu ver-
stopfen, länger, als sie sonst gethan hätten, in Ulietea aufgehalten; Lieutenant Cook beschloß also, die Absicht, zu Bolabola ans Land zu gehen, aufzugeben, besonders da die
Landung mit Schwierigkeiten verknüpft zu seyn schien.
Der vornehmsten Inseln, in deren Gegend die Engländer
nun etwas über drey Wochen zugebracht hatten, waren sechs
an der Zahl, nämlich Ulietea, Otaha, Bolabola, Huaheine,
Tubai und Maurua *). Der Lieutenant gab ihnen, weil sie
nahe an einander liegen, den allgemeinen Namen der So-
cietäts- oder Gesellschafts-Inseln, hielt aber nicht
für schicklich, jeder besonders einen andern Namen, als womit sie von den Eingebornen benannt wurden, beyzulegen**).

*) Diese Inseln liegen zwischen 16° 10' und 16° 55' südlicher
Breite, und zwischen 150° 57' und 152° westlicher Länge
vom Meridian von Greenwich. Die kleinern Inseln, die
in der Nachbarschaft von Otaheite und den Societäts-Inseln liegen, waren Tethuroa, Eimeo, Tapoamanao, Oa-
tara, Opururu, Tamou, Toahoutu, und Whennuaia.

**) Hawkesworth, 2 Band.

Am 9ten Auguſt, da der Leck des Schiffs völlig geſtopft, und der friſche Vorrath, den man gekauft hatte, an Bord geſchafft war, bediente ſich unſer Befehlshaber einer Kühlung, die ſich aus Oſten erhob, und ſegelte aus dem Hafen. Als er davon ſegelte, bat ihn Tupia inſtändig, daß er doch einen Schuß nach Bolabola hin abfeuern möchte, und obgleich die Inſel ſieben Seemeilen entfernt war: ſo willigte doch der Lieutenant in ſeine Bitte. Tupia hatte dabey vermuthlich die Abſicht, ein Merkmal ſeiner Rachbegierde an den Tag zu legen, und die Macht ſeiner neuen Bundsgenoſſen zu zeigen.

Unſre Reiſenden ſetzten ihre Fahrt, ohne daß ihnen eine Begebenheit von einiger Merkwürdigkeit aufſtieß, bis zum dreyzehnten Auguſt fort, da man Land entdeckte, welches gegen Südoſten lag, und wovon Tupia ihnen ſagte, daß es eine Inſel, Namens O h e t e r o a wäre. Am folgenden Tage ſchickte Cook den Herrn Gore, einen ſeiner Lieutenants, in der Pinnaſſe mit dem Befehl ab, zu ſuchen, ans Land zu kommen, und ſich bey den Eingebornen zu erkundigen, ob in der Bay, welche ſie im Geſicht hatten, ein Ankerplatz vorhanden wäre, und was für Land weiter gegen Süden läge. Herr Banks, Doctor Solander und Tupia begleiteten den Herrn Gore bey dieſer Unternehmung, und Tupia verſuchte alle Mittel, ſich das Wohlwollen der Einwohner zu erwerben, und ſie zu einem freundſchaftlichen Verkehr zu bewegen; aber vergebens. Da man nun auf der Fahrt um die Inſel weder Hafen noch Ankerplatz finden konnte, und die Einwohner zugleich ſo feindſelige Geſinnungen zeigten, daß eine Landung ohne Blutvergießen nicht möglich geweſen wäre: ſo beſchloß Cook mit eben ſo vieler Weisheit als Menſchenliebe, keinen Verſuch dazu zu machen, da er keine Urſachen hatte,

die es rechtfertigen konnten, daß man das Leben der Menschen aufs Spiel setzte *).

Tupia gab unsern Seefahrern Nachricht, daß noch verschiedene Inseln, in verschiedener Entfernung und Richtung
von Oheteroa zwischen Süden und Nordwesten lägen, und
daß gegen Nordosten eine Insel, Manua, oder die Vogel-
Insel genannt, wäre. Seiner Beschreibung nach brauchte
man drey Tage, um nach dieser Insel zu segeln; er schien
aber vorzüglich zu wünschen, daß Lieutenant Cook seinen Lauf
nach Westen nehmen möchte, und beschrieb verschiedene daselbst liegende Inseln, von welchen er sagte, daß er sie besucht
hätte. Aus dieser Beschreibung derselben erhellete, daß es
vermuthlich Boscawens und Keppels-Inseln wären, die Capitain Wallis entdeckt hatte. Die entfernteste, dem Tupia
bekannte Insel gegen Süden, lag, seinem Berichte nach, in
einer Entfernung von ungefähr zween Tage Segelns von
Oheteroa und hieß Moutou. Er setzte aber hinzu, sein Vater hätte ihm gesagt, daß es Inseln gäbe, die noch weiter gegen Süden lägen. Ueberhaupt beschloß unser Befehlshaber,
seinen Lauf nach Süden zu richten, um festes Land aufzusuchen, und keine Zeit mit Entdeckung anderer Inseln zu verlieren, solche ausgenommen, die er auf seiner Fahrt zufälliger Weise entdecken würde.

Am 15 August giengen unsere Reisenden von Oheteroa
unter Segel, und am 25sten desselben Monats ward der

*) Oheteroa liegt 22° 27′ südlicher Breite, und 150° 47′
westlicher Länge vom Meridian von Greenwich. Sie hat
dreyzehn (englische) Meilen im Umfange, und liegt mehr
hoch, als niedrig; dem Ansehen nach aber war sie den andern Inseln, die man in diesen Gewässern gesehen hatte,
weder an Volksmenge, noch an Fruchtbarkeit gleich.

Jahrstag ihrer Abreise von England gefeyert. Am 30sten erblickte man den Kometen. Man sah ihn etwas über dem Horizont, in der östlichen Gegend des Himmels, um ein Uhr des Morgens, und ungefähr um halb fünf Uhr gieng er über den Meridian, und sein Schwanz erstreckte sich zu einem Winkel von zwey und vierzig Graden *). Tupia, welcher nebst andern den Kometen gewahr ward, rief sogleich aus, daß die Einwohner von Bolabola, so bald sie ihn erblickten, die Einwohner von Ulietea angreifen würden, so daß diese durch die schnellste Flucht in die Gebirge ihr Leben zu retten suchen müßten.

Am 6 October entdeckte man Land, welches dem Ansehen nach groß war. Als man es am folgenden Tage noch deutlicher sehen konnte, bekam es ein viel größeres Ansehen, und zeigte vier bis fünf Reihen von Bergen, die über einander hervorragten, und über welchen allen eine Kette von Bergen von ungeheurer Höhe war. Dieß Land gab natürlicher Weise Stoff zu einer sehr lebhaften Unterredung, und die allgemeine Meynung der Herren am Bord des Endeavour war, daß sie die Terra australis incognita gefunden hätten. Es war in der That ein Theil von Neu-Seeland, wo die ersten Begebenheiten, die den Engländern zustießen, wegen der feindseligen Gesinnungen der Einwohner von sehr unangenehmer Art waren.

Nachdem Lieutenant Cook am 8 October in einer Bay, vor der Mündung eines kleinen Flusses geankert hatte: so begab er sich des Abends in der Pinnasse und Yolle, in Gesellschaft des Herrn Banks und Doctors Solander, und unter der Bedeckung einer Parthey von seiner Mannschaft aus

---

*) Die Breite des Schiffs war 38° 20' südlich, und die Länge, nach der Schiffsschnur 147° 6' westlich.

Land. Da er mit einigen der Eingebornen, die er an dem Ufer des Flusses, welches demjenigen, an welchem er gelandet, gegenüber lag, wahrgenommen hatte, einigen Verkehr zu haben wünschte: so befahl er die Yolle in den Fluß zu legen, um ihn und seine Gefährten hinüber zu bringen, und ließ die Pinnasse vor der Mündung liegen. Als sie sich dem Orte, wo die Indianer sich versammelt hatten, näherten, liefen diese sämmtlich davon, und die Herren, welche vier Knaben um die Yolle zu hüten, zurück ließen, machten sich auf den Weg zu verschiedenen Hütten, die zwey bis dreyhundert Yards vom Ufer entfernt lagen. Sie waren noch nicht weit gekommen, als vier mit langen Lanzen bewaffnete Männer aus dem Walde hervorstürzten, und zum Boote eilten, es anzugreifen, welches sie auch gewiß abgeschnitten hätten, wenn sie von der Mannschaft in der Pinnasse nicht wären entdeckt worden, welche den Knaben zuriefen, daß sie den Fluß hinunterfahren möchten. Diese gehorchten augenblicklich; da sie aber von den Eingebornen hart verfolgt wurden: so feuerte der Befehlshaber der Pinnasse, welchem die Aufsicht über die Böte anvertrauet war, eine Flinte über ihre Köpfe ab. Sie standen hierauf still und sahen um sich herum: erholten sich aber bald wieder von ihrem Schrecken, schwungen ihre Lanzen auf eine drohende Art, und setzten nach einigen Minuten die Verfolgung fort. Man feuerte zum zweytenmale eine Flinte über ihre Köpfe ab, woran sie sich aber gar nicht zu kehren schienen. Als endlich einer von ihnen seine Lanze erhob, um sie aufs Boot zu werfen: so geschah wieder ein Schuß, welcher ihn erlegte. Die drey andern Indianer blieben, als ihr Gefährte fiel, eine Zeitlang unbeweglich stehen, und schienen vor Erstaunen versteinert zu seyn. Sie hatten sich nicht so bald wieder erholet, als sie sich zurück begaben, und den Todten mitschleppten, den sie

aber gleichwohl liegen laſſen mußten, damit ihre Flucht dadurch nicht aufgehalten werden möchte. Lieutenant Cook und
ſeine Freunde, die in einer kleinen Entfernung von einander
herum geſtreift hatten, vereinigten ſich wieder auf den Knall
vom erſten Flintenſchuſſe, ſie begaben ſich eiligſt wieder zum
Boot, und nachdem ſie in ſelbigem über den Fluß gefahren
waren: ſo erblickten ſie den Indianer, welcher todt auf dem
Boden lag. Nach ihrer Zurückkunft auf dem Schiffe konnten
ſie die Leute am Ufer ſehr ernſtlich und mit lauter Stimme
reden hören *).

Dieſes unglücklichen Vorfalls ungeachtet ertheilte der
Lieutenant, welcher einen Verkehr mit den Eingebornen anzufangen wünſchte, am folgenden Tage Befehl, drey Böte
mit Matroſen und Seeſoldaten zu bemannen, und näherte
ſich mit ſelbigen, von dem Herrn Banks, dem Doctor Solander, den andern Herren und Tupia begleitet, dem Ufer.
Ungefähr funfzig von den Einwohnern, die ſich am gegenüber
liegenden Ufer des Fluſſes, auf der Erde niedergeſetzt hatten,
ſchienen ihre Landung zu erwarten. Da man dieß als ein Zeichen der Furcht anſah: ſo näherte Cook ſich ihnen blos
mit dem Herrn Banks, Doctor Solander und Tupia, ſie
hatten aber kaum einige Schritte gemacht, als alle Indianer
auffprangen, und jeder von ihnen entweder eine lange Lanze,
oder ein kurzes Gewehr von grünem Talkſteine zeigte. Obgleich
Tupia ihnen in der Otaheiter Sprache zurief: ſo antworteten ſie
doch bloß durchs Herumſchwingen ihrer Waffen, und durch
Zeichen, daß die Herren ſich entfernen ſollten. Als man in
weiter Entfernung von ihnen eine Flinte abfeuerte: ſo ließen
ſie von ihren Drohungen ab, und unſer Befehlshaber, welcher ſich klüglich ſo lange zurückgezogen hatte, bis die

*) Hawkesworth, 2 Band.

Seesoldaten gelandet waren, näherte sich ihnen nochmals mit
dem Herrn Banks, Doctor Solander und Tupia, zu welchen
nun auch noch Herr Green und Monkhouse gekommen waren.
Tupia erhielt zum zweytenmale Befehl, sie anzureden, und
man bemerkte mit großem Vergnügen, daß sie ihn vollkommen verstanden, da er und sie einerley Sprache redeten, ausgenommen, daß der Dialect verschieden war. Er gab ihnen
zu verstehen, daß unsere Reisenden nur Lebensmittel und
Wasser brauchten, und ihnen Eisen dafür geben wollten,
dessen Eigenschaften er ihnen, so gut er konnte, erklärte.
Obgleich die Eingebornen willig schienen, einen Handel anzufangen: so merkte doch Tupia während seiner Unterredung
mit ihnen, daß sie feindselige Absichten hätten, und warnete
die Englischen Herren deswegen zu verschiedenen Malen. Endlich wurden zwanzig bis dreyßig Indianer bewogen, über den
Fluß zu setzen, worauf man sie mit Eisen und Knöpfen beschenkte. Auf diese und besonders auf das Eisen schienen sie
einen geringen Werth zu setzen, da sie nicht den geringsten
Begriff vom Gebrauche desselben hatten, so daß man nichts
als einige Federn zur Vergeltung dagegen erhalten konnte.
Sie erboten sich freylich, ihre Waffen gegen die Waffen unserer Reisenden zu vertauschen, und da man sich dessen weigerte, machten sie allerley Versuche, ihnen dieselben aus den
Händen zu reissen. Tupia ward also angewiesen, den Indianern bekannt zu machen, daß unsre Herren in die Nothwendigkeit, sie zu tödten, würden versetzt werden, wenn sie
noch ferner zu Gewaltthätigkeiten schritten. Dessen ungeachtet bemächtigte sich einer, indem Herr Green sich ungefähr
umwandte, seines Hirschfängers, und zog sich mit einem
Freudengeschrey in einer kleinen Entfernung zurück. Die andern fiengen zugleich an, sehr trotzig zu werden, und man
nahm wahr, daß noch mehr von den Eingebornen von der

andern

andern Seite des Flusses herüber kamen, um zu ihnen zu
stoßen. Da es also nothwendig war, sie zurück zu treiben:
so feuerte Herr Banks in einer Entfernung von ungefähr 15
Yards mit Schroot auf denjenigen, der den Hirschfänger geraubt hatte. Ob er gleich getroffen war: so gab er doch den
Hirschfänger nicht zurück, sondern fuhr fort, ihn um den
Kopf herumzuschwingen, indem er sich langsam zurückzog.
Herr Monkhouse schoß also auf ihn mit einer Kugel, worauf
er augenblicklich niederstürzte. Die Indianer wurden gleichwohl hierdurch so wenig in genugsames Schrecken gesetzt,
daß eben derselbe Haufe von ihnen, der sich beym ersten
Schusse nach einem Felsen mitten im Flusse zurückgezogen
hatte, wieder anfieng umzukehren, so daß Herr Monkhouse
viel Mühe hatte, sich des Hirschfängers wieder zu bemächtigen. Da der ganze Haufe vorzurücken fortfuhr: so feuerten
drey von der englischen Parthey ihre Flinten ab, die nur mit
Schroot geladen waren; worauf sie ans Ufer zurückschwam-
men, und als sie das Land erreicht hatten, ward man gewahr, daß zween oder drey von ihnen verwundet waren.
Indem sie sich nun langsam ins Land zurückzogen: so begaben sich der Lieutenant Cook und ihre Gefährten wieder in
ihre Boote.

Der Lieutenant mußte nunmehr aus einer unglücklichen
Erfahrung, daß mit den Leuten an diesem Orte nichts anzufangen wäre; er hatte auch befunden, daß das Wasser im
Flusse salzig wäre, und fuhr also mit den Booten um den
Anfang der Bay herum, um süßes Wasser zu suchen. Er
hatte überdieß einen Entwurf gemacht, einige der Eingebornen zu überraschen, und sie mit an Bord zu nehmen, um
sich durch gütige Behandlung und Geschenke ihre Freundschaft zu erwerben, und sie zu Werkzeugen zu machen,
einen freundschaftlichen Verkehr mit ihren Landsleuten

Erster Theil.   E

anzufangen. Da die Bööte durch eine gefährliche Brandung, die allenthalben ans Ufer schlug, gehindert wurden, zu landen, ward unser Befehlshaber mittlerweile zwey Canoes gewahr, die aus der See kamen, und von welchen das eine unter Segel war, das andere aber mit Rudern fortgetrieben ward. Er glaubte, dieß wäre eine günstige Gelegenheit, seine Absicht auszuführen. Den Bööten ward also eine solche Stellung gegeben, welche die geschickteste zu seyn schien, um die Canoes aufzufangen. Dessen ungeachtet, bedienten sich die Indianer in dem Canoe, welches gerudert ward, so bald sie Gefahr sahen, derselben mit solcher Anstrengung, daß sie nach dem nächsten Lande entkamen. Das andere Canoe segelte fort, ohne die Engländer zu erkennen, bis es mitten unter ihnen war; es hatte sie aber nicht so bald entdeckt, als die Leute in demselben die Segel einzogen, und mit ihren Rudern so hurtig arbeiteten, daß sie viel geschwinder fortkamen als das Boot, welches sie verfolgte. Da sie so nahe waren, daß sie uns hören konnten: so rief Tupia ihnen zu, daß sie zu uns kommen möchten, mit der Versicherung, daß sie auf keine Weise beleidiget oder beschädiget werden sollten. Sie verließen sich gleichwohl mehr auf ihre Ruder, als auf des Tupia Versprechen, und fuhren fort, sich von unsern Seefahrern, so schnell sie konnten, zu entfernen. Cook gab Befehl, eine Flinte über ihre Köpfe loszubrennen, da er dieß für das am wenigsten verwerfliche Mittel hielt, um seine Absicht zu erreichen. Er hofte, dieß würde sie bewegen, sich entweder zu ergeben, oder ins Wasser zu springen; es that aber eine entgegengesetzte Wirkung. Die Indianer, deren sieben waren, entschlossen sich unverzüglich zur Gegenwehr. Als demnach das Boot ihnen nahe kam, fiengen sie den Angriff mit ihren Rudern, mit Steinen und andern Waffen an, und setzten ihn mit solchem Nachdrucke und solcher

Heftigkeit fort, daß die Engländer zu ihrer eignen Vertheidigung Feuer auf sie geben mußten. Die Folge davon war, daß vier unglücklicher Weise getödtet wurden. Die übrigen drey, welches Knaben, der älteste von ungefähr neunzehn, und der jüngste von eilf Jahren, waren, sprangen augenblicklich ins Wasser, und bemüheten sich zu entfliehen; wurden aber mit einiger Schwierigkeit von unsern Leuten überwältiget, und ins Boot hineingeschleppt *).

Es ist unmöglich, daß man an das Betragen des Lieutenants Cook in dieser Rücksicht mit einigem Grade der Zufriedenheit denken kann. Er billigte es, bey ruhiger Ueberlegung, selbst nicht, und sah gar wohl ein, daß es von jedem Leser von Gefühl würde getadelt werden. Es ist wahrscheinlich, daß sein Gemüth durch die unangenehmen vorhergegangenen Begebenheiten an diesem unglücklichen Tage, und durch den unerwarteten gewaltsamen Widerstand der Indianer in dem Canoe so sehr aufgebracht ward, daß er einigermaßen diejenige Gewalt über sich selbst verlor, wodurch sich sein Charakter überhaupt so vorzüglich unterscheidet. Die Aufrichtigkeit fodert gleichwohl von mir, dasjenige anzuführen, was er zur Entschuldigung, nicht zur Vertheidigung dieses Vorfalls vorgebracht hat, und dieß soll mit seinen eignen Worten geschehen, wie Doctor Hawkesworth sie uns mitgetheilt hat.

„Diese Leute verdienten gewiß den Tod nicht, weil sie „meinen Versprechungen nicht trauen, noch darein willigen „wollten, in mein Boot zukommen, wenn sie auch keine „Gefahr dabey befürchtet hätten. Allein die Natur meines „Dienstes verlangte von mir, mich mit ihrem Lande bekannt

E 2

*) Hawkesworth, 2 B.

„zu machen, welches ich auf keine andere Weise bewirken
„konnte, als daß ich entweder auf eine feindselige Art hinein
„drang, oder mir durch das Vertrauen und Wohlwollen der
„Einwohner einen Zutritt verschaffte. Die Macht der Ge-
„schenke hatte ich bereits ohne Wirkung versucht, und ward
„nun durch mein Verlangen, fernere Feindseligkeiten zu ver-
„meiden, angetrieben, einige von ihnen an Bord zu bekom-
„men, da dieß das einzige Mittel war, welches ich noch
„übrig hatte, um sie zu überzeugen, daß wir ihnen kein Leid
„thun wollten, und es in unsrer Gewalt hätten, ihr Ver-
„gnügen und ihre Bequemlichkeit zu befördern. In so fern
„waren meine Absichten gewiß nicht strafwürdig, und obgleich
„unser Sieg in dem Streite, den ich zu erwarten nicht die
„geringste Ursache hatte, vollkommen hätte seyn können,
„ohne daß er so vielen das Leben gekostet; so kann doch nie-
„mand in dergleichen Lage, wenn Befehl ertheilt worden zu
„feuern, das Uebermaaß davon einschränken, oder die
„Wirkung desselben vorschreiben *).‟

Unsern Reisenden gelang es, sich die Gemüther der drey
Knaben geneigt zu machen, wozu Tupia besonders beförderlich war. Als ihre Furcht verschwunden war, und sie ihre
gewöhnliche Munterkeit wieder bekommen hatten, stimmten
sie einen Gesang mit einer gewissen Art von Geschmack an,
der die englischen Herren in Erstaunen setzte. Die Melodie
war feyerlich und langsam, wie in unsern Psalmen, und
enthielt viel Noten und halbe Töne.

Man machte noch einige Versuche, um einen Verkehr
mit den Eingebornen anzufangen, und Cook begab sich mit
seinen Freunden zu diesem Ende am 10ten October ans Land;
weil sie aber in ihren Bemühungen nicht glücklich waren: so

---

*) Hawkesworth, 2 Band.

beschloſſen ſie, wieder zu Schiffe zu gehen, damit ihr Aufenthalt daſelbſt ſie nicht in einen neuen Streit verwickeln, und
mehr Indianern das Leben koſten möchte. Am folgenden
Tage lichtete der Lieutenant die Anker, und entfernete ſich
von dieſer unglücklichen und unwirthbaren Gegend. Da er
daſelbſt keinen einzigen Artikel, deſſen man benöthiget war,
Holz ausgenommen, bekommen hatte: ſo gab er dem Orte den
Namen der Poverty- oder Armuths-Bay. Die Einwohner nennen ihn Taoneroa, oder Lang-Sand *).
Ich will unſern Befehlshaber auf ſeiner Fahrt um Neu-Seeland nicht von einem Orte zum andern begleiten. Auf dieſer
Fahrt brachte er beynahe ſechs Monate zu, und erweiterte
die Wiſſenſchaft der Schiffahrt und Erdbeſchreibung mit anſehnlichen Zuſätzen. Da er faſt ganz Neu-Seeland umfuhr,
ſo machte er dadurch auf eine ſo überzeugende Art aus, daß
daſſelbe aus zwo Inſeln beſtehe, daß man nichts dagegen einwenden kann. Er erlangte gleichfalls eine völlige
Kenntniß der Einwohner verſchiedener Gegenden dieſes Landes, in Anſehung welcher man völlig überwieſen ward, daß
ſie Menſchenfreſſer ſind. Wer eine ausführlichere Nachricht
von den vielen Umſtänden verlangt, den verweiſe ich auf die
größere Reiſebeſchreibung, und will nur einige wenige Dinge
herausheben, die des Herrn Cook perſönliches Betragen
auszeichnen, und ſich auf ſeinen Verkehr mit den Eingebornen beziehen.

Die gute Behandlung, welche den drey Knaben wiederfuhr, und die freundſchaftliche und großmüthige Art, mit
welcher ſie nach Hauſe geſchickt wurden, war von einiger

E 3

*) Hawkesworth, 2ter Band. Taoneroa liegt unter 38° 42'
ſüdlicher Breite, und 181° 36' weſtlicher Länge.

Wirkung, und milderten die Gemüthsart der benachbarten
Indianer. Verschiedene von ihnen, die an Bord kamen,
als das Schiff Nachmittags von einer Windstille befallen
war, gaben alle Zeichen der Freundschaft zu erkennen, und
luden die Engländer vertraulich ein, sich wieder nach ihrer
alten Bay, oder nach einer Bucht, die nicht völlig so weit
entfernt war, zu begeben. Aber der Lieutenant Cook wollte
lieber seine Entdeckungen fortsetzen, da er Ursache hatte zu
hoffen, daß er einen bessern Hafen, als er bisher noch gesehen hatte, finden würde.

Indem man das Schiff um die südliche Spitze einer kleinen Insel, welcher der Lieutenant wegen der großen Aehnlichkeit mit Portland im brittischen Canale den Namen Portland *) gegeben hatte, herum buchsirte, so kam es plötzlich in
seichtes Wasser und auf unebenen Grund. Die Tiefe war
nirgends zweymal dieselbe, sondern sprang auf einmal von
sieben Faden bis zu eilf; sie war indessen doch immer von
sieben und mehr Faden, und bald hernach kam der Endeavour
aus aller Gefahr, und segelte wieder in tiefem Wasser. Da
das Schiff, dem Ansehen nach, in Noth war, zeigten sich
die Bewohner der Insel, die in großer Menge auf den weissen
Steinklippen derselben saßen, und nothwendig einigen Schein
der Verwirrung am Bord wahrnehmen mußten, begierig,
die gefährliche Lage des Schiffs zu ihrem Vortheile zu nützen.
Es giengen also fünf Canoes voll wohlbewaffneter Leute in
größter Eile vom Lande ab, kamen so nahe, und zeigten, indem sie ein Geschrey erhoben, ihre Lanzen schwungen, und
allerley drohende Geberden machten, so feindselige Gesinnungen, daß der Lieutenant wegen seines kleinen Boots, welches
noch immer die Tiefen untersuchte, in Sorgen war. Durch

*) Die Einwohner nennen diese Insel Theahowray.

einen Flintenschuß, den er über ihre Köpfe hin abfeuern ließ,
wurden sie vielmehr gereizet, als furchtsam gemacht. Ein
Vierpfänder, der mit Traubenhagel geladen war, that, ob
man ihm gleich mit Fleiß eine weit von ihnen entfernte Richtung gab, eine bessere Wirkung. Bey dem Knalle desselben
standen die Indianer sämmtlich auf, und erhoben ein lautes
Geschrey; allein anstatt die Jagd fortzusetzen, zogen sie sich
zusammen, und fuhren, nach einer kurzen Berathschlagung,
ruhig davon.

Als Lieutenant Cook am 14 October seine Pinnasse und
sein Lang-Boot ausgesetzt hatte, um Wasser zu suchen, und
selbige eben im Begriff waren, abzugehen, sah man verschiedene Böte, die mit Einwohnern von Neu-Seeland stark besetzt waren, vom Lande kommen. Nach einiger Zeit näherten
sich fünf dieser Böte, die zwischen achtzig und neunzig Mann
an Bord hatten, dem Schiffe, und vier andere folgten in
einer eben nicht großen Entfernung, um den Angriff gleichsam
zu unterstützen. Als die fünf ersten etwan noch hundert Yards
von dem Endeavour entfernt waren, fiengen sie an, ihren
Kriegsgesang anzustimmen, schwungen ihre Lanzen, und
setzten sich zum Gefechte in Bereitschaft. Da der Lieutenant
herzlich wünschte, der unglücklichen Nothwendigkeit, sich des
Feuergewehrs gegen die Eingebornen zu bedienen, überhoben
zu seyn: so erhielt Tupia Befehl, ihnen bekannt zu machen,
daß unsre Reisenden Waffen hätten, welche sie, wie der Donner, in einem Augenblicke vernichten könnten; daß man sie
sogleich von der Kraft derselben überzeugen, aber ihrer Wirkung eine solche Richtung geben wollte, daß sie nicht dadurch
beschädiget würden; daß sie aber, wenn sie bey ihren feindseligen Absichten beharreten, dem unmittelbaren Angriffe
dieser fürchterlichen Waffen ausgesetzt seyn würden. Hierauf
ward ein mit Traubenhagel geladener Vierpfünder in weiter

Entfernung von ihnen abgefeuert, und dieß Mittel war glücklicher Weise mit dem besten Erfolge begleitet.   Der Knall,
der Blitz, und vornemlich die Kugeln, die sich weit auf dem
Wasser ausbreiteten, verursachten den Indianern ein solches
Schrecken, daß sie aus allen Kräften davon zu rudern anfiengen.   Auf des Tupia Anhalten ward gleichwohl das Volk in
einem der Böte bewogen, seine Waffen wegzulegen, und
unter das Hintertheil des Endeavour zu kommen, wo man
ihnen denn allerley Geschenke machte.

Am folgenden Tage ereignete sich ein Umstand, welcher
zeigte, wie bereit einer der Einwohner von Neu-Seeland
war, sich eines Vortheils über unsre Seefahrer zu bedienen.
In einem großen bewaffneten Canoe, welches kühnlich an
das Schiff kam, war ein Mann, welcher eine schwarze Haut
um hatte, die einer Bärenhaut einigermaßen ähnlich war.
Cook, welcher gerne wissen wollte, von welchem Thiere sie
eigentlich wäre, bot dem Indianer ein Stück rothen Boy
dafür an.   Er schien mit diesem Tausch sehr zufrieden zu seyn,
da er die Haut sogleich abnahm, und sie in dem Boote empor
hielt.   Er wollte sie gleichwohl nicht eher weggeben, bis er
den Boy in Besitz hatte, und da keine Uebertragung des Eigenthums möglich war, wenn man gleiche Behutsamkeit an
beyden Seiten anwendete: so ertheilte der Lieutenant Befehl,
ihm den Boy zu überliefern.   Er fieng hierauf, anstatt die
Haut dagegen herzugeben, an, mit erstaunlicher Kaltblütig-
keit sowohl die Haut, als den Boy, den er als den Kaufpreis
dafür empfangen hatte, in einen Korb einzupacken; er kehrte
sich auch auf keine Weise an des Herrn Cook Foderung oder Vorstellungen, sondern entfernte sich bald hernach von dem Englischen Schiffe, und unser Befehlshaber war zu großmüthig,
als daß er diese Beleidigung durch ein strenges Verfahren
hätte rächen sollen,

Bey einem Handel, den man einiger Fische wegen angefangen hatte, stand der kleine Tayeto, ein Junge des Tupia,
unter andern außen am Schiffe, um dasjenige, was man gekauft
hatte, hinauf zu reichen. Indem er nun auf diese Weise beschäftigt
war, nahm einer der Neu-Seeländer die Gelegenheit wahr, ergriff den Knaben plötzlich, und zog ihn in ein Canoe. Zween der
Eingebornen hielten ihn darauf im Vordertheile desselben, auf
dem Boden nieder, und die andern ruderten mit möglichster
Geschwindigkeit davon. Eine so gewaltsame Handlung machte
es unumgänglich nothwendig, den Seesoldaten, die sich mit
Gewehr auf dem Verdeck befanden, Befehl zum Feuern zu
geben. Ob man gleich die Schüsse auf denjenigen Theil des
Canoe, welcher von dem Knaben am weitesten entfernt war,
und etwas entfernt von dem Canoe richtete, weil man lieber
die Ruderer verfehlen, als Gefahr laufen wollte, den Tayeto
zu beschädigen: so fiel doch einer von ihnen. Dieß bewog die
Indianer, den Knaben loß zu lassen, welcher augenblicklich
ins Wasser sprang und nach dem Schiffe hin schwamm.
Mittlerweile lenkte das größte von den Canoes um, und verfolgte ihn, ließ auch nicht eher von der Verfolgung ab, als
bis man einige Flintenschüsse und einen Kanonenschuß auf
dasselbe that. Nachdem man die Segel eingezogen hatte,
setzte man ein Boot aus, und der arme Knabe ward unbe-
schädigt in dasselbe aufgenommen. Einige von den Herren,
welche den Canoes mit ihren Ferngläsern bis ans Land nach-
sahen, waren in der Aussage einig, daß sie drey Mann ans
Ufer hätten tragen sehen, die entweder todt, oder doch durch
ihre Wunden ganz untüchtig gemacht waren *).

E 5

*) Hawkesworth, 2ter Band. Dem Vorgebürge, auf dessen
Höhe sich dieser unglückliche Vorfall ereignete, gab Cook

Als der Endeavour am 18 October einer Halbinsel, innerhalb der Insel Portland, Namens Terakako gegen über lag, bewiesen zween von den Eingebornen, die man für Hauptleute hielt, einen außerordentlichen Grad des Vertrauens gegen Cook. Sie waren mit der gütigen Begegnung, die ihnen bey einem Besuche auf dem Schiffe widerfahren war, so sehr zufrieden, daß sie sich entschlossen, sich erst am folgenden Morgen wieder ans Land zu begeben. Dieser Umstand war dem Lieutenant gar nicht angenehm, und er machte ihnen Vorstellungen dagegen; weil sie aber bey ihrer Entschließung blieben, so willigte er endlich darein, jedoch unter der Bedingung, daß auch ihre Leute an Bord kommen, und ihr Canoe ins Schiff genommen werden sollte. Die Gesichtsbildung des einen dieser Hauptleute war die freyeste und aufrichtigste, die unser Befehlshaber je gesehen hatte, so daß er gar bald allen Verdacht, als wenn er schlimme Absichten hätte, fahren ließ. Als man die Gäste am folgenden Morgen ans Land setzte, gaben sie einiges Erstaunen zu erkennen, da sie sahen, daß sie so weit von ihren Wohnungen entfernt waren.

Am Montage, den 23sten October, da das Schiff sich in der Tegadoo-Bay befand, begab sich der Lieutenant Cook ans Ufer, um den Wasserplatz zu besehen, und fand, daß alles mit seinen Wünschen übereinstimmte. Das Boot landete

den Namen des Vorgebürges der Kinderdiebe, (Cape Kidnappers). Es liegt unter 39° 43' der Breite, und 182° 24' westlicher Länge. Es ist dreyzehn Seemeilen Südwest zum Westen von der Insel Portland entfernt. Zwischen selbigen ist eine Bay, deren südliche Spitze es ist, und welcher der Lieutenant, zu Ehren des Sir Eduard Hawke, den Namen Hawkes-Bay gab.

in der Bucht, ohne die geringste Brandung; das Wasser
war vortreflich, und die Lage war bequem; nahe bey dem
Orte, wohin die höchste Fluth kam, war Holz in Menge,
und die Gesinnungen der Einwohner waren in jeder Rücksicht
so günstig, als man sie sich nur wünschen konnte *). Am
folgenden Morgen früh schickte unser Befehlshaber den
Lieutenant Gore ab, um beym Holzfällen und Wasserfüllen
die Aufsicht zu haben, und gab ihm hinlängliche Mannschaft
zu diesem doppelten Endzwecke, nebst allen Seesoldaten zur
Bedeckung, mit. Bald hernach begab er sich selbst ans Land,
und brachte den ganzen Tag daselbst zu. Herr Banks und
Doctor Solander, die an demselben Tage ans Land gegangen waren, trafen auf ihren Spaziergängen verschiedene
merkwürdige Dinge an. Als sie in einem von den Thälern,
wo die Berge an beyden Seiten sehr steil waren, vorwärts
giengen, wurden sie plötzlich durch den Anblick einer außerordentlichen natürlichen Seltenheit in Erstaunen gesetzt. „Es
war ein nach seinem ganzen Bestande völlig durchbohrter
Felsen, so daß er einen zwar unförmlichen, aber erstaunlichen
Bogen, oder Höhle bildete, wovon die Oeffnung gerade nach
der See gieng. Diese Oeffnung war fünf und siebenzig Fuß
lang, sieben und zwanzig breit, und fünf und vierzig hoch,

*) Cook und Herr Green stellten verschiedene Beobachtungen
   mit der Sonne und dem Monde an, und das mittlere Resultat derselben gab 180° 47′ westlicher Länge; da aber alle
   vorher angestellte Beobachtungen diese an Größe übertra-
   fen; so setzte der Lieutenant die Küste nach dem mittlern Resultat des Ganzen an. An diesem Tage um Mittag nahm
   er die mittägliche Höhe der Sonne mit einem astronomischen
   Quadranten, welcher bey dem Wasserplatze errichtet war,
   und fand, daß die Breite 38° 22′ 24″ war.

und man sah durch selbige die Bay und die Berge an der
andern Seite derselben. Da diese Oeffnung sich auf einmal
dem Gesichte darstellte: so that dieß eine Wirkung, die alle
Erfindungen der Kunst übertraf *)."

Als die Herren des Endeavour sich am 28sten October auf
einer Insel, die zur linken Hand des Eingangs der Tolaga
Bay liegt, ans Land begaben, sahen sie das größeste Canoe,
welches sie bisher noch angetroffen hatten. Es war acht und
sechszig und einen halben Fuß lang, fünf Fuß breit, und drey
Fuß und sechs Zoll hoch. Auf derselben Insel war ein größeres
Haus, als sie bisher noch eines gesehen hatten; es war aber
noch nicht vollendet, und noch voll Spähne **).

Als das Schiff in Hicks-Bay lag, befand man, daß
die Einwohner der benachbarten Küste sehr feindselig gesinnt
waren. Dieß verursachte unsern Seefahrern viel Unruhe,
und war ihnen in der That ganz unerwartet; denn sie hatten
gehoffet, daß der Ruf von ihrer Macht sowohl, als von ihrem
sanftmüthigen Betragen sich weiter würde verbreitet haben.
Am ersten November mit Tages Anbruch zählten sie nicht
weniger als fünf und vierzig Canoes, die vom Lande kamen
und sich dem Endeavour näherten; und diesen folgten noch
verschiedene von einem andern Orte. Einige von den
Indianern handelten ehrlich; andere aber nahmen was ihnen

---

*) Hawkesworth, 2 Band.

**) Ebendaselbst. Unter andern unbedeutenden Seltenheiten,
    die Doctor Solander von den Indianern kaufte, war ein
    Kräusel eines Knaben, der gerade so gestaltet war, wie
    diejenigen, womit die Kinder in England spielen. Die
    Eingebornen gaben durch Zeichen zu erkennen, daß er ge-
    peitschet werden müßte, wenn er laufen sollte.

hinunter gereicht ward, ohne daß sie etwas dafür wieder gaben, und spotteten noch dazu bey ihrem Betruge. Die Unverschämtheit von einem unter ihnen war sehr merkwürdig. Man hatte einiges Leinengeräthe an der Seite des Schiffs aufgehängt, um es zu trocknen; dieser Mann machte es ohne Umstände los und packte es in seinen Bündel. Man rief ihm sogleich zu, und verlangte, daß er es wieder geben sollte; allein anstatt dieses zu thun, wendete er mit seinem Canoe um, und lachte die Engländer aus. Man feuerte eine Flinte über seinen Kopf weg; aber dieß störte ihn in seiner Freude nicht. Bey einem zweyten Flintenschusse, die mit Schroot geladen war, fuhr er ein wenig zusammen, als das Schroot seinen Rücken traf; aber er achtete es doch eben so wenig, als einer unsrer Leute einen Schlag mit einem Stricke geachtet hätte, und fuhr fort, das Leinengeräthe, welches er gestohlen hatte, mit größter Gelassenheit einzupacken. Alle Canoes kehrten hierauf um, und stimmten ihren Ausfoderungsgesang an, welcher so lange währte, bis sie ungefähr vierhundert Yards vom Schiffe entfernt waren. Da sie gar nicht die Absicht zu haben schienen, unsere Reisenden anzugreifen: so war der Lieutenant Cook gar nicht geneigt, sie auf irgend eine Art zu beschädigen, glaubte aber doch, daß ihr trotziger Abzug eine schlimme Wirkung thun möchte, wenn die Nachricht davon sich am Lande verbreitete. Um sie also zu überzeugen, daß er sie noch immer in seiner Gewalt hätte, ob sie gleich mit den unter ihnen bekannten Wurfspießen und Pfeilen nicht mehr zu erreichen waren, ertheilte er Befehl, daß ein Vierpfünder so abgefeuert werden sollte, daß er nahe bey ihnen vorbeygienge. Da die Kugel von ungefähr das Wasser traf, und sich jenseits der Canoes verschiedenemahl wieder erhob: so wurden die Indianer dadurch in solches Schrecken gesetzt, daß sie, ohne sich ein einzigesmahl

umzusehen, so geschwinde sie nur immer konnten, davon
ruderten.

Indem der Endeavour von einer kleinen Insel, Namens
Mowtohora nach Westen segelte, kam er plötzlich aus siebenzehn Faden Wasser in zehn Faden. Da der Lieutenant wußte,
daß er nicht weit von einigen kleinen Inseln und Klippen war,
die man, ehe es dunkel ward, gesehen, und die er noch denselben Abend vorbey zu segeln die Absicht hatte: so hielt er es
für klüger, umzulegen, und die Nacht unter Mowtohora,
wo, wie er wußte, keine Gefahr war, zuzubringen. Es war
ein Glück für ihn und alle unsere Reisenden, daß er diesen
Entschluß faßte. Frühmorgens entdeckten sie vor sich hin
verschiedene Klippen, von welchen einige der Oberfläche des
Wassers gleich, und einige unter derselben waren, deren
Berührung man bey der Finsterniß nicht hätte vermeiden
können. Indem das Schiff zwischen diesen Klippen und der
hohen See durchsegelte, hatte es nur sieben bis zehn Faden
Wasser *).

Als Cook sich nahe bey einer Insel, welcher er den Namen t h e M a y o r gab, befand, ließen die Bewohner der
benachbarten Küste viel Merkmale feindseliger Gesinnungen
von sich blicken, und machten sich in dem Verkehr mit unsern
Seefahrern verschiedener betrügerischen und räuberischen
Handlungen schuldig. Da der Lieutenant willens war, fünf oder
sechs Tage an diesem Orte zu bleiben, um eine Beobachtung des
Durchgangs des Mercurius anzustellen: so war es zur Verhü-
tung künftigen Unglücks schlechterdings nothwendig, diese Leute
zu überzeugen, daß die Engländer sich nicht ungestraft übel

*) Hawkesworth, 2 B.

begegnen ließen. Man feuerte also auf einen Dieb von ungemeiner Unverschämtheit mit Schroot, und der Boden seines
Nachens ward mit einer Flintenkugel durchlöchert. Dieser
ward hierauf eine Strecke von ungefähr hundert Yards fort-
gerudert, und die Indianer in den andern Canoes bekümmerten sich im geringsten nicht um ihren verwundeten Landsmann,
ob er gleich stark blutete, sondern kamen wieder zum Schiffe,
und fuhren fort, mit der vollkommensten Gleichgültigkeit und
Unbetroffenheit ihren Handel zu treiben. Eine geraume Zeit
giengen sie ehrlich zu Werke. Endlich ließ sichs einer gleichwohl einfallen, sich mit zwey verschiedenen Stücken Tuch,
die man ihm für einige indianische Waffen gegeben hatte,
davon zu machen. Als er sich so weit entfernt hatte, daß er
mit seiner Beute in Sicherheit glaubte, feuerte man eine
Flinte auf ihn ab, welche glücklicher Weise den Nachen mit
dem Wasser gleich traf, und zwey Löcher in der Seite desselben machte. Dieß erregte einen solchen Lerm, daß nicht
allein diejenigen, auf welche geschossen ward, sondern auch
alle übrige Canoes sich in größter Eile entfernten. Zum letzten
Beweise seiner Ueberlegenheit ließ unser Befehlshaber eine
Kanonenkugel über ihre Köpfe abfeuern, da denn kein einziger Nachen Halt machte, ehe sie ans Land kamen.

Am neunten November, nach frühzeitig eingenommenen
Frühstücke, begab sich der Lieutenant Cook mit Herrn Green
und den erforderlichen Werkzeugen ans Land, um den Durchgang des Mercurius zu beobachten. Sie wurden von Herrn
Banks und Doctor Solander begleitet. Das Wetter war
seit einiger Zeit sehr trübe gewesen, und es hatte dabey
viel geregnet; dieser Tag aber war so günstig, daß sich
während des ganzen Durchgangs keine Wolke sehen ließ.
Die Beobachtung des Eintritts stellte Herr Green allein

an, da Cook beschäftigt war, die Höhe der Sonne zu nehmen, um die wahre Zeit festzusetzen *).

Indem die Herren auf diese Weise auf dem Lande beschäftiget waren, wurden sie durch Lösung eines Kanonen-
schusses, der auf dem Schiffe geschah, beunruhiget, und bey
ihrer Zurückkunft erhielten sie folgenden Bericht von dem
Vorgange von Herrn Gore, dem zweyten Lieutenant, der
als commandirter Officier am Bord zurückgeblieben war.
Währender Zeit, da sie mit einigen kleinen Canoes Handel
trieben, näherten sich zwey große voll Leute, die sämmtlich
mit Lanzen, Steinen und Pfeilen bewaffnet waren, und
zeigten sich in einer solchen Gestalt, als wenn sie feindselige
Absichten hätten. Sie fiengen gleichwohl nach kurzer Zeit
an, mit unsern Leuten zu handeln; einige von ihnen boten
ihre Waffen an, und einer ein viereckiges Stück Tuch, worin
ein Theil ihrer Kleidung besteht, und welches Haahow
heißt.

---

*) Der Durchgang fieng an um 7 Uhr 20' 58" scheinbarer Zeit.
Des Herrn Green Beobachtung zufolge, geschah die innerliche Berührung um 12 Uhr 8' 58", die äußerliche um 12
Uhr 9' 55" P. M. Nach Cooks Beobachtung geschah die
innerliche Berührung um 12 Uhr 8' 54" und die äußerliche
um 12 Uhr 9' 48". Die Breite des Beobachtungsplatzes
war 36° 48' 5½". Die zu Mittage beobachtete Breite war
36° 48' 28". Das Mittel von diesem und von einer Tages
vorher angestellten Beobachtung gab 36° 48' 28" südlich
die Breite des Beobachtungsplatzes an. Die Abweichung
des Compasses war 11° 9' östlich.

Tages vorher hatte der Lieutenant der Sonne mittägliche Zenith-Entfernung beobachtet, welches eine Breite
von 36° 47' 43" innerhalb der südlichen Einfahrt von der
Mercury-Bay gab.

heißt. Herr Gore, welcher darüber einig geworden war, warf den Preis hinunter welcher in einem Stücke brittischen Tuch bestand, und erwartete dagegen, was er erkauft hatte. Allein so bald der Indianer des Herrn Gore Tuch im Besitz hatte, weigerte er sich, seines dagegen herzugeben, und stieß sein Canoe ab. Als man ihn wegen seines Betrugs drohete, stimmten er und seine Cameraden ihren Kriegsgesang zur Ausforderung an, und machten Bewegungen mit ihren Rudern. Obgleich ihr Trotz nicht bis zu einem Angriffe gieng, sondern bloß den Herrn Gore auffoderte, sich eines Mittels, welches er in seiner Gewalt hätte, zu bedienen: so ward er doch dadurch so gereizt, daß er seine mit einer Kugel geladene Flinte auf den Betrüger, da er das Tuch in der Hand hatte, anschlug, und ihn erschoß. Als der Indianer fiel, entfernten sich alle Canoes bis zu einer gewissen Weite, hielten aber noch immer auf eine solche Art beysammen, daß man befürchtete, sie möchten doch noch mit einem Angriffe umgehen. Um also dem Boote des Endeavours, dessen man am Ufer bedurfte, eine sichere Fahrt zu verschaffen, schoß man mit einer Kanonenkugel mit solcher Wirkung über ihre Köpfe hin, daß sie alle in größter Eile davon flohen. Der Lieutenant Cook bedauerte es, daß Herr Gore in dem Falle mit dem betrügenden Indianer nicht einen Versuch mit einigen wenigen Schrootkörnern gemacht hatte, welche in vorigen Fällen von Räubereyen gute Wirkung gethan hatten.

Am Freytage, den zehnten November fuhr unser Befehlshaber in Begleitung des Herrn Banks und der andern Herren in zwey Böten ab, um einen großen Fluß zu untersuchen, welcher sich zu oberst in die Mercury-Bay ergießt. Da die Lage, in welcher sie sich jetzt befanden, viel Bequemlichkeiten hatte: so hatte der Lieutenant dafür gesorgt, sie zum Nutzen künftiger Seefahrer anzuzeigen. Sollte irgend eine

Erster Theil. F

Gelegenheit es für ein Schiff je nothwendig machen, entwe-
der hier zu überwintern, oder eine geraume Zeit zu bleiben,
so könnten auf einer hohen Landspitze oder Halbinsel an diesem
Orte auf einem zu dem Ende hinlänglich geräumigen Platze
Gezelte aufgeschlagen, und mit leichter Mühe in einen solchen
Vertheidigungsstand gesetzt werden, daß sie für die ganze
Macht des Landes uneroberlich wären.   Der einsichtsvollste
Ingenieur in Europa könnte in der That keine Lage wählen,
die geschickter wäre, eine kleine Anzahl in den Stand zu
setzen, sich gegen eine größere zu vertheidigen.   Unter andern
Bequemlichkeiten, welche die Mannschaft des Endeavours in
der Mercury-Bay antraf, gewährten auch einige Auster-
bänke, welche sie glücklicher Weise entdeckt hatten, ihnen
eine angenehme Erfrischung.   Die Austern, welche eben so
gut waren, als sie je von Colchester kamen, und ungefähr
gleiche Größe hatten, befanden sich daselbst in solcher Menge,
daß nicht allein das Boot, sondern auch das ganze Schiff
in einer Ebbezeit damit hätte beladen werden können *).

An der Mittwoche, den funfzehnten November gieng
der Lieutenant Cook aus der Mercury-Bay unter Segel. Dieser Name war ihr deswegen beygelegt worden,
weil man daselbst den Vorübergang dieses Planeten vor der
Sonnenscheibe beobachtet hatte **). Den Fluß, wo man
Austern in solcher Menge fand, nannte er den Austerfluß.
Zu oberst in der Bay ist noch ein anderer Fluß, welcher der
beste und sicherste Platz für ein Schiff ist, welches sich etwas
lange daselbst aufzuhalten nöthig hat. Von der Menge der
daselbst wachsenden Mangrove-Stauden nannte der Lieutenant

---

*) Hawkesworth, 2 Band.

**) Mercury-Bay liegt unter 36° 47' südlicher Breite, und
    unter 184° 4' westlicher Länge.

ihn den Mangrove-Fluß. In verschiedenen Gegenden der Mercury-Bay sahen unsere Reisenden mit Eisentheilchen vermischten Sand in großer Menge am Ufer liegen, der von jedem kleinen Flusse süßen Wassers, der aus dem Lande kömmt, herabgeflößet wird. Dieß dient zum Beweise, daß nicht tief im Lande hinein Metallerz von dieser Art befindlich ist; und dennoch kannte keiner der Einwohner von Neu-See-land, die man bisher noch gesehen hatte, den Gebrauch des Eisens, oder setzte den geringsten Werth auf dasselbe. Sie würden alle die nichtswürdigste und unnützeste Kleinigkeit nicht allein einem Nagel, sondern jedem Werkzeuge von die-sem Metalle vorgezogen haben. Ehe der Endeavour die Bay verließ, ward der Name des Schiffs und des Befehlshabers nebst dem Jahre und Monate, in welchem unsere Seefahrer sich daselbst befanden in einen Baum, nahe am Wasserplatze geschnitten. Außerdem nahm Cook, nachdem er die Englische Fahne hatte wehen lassen, förmlich Besitz von dem Orte im Namen Sr. brittischen Majestät, Königs Georg des Dritten *).

Auf der Fahrt von der Mercury-Bay giengen am acht-zehnten November einige Canoes von verschiedenen Gegenden des Landes ab, und näherten sich dem Endeavour. Als zwey derselben, in welchem sich ungefähr sechszig Mann befinden mochten, so nahe gekommen waren, daß man die menschliche Stimme hören konnte: so stimmten die Indianer ihren Kriegsgesang an. Da sie aber sahen, daß man sich wenig um sie bekümmerte: so warfen sie mit einigen Steinen nach den Engländern, und ruderten darauf nach dem Ufer hin. Sie kamen aber gleichwohl bald zurück, und suchten sich durch

F 2

*) Hawkesworth, 2 B.

ihren Gesang, wie sie vorher schon gethan hatten, Muth zu
machen, als wenn sie fest entschlossen wären, unsere Reisenden zu einem Gefechte aufzufodern.   Ohne den geringsten
Befehl von den Herren auf dem Endeavour dazu zu haben,
fieng Tupia an, die Eingebornen zur Rede zu stellen, und
sagte ihnen, daß unsere Leute Waffen hätten, welche sie in
einem Augenblicke vernichten könnten.   Ihre Antwort auf
diese Anrede war in ihrer eigenen Sprache folgende:
„Kommt ans Land, so wollen wir euch alle todtschlagen.“ —
„Gut, sagte Tupia, aber warum wollt ihr uns beunruhigen,
so lange wir noch auf der See sind?   Da wir gar kein Verlangen haben, zu fechten: so werden wir eure Ausfoderung
ans Land zu kommen, nicht annehmen; und hier ist gar keine
Ursache zum Streite vorhanden, da die See euch eben so
wenig, als das Schiff gehöret.“   Diese Beredsamkeit, die
den Lieutenant Cook und seine Freunde in großes Erstaunen
setzte, da sie dem Tupia keinen von den Gründen, deren er
sich bediente, an die Hand gegeben hatten, wirkte gar nicht
auf die Gemüther der Indianer, die ihren Angriff gleich wieder erneuerten.   Die Beredsamkeit einer Muskete aber, die
eines ihrer Canoes durchlöcherte, dämpfte ihren Muth, und entfernte sie augenblicklich.

Als unser Befehlshaber sich in der Insel-Bay befand,
hatte er eine günstige Gelegenheit, die innere Gegend des
Landes und die Erzeugnisse desselben zu untersuchen. Er fuhr
also am 20sten November mit Tages Anbruch, mit der Pinnasse und dem Langboote, in Begleitung des Herrn Banks,
Doctor Solander ab, und fand, daß die Einfahrt, in welche
sie hinein fuhren, sich in einen Fluß, ungefähr neun (Englische) Meilen oberhalb dem Schiffe endigte.   Auf diesem
Flusse, welchem man den Namen der Themse gab, fuhren
sie hinauf bis gegen Mittag, da sie sich vierzehn Meilen

innerhalb seiner Mündung befanden. Da die Herren fanden, daß das Ansehen des Landes hier beynahe immer dasselbe, ohne einige Veränderung so weit sich der Fluß erstreckte, blieb, und sie keine Hoffnung hatten, demselben bis zu seiner Quelle nachzuspüren: so landeten sie an der Westseite, um die hohen Bäume, welche die Ufer desselben allenthalben zierten, näher in Augenschein zu nehmen. Die Bäume waren von einer Gattung, die sie schon vorher, sowohl in der Poverty-Bay als in Hawkes-Bay, wiewohl nur in einiger Entfernung gesehen hatten. Sie hatten noch keine hundert Yards in den Wäldern zurückgelegt, als sie einen Baum antrafen, der in einer Höhe von sechs Fuß über der Erde neunzehn Fuß acht Zoll im Umfange hielt. Lieutenant Cook, der einen Quadranten bey sich hatte, maß seine Höhe von der Wurzel bis an den ersten Ast, und fand, daß sie neun und achtzig Fuß hielt. Er war so gerade, wie ein Pfeil, und nahm nach Maßgabe seiner Höhe nach oben zu nur wenig in der Dicke ab, so daß, nach des Lieutenants Urtheil, dreyhundert und sechs und funfzig Fuß festes Zimmerholz, mit Ausschuß der Zweige, in demselben gewesen seyn muß. Sie sahen, so wie sie weiter kamen, viel andere Bäume, die noch größer waren. Sie fällten einen jungen, dessen Holz schwer und fest, zu Masten nicht geschickt, aber von solcher Beschaffenheit war, daß es die schönsten Bretter in der Welt gegeben hätte. Der Schiffszimmermann, welcher sich bey der Gesellschaft befand, sagte, daß das Holz dem Tannenholze gliche, welches dadurch, daß man den Saft abzapfet, leichter wird. Sollte man befinden, daß dieß Mittel, um diese Bäume leichter zu machen, gelänge: so würden sie Masten liefern, die vor allen in irgend einem Lande in Europa den Vorzug hätten. Der Wald war morastig, daher denn die Herren nicht weit in demselben herum streifen konnten;

sie fanden aber viel ansehnliche Bäume von anderer Gattung, welche ihnen gänzlich unbekannt waren, und wovon sie Proben mitnahmen.

Am 22sten ereignete sich ein neuer Fall, in welchem der am Bord zurückgelassene commandirende Officier nicht wußte, wie er sich seiner Gewalt mit der Vernunft und Mäßigung des Herrn Cook zu bedienen hätte. Mittlerweile, da sich einige der Eingebornen mit Herrn Banks unten im Schiffe befanden, stahl ein junger Kerl, der sich auf dem Verdecke befand, ein Halb-Minutenglas, und ward entdeckt, als er eben im Begriffe war, mit demselben davon zu gehen. Gegen den Verbrecher aufgebracht, ertheilte Herr Hicks Befehl, daß er mit zwölf Streichen mit einem Ende von einem Ankerseile bestraft werden sollte. Als die andern am Bord befindlichen Indianer sahen, daß man sich seiner zu diesem Ende bemächtigte, machten sie einen Versuch, ihn zu befreyen, und als man ihnen Widerstand that, riefen sie, daß man ihnen ihre Waffen geben möchte, die ihnen aus den Canoes zugebracht wurden. Zugleich machte die in einem der Canoes befindliche Mannschaft einen Versuch, in den Endeavour zu kommen. Der Tumult bewog Herrn Banks und den Tupia sich aufs Verdeck zu begeben, da denn die Eingebornen zum Tupia eilten, und ihn baten, sich ihrer anzunehmen. Allein alles, was er, da Herr Hicks unerbittlich blieb, thun konnte, war, ihnen die Versicherung zu geben, daß man keine Absichten gegen das Leben ihres Landsmanns hätte, und daß es nothwendig wäre, daß er einige Strafe wegen seines Verbrechens litte. Mit dieser Erklärung schienen sie zufrieden zu seyn, und als er seine Strafe empfangen hatte, gab ihm ein alter Mann unter den Zuschauern, den man für des Verbrechers Vater hielt, einige derbe Streiche, und befahl ihm, sich in sein Canoe zu begeben. Dessen ungeachtet waren

gleichwohl die Indianer mit der Behandlung, die ihrem
Landsmann wiederfahren war, keinesweges zufrieden. Ihr
freudiges Vertrauen hatte ein Ende, und ob sie gleich bey
ihrer Abreise versprachen, daß sie mit Fischen zurückkommen
wollten: so sahen die Engländer sie doch nicht wieder *).

Am 29sten November waren der Lieutenant Cook, Herr
Banks, Doctor Solander, und andere, die sich bey ihnen
befanden in einer etwas kritischen und besorglichen Lage. Sie
hatten sich auf einer Insel in der Nachbarschaft von Cap Bret
ans Land begeben, und wurden in einigen Minuten von zwey
bis dreyhundert Indianern umzingelt. Obgleich die Indianer sämmtlich bewaffnet waren: so näherten sie sich doch auf
eine so verwirrte und zerstreute Art, daß es gar nicht das
Ansehen hatte, daß sie einen Angriff im Sinne hätten, und
die Englischen Herren waren entschlossen, an ihrer Seite die
Feindseligkeiten nicht anzufangen. Anfänglich hielten die
Eingebornen sich ruhig; hatten aber doch ihre Waffen in
Bereitschaft, um sich ihrer zu bedienen, und schienen vielmehr unentschlossen, als friedfertig zu seyn. Indem nun
der Lieutenant und seine Freunde in diesem Stande der Ungewißheit blieben, näherte sich eine andere Parthey Indianer, und da die Kühnheit des ganzen Haufens durch die
Vergrößerung ihrer Anzahl zunahm: so fiengen sie an zu
tanzen und einen Gesang anzustimmen, welches die Vorboten eines Gefechts sind. Ein Versuch, den eine Anzahl von
ihnen machte, sich der beyden Böte, die unsere Reisenden ans
Land gebracht hatten, zu bemächtigen, schien das Signal
zu einem allgemeinen Angriffe zu seyn. Cook war nunmehr
in die Nothwendigkeit gesetzt, ernstliche Gegenmittel anzu-

F 4

*) Hawkesworth, 2 Band.

wenden. Er feuerte demnach seine mit Schroot geladene
Flinte auf einen der kühnsten von der angreifenden Parthey ab, und Herr Banks nebst zween von unsern Leuten
feuerten gleich nach ihm. Obgleich dieß verursachte, daß die
Eingebornen sich in einiger Verwirrung zurückzogen: so hatte
gleichwohl einer der Anführer, der ungefähr zwanzig Yards
entfernt war, den Muth, sie wieder in Ordnung zu bringen,
und sie, indem er seinen Spießgesellen laut zurief, zum Angriffe anzuführen. Doctor Solander feuerte sogleich seine
Flinte auf diesen Helden ab, der, als er den Schuß fühlte,
sogleich still stand, und darauf mit seinen übrigen Landsleuten davon lief. Sie zerstreueten sich gleichwohl noch nicht,
sondern begaben sich auf eine Anhöhe, und schienen nur eines
entschlossenen Anführers zu bedürfen, um den Angriff zu
erneuern. Da sie sich nun so weit entfernt hatten, daß man
sie mit Schroot nicht mehr erreichen konnte: so schossen die
Engländer mit Kugeln; da diese aber nicht trafen: so blieben
die Indianer in einem Haufen beysammen. Mittlerweile
daß unsere Leute sich in diesen bedenklichen Umständen, die
ungefähr eine Viertelstunde dauerten, befanden, wendete
man das Schiff, von welchem eine viel größere Anzahl
der Eingebornen, als man am Lande zu entdecken im Stande
war, gesehen werden konnte, mit der Seite gegen das Land,
und zerstreute die Indianer gänzlich durch einige Kanonen-
schüsse, die über ihre Köpfe hingiengen. In diesem Schar-
mützel wurden nur zween von den Eingebornen mit Schroot
verwundet, und niemand kam dabey ums Leben, welches der
Fall nicht gewesen seyn würde, wenn der Lieutenant Cook
seine Leute nicht zurückgehalten hätte, die entweder aus Furcht,
oder aus Neigung, Unglück anzurichten, eben so viel Unge-
duld, die Indianer zu tödten, bewiesen, als ein Jäger, ein
Stück Wild zu erlegen. So groß war der Unterschied zwischen

der Gemüthsart der gemeinen Matrosen und Seesoldaten, und ihres menschenfreundlichen und einsichtsvollen Befehls-habers *).

An demselben Tage übte Cook eine sehr exemplarische Handlung der Kriegszucht aus. Einige von der Schiffsbe-satzung, welche, wenn die Eingebornen eines Betrugs halber bestraft werden sollten, sich in Ausübung der Gerechtigkeit eben so unerbittlich als Lykurgus bewiesen, ließen sich einfal-len, in eine ihrer Pflanzungen einzubrechen, und einen Vor-rath von Tartuffeln auszugraben. Der Lieutenant ertheilte Befehl, daß jeder von ihnen deswegen zwölf Streiche em-pfangen sollte, worauf zween von ihnen entlassen wurden. Allein der dritte, der auf eine sonderbare Art über den Vor-fall moralisirte, behauptete, daß es einem Engländer nicht als ein Verbrechen angerechnet werden könnte, eine indianische Pflanzung zu berauben. Die Methode, deren sich unser Befehlshaber zur Widerlegung seiner Casuisterey bediente, war, daß er ihn wieder einsperren ließ, und ihn nicht eher als bis er noch sechs Streiche empfangen hatte, loszulassen erlaubte.

Am 5 December war der Endeavour in der größten Ge-fahr, Schiffbruch zu leiden. An demselben Tage um vier Uhr lichteten unsere Reisenden bey einer kleinen Kühlung die Anker; weil aber der Wind, bey öftern Windstillen, verän-derlich war: so kamen sie nicht weit fort. Von dieser Zeit an bis Nachmittags waren sie damit beschäftiget, aus der Bay zu kommen, und ungefähr in der Nacht um zehn Uhr wurden sie plötzlich von einer Windstille befallen, so daß das Schiff weder fortkommen, noch sich ganz genau an derselben Stelle

F 5

*) Hawkesworth, 2 Band.

halten konnte. Da die Fluth oder der Strom sehr stark gieng:
so trieb das Schiff mit solcher Geschwindigkeit dem Lande zu,
daß es, ehe die geringsten Maaßregeln zur Rettung desselben
genommen werden konnten, in einer Entfernung von weniger
als eines Ankertaues Länge von den an den Klippen sich brechenden Wellen war. Obgleich unsre Leute dreyzehn Faden
Wasser hatten: so war doch der Grund so unsicher, daß sie
es nicht wagen durften, den Anker fallen zu lassen. In diesen gefährlichen Umständen setzte man unverzüglich die Pinnasse aus, um das Schiff zu buckstren, die Mannschaft, die
ihre Gefahr einsah, strengte ihre äußersten Kräfte an, es
erhob sich ein schwacher Wind vom Lande, und unsre Seefahrer merkten zu ihrer unaussprechlichen Freude, daß das
Schiff vorwärts gieng. Es war dem Lande so nahe, daß
Tupia, der die Größe der Gefahr nicht kannte, welcher die
Schiffs-Mannschaft entgangen war, sich gerade zu dieser
Zeit mit den Indianern unterredete, die sich am Strande
befanden, und deren Stimmen man, des Getöses der sich
brechenden Wellen ungeachtet, deutlich hören konnte. Cook
und seine Freunde glaubten jetzt, daß die Gefahr völlig vorbey wäre; allein ungefähr eine Stunde hernach, als derjenige, welcher das Senkbley warf, eben „siebenzehn Faden“
gerufen hatte, stieß das Schiff an. Der Stoß setzte sie in
die äußerste Bestürzung, und fast in demselben Augenblick
rief jener: „fünf Faden.“ In dem Augenblicke kam das
Schiff, da die Klippe, an welcher es sich gestoßen hatte, unter dem Winde lag, von derselben ab, ohne daß es den geringsten Schaden bekommen hatte, und da das Wasser gleich
darauf zwanzig Faden tief ward: so konnte es wieder in völliger Sicherheit segeln.

Man befand, daß die Einwohner in der Insel-Bay
zahlreicher waren, als in irgend einer andern Gegend von

Neu-Seeland, die der Lieutenant Cook bisher besucht hatte. Man konnte nicht wahrnehmen, daß sie unter einem Haupte vereiniget waren; und obgleich ihre Dörfer befestiget waren, so schienen sie doch in vollkommner Freundschaft unter einander zu leben.

Als der Endeavour am 9ten December von einer Windstille in Doubtleß-Bay befallen war, nahm man Gelegenheit, sich bey den Eingebornen nach ihrem Lande zu erkundigen, und durch des Tupia Hülfe erlernten unsre Seefahrer von ihnen, daß in einer Entfernung, die sie in ihren Canoes innerhalb dreyen Tagen abrudern könnten, das Land sich bey einem Orte, Moore-Whennua genannt, auf eine kurze Strecke nach Süden wende, und sich alsdann nicht weiter nach Westen erstrecke. Die Englischen Herren machten den Schluß, daß dieß das von Tasman entdeckte Land wäre, welchem er den Namen Cap Maria van Diemen beygelegt hätte. Da der Lieutenant fand, daß die Einwohner solche Kenntnisse hatten: so fragte er ferner, ob ihnen auch außer dem ihrigen sonst noch ein Land bekannt wäre? Sie antworteten hierauf, daß sie nie ein anderes besucht, ihre Vorfahren ihnen aber erzählt hätten, daß gegen Nordwest zum Norden, oder Nord-Nordwest ein sehr großes Land wäre, Namens Ulimaroa, nach welchem einige von ihnen in einem sehr großen Canoe hingesegelt wären, und daß nur ein Theil derselben wieder gekommen wäre, welche berichtet hätten, daß sie nach einer Fahrt von einem Monate ein Land gesehen hätten, deren Einwohner Schweine äßen.

Am 30ten December sahen unsere Seefahrer das Land, welches sie für Cap Maria van Diemen hielten, und welches mit dem Berichte, den die Indianer davon gegeben hatten, übereinstimmte. Am folgenden Tage diente ihnen die Erscheinung des Berges Camel zum Beweise, daß da, wo sie nun waren, die Breite von Neu-Seeland von einem Meere zum andern, nicht mehr als zwo bis drey Meilen betragen könnte. Während dieses Theils der Schiffahrt ereignete sich ein gedoppelter sehr merkwürdiger Umstand. Unter 35° südlicher Breite und mitten im Sommer traf der Lieutenant einen Strichwind an, der in Ansehung seiner Stärke und Dauer so beschaffen war, daß er dergleichen vorher fast nicht angetroffen hatte, und drey Wochen zubringen mußte, um zehn Seemeilen nach Westen, und fünf Wochen, um funfzig Seemeilen zurückzulegen; denn nunmehr, am ersten Januar 1770 war so viel Zeit verflossen, seitdem er bey Cap Bret vorbey gekommen war. So lange dieser Strichwind anhielt, waren unsere Reisenden in einer ansehnlichen Entfernung vom Lande; sonst wäre es wohl sehr wahrscheinlich gewesen, daß sie nie wieder würden zurückgekommen seyn, um ihre Begebenheiten zu erzählen *).

Das Ufer in der Königinn Charlotte Sund, wo die Engländer am 14ten Januar angekommen waren, schien verschiedene Meerbusen zu bilden, in deren einen der Lieutenant mit dem Schiffe, da es nun sehr unrein geworden war, einzulaufen sich vornahm, um es zu kalfatern, einige schadhafte Stellen auszubessern, und einen Vorrath an Holz und Wasser anzuschaffen. Am folgenden Morgen mit Tages Anbruch suchte er in die Bucht zu kommen, und um acht Uhr kam er hinein. Um neun Uhr ward der Endeavour, da der Wind nur schwach, und noch dazu veränderlich war, von der Fluth oder dem Strome bis auf zwey Ankertaue Länge zum nordwestlichen Ufer getrieben, wo vier und funfzig Faden Wasser waren. Durch Hülfe des Boots ward es frey gemacht, und ungefähr um zwo Uhr ankerten unsre Seefahrer in einer sehr

*) Hawkesworth, 2 Band.

sichern und bequemen Bucht. Cook begab sich bald hernach mit den meisten Herren ans Land, wo sie einen schönen Strom vortreflichen Wassers und Holz im größten Ueberflusse fanden. Das Land war in der That in dieser Gegend ein einziger ungeheurer Wald. Die Herren hatten das große Netz mit ans Land genommen, und ließen einen oder zween Züge mit demselben thun, und zwar mit so glücklichem Erfolge, daß sie verschiedene Gattungen von Fischen fiengen, die beynahe dreyhundert Pfund wogen. Sie wurden unter die ganze Schiffsgesellschaft redlich ausgetheilet, und dienten derselben zu einer angenehmen Erfrischung.

Als der Lieutenant Cook, Herr Banks, Doctor Solander, Tupia und einige andere sich am sechszehnten Januar ans Land begaben, trafen sie eine indianische Familie an, bey welcher sie abscheuliche und unstreitige Beweise von der Gewohnheit, Menschenfleisch zu essen, fanden. Wir wollen hier, um eines so widerlichen Gegenstandes nicht wieder zu erwähnen, ein für allemal bemerken, daß man bey verschiedener Gelegenheit Beweise von dieser Gewohnheit gefunden hat.

Am folgenden Tage zog ein angenehmer Gegenstand die Aufmerksamkeit unserer Reisenden auf sich. Sie wurden, da das Schiff in einer Entfernung von etwas weniger als einer Viertelmeile vom Ufer lag, durch den Gesang einer unglaublichen Menge Vögel geweckt, die ihre Kehlen um die Wette anzustrengen schienen. Diese wilde Melodie übertraf alles, was sie je von dieser Art gehöret hatten unendlich, und schien kleinen Glocken von ungemein angenehmen Tone zu gleichen. Es ist wahrscheinlich, daß die Entfernung und das dazwischen liegende Wasser dem Klange nicht wenig vortheilhaft war. Nach angestellter Erkundigung erhielten die Herren die Nachricht, daß die Vögel in diesem Lande immer

ungefähr zwo Stunden nach Mitternacht ihren Gesang anzufangen pflegten, ihre Musik bis zum Sonnenaufgange fortsetzten, und den übrigen Theil des Tages still wären. In
diesem letzten Stücke sind sie den Nachtigallen in unserm
Lande ähnlich.

Am 18 Januar fuhr der Lieutenant Cook in der Pinnasse
aus, um die Bay, in welcher das Schiff jetzt vor Anker lag,
in Augenschein zu nehmen. Er fand, daß sie einen großen
Umfang hatte, und aus unzähligen kleinen Häfen und Buchten nach jeder Richtung bestand. Der Lieutenant schrenkte
seine Fahrt auf die westliche Seite ein, und da die Küste,
wo er landete, ein undurchdringlicher Wald war, so konnte
man nichts, was der Aufmerksamkeit würdig gewesen wäre,
zu Gesichte bekommen. Auf dem Rückwege sahen unser
Lieutenant und seine Freunde einen einzelnen Mann in einem
Canoe, welcher fischte. Als sie auf ihn zu ruderten, kehrte
er sich, zu ihrem größten Erstaunen, an sie ganz und gar
nicht, und fuhr so gar, als sie ihm schon zur Seite waren,
in seiner Beschäftigung ungestört fort, ohne sie im geringsten
zu bemerken, als wenn sie völlig unsichtbar gewesen wären.
Dieß Betragen war gleichwohl keine Folge eines mürrischen
Wesens, oder der Dummheit; denn als man ihn ersuchte,
daß er sein Netz aufziehen möchte, damit man es besehen
könnte: so war er sogleich willfährig. Er zeigte unsern Leuten auch seine Art zu fischen, die einfach und sinnreich war.

Als am 19 Januar die Schmiede in Gang gebracht,
und jedermann am Bord beschäftiget war, das Schiff zu
kalfatern und andere nothwendige Verrichtungen an demselben
zu besorgen, tauschten einige Indianer, welche eine Menge
Fische gebracht hatten, dieselben gegen Nägel um, deren Gebrauch und Werth sie nun einzusehen angefangen hatten.
Dieß kann als ein Beyspiel angesehen werden, daß sie durch

den Umgang mit unsern Seefahrern aufgekläret worden sind, und Nutzen von ihnen gezogen haben.

Als Banks und Doctor Solander am 22 Januar sich nahe am Ufer mit botanisiren beschäftigten, bestieg unser Befehls= haber, von einem Matrosen begleitet, einen der Berge des Landes. Als er den Gipfel desselben erreicht hatte, fand er, daß die Aussicht der Bucht, deren Anfang er kurz vorher in der Pinnasse zu entdecken, vergebens versucht hatte, durch noch höhere Berge gehemmet ward, als derjenige war, auf wel= chem er sich befand, und die durch undurchdringliche Wälder unzugänglich gemacht wurden. Seine Mühe ward ihm gleichwohl vollkommen belohnt; denn er sah das Meer an der östlichen Seite des Landes, und eine Durchfahrt, die von demselben nach der westlichen Seite gieng, ein wenig gegen Osten von der Einfahrt der Bucht, wo das Schiff lag. Das feste Land, welches an der südöstlichen Seite dieser Bucht lag, zeigte sich als ein schmaler Strich sehr hoher Berge, und schien einen Theil der südwestlichen Seite der Straße auszu= machen. An der gegenüber liegenden Seite zog sich das Land nach Osten, so weit das Auge reichen konnte, und nach Süd= osten zu unterschied man eine Oeffnung im Meere, welches die östliche Küste umgab. Der Lieutenant sah auch an der östlichen Seite der Bucht einige Inseln, die er vorher für einen Theil des festen Landes gehalten hatte. Auf dem Rück= wege zum Schiffe untersuchte er die Häfen und Buchten, die hinter den Inseln liegen, welche er von den Bergen gesehen hatte. Den folgenden Tag, den drey und zwanzigsten Ja= nuar, brachte er mit weitern Untersuchungen und Entdeckun= gen zu.

Während eines Besuchs bey den Indianern am vier und zwanzigsten Januar, wobey Tupia zugegen war, bemerkte man, daß sie beständig von Flinten und Leuten, die geschossen

hätten, redeten.   Die Englischen Herren konnten gar keine
Ursache dieses Stoffs ihrer Unterredung ausfindig machen.
Nachdem sie sich mit allerley Muthmaßungen ermüdet hatten;
vernahmen sie endlich, daß am 21 einer unserer Officiere, unter
dem Vorwande zu fischen, nach einem Hippah, oder Dorfe an
der Küste gerudert war.   Als er dieß gethan hatte, kamen
zwey oder drey Canoes auf sein Boot zu, und aus Furcht
gerieth er auf den Verdacht, daß sie mit einem Angriffe um,
giengen.   Diesem zufolge geschahen drey Schüsse, einer mit
Schroot, und zween mit Kugeln, auf die Indianer, die sich
in äußerster Eile entfernten.   Es ist sehr wahrscheinlich, daß
sie in freundschaftlichen Absichten gekommen waren; denn
diese Absichten zeigte ihr Betragen, so wohl vorher, als nach,
mals.   Dieß Verfahren des Officiers diente zu einem neuen
Beyspiele, wie wenig einige von der Mannschaft unter dem
Lieutenant Cook von dem weisen, bescheidenen und menschen,
freundlichen Geiste ihres Befehlshabers beseelt wurden.

Am sechs und zwanzigsten Januar des Morgens gieng
der Lieutenant in Gesellschaft des Herrn Banks und Doctors
Solander mit dem Boote wieder aus, und begab sich in eine
der Bayen, welche an der Ostseite der Bucht liegen, und die
Meerenge oder Straße, wodurch das östliche und westliche
Meer zusammenhiengen, zu erhalten.   Nachdem sie zu diesem
Ende an einem bequemen Orte ans Land gegangen waren: so
bestiegen sie einen Berg von ansehnlicher Höhe, von welchem
sie die Straße mit dem Lande des gegenüberliegenden Ufers,
welches ihrem Urtheile nach, ungefähr vier Meilen entfernt
war, völlig übersehen konnten.   Der Horizont war nebelig,
sie konnten daher nicht weit nach Südosten sehen; allein Cook
sah genug, um den Entschluß zu fassen, so bald er in See
gehen würde, eine Durchfahrt mit dem Schiffe zu suchen.
Die Herren fanden auf dem Gipfel des Berges eine Menge
loß,

loßliegender Steine, von welchen sie eine Pyramide errichteten, und einige Flintenkugeln, Schroot, Knöpfe, und dergleichen Sachen, die sie zufälliger Weise bey sich hatten,
darunter legten, da diese vermuthlich den Wirkungen der Zeit
Widerstand zu thun vermögend waren. Da dieß keine von
Indianern gemachte Dinge waren: so konnten die Europäer,
die etwan in Zukunft dahin kommen, und die Pyramide ein-
reißen würden, dadurch überzeugt werden, daß schon vorher
Europäer da gewesen waren. Hierauf begaben sich der Lieutenant und seine Freunde zu einer Stadt, wovon die Indianer ihnen Nachricht gegeben hatten, und die, so wie eine andere, welche sie bereits gesehen hatten, auf einer kleinen
Insel, oder einem Felsen angelegt, und wozu der Zugang so
schwer war, daß sie ihrer Neugierde mit Lebensgefahr ein
Genüge thaten. Hier wurden sie, wie auch schon bey andern
Besuchen von den Einwohnern dieses Theils des Landes, wo
das Schiff jetzt lag, geschehen war, mit offenen Armen empfangen, und in dem ganzen Orte herum geführt, wo man
ihnen alles zeigte, was darin befindlich war. Die Stadt
bestand ungefähr aus achtzig bis hundert Häusern, und hatte
nur einen Kampfplatz. Cook, Herr Banks und Doctor
Solander hatten zufälliger Weise einige Nägel und Bänder
und etwas Papier bey sich, welche Kleinigkeiten den Leuten
so angenehm waren, daß sie, als die Herren sich hinweg begaben, das Boot der Engländer mit getrockneten Fischen
anfüllten, welche sie, wie man hieraus sah, in großer
Menge vorräthig hatten.

Man hatte ein Gerücht verbreitet, daß einer von den
Leuten, auf welche der Officier, der den Hippah, unter dem
Vorwande zu fischen, besucht hatte, so unbesonnener Weise
hatte feuern lassen, an seinen Wunden gestorben wäre.
Allein am neun und zwanzigsten Januar hatte der Lieutenant,

Erster Theil.

zu seiner großen Beruhigung das Vergnügen, zu entdecken,
daß dieß Gerücht ungegründet war. An demselben Tage begab er sich an der westlichen Spitze der Bucht wieder ans
Land, und hatte auf einem Berge von ansehnlicher Höhe eine
Uebersicht der Küste gegen Nordwesten. Das fernste Land,
welches er in selbiger Gegend sehen konnte, war eine Insel
in einer Entfernung von ungefähr zehn Seemeilen, die nicht
weit vom festen Lande lag. Zwischen dieser Insel und dem
Orte, wo er sich befand, entdeckte er nahe unter dem Ufer
verschiedene andere Inseln, die verschiedene Meerbusen machten, in welchem, wie es das Ansehen hatte, gute Ankerplätze
für Schiffe waren. Nachdem er die verschiedenen Puncte zu
seiner Uebersicht aufgenommen hatte: so trug er hier gleichfalls einen Haufen Steine zusammen, worunter er ein Stück
Silbergeld mit einigen Flintenkugeln und Knöpfen, und ein
Stück von einer alten Flagge oben darauf pflanzte.

Am dreyßigsten Januar vollzog man die Cärimonie, der
Bucht, wo unsere Reisenden jetzt lagen, einen Namen zu
geben, und ein Denkmal des Besuchs, den sie an diesem
Orte abgelegt hatten, zu errichten. Nachdem der Zimmermann zu diesem Ende zween Pfosten zubereitet hatte: so ließ
unser Befehlshaber sie mit dem Namen des Schiffs und dem
Jahre und Monate bezeichnen. Einen derselben ließ er bey
dem Wasserplatze errichten, und die Unionsflagge von seiner
Spitze wehen, und den andern ließ er nach der Insel
bringen, die dem Meere am nächsten liegt, und die von den
Einwohnern Motuara genannt wird. Er begab sich zuerst
in Gesellschaft des Herrn Monkhouse und Tupia in das be-
nachbarte Dorf, oder Hippah, wo er einen alten Mann
antraf, der einen freundschaftlichen Umgang mit den Engländern unterhalten hatte. Diesem alten Manne und verschiedenen andern Indianern erklärte der Lieutenant, mit Hülfe

des Tupia, seine Absicht, auf der Insel ein Denkmal zu errichten, um, wenn etwan ein anderes Schiff zufälliger Weise hieher käme, demselben anzudeuten, daß unsere Seefahrer schon hier gewesen wären. Hierzu gaben die Einwohner sogleich ihre Einwilligung, und versprachen, daß sie es niemals niederreißen wollten. Er gab hierauf jedem von denen, die zugegen waren, ein Geschenk, und dem alten Manne ein silbernes Dreypfennigstück (Threepence) und einige lange Nägel, auf welchen des Königs großer Pfeil tief eingehauen war. Dieß waren Dinge, von welchen Cook glaubte, daß sie vermuthlich am längsten dauern würden. Er ließ darauf den Pfosten nach der höchsten Gegend der Insel bringen, und nachdem er ihn in der Erde stark hatte befestigen lassen; so ließ er die Unionsflagge an selbigem aufziehen, und beehrte die Bucht mit den Namen der Königinn Charlotte Sund (Queen Charlotte's Sound.) Er nahm zugleich förmlich Besitz von diesem und dem daran liegenden Lande im Namen und zum Gebrauche Sr. Majestät, Königs Georg III. Die Cärimonie ward damit beschlossen, daß die Herren eine Flasche Wein auf die Gesundheit Ihrer Majestät, der Königinn tranken. Die Flasche gab man dem alten Manne, der sie auf den Berg begleitet hatte, und dem dieß Geschenk großes Vergnügen machte.

Ein Philosoph möchte vielleicht fragen, aus welchem Grunde der Lieutenant Cook förmlichen Besitz von diesem Theile von Seeland im Namen und zum Gebrauche des Königs von Großbritannien nehmen konnte, da das Land bereits bewohnt war, und folglich denen gehörte, welche es im Besitz hatten, und deren Vorfahren vielleicht seit vielen Jahrhunderten darin gewohnt haben. Die beste Antwort scheint hierauf zu seyn, daß der Lieutenant bey der von ihm vorgenommenen Cärimonie keine Rücksicht auf die ursprünglichen

Einwohner nahm, oder einige Absicht hatte, sie ihrer natürlichen Rechte zu berauben, sondern nur den Ansprüchen künftiger europäischer Seefahrer vorzubeugen, die etwan unter
der Autorität und zum Nutzen ihrer Staaten und Reiche
Ansprüche darauf machen möchten, wozu sie durch frühere Entdeckung nicht berechtiget wären.

Am ein und dreyßigsten Januar schickte Cook, nachdem
man genugsamen Vorrath von Holz angeschaft, und die
Wasserfässer angefüllt hatte, zwo Partheyen aus, von welchen die eine Besen machen, und die andere Fische fangen
sollte. Abends wehete ein starker Wind aus Nordwesten mit
einem so schweren Regen, daß die kleinen wilden Musiker
auf dem Lande mit ihrem Gesange einhielten, den man bisher in der Nacht beständig mit einem Vergnügen gehöret
hatte, dessen man unmöglich ohne Bedauern beraubt seyn
konnte. Am ersten Februar ward aus dem heftigen Winde
ein Sturm mit schweren Stößen vom hohen Lande, von
welchem einer das Schiffseil abstieß, welches am Ufer befestiget war, und es nothwendig machte, noch einen Anker
fallen zu lassen. Obgleich der Sturm gegen Mitternacht
etwas nachließ, so hielt doch der Regen mit solcher Heftigkeit
an, daß der Bach, welcher das Schiff mit Wasser versah,
aus seinem Bette trat, und zehn kleine Fässer, die Tages
vorher waren angefüllt worden, wegschwemmte, so daß
man sie, so fleißig man auch darnach suchte, nicht wieder
finden konnte.

Am Montage, den fünften Februar, gieng der Ende-
vour unter Segel; da aber der Wind bald hernach still ward:
so mußte unser Befehlshaber ein wenig oberhalb Motuara
wieder vor Anker gehen. Da er noch fernere Nachforschungen anzustellen wünschte, ob noch etwas vom Tasman in
Neu-Seeland im Andenken geblieben wäre: so trug er dem

Tupia auf, den alten vorhin erwähnten Mann, der an Bord
gekommen war, um Abschied von den Englischen Herren zu
nehmen, zu fragen, ob er jemals gehöret hätte, daß ein solches Schiff, wie das ihrige das Land vorher besucht hätte.
Er beantwortete diese Frage verneinend, sagte aber, daß
seine Vorfahren ihm erzählet hätten, daß einmal ein kleines
Schiff von einem fernen Lande, Namens Ullmaroa, daselbst angekommen wäre, in welchem sich vier Mann befunden
hätten, welche, als sie das Ufer erreicht hätten, sämmtlich
wären erschlagen worden. Als man ihn fragte, wo dieß
Land läge, zeigte er nach Norden hin. Lieutenant Cook hatte
von den Leuten in der Gegend der Insel-Bay schon etwas
von Ullmaroa gehöret, welche sagten, daß ihre Vorfahren
dieß Land besucht hätten. Tupia hatte gleichfalls einige verwirrte überlieferte Nachrichten von demselben; aber man
konnte weder aus seinem, noch aus des alten Indianers Berichte einen gewissen Schluß ziehen.

Bald hernach, als das Schiff zum zweytenmal zu Anker gegangen war, trafen Herr Banks und Doctor Solander, die sich ans Land begeben hatten, um zu sehen, ob nicht
etwan eine Nachlese natürlicher Kenntniß zu machen sey,
zufälliger Weise die angenehmste indianische Familie an, die
sie noch je gesehen hatten, und die ihnen bessere Gelegenheit,
als sich bisher noch gezeiget, an die Hand gab, die persön-
liche Subordination unter den Eingebornen zu bemerken.
Das ganze Betragen dieser Familie war leutselig, verbind-
lich und nicht argwöhnisch. Die beyden Herren bedauerten es
aufrichtig, daß sie nicht eher mit diesen Leuten bekannt geworden waren, da sie von ihnen eine bessere Kenntniß der Sitten und Gemüthsart der Landeseinwohner in einem Tage hätten erlangen können, als sie sich während des ganzen Aufenthalts der Engländer auf der Küste erworben hatten.

G 3

Als der Lieutenant Cook am sechsten Februar aus dem
Sunde heraus war, so hielt er hinüber nach Osten, um in
die völlig offene Straße zu gelangen, ehe die Ebbe sich näherte. Um sieben Uhr des Abends lenkten sich zwo kleine
Inseln, die auf der Höhe vom Cap Koamaroo am südöstlichen Anfange von der Königinn Charlotte Sund liegen, nach
Osten in einer Entfernung von ungefähr vier Meilen. Es
war beynahe windstill, und da die Ebbe stark ausgieng: so
ward der Endeavour in sehr kurzer Zeit durch die Schnelligkeit des Stroms ganz nahe an eine dieser Inseln geführt, die
eine fast senkrecht aus dem Meere hervorragende Klippe war.
Die Gefahr nahm mit jedem Augenblicke zu, und es war nur
Ein Mittel da, zu verhindern, daß das Schiff nicht in
Stücken zertrümmert würde, wovon der Erfolg in einigen
Augenblicken entschieden werden mußte. Das Schiff war
nun nicht viel über eines Ankertaues Länge von der Klippe,
und hatte über fünf und siebenzig Faden Wasser. Als man
aber den Anker fallen und ungefähr hundert und funfzig Faden Ankertau laufen ließ, ward es zum Glücke aufgehalten.
Dieß würde gleichwohl unsere Seefahrer nicht gerettet haben,
woferne nicht die Ebbe, die nach Süden zum Osten gieng,
indem sie auf die Insel traf, ihre Richtung nach Südosten
geändert, und sie bey der ersten Spitze vorbey geführet hätte.
In dieser Lage waren sie nicht über zwey Ankertau Länge von
den Klippen entfernt; und hier blieben sie in der stärksten
Ebbe, die nach Südosten in einem Verhältnisse von wenigstens fünf Meilen in einer Stunde gieng, von gleich nach
sieben Uhr bis um Mitternacht, da die Ebbe schwächer ward,
und das Schiff sich zu heben anfieng. Um drey Uhr des Morgens erhob sich eine kleine Kühlung aus Nordwesten, und
unsere Reisenden segelten nach dem östlichen Ufer, ob sie gleich
nicht weit vorwärts kamen, da sie die Fluth gegen sich hatten.

Da aber der Wind nachmals stärker ward, und nach Norden
und Nordosten gieng, so wurden sie durch diesen und durch
die Ebbe in kurzer Zeit durch den engsten Theil der Straße
geführt, und richteten hernach ihren Lauf nach dem südlichsten
Lande, welches sie im Gesicht hatten. Ueber diesem Lande
zeigte sich ein Berg von erstaunlicher Höhe, der mit Schnee
bedeckt war. Der engste Theil der Straße, durch welchen
der Endeavour mit solcher Schnelligkeit war fortgerissen worden, liegt zwischen dem Cap Tierawitte, an der Küste von
Eaheinomauwe, und dem Cap Koamaroo, welche nach unsers Befehlshabers Urtheil vier bis fünf Seemeilen von einander entfernt waren. Der von dieser Ebbe entstehenden
Schwierigkeiten ungeachtet kann man, da ihre Stärke nunmehr bekannt ist, ohne Gefahr durch die Straße gehen.

Einige von den Officieren kamen auf den Einfall, daß
Eaheinomauwe keine Insel wäre, und daß das Land sich vielleicht nach Südosten erstrecken möchte, von der Gegend zwischen dem Cap Turnagain und dem Cap Palliser, da daselbst
eine Strecke von zwölf bis funfzehn Seemeilen ist, die man
noch nicht gesehen hatte. Obgleich Lieutenant Cook durch
dasjenige, was er beobachtet hatte, da er die Straße zuerst
entdeckte, und durch viel andere zusammenkommende Umstände auf das stärkste überzeugt war, daß sie sich irrten: so
beschloß er nichts destoweniger keine Möglichkeit eines Zwei-
fels in Rücksicht auf einen Gegenstand von solcher Wichtigkeit
übrig zu lassen. Zu diesem Ende gab er der Fahrt des Schiffs
eine solche Richtung, welche am dienlichsten war, die Sache
zu entscheiden. Nach einer Fahrt von zween Tagen rief er
die Officiere aufs Verdeck, und fragte sie, ob sie nun nicht
völlig überzeugt wären, daß Eaheinomauwe eine Insel wäre?
Diese Frage beantworteten sie sogleich bejahend, und da nun

alle Zweifel gehoben waren: so schritt der Lieutenant nunmehr zu fernern Nachforschungen *).

Cook gab während seiner langwierigen und genauen Untersuchung von Neu-Seeland den Bayen, Capen, Vorge-
bürgen, Inseln, Flüssen, und andern Plätzen, die er sah,
oder besuchte, Namen; ausgenommen in solchen Fällen,
wo man ihre eigentliche Benennung von den Eingebornen
hörte. Die Namen, welche er wählte, waren entweder
von gewissen charakteristischen oder zufälligen Umständen hergenommen, oder wurden auch zu Ehren seiner
Freunde und Bekannten, besonders solcher, die Seeleute
waren, ertheilet. Diejenigen von den Lesern dieses Werks,
welche besonders davon unterrichtet zu seyn wünschen, werden natürlicher Weise die größere Geschichte der Reise
nachlesen, oder wenigstens die Anzeigen von selbigen auf den
verschiedenen Karten, auf welchen sie beschrieben sind,
nachsehen.

Die Ueberzeugung, daß Neu-Seeland eine Insel ist,
machte keinesweges der vom Lieutenant Cook angestellten
Untersuchung der Beschaffenheit, Lage und Größe des Landes ein Ende. Er vollendete nach diesem seine Umschiffung,
indem er seinen Lauf vom Cap Turnagain gegen Süden längst
der östlichen Küste von Poenammoo, um das Süd-Cap herum
und zurück nach dem westlichen Eingange der Straße nahm,
durch welche er gekommen war, und die mit großem Rechte
Cooks Straße genannt ward. Ich will diese Fahrt, die am
neunten Februar ihren Anfang nahm, nicht nach allen kleinen Umständen und ordentlich beschreiben, sondern mich, wie

*) Hawkesworth, 2 Band.

bey der vorigen Fahrt, damit begnügen, solche Umstände zu
erwähnen, welche sich eigentlicher zu meiner unmittelbaren
Absicht schicken.

Am vierzehnten Februar Nachmittags, als Herr Banks
in einem Boote, um zu schießen ausgefahren war, sahen
unsere Reisenden mit ihren Ferngläsern vier doppelte Canoes,
in welchen sich sieben und funfzig Mann befanden, vom
Lande nach ihm abgehen. Wegen der Sicherheit seines
Freundes besorgt, ertheilte der Lieutenant sogleich Befehl,
Signale zu machen, daß er zurückkommen möchte; allein er
konnte sie wegen des Standes der Sonne in Rücksicht auf
das Schiff nicht sehen. Man bemerkte gleichwohl bald darauf
mit Vergnügen, daß sein Boot in Bewegung war, und er
war schon wieder an Bord, ehe die Indianer, die ihn vielleicht
nicht bemerkt hatten, dazu kamen. Ihre Aufmerksamkeit schien
gänzlich auf das Schiff gerichtet zu seyn. Sie näherten sich
demselben ungefähr bis auf die Weite eines Steinwurfs,
machten darauf Halte, und sahen die Engländer mit Blicken
voll nichts sagenwollenden Erstaunens an. Tupia wandte
vergebens seine Beredsamkeit an, sie zu bewegen, daß sie
näher kommen möchten. Nachdem sie unsere Seefahrer eine
Zeit lang angegaffet hatten, verließen sie dieselben, und begaben sich wieder nach dem Lande. Die Herren konnten nicht
umhin, bey dieser Gelegenheit die Verschiedenheit der Gemüthsart und des Betragens der verschiedenen Einwohner des
Landes beym ersten Anblicke des Endeavour zu bemerken.
Die Leute, die man eben gesehen hatte, hielten sich in der
Ferne mit einer Vermischung von Furchtsamkeit und Bewunderung; andere hatten unverzüglich Feindseligkeiten angefangen; der Mann, den man ganz allein in seinem Canoe
fischend antraf, schien unsere Reisenden als seiner Aufmerksamkeit gänzlich unwürdig zu betrachten, und einige waren

faſt ohne Einladung, und mit der Mine eines vollkommnen
Vertrauens und Wohlwollens an Bord 'gekommen. Von
dem Betragen derer, die ſich zuletzt dem Schiffe genähert
hatten, gab der Lieutenant Cook dem Lande, von welchem
ſie gekommen waren, und welches das Anſehen einer Inſel
hatte, den Namen Lookers-on, (das Gaffer-Land.)

Als man eine Inſel, die ungefähr fünf Seemeilen von
der Küſte von Tovy-Poenammoo liegt, und der man den
Namen der Banks-Inſel gab, in der Richtung von Süden
zum Weſten zuerſt entdeckte, waren einige am Bord der
Meynung, daß ſie Land ſähen, welches nach Süd-Südoſt
und Südoſt zum Oſten läge. Unſer Befehlshaber, welcher
zu der Zeit ſelbſt auf dem Verdeck war, ſagte ihnen, ſeiner
Meynung nach wäre es nur eine Wolke, die, da die Sonne
aufgieng, ſich verziehen und verſchwinden würde. Da er
aber beſchloſſen hatte, keine Gelegenheit zum Streite übrig
zu laſſen, die durch einen Verſuch aus dem Wege geräumet
werden könnte: ſo gab er Befehl, das Schiff nach derjenigen
Richtung zu ſteuern, in welcher das angebliche Land liegen
ſollte. Nachdem der Endeavour in dieſer Richtung einen
Weg von acht und zwanzig Meilen zurückgelegt hatte: ſo
nahm er wieder den vorgehabten Lauf nach Süden, da es
des Lieutenants beſondre Abſicht war, mit Gewißheit auszumachen, ob Poenammoo eine Inſel wäre oder nicht.

Als man am neunten März in der Nacht bey einigen
Klippen vorbey gekommen war: ſo ſah man des Morgens,
daß das Schiff in der größten Gefahr geweſen war. Die
Rettung deſſelben war wirklich im höchſten Grade kritiſch.
Cook gab daher dieſen Klippen, die wegen ihrer Lage ſo ge-
ſchickt ſind, unbehutſame Fremde zu fangen, den Namen der
Traps oder Fallen. An demſelben Tage gelangte er zu einer
Landſpitze, die er das Süd-Cap nannte, und welches er,

wie es denn auch in der That war, für das südliche Ende
des Landes hielt *)

   An der Mittwoche am vierzehnten März kam der Endeavour bey einer kleinen engen Oeffnung im Lande vorbey,
wo ein sehr sicherer und bequemer Hafen zu seyn schien, den
eine Insel machte, die gegen Osten in der Mitte der Oeffnung lag. In dem Lande hinter der Oeffnung sind Berge,
deren Gipfel mit Schnee bedeckt waren, welcher erst kürzlich
gefallen zu seyn schien. Unsre Reisenden hatten das Wetter
in der That seit zween Tagen ungemein kalt befunden. An
beyden Seiten des Eingangs der Oeffnung erhebt sich das
Land fast senkrecht von dem Meere zu einer erstaunlichen
Höhe. Aus dieser Ursache hielt der Lieutenant Cook es nicht
für zuträglich, in den Hafen einzulaufen. Er sah ein, daß
daselbst kein anderer Wind, als gerade hinein, oder gerade
heraus wehen konnte, und hielt es auf keine Weise für rathsam, sich mit dem Schiffe in einen Ort hinein zu begeben,
aus welchem er nur mit einem Winde heraus konnte, von
welchem er aus der Erfahrung wußte, daß er nicht länger als
einen Tag in jedem Monate wehete. So klug auch die Entschließung unsers Befehlshabers war, so verursachte sie doch
keine allgemeine Zufriedenheit. Er handelte darin der Meynung einiger von denen zuwider, die sich an Bord befanden,
und in dringenden Ausdrücken ihr Verlangen, in einen Hafen
einzulaufen, zu erkennen gegeben hatten; wobey sie nicht ge-
nugsam erwogen, daß die gegenwärtige Bequemlichkeit nicht
durch die Gefahr, in der Folge großer Ungelegenheit ausgesetzt zu seyn, erkauft werden müßte **).

*) Das Süd-Cap liegt unter 47° 19' südlicher Breite, und
192° 12' westlicher Länge.

**) Hawkesworth, 2 Band.

Ungefähr am sieben und zwanzigsten März hatte Cook das ganze Land von Tovy-Poenammoo umschiffet, und war im Gesichte der vorhin erwähnten Insel angelangt, die in einer Entfernung von neun Seemeilen vom Eingange des Königinn Charlotte Sundes liegt. Da er nunmehr dreyßig Tonnen leerer Wasserfässer am Bord hatte, so war es nothwendig, sie zu füllen, ehe er zum endlichen Beschlusse seiner Reise schritte. Zu diesem Ende ließ er das Schiff um die Insel herum buckfiren, und lief in eine Bay ein, die zwischen derselben und der Königinn Charlotte Sund liegt, und welcher man den Namen der Admiralitäts-Bay ggb.

Da man am dreyßigsten März genugsamen Vorrath an Holz und Wasser angeschafft hatte, und das Schiff bereit war, in See zu gehen: so blieb nun zu entscheiden übrig, welchen Weg man zur Rückkehr nach Hause wählen müßte, um dem Staate dadurch den meisten Nutzen zu schaffen. Der Lieutenant hielt für rathsam, die Meynung seiner Officiere hierüber einzuziehen. Er hegte selbst ein starkes Verlangen über Cap Horn zurück zu gehen, weil dieß ihn in den Stand gesetzt hätte, zu entscheiden, ob ein südliches festes Land da ist oder nicht. Allein gegen diese Absicht hatte man den hinlänglichen Einwurf, daß unsre Seefahrer mitten im Winter, und mitten in einem Schiffe, von welchem man nicht glaubte, daß es zu einer solchen Unternehmung im Stande wäre, eine hohe südliche Breite hätte halten müssen. Eben diesen Grund führte man, und mit noch größerm Nachdrucke, gegen den Vorschlag an, gerade nach dem Vorgebürge der guten Hoffnung zu segeln, weil man auf diesem Wege keine Entdeckung von einiger Wichtigkeit erwarten konnte. Es ward also beschlossen, über Ostindien zurück zu gehen, und in dieser Absicht so lange gegen Westen zu steuern, bis man die östliche Küste von Neu-Holland fände, und alsdann der Richtung

dieser Küste gegen Norden zu folgen, bis man das nördliche
Ende derselben erreichte. Würde man aber dieses unthunlich
finden: so ward weiter beschlossen, sich zu bemühen, das
Land oder die Inseln zu finden, welche, wie gesagt wird,
Quiros entdeckt haben soll *).

In den sechs Monaten, die der Lieutenant Cook mit
der Untersuchung von Neu-Seeland zugebracht, hatte er die
Wissenschaft der Geographie und Schiffahrt mit ansehnlichen
Zusätzen vermehrt. Dieß Land ward im Jahre 1641 durch
Abel Jansen Tasman, einen niederländischen Seefahrer,
zuerst entdeckt. Er fuhr von der Breite von 34° 43′ quer
bey der östlichen Küste vorbey, und lief in die Straße ein,
die jetzt Cooks-Straße heißt; weil er aber an dem Orte, den
er die Mörder-Bay nannte, von den Einwohnern, so bald
er den Anker hatte fallen lassen, angegriffen ward: so begab
er sich gar nicht ans Land. Er maßte sich gleichwohl eine
Art von Anspruch auf das Land an, indem er es, zu Ehren
der General-Staaten, das Staaten-Land nannte. Jetzt
wird es gewöhnlich auf den Land- und Seekarten mit dem
Namen Neu-Seeland bezeichnet. Das ganze Land, derjenige Theil der Küste ausgenommen, den Tasman von seinem
Schiffe sah, blieb von seiner Zeit an bis zur Reise des Endeavour, ganz und gar unbekannt. Viele haben es für einen
Theil des südlichen festen Landes gehalten; durch Herrn Cook
aber ist es nunmehr ausgemacht, daß es aus zwo großen Inseln besteht, die durch eine Straße oder Durchfahrt, die vier
bis fünf Seemeilen breit ist, von einander getrennt sind.
Diese Inseln liegen zwischen 34° und 48° südlicher Breite,
und zwischen 181° und 194° westlicher Länge, welchen Umstand Herr Green aus vielen Beobachtungen der Sonn- und

*) Hawkesworth, 2 B.

des Mondes, und einer des Durchgangs des Mercurius mit
ungemeiner Genauigkeit bestimmt hat. Die nördlichste dieser
Inseln wird von den Eingebornen Eaheinomauwe, und die
südlichste Tovy, oder Tavai Poenammoo genannt. Es ist
gleichwohl nicht gewiß, ob die ganze südliche Insel, oder
nur ein Theil derselben unter dem letzten Namen begriffen ist.

Tovy Poenammoo ist hauptsächlich ein bergiges und,
allem Ansehen nach, unfruchtbares Land. Die einzigen Einwohner und Zeichen von Einwohnern, die man auf der ganzen Insel entdeckte, waren die Leute, welche unsere Reisenden in der Königinn Charlotte Sund sahen, einige, die unter
den Schneegebürgen zu ihnen kamen, und einige Feuer, die
man nach Westen von Cap-Saunders wahrnahm. Eaheinomauwe hat ein viel besseres Ansehen. Obgleich diese Insel
nicht bloß Anhöhen hat, sondern auch bergig ist: so sind doch
die Anhöhen und Berge mit Wäldern bedeckt, und in jedem
Thale ist ein kleiner Fluß. Der Boden in diesen Thälern,
und in den Ebenen, von welchen viele eben nicht stark mit
Holz bewachsen sind, ist überhaupt leicht, aber fruchtbar.
Herr Banks und Doctor Solander, wie auch alle andere
Herren, die sich auf dem Schiffe befanden, waren der Meynung, daß alle Gattungen von europäischem Getreide, Pflanzen und Früchten hier auf das treflichste wachsen und fortkommen würden. Aus den Vegetabilien, die unsere Seefahrer
in Eaheinomauwe fanden, kann man mit Grunde schließen,
daß der Winter hier gelinder ist, als in England, und die
Erfahrung lehrte, daß der Sommer nicht heisser war, wiewohl eine gleichere Wärme in demselben herrschte. Wenn
dieß Land also mit Leuten aus Europa besetzt würde: so könnten dieselben, wenn sie einigermaßen fleißig wären, in kurzer
Zeit, nicht bloß mit den Nothwendigkeiten, sondern auch

mit solchen Dingen, die zum Vergnügen und zur Bequemlichkeit des Lebens gehören, im Ueberflusse versehen werden.

In Eaheinomauve sind keine andere vierfüßige Thiere,
als Hunde und Ratzen. Wenigstens sahen unsere Reisenden
keine andere, und die Ratzen sind so selten, daß sie von vielen
am Bord fast gar nicht bemerkt wurden. Die Gattungen
der Vögel sind nicht zahlreich, und von diesen ist keine Art,
eine einzige vielleicht ausgenommen, denen in Europa ganz
genau ähnlich. Insecten sind in keiner größern Menge da,
als Vögel. Die See ersetzt diese Seltenheiten an Thieren
auf dem Lande überflüßig. Jeder kleine Meerbusen wimmelt
von Fischen, die nicht allein gesund, sondern auch eben so angenehm von Geschmack, wie in unserm Welttheile sind. Der
Endeavour ankerte selten an einem Orte, oder segelte mit
schwachem Winde bey irgend einem Platze vorbey, wo man
nicht mit der Angel Fische genug fangen konnte, um die ganze
Schiffsmannschaft damit zu versehen. Wenn man sich des
Zugnetzes bediente, so war der Fall selten, daß man nicht
einen noch größern Vorrath bekommen hätte. Der Meer-
krebs war das niedlichste Essen von dieser Art, welches den
Engländern zu Theil ward. Unter den vegetabilischen Erzeugnissen des Landes nehmen die Bäume die vornehmste
Stelle ein. Es giebt daselbst Wälder von ungeheuerm Umfange, die voll der geradesten, glättesten und dicksten, zum
Bauholze dienlichsten Bäume sind, die Cook und seine Freunde
je gesehen hatten. Dem Herrn Banks und Doctor Solander machte die Neuheit, wo nicht die Mannigfaltigkeit der
Pflanzen großes Vergnügen. Unter ungefähr vierhundert
Arten waren nicht viele, die bisher von Kräuterkennern waren
beschrieben worden. Es ist daselbst eine Pflanze, die bey den
Eingebornen die Stelle des Hanfes und Flachses vertritt, und

alle diejenigen übertrifft, die zu diesem Endzwecke in andern
Ländern gebraucht werden.

Sollte es je als ein die Aufmerksamkeit Großbritanniens
verdienender Gegenstand angesehen werden, Neu-Seeland
zu besetzen: so glaubte unser Befehlshaber, der beste Platz,
eine Colonie anzulegen, wäre entweder an den Ufern der
Themse, oder in den an die Insel-Bay stoßenden Ländern.
Diese Plätze haben beyde den Vorzug eines vortreflichens Hafens. Vermittelst des Flusses könnten die Niederlassungen
erweitert, und ein Verkehr mit den innern Gegenden des
Landes angefangen werden. Man könnte auch aus dem
schönen Bauholze, welches man aller Orten antrifft, mit
sehr weniger Mühe und Kosten Schiffe bauen *).

Allein ich bin in Gefahr, mich zu verirren, und in Umstände einzulassen, wovon man glauben könnte, daß sie für
die Absicht der gegenwärtigen Erzählung zu weitläuftig sind.
Es ist schwer, seiner Feder Einhalt zu thun, wenn man eine
solche Mannigfaltigkeit sonderbarer und unterhaltender Materialien vor sich hat; und ich muß meine Leser um Nachsicht
bitten, wenn ich noch zween oder drey besondere Umstände
anführe. Ein der Aufmerksamkeit besonders würdiger Gegenstand ist die vollkommne und ununterbrochene Gesundheit
der Einwohner in Neu-Seeland. Bey allen Besuchen, die
unsere Reisenden in ihren Städten ablegten, wo Alte und
Junge, Männer und Weiber sich Haufenweise um sie herum
versammelten, bemerkten sie niemals einen einzigen, welcher
einen körperlichen Fehler hatte, noch ward unter der Anzahl
derer, welche sie nackend sahen, je der geringste Ausschlag
auf der Haut, oder das kleinste Merkmal wahrgenommen,

daß

*) Hawkesworth, 2 B.

daß dergleichen Ausschlag vormals da gewesen war. Die
Leichtigkeit, mit welcher die Wunden, die diese Leute etwan
bekommen, geheilet werden, ist gleichfalls ein Beweis von
ihrer Gesundheit. Die Wunde des Mannes, der mit einer
Flintenkugel durch den fleischigen Theil des Arms geschossen
war, sah so gut aus, und war der vollkommenen Heilung so
nahe, daß Cook erklärte, er würde, wenn ihm nicht bewußt
gewesen wäre, daß man keinen Verband darauf geleget, sich
gewiß mit theilnehmender Neugierde nach den Wundkräutern
und der Wundarzneykunst des Landes erkundigt haben. Die
große Anzahl alter Leute, die man in Neu-Seeland antrifft,
dient zu einem neuen Zeugnisse, daß die menschliche Natur
daselbst von Krankheiten nicht angesteckt ist. Aus dem Verlust der Haare und Zähne sah man, daß viele unter ihnen
sehr alt waren, und keiner war gleichwohl schwach und abge-
lebt. Ob sie gleich den jungen Leuten in Ansehung der Stärke
ihrer Muskeln nicht gleich waren, so gaben sie ihnen doch in
Ansehung der Munterkeit und Lebhaftigkeit gar nichts nach.
Wasser ist, so viel unsern Seefahrern bekannt geworden, das
allgemeine und einzige Getränke der Neu-Seeländer *).
Es ist sehr zu wünschen, daß ihre Glückseligkeit in dieser Rücksicht niemals durch eine solche Verbindung mit den europäi-
schen Nationen, wodurch diejenige Liebe zu starken Geträn-
ken eingeführet wird, die den Indianern in Nordamerika so
schädlich gewesen ist, möge vernichtet werden.

Aus den Bemerkungen, welche Lieutenant Cook und
seine Freunde über die Leute in Neu-Seeland machten, und
aus der Aehnlichkeit, die man zwischen ihnen und den Bewohnern der Süd-See-Inseln wahrnahm, entstand ein

---

*) Hawkesworth, 2 Band.

Erster Theil.   H

ſtarker Beweis, daß beyde einen gemeinſchaftlichen Urſprung
hätten, und dieſer Beweis ward durch die Uebereinſtimmung
ihrer Sprache außer Zweifel geſetzt. Tupia ward, wenn er
ſich mit den Einwohnern zu Eaheinomauwe und Poenammoo
unterredete, vollkommen verſtanden. Man merkte in der
That nicht, daß die Sprache von Otaheite von der in Neu-
Seeland mehr unterſchieden war, als die Sprache der beyden Inſeln, worin es getheilet iſt, von einander unterſchieden ſind *).

Bisher war des Lieutenants Cook Fahrt der Meynung
von einem ſüdlichen feſten Lande ungünſtig geweſen, da we-
nigſtens drey Viertheile der Sätze, worauf man dieſe Meynung gegründet hatte, dadurch entkräftet waren. Die von
dem Endeavour gemachte Fahrt hatte bewieſen, daß das von
Tasman, Juan Fernandes, Hermite, dem Befehlshaber
einer niederländiſchen Escadre, dem Quiros und Roggewein
geſehene Land, kein Theil eines ſolchen feſten Landes war,
wie ſie angenommen hatten. Auch die theoretiſchen Beweis-
gründe für ein ſolches ſüdliches feſtes Land, die man von der
Nothwendigkeit, das Gleichgewicht zwiſchen den beyden
Halbkugeln zu erhalten, hergenommen hatte, waren dadurch
vernichtet worden. Da gleichwohl Cooks Entdeckungen, ſo
weit er nämlich bereits gekommen war, ſich nur gegen Norden auf vierzig Grad ſüblicher Breite erſtreckten: ſo konnte
er daher in Anſehung desjenigen Landes, welches weiter gegen Süden liegen konnte, nichts behaupten. Dieß war
demnach eine Sache, deren Unterſuchung er ernſtlich
wünſchte **), und ihm war endlich auch, wie wir nachmals

---

*) Hawkesworth, 2 Band.

**) Ebendaſelbſt.

sehen werden, die Ehre vorbehalten, diese Frage entscheidend auszumachen.

Am Sonnabend, den ein und dreyßigsten März, gieng unser Befehlshaber vom Cap Farewell in Neu-Seeland unter Segel *) und setzte seine Reise gegen Westen fort. Am neunzehnten April bekamen sie Neu-Holland, oder wie es jetzt heißt, Neu-Süd-Wales zu Gesicht, und am acht und zwanzigsten desselben Monats ankerte das Schiff in der Botany-Bay. Tages vorher waren unsere Seefahrer, weil das Schiff, welches von einer Windstille befallen war, sich nicht weiter als anderthalb Meilen vom Lande und innerhalb einiger sich brechenden Wellen befand, in einer sehr mißlichen Lage gewesen; aber zum Glücke hatte sich eine kleine Kühlung vom Lande erhoben, und sie aus der Gefahr befreyt.

Nachmittags wurden die Böote bemannet, und Lieutenant Cook fuhr mit seinen Freunden, in deren Gesellschaft sich auch Tupia befand, vom Endeavour ab. Ihre Absicht war, da zu landen, wo sie einige Indianer gesehen hatten, und sie machten sich Hoffnung, daß diese Indianer, da sie dem Schiffe, als es in die Bay einlief, keine Aufmerksamkeit widmeten, eben so wenig aufmerksam darauf seyn würden, wenn die Engländer sich dem Ufer näherten. Hierin hatten die Herren sich gleichwohl geirret; denn so bald sie sich den Klippen näherten, kamen zwey Mann von selbigen herab, ihnen entgegen, um ihnen die Landung zu verwehren, und die übrigen liefen davon. Diese Wagehälse, die mit ungefähr zehn Fuß langen Lanzen bewaffnet waren, riefen unsern Seefahrern in einem sehr lauten Tone, und in einer rauhen übelklingenden Sprache zu, wovon selbst Tupia auch nicht ein

H 2

*) Hawkesworth, 2 Band.

einziges Wort verstand. Sie schwungen zugleich ihre Waffen, und schienen entschlossen zu seyn, ihre Küste auf das
äußerste zu vertheidigen; ob ihrer gleich nur zween gegen
vierzig waren. Der Lieutenant, welcher nicht umhin konnte,
ihren Muth zu bewundern, und nicht gerne wollte, daß
Feindseeligkeiten mit einer so ungleichen Macht an ihrer Seite
angefangen werden sollten, befahl mit dem Boote Halte zu
machen. Er und die andern Herren unterredeten sich hierauf
mit ihnen durch Zeichen, und warfen ihnen, um ihr Wohlwollen zu erhalten, Nägel, Knöpfe und verschiedene andere
Kleinigkeiten zu, welche ihnen angenehm zu seyn schienen.
Hernach suchte unser Befehlshaber ihnen zu verstehen zu
geben, daß er Mangel an Wasser habe, und bemühete sich
auf alle nur mögliche Art, sie zu überzeugen, daß er gar
nicht die Absicht hätte, ihnen Schaden zuzufügen. Da er
geneigt war, die Bewegung, welche sie mit der Hand machten, als eine Einladung, näher zu kommen, auszulegen: so
legte das Boot ans Ufer; allein die beyden Indianer hatten
dieß nicht so bald gesehen, so suchten sie es auch zu verhindern. Einer von ihnen schien ein Jüngling von neunzehn
bis zwanzig Jahren, und der andere ein Mann von mitt-
lerm Alter zu seyn. Das einzige Mittel, welches dem Herrn
Cook nun noch übrig blieb, war, mit einer Flinte zwischen
beyden hinzuschließen, und als dieß geschah, ließ der jüngste
von ihnen ein Gebund Lanzen auf die Klippe fallen; er be-
sann sich aber augenblicklich, und nahm sie in großer Eile
wieder auf. Einer warf darauf mit einem Steine auf die
Engländer, und nun gab der Lieutenant Befehl, einen Schuß
mit Schroot auf sie zu thun. Der Schuß traf die Schenkel
des ältesten, und er lief unverzüglich nach einem von den
Häusern, welche ungefähr hundert Yards entfernt waren.
Cook, welcher hoffte, daß der Streit nunmehr vorbey wäre,

landete sogleich mit seinen Leuten; allein kaum hatten sie das
Boot verlassen, als der Indianer zurückkam, weil er die
Klippe nur verlassen hatte, um einen Schild zu seiner Ver-
theidigung zu holen. So bald er in der Nähe war, warf
er und sein Camerade jeder eine Lanze mitten unter unsere
Leute, wodurch aber zum Glücke niemand beschädigt ward.
Auf den dritten Flintenschuß warf einer von ihnen noch eine
Lanze unter die unsrigen, und hierauf entliefen beyde. Die
Herren begaben sich darauf zu den Hütten, und warfen in
ein Haus, wo sich Kinder befanden, einige Knöpfe, Bänder, Stücken Tuch, und andere Geschenke. Sie hofften,
daß diese ihnen das Wohlwollen der Einwohner verschaffen
würden. Allein der Lieutenant und seine Gefährten hatten,
als sie am folgenden Tage zurück kamen, die Kränkung, daß
die Knöpfe und Bänder, welche sie Abends zuvor da gelassen
hatten, noch auf derselben Stelle lagen, und daß auch nicht
ein einziger Indianer zu sehen war *).

Am dreyßigsten April ließen sich verschiedene von den
Landeseingebornen sehen, man konnte sie aber nicht bewegen,
einen Verkehr mit unsern Leuten anzufangen. Sie näherten
sich ihnen bis auf eine gewisse Weite, und begaben sich, nachdem sie verschiedenemal ein Geschrey erhoben hatten, zurück
in die Wälder. Als sie dieß noch einmal gethan hatten,
folgte Cook ihnen ganz allein und unbewaffnet bis auf eine
ansehnliche Strecke Weges längst dem Ufer hin, konnte sie
aber auf keine Weise zum stillstehen bewegen **).

H 3

*) Hawkesworth, 2 Band.

**) An diesem Tage nahm Herr Green die Mittagshöhe der
Sonne etwas innerhalb des südlichen Eingangs der Bay,
und fand 34° südlicher Breite.

Am erſten May beſchloß er, einen Gang ins Land zu thun. Unſer Befehlshaber, Herr Banks, Doctor Solander, und ſieben andere machten ſich demnach, alle zu der Unternehmung gehörig gerüſtet, auf, und begaben ſich zuerſt zu den Hütten, nahe am Waſſerplatze, zu welchem noch täglich einige Indianer kamen. Obgleich die kleinen Geſchenke, die man vorhin da gelaſſen hatte, noch nicht weggenommen waren: ſo vermehrten unſere Herren ſie doch mit andern von größerm Werthe, die in Tuch, Knöpfen, Kämmen und Spiegeln beſtanden. Hernach begaben ſie ſich tiefer ins Land, welches mit Wäldern und freyen Plätzen auf eine angenehme Art abwechſelt, und verſchiedene Ausſichten gewähret. Den Boden fanden ſie entweder ſumpfig, oder mit leichtem Sande bedeckt *).

Die Bäume würden, wenn man den Boden anbauete, kein Hinderniß machen, da ſie hoch und gerade ſind, kein Geſträuche darunter befindlich iſt, und dieſelben in hinlänglicher Entfernung von einander ſtehen. Zwiſchen den Bäumen iſt das Land überflüßig mit Gras bedeckt. Unſre Reiſenden ſahen mehrere Häuſer der Einwohner, trafen aber nur einen einzigen von ihnen an, welcher, ſo bald er die Engländer gewahr ward, davon lief. Sie ließen allenthalben, wohin ſie kamen, Geſchenke zurück, in der Hoffnung, daß ſie ihnen endlich das Vertrauen und Wohlwollen der Indianer erwerben würden. Sie nahmen einige Spuren von Thieren wahr, und die Bäume waren voll Vögel von verſchiedenen Gattungen, unter welchen viele von auserleſener Schönheit waren.

*) In einer andern Gegend des Landes, die man nachmals unterſuchte, fand man den Boden viel fruchtbarer. Er hatte eine ſchwarze lockere Erde, die der Lieutenant für ſehr geſchickt zum Anbau von allerley Getreide hielt.

Lorikets und Cacatus waren besonders in so zahlreicher Menge
da, daß sie in Haufen von einigen Schocken beysammen
flogen.

Mittlerweile da der Lieutenant und seine Freunde auf
dieser kleinen Reise begriffen waren, hatte man Herrn Gore
des Morgens ausgeschickt, um Austern zu fangen. Als er
damit fertig war, ließ er das Boot wegfahren, nahm einen
Oberbootsmann mit, und trat den Weg an, um sich zu
Lande zu denen, die Wasser füllten, zu begeben. Unterweges stieß er auf einen Haufen von zwey und zwanzig Indianern, die ihm folgten, und oft nicht weiter, als zwanzig
Yards entfernt waren. Wenn er sie so nahe sah, machte er
Halte, und stellte sich ihnen entgegen, worauf sie gleichfalls
Halte machten; und wenn er weiter gieng, so fuhren sie fort,
ihn zu verfolgen. Allein ob sie gleich alle mit Lanzen bewaffnet waren: so griffen sie doch Herrn Gore nicht an, so daß
er und sein Gefährte den Wasserplatz glücklich erreichten. Als
die Eingebornen das Hauptcorps der Engländer zu Gesichte
bekamen, machten sie ungefähr in einer Entfernung von einer
Viertelmeile Halte, und stunden still. Herr Monkhouse und
zween oder drey von denen, die Wasser füllten, bekamen
hierdurch Muth, ihnen entgegen zu gehen; da sie aber sahen,
daß die Indianer festen Fuß hielten: so wurden sie, welches
bey unbesonnenen und tollkühnen Leuten nicht selten der Fall
ist, plötzlich von Furcht ergriffen, und zogen sich eilfertig
zurück. Dieser Schritt vermehrte die Gefahr, welche man
dadurch vermeiden wollte. Vier von den Indianern kamen
sogleich hervor, und warfen ihre Lanzen mit solcher Gewalt
nach den Flüchtlingen, daß sie über dieselben hinflogen.
Unsre Leute, die wieder Muth faßten, standen still, die
Lanzen aufzunehmen, da denn die Eingebornen anfiengen,
sich zurück zu ziehen. Gerade in diesem Augenblicke traf

H 4

Cook mit Herrn Banks, Doctor Solander und Tupia ein, und da sie die Indianer zu überzeugen wünschten, daß sie sich weder vor ihnen fürchteten, noch die Absicht hätten, ihnen im geringsten zu schaden: so näherten sie sich ihnen, und bemüheten sich, sie durch drohende sowohl als einladende Zeichen zu bewegen, sich mit ihnen in Verkehr einzulassen, aber ohne alle Wirkung.

Aus der Kühnheit, welche die Einwohner bey der ersten Landung unserer Reisenden zeigten, und aus dem Schrecken, welches sie nachmals bey Erblickung der Engländer ergriff, erhellet, daß sie durch unser Feuergewehr hinlänglich in Furcht gesetzt waren. Es war in der That nicht die geringste Ursache vorhanden, zu glauben, daß einer von ihnen durch das Schroot sehr wäre beschädiget worden, womit man auf sie gefeuert hatte, als sie unsre Leute angriffen, indem dieselben das Boot verließen. Nichts destoweniger hatten sie vermuth- lich aus ihren Schlupfwinkeln die Wirkungen gesehen, welche die Flinten auf die Vögel thaten. Tupia, der nun ein guter Schütze geworden war, streifte oft herum, Papageyen zu schießen, und einst stieß er, indem er sich damit beschäftigte, auf neun Indianer, die, so bald sie gewahr wurden, daß er sie sahe, sich mit großem Geschrey und in Verwirrung von ihm entfernten.

Indem Herr Banks am dritten May bey dem Wasser- platze beschäftigt war, Pflanzen zu sammeln, begab sich Cook mit dem Doctor Solander und Herrn Monkhouse nach dem obersten Ende der Bay, in der Absicht, selbige Gegend des Landes in Augenschein zu nehmen, und noch einige Ver- suche zu machen, um in einige Verbindung mit den Einge- bornen zu kommen. Auf diesem Gange bekamen sie neue Kenntnisse in Beziehung auf die Beschaffenheit des Bodens und seine Tüchtigkeit zum Anbau; allein ihre Bemühungen, die Einwohner zu bewegen, sich in einem freundschaftlichen Verkehr einzulaßen, waren vergebens. Verschiedenen Parcthenen, die am folgenden Tage in gleicher Absicht ins Land geschickt wurden, gelang es eben so wenig. Nachmittags nahm unser Befehlshaber selbst mit einer Anzahl Begleiter einen Gang nach dem nördlichen Ufer vor, welches er von Wäldern ganz entblößt, und unserm Mohrlande in England gewissermaßen ähnlich fand. Die Oberfläche des Bodens war gleichwohl hier und da mit Pflanzen und Gesträuche bedeckt, welches ungefähr bis an die Kniee reichte. Nahe an der Küste sind die Berge nur niedrig, hinter ihnen aber liegen andere, die sich nach und nach zu einer ansehnlichen Höhe erheben, und mit Sümpfen und Morästen durchschnitten sind. Unter den verschiedenen Gattungen der Fische, die zu verschiedenen Zeiten gefangen wurden, befanden sich große Stachelrochen. Einer derselben wog dreyhundert und sechs und dreyßig Pfund, nachdem das Eingeweide heraus genommen war.

Durch die große Menge Pflanzen, die Herr Banks und Doctor Solander hier sammelten, ward Lieutenant Cook bewogen, diesem Orte den Namen der Botany-Bay zu geben. Sie liegt unter dem 34° südlicher Breite, und 208° 37' westlicher Länge, und gewähret den Schiffen einen geräumigen, sichern und bequemen Schutzort. Der Endeavour ankerte nahe am südlichen Ufer, ungefähr eine Meile innerhalb des Eingangs, wegen des Umstandes, daß er mit südlichem Winde unter Segel gehen konnte, und weil der Lieutenant es für die beste Lage hielt, um Wasser einzunehmen. Nachmals aber fand er einen sehr schönen Fluß am nördlichen Ufer, wo eine sandige Bucht war, in welche ein Schiff fast ganz vom Lande eingeschlossen liegen, und Holz und Wasser im größtem Ueberfluße haben konnte. Obgleich allenthalben Holz im Ueberflusse vorhanden ist: so sah unser

H 5

Befehlshaber doch nur zwo Arten, die als Zimmerholz betrachtet werden konnten. Nicht allein die Einwohner, die
man zuerst entdeckte, sondern auch alle, die man nachmals
zu Gesichte bekam, waren völlig nackend. Von ihrer Lebensart konnten unsere Reisenden nur wenig Kenntniß bekommen,
da man nicht in die geringste Verbindung mit ihnen kommen
konnte; man konnte aber nicht abnehmen, daß sie zahlreich
waren, oder in Gesellschaften bey einander lebten. Sie schienen wie andere Thiere längst der Küste hin, und in den Wäldern zerstreuet zu seyn. Sie hatten nicht das geringste von
allen demjenigen, was man in ihren Hütten, oder an den
Orten, wohin sie oft kamen, zurückgelassen hatte, berühret;
so wenig Empfindung hatten sie von jenen kleinen Bequemlichkeiten und Zierrathen, die gemeiniglich für die ungesitte-
ten Menschen-Stämme auf Erden sehr anziehend und reizend
sind. Cook ließ während seines Aufenthalts an diesem Orte
die Englische Flagge täglich am Strande wehen, und sorgte
dafür, daß die Jahrzahl und des Schiffs Name in einen
von den Bäumen, die nahe am Wasserplatze standen, eingegraben ward *).

Am Sonntage den sechsten May mit Tages Anbruch
giengen unsere Seefahrer von der Botany-Bay unter Segel, und so wie sie auf der Reise weiter kamen, gab der
Lieutenant den Bayen, Caps, Landspitzen und merkwürdigen Bergen, die ihnen zu Gesicht kamen, die Namen, die
auf der Karte angezeigt sind. Am vierzehnten May, ward
das Land, da der Endeavour weiter nach Norden kam,
und damals unter 30° 22' südlicher Breite und 206° 39''
westlicher Länge war, nach und nach höher, so daß es ein
bergiges Land genannt werden kann. Zwischen dieser Breite

---

*) Hawkesworth, 2 B.

und der Botany-Bay ziehen sich in angenehmer, abwech-
selnder Mannigfaltigkeit Reihen von Hügeln, Bergen,
Thälern und Ebenen, die alle mit Wäldern bekleidet sind,
und auf gleiche Art in die Augen fallen, wie das eben er-
wähnte Land. Das Land ist am Ufer überhaupt niedrig und
sandig, die Landspitzen ausgenommen, welche felsig, und
über welchen zum Theil hohe Berge sind, die, wenn sie sich
zuerst aus dem Wasser erheben, das Ansehen von Inseln
haben. Am folgenden Tage, da das Schiff ungefähr eine
Seemeile vom Lande war, entdeckten unsere Reisenden an
verschiedenen Orten Rauch, und sahen durch ihre Ferngläser
ungefähr zwanzig von den Eingebornen, von welchem jeder
einen großen Bündel auf dem Rücken hatte. Von den Bündeln muthmaßeten die Unsrigen, daß es Palmblätter wären,
deren die Indianer sich bedienen, ihre Häuser damit zu
decken, und fuhren fort, sie über eine Stunde zu beobachten,
während welcher Zeit sie am Strande und auf einem Pfade
giengen, der über einen allmählig sich erhebenden Berg
führte. Es war merkwürdig, daß man keinen einzigen von
ihnen stillstehen und den Endeavour betrachten sah. Sie giengen am Gestade hin, ohne daß sie die geringste Empfindung
von Neugierde oder Erstaunen verriethen, ob es gleich unmöglich war, daß sie nicht das Schiff, indem sie am Strande
hingiengen, durch einen zufälligen Blick entdeckt haben sollten, und ob es gleich der erstaunlichste und unbegreiflichste
Gegenstand, den sie je gesehen hatten, gewesen seyn muß *).
Als unsere Seefahrer sich am 17 May in einer Bay, welcher Lieutenant Cook den Namen, Moretons-Bay **),

*). Hawkesworth, 2 Band.

**) Moreton-Bay liegt unter 26° 56' südlicher Breite, und
206° 28' westlicher Länge.

beygelegt hatte, und an einem Orte befanden, wo das Land damals nicht sichtbar war, waren einige auf dem Schiffe, die beobachtet hatten, daß die See ein bläßeres Ansehen als gewöhnlich hatte, der Meynung, daß oben in der Bay die Mündung eines Flusses wäre. Der Lieutenant sah ein, daß kein wirklicher Grund zu dieser Voraussetzung da wäre. Da der Endeavour hier vier und dreyßig Faden Wasser und einen guten sandigen Boden hatte: so waren diese Umstände allein hinlänglich, die Veränderung zu bewirken, die man in der Farbe der See wahrgenommen hatte. Es war auch auf keine Weise nothwendig, einen Fluß anzunehmen, und die Ursache anzugeben, warum das Land am Ende der Bay nicht sichtbar war. Wenn das Land daselbst so niedrig war, wie an vielen andern Stellen der Küste, wo man es aus der Erfahrung kannte: so war es unmöglich, dasselbe da, wo das Schiff sich befand, zu sehen. Unser Befehlshaber würde gleichwohl deswegen eine Untersuchung angestellt haben, wenn der Wind zu diesem Endzwecke günstig gewesen wäre. Sollte etwan ein künftiger Seefahrer geneigt seyn, die Frage auszumachen, ob an diesem Orte ein Fluß ist, oder nicht: so hat Cook sich die Mühe gegeben, die beste Anweisung zu hinterlassen, um die Lage desselben ausfindig zu machen.

Als unsre Reisenden am 22sten May ihre Fahrt von Harveys-Bay fortsetzten, entdeckten sie vermittelst ihrer Ferngläser, daß das Land voll Dattelbäume war, welche sie von der Zeit an, da sie die Inseln innerhalb des Wendezirkels verließen, nicht gesehen hatten. Sie sahen auch zwey Mann längst dem Strande hingehen, welche ihnen eben so wenig Aufmerksamkeit widmeten, als ihnen schon bey anderer Gelegenheit begegnet war. An diesem Tage Abends um acht Uhr gieng das Schiff in fünf Faden Wasser mit einem guten sandigen Boden vor Anker. Am folgenden Tage frühmor-

gens begab sich der Lieutenant, von Herrn Banks, Doctor
Solander, den andern Herren, Tupia, und einer Parthey
Leuten begleitet, ans Land, um die Gegend zu untersuchen.
Der Wind gieng so stark, und das Wetter war so kalt, daß
sie, weil sie ziemlich weit vom Lande waren, ihre Mäntel,
als ein nothwendiges Stück zur Reise mitnahmen. Als sie
landeten, fanden sie einen Canal, der in einen großen stehen-
den See führte. Unser Befehlshaber untersuchte sowohl den
Canal, als den See mit seiner gewöhnlichen Genauigkeit.
Es ist daselbst ein kleiner Fluß mit süßem Wasser, und Raum
genug, daß einige Schiffe in großer Sicherheit da liegen können. Am See wächset der wahre Mangrove-Baum, so
wie man ihn in den westindischen Inseln findet, und der erste
von der Art, den unsere Reisenden angetroffen hatten. Zwischen den seichten Plätzen und Sandbänken auf der Küste
sahen sie viel große Vögel, und insbesondere einige von derselben Art, welche sie in der Botany-Bay gesehen hatten.
Sie hielten dieselben für Pelicane, die aber so scheu waren,
daß man ihnen nicht einen Flintenschuß nahe kommen konnte.
Am Strande fand man eine Art von Trappen, wovon einer
geschossen ward, der so groß war, wie ein Truthahn und
achtzehntehalb Pfund wog. Alle Herren waren darin einig,
daß dieß der beste Vogel wäre, den sie, seitdem sie England
verlassen, gegessen hätten, und zur Ehre desselben nannten sie
den Eingang die Bustard-Bay *). Auf den Schlick-
bänken und unter den Mangrove-Bäumen waren unzählige
Austern von verschiedenen Gattungen, und unter andern die
Hammer-Austern, mit einem großen Vorrathe kleiner Perl-
Austern. Wenn sich in tiefern Wasser eine gleiche Menge

*) Die Bustard-Bay liegt unter 24° 4′ südlicher Breite, und
unter 208° 18′ westlicher Länge.

völlig ausgewachsener Austern von der Art finden sollte: so war Cook der Meynung, daß hier eine Perlenfischerey mit großem Vortheile angelegt werden könnte *).

Diejenigen, die am Bord geblieben waren, versicherten, daß mittlerweile, da die Herren in den Wäldern waren, ungefähr zwanzig von den Eingebornen herab an den Strand dem Endeavour gegenüber gekommen wären, und nachdem sie das Schiff eine Zeit lang betrachtet, sich wieder hinweg begeben hätten. Die Herren selbst hatten keinen einzigen Indianer erblickt, ob sie gleich verschiedene Beweise, nämlich Rauch, Feuer und Ueberbleibsel von frischem Mahlzeiten gesehen, zum Beweise, daß das Land bewohnt war. Der Platz schien sehr betreten zu seyn: und dennoch konnte man weder ein Haus, noch Ueberbleibsel eines Hauses daselbst erkennen. Der Lieutenant und seine Freunde waren daher geneigt zu glauben, daß es den Einwohnern sowohl an Wohnungen, als an Kleidern fehlte, und daß sie, wie andere Thiere, ihre Nächte unter freyem Himmel zubrächten. Tupia selbst ward von ihrem, allem Ansehen nach unglücklichen Zustande gerührt, schüttelte den Kopf mit Mienen der Ueberlegenheit und des Mitleids, und sagte, daß sie Taata Enos, arme Unglückliche, wären **).

Am fünf und zwanzigsten May befanden sich unsere Reisenden, ungefähr eine Meile weit vom Lande, einer Landspitze gegenüber, von welcher Cook befand, daß sie gerade

---

*) Hawkesworth, 2 Band.

**) Der Lieutenant maß an diesem Tage die senkrechte Höhe der letzten Fluth, und bestimmte die Zeit des niedrigsten Wassers, woraus er denn ersah, daß es bey vollem und neuen Monde um acht Uhr das höchste Wasser seyn mußte.

unter dem Wendezirkel des Steinbocks lag, und aus dieser
Ursache nannte er sie Cap Capricorn *). In der Nacht
des folgenden Tages, als das Schiff an einem Orte, welches
vier Seemeilen vom Cap Capricorn entfernt war, vor Anker lag,
stieg und fiel das Wasser bey der Fluth und Ebbe beynahe um
sieben Fuß; die Fluth gieng nach Westen, und die Ebbe nach
Osten. Dieser Umstand war gerade das Gegentheil von demjenigen, was man erfahren hatte, als der Endeavour an der
Ostseite von der Bustard-Bay vor Anker lag.

Als unsere Leute am sechs und zwanzigsten May unter
Segel und mit Inseln umgeben waren, die in verschiedener
Weite vom festen Lande lagen, kamen sie plötzlich in drey
Faden] Wasser. Der Lieutenant ließ hierauf den Anker fallen,
und schickte den Schiffsmeister ab, die Tiefe eines Canals zu
erforschen, der zwischen der nördlichsten Insel und dem festen
Lande war. Ob man gleich sah, daß der Canal eine ansehnliche Breite hatte: so vermuthete doch unser Befehlshaber,
daß er seicht wäre, und dieß war auch in der That der Fall.
Der Schiffsmeister berichtete bey seiner Zurückkunft, daß er
an verschiedenen Stellen nur drittehalb Faden Wasser hätte;
und da, wo das Schiff vor Anker lag, hatte es nur sechszehn Fuß Wasser, welches nicht völlig zwey Fuß mehr war,
als es tief gieng. Herr Banks, welcher mittlerweile, da
der Schiffsmeister die Tiefe des Canals erforschte, aus dem
Cajüten-Fenster mit einer Angel zu fischen versuchte, war so
glücklich, zwo Gattungen von Krebsen zu fangen, die beyde
von solcher Art waren, daß unsere Seefahrer dergleichen noch
nicht gesehen hatten. Einer derselben war mit einer sehr schönen blauen Farbe gezieret, die in jeder Rücksicht dem Ultra-
marin gleich war. Mit dieser blauen Farbe waren alle

---

*) Es liegt unter 208° 58' westlicher Breite.

Scheeren und Gelenke dieser Krebse stark gefärbt, der untere
Theil hingegen war weiß, und so schön geglättet, daß er in
der Farbe und im Glanze der Weisse des alten chinesischen
Porcellans vollkommen ähnlich schien. Der andere Krebs war
gleichfalls, obgleich etwas sparsamer, mit der Ultramarin-
Farbe an seinen Gelenken und Spitzen der Füße bezeichnet,
und auf dem Rücken waren braune Flecken von sonderbarem
Ansehen.

Am folgenden Morgen früh segelte der Lieutenant Cook,
nachdem er eine Durchfahrt zwischen den Inseln gefunden
hatte, nach Norden, und am folgenden Abend ließ er in einer
Entfernung von etwan zwo Meilen vom festen Lande den
Anker fallen. Man hatte damals eine große Anzahl von Inseln, die weit vom Wege des Schiffs entfernt lagen, im Gesichte. Am neun und zwanzigsten May schickte der Lieutenant
den Schiffsmeister mit zwey Booten ab, um die Tiefe des
Eingangs einer Bucht zu erforschen, die gegen Westen lag,
und in welche er mit dem Schiffe einzulaufen die Absicht hatte,
um einige Tage zu warten, bis der Mond zunähme, und
damit er zugleich Gelegenheit haben möchte, das Land zu
untersuchen. Da man, als der Endeavour in der Bucht sich
vor Anker gelegt hatte, bemerkte, daß die Ebbe und Fluth
sehr stark war: so war unser Befehlshaber der Meynung,
daß es ein Fluß wäre, der sich sehr tief ins Land erstrecken
könnte. Da er glaubte, daß man hier einen bequemen Ort
finden könnte, um das Schiff ans Land zu legen, um den
Untertheil desselben zu reinigen: so landete er mit dem Schiffsmeister, um einen schicklichen Platz dazu ausfindig zu machen.
Er war bey diesem Gange von dem Herrn Banks und
Doctor Solander begleitet; sie fanden das Gehen sehr be-
schwerlich, weil auf dem Boden eine Art von Grase stand,
dessen Saamen sehr scharf und bärtig war. Wenn dieser
                                              Saa-

Saame an ihren Kleidern hangen blieb, welches bey jedem
Schritte geschah: so drang er vermittelst seines Barts immer
tiefer ein, bis er ans Fleisch kam. Der zweyte unangenehme
Umstand war dieser, daß die Herren unaufhörlich von den
Stacheln einer ungeheuern Menge von Muskitos gequälet
wurden. Sie trafen bald verschiedene Stellen an, wo das
Schiff bequem ans Land gelegt werden konnte, wurden aber
in ihrer Erwartung in einer andern Rücksicht betrogen, weil
sie nämlich nirgends süßes Wasser finden konnten. Als sie
tiefer ins Land hinein giengen, fanden sie Gummi-Bäume,
an welchen sich aber nur ein sehr kleiner Vorrath von Gummi
befand. Sie hatten auch schon in andern Gegenden der
Küste von Neu-Süd-Wales Gummi-Bäume von ähnlicher
Art gefunden, die eben so wenig Gummi lieferten. An den
Zweigen der Bäume hiengen aus Thonerde gebauete Ameisen-
Nester, die so groß, wie ein Scheffel (Buschel) waren. Die
Ameisen selbst, welche die Nester bewohnten, waren klein,
und weiß von Leibe. Auf einer andern Gattung des Gummi-
Baums fand man eine kleine schwarze Ameise, welche alle
Zweige durchbohrte, und nachdem sie das Mark herausgear-
beitet hatte, in der hohlen Röhre, worin es enthalten gewesen war, ihre Wohnung nahm. Dessen ungeachtet hatten
doch die Zweige, in welchen diese Insecten in erstaunlicher
Menge ihre Wohnung angelegt hatten, Laub und Blu-
men; und allem Ansehen nach, einen guten Wachsthum.
Schmetterlinge fand man daselbst in einer solchen Menge,
daß die Nachricht, die man davon lieset, fast unglaublich zu
seyn scheint. Die Luft war in einem Raume von drey bis
vier Äckern so voll davon, daß man, wohin man sich auch
wandte, Millionen derselben sehen konnte, und die Aeste und
Zweige der Bäume waren zugleich mit andern, die nicht
flogen, bedeckt. Man fand hier auch einen kleinen Fisch von

Erster Theil.   J

sonderbarer Gattung.　Er hatte ungefähr die Größe einer Elritze, und zwo sehr starke Brust-Floßfedern.　Man fand ihn an ganz trocknen Stellen, wo zu vermuthen war, daß das abgelaufene Wasser ihn zurück gelassen hatte, und dennoch sah man nicht, daß er durch diesen Umstand matt geworden wäre; denn als man sich ihm näherte, sprang er so geschwinde, wie ein Frosch, davon.　Er schien in der That das Wasser dem Lande nicht vorzuziehen.

Obgleich der Anblick dieser verschiedenen Gegenstände der Neugierde des Herrn Cook und seiner Freunde angenehm war: so mißlang ihnen doch die Erreichung ihrer vornehmsten Absicht, nämlich die Entdeckung süßen Wassers; und der zweyte Gang, den sie an demselben Tage Nachmittags vornahmen, hatte eben so wenig einen glücklichen Erfolg.　Da dem Lieutenant diese Hoffnung fehlschlug: so ward er dadurch bewogen, sich an diesem Orte nur kurze Zeit aufzuhalten. Da er gleichwohl von einer Anhöhe beobachtet hatte, daß die Bucht sich auf eine ansehnliche Weite ins Land erstreckte: so faßte er den Entschluß, derselben des Morgens nachzugehen. Er begab sich also an der Mittwoche, den dreyßigsten May, ans Land, und nahm die Küste mit den Inseln, die auf der Höhe derselben liegen und ihre Lage in Augenschein.　Zu diesem Ende hatte er einen Azimuth-Compaß mitgenommen, fand aber, daß die Nadel in ihrem Stande sehr ansehnlich, sogar bis auf dreyßig abwich, indem die Abweichung an einigen Orten mehr, an andern weniger betrug.　Einmal wich die Nadel in einer Entfernung von vierzehn Fuß nicht weniger, als zween Puncte von sich selbst ab.　Cook nahm einige von den auf dem Boden losliegenden Steinen auf, und näherte sie der Nadel, sie thaten aber keine Wirkung.　Er schloß also, daß in den Bergen Eisenerz wäre, wovon er sowohl hier, als in den benachbarten Gegenden Spuren bemerkt

hatte. Nachdem er seine Beobachtungen auf dem Berge an=
gestellet hatte: so gieng er mit dem Doctor Solander an der
Bucht hinauf. Er fuhr mit der Vorfluth aus, und war über
acht Seemeilen weit gekommen, ehe das höchste Wasser war.
Die Breite der Bucht war bis dahin von zwo bis zu fünf
Meilen, in einer Richtung von Südwesten zum Süden;
hier aber breitete sie sich nach allen Seiten aus, und machte
einen großen See, welcher gegen Nordwesten mit dem Meere
zusammenhieng. Unser Befehlshaber sah nicht allein das
Meer in dieser Richtung, sondern fand auch, daß die Fluth
von daher stark eingieng. Er bemerkte auch, daß ein Arm
dieses Sees sich nach Osten erstreckte. Er hielt es daher nicht
für unwahrscheinlich, daß er mit dem Meere zu Ende der
Bay zusammen hängen könnte, welche gegen Westen von
dem Cap liegt, welches auf der Karte unter der Benennung
des Cap Townshend angezeigt ist. An der Südseite des
Sees ist eine Reihe von Bergen, welche der Lieutenant zu
besteigen sehr große Lust hatte. Da aber gerade das höchste
Wasser, der Tag schon weit verlaufen und das Wetter insbe=
sondere finster und regnig war: so befürchtete er, daß er sich
in der Nacht zwischen den Untiefen verirren möchte, und war
daher verbunden, seiner Neigung zu entsagen, und so viel
als möglich zum Schiffe zurück zu eilen. Er sah nur zween
Leute, die dem Boote längst dem Ufer eine gute Strecke We=
ges in einiger Entfernung folgten; die Klugheit erlaubte ihm
aber nicht, sie zu erwarten, da die starke Ebbe ihn sehr begün=
stigte. Verschiedene Feuer in einer, und Rauch in einer
andern Richtung dienten zum fernern Beweise, daß das Land
in einem gewissen Grade bewohnt war.

Mittlerweile, da Cook und Doctor Solander der Bucht
nachspürten, nahm Herr Banks mit einer Parthey einen beson=
dern Gang vor. Sie waren aber noch nicht weit ins Land

J 2

gekommen, als ein mit Maugrove-Bäumen bedeckter Moraſt
ſie hinderte, weiter vorwärts zu gehen.   Sie beſchloſſen
gleichwohl, ſich hinüber zu begeben, und nachdem ſie dieſes
mit großer Schwierigkeit bewerkſtelliget hatten: ſo gelangten
ſie zu einem Platze, wo vier kleine Feuer geweſen waren,
neben welchen einige Schaalen und Gräten von Fiſchen lagen,
die man gebraten hatte. Man fand auch zuſammen getragene
Haufen Gras, auf welchen, dem Anſehen nach, vier bis
fünf Menſchen geſchlafen hatten.   An einem andern Orte
bemerkte Herr Gore die Spur von einem großen Thiere.
Man ſah auch einige Trappen, aber keinen andern Vogel,
einige ſchöne Loriquets ausgenommen, die von gleicher Gattung mit denen waren, die man in der Botany-Bay wahrgenommen hatte.   Das Land überhaupt ſchien in dieſem Theile
von Neu-Süd-Wales ſandig, unfruchtbar und derjenigen
Bequemlichkeiten beraubt zu ſeyn, die es geſchickt machen
konnten, von Einwohnern, die feſte Wohnplätze haben, in
Beſitz genommen zu werden.   Lieutenant Cook nannte die
Bucht, in welcher das Schiff lag, wegen des mißlungenen
Erfolgs ſeiner Bemühung, ſüßes Waſſer aufzuſuchen, den
durſtigen Sund (thirſty Sound) *). Unſere Reiſenden
bekamen auch hier keine Erfriſchungen von irgend einer andern
Gattung **).

   Unſer Befehlshaber hatte nicht den geringſten Anlaß,
länger an dieſem Orte zu bleiben; er lichtete alſo des Morgens am ein und dreyßigſten May die Anker, und gieng in
See. Bey der Fortſetzung der Reiſe, als der Endeavour ſich

---

*) Der durſtige Sund liegt unter 20° 10′ ſüdlicher Breite, und
    210° 18′ weſtlicher Länge.

**) Hawkesworth, 2 Band.

nahe unter dem Cap Upstart befand, war die Abweichung
der Magnetnadel am vierten Junius bey Sonnenuntergange
9° nach Osten, und bey Sonnenaufgange am folgenden Tage
nicht mehr als 5° 35'.   Der Lieutenant schloß daher, daß
Eisenerz, oder eine andere unter der Oberfläche der Erde ent-
haltene magnetische Materie Einfluß darauf gehabt haben
müßte.   Am siebenten Nachmittags sahen unsere Seefahrer
auf einer der Inseln Bäume, die das Ansehen von Cocus-
bäumen hatten, und da einige wenige Nüsse ihnen zu der
Zeit sehr angenehm gewesen seyn würden: so schickte Cook
den Lieutenant Hicks ans Land, um zu versuchen, ob er einige
Erfrischungen bekommen könnte.   Herr Banks und Doctor
Solander begleiteten ihn, und Abends kamen die Herren mit
der Nachricht zurück, daß die Bäume, die man für Cocus-
bäume gehalten hatte, eine kleine Gattung von Kohlpalmen
wären, und daß man vierzehn oder funfzehn Pflanzen ausgenommen, nichts angetroffen, was des Mitnehmens werth
gewesen wäre.   Als sich der Endeavour am achten Junius
mitten unter einer Menge Inseln befand, entdeckten unsere
Reisenden vermittelst ihrer Ferngläser auf einer der nächsten
Inseln ungefähr dreyßig Eingeborne, Männer, Weiber und
Kinder, die bey einander standen, und das Schiff mit großer
Aufmerksamkeit betrachteten.   Dieß war das erste Beyspiel
von Neugierde, welches man unter den Einwohnern des
Landes bemerkt hatte.   Die gegenwärtigen indianischen Zu-
schauer waren völlig nackend.   Ihr Haar war kurz, und an
Farbe waren sie den Einwohnern, welche man vorher gese-
hen hatte, vollkommen gleich *).

J 3

*) Hawkesworth, 2 Band.

Unser Befehlshaber hatte bisher, indem sie an der Küste von Neu-Süd-Wales, wo in der See allenthalben Untiefen verborgen sind, die sich, ohne daß man es vermuthet, vom Lande ins Meer erstrecken, und Klippen, die sich jählling wie eine Pyramide vom Grunde erheben, hinschifften, sein Schiff eine Strecke von zwey und zwanzig Grad der Breite, die mehr als tausend und dreyhundert Meilen betrugen, glücklich vorbey geführt. Allein als er am zehnten Junius von einer Bay, welcher er den Namen der Dreyeinigkeits-Bay (Trinity-Bay) gegeben hatte, seine Reise fortsetzte, gerieth der Endeavour in eine so kritische und gefährliche Lage, als irgend eine, deren in der Geschichte der Schiffahrt erwähnet wird: eine Geschichte, die voll von gefährlichen Begebenheiten, und beynahe an ein Wunder gränzenden Rettungen ist. Unsere Reisenden befanden sich nunmehr fast unter der Breite, unter welcher die Inseln, die Quiros entdeckt hat, liegen sollen, und die einige Geographen ohne hinlängliche Ursache mit diesem Lande haben verbinden wollen. Das Schiff hatte den Vortheil einer guten Kühlung, und einer heitern, mond-hellen Nacht; und da es von sechs bis neun Uhr vom Lande abgehalten hatte: so war es von vierzehn bis in ein und zwanzig Faden Wasser gekommen. Indem unsre Seefahrer beym Abendessen waren, nahm die Tiefe des Wassers plötz-lich ab, und sie kamen in wenig Minuten Zeit in zwölf, zehn und acht Faden Wasser. Cook ertheilte sogleich Befehl, daß jedermann sich an seinem gehörigen Ort begeben sollte, und alles war bereit, umzulegen, und den Anker fallen zu lassen, als man beym nächsten Wurf des Senkbleyes wieder in tiefes Wasser kam, daher man den schloß, daß das Schiff über das Ende der Untiefen, die man bey Sonnen-Untergange gesehen hatte, gekommen, und die Gefahr nunmehr vorüber wäre. Dieser Gedanke, daß man sich in Sicherheit befände,

warb baburch beſtätiget, daß das Waſſer zwanzig und ein und
zwanzig Faden tief blieb, und die Herren das Verdeck ſehr
ruhig verließen und ſich zu Bette begaben. Allein kurz vor
eilf Uhr nahm die Tiefe des Waſſers auf einmal von zwanzig
bis zu ſiebenzehn Faden ab, und ehe man das Senkbley wieder konnte fallen laſſen, ſtieß das Schiff an, und blieb unbeweglich, ausgenommen, daß es von den Wellen gehoben,
und an die Spitzen der Klippe, auf welcher es lag, geworfen
ward. In einigen Augenblicken war jedermann auf dem
Verdeck, und in den Geſichtern konnte man die Abſcheulich-
keit der Lage leſen, worin ſie ſich befanden. Da unſere Leute
aus dem Winde, den ſie Abends vorher hatten, wußten,
daß ſie nicht ſehr nahe am Lande ſeyn konnten: ſo war nur
gar zu viel Urſache da, den Schluß zu machen, daß ſie ſich
auf einer Korallenbank befanden, die wegen der Schärfe ihrer
Spitzen und der Rauhigkeit der Oberfläche gefährlicher iſt,
als andere Klippen. Nach angeſtellter Unterſuchung der Tiefe
des Waſſers rings um das Schiff entdeckte man bald, daß
das Unglück unſerer Reiſenden ihrer Beſorgniß völlig gleich
wär. Das Schiff war über einen Rand der Klippe gehoben
worden, und lag in einer Höhlung in demſelben, in welcher
an einigen Stellen drey bis vier Faden, und in andern nicht
ſo viel Fuß Waſſer waren. Um das Unglück vollkommen zu
machen, ſah man beym Mondenlichte, daß die Bretter der
Verkleidung des Schiffbodens, und endlich auch der falſche
Kiel des Schiffs rings um daſſelbe herum trieben, ſo daß man
mit jedem Augenblicke befürchten mußte, die See würde ins
Schiff ſtürzen, und die ganze Schiffsgeſellſchaft verſchlingen.
Es war nun kein anderes Mittel übrig, als das Schiff zu
erleichtern, und die Gelegenheit, dieß mit dem beſten Vortheile zu thun, war unglücklicher Weiſe verloren gegangen;
denn da der Endeavour gerade mit hohem Waſſer feſt geworden

und daffelbe nunmehr schon ansehnlich gefallen war: so
wäre es durch die Erleichterung nur in dieselbe Lage, worin
es sich anfänglich befand, gekommen. Die einzige Erleichterung bey diesem Umstande war, daß, so wie das Wasser niedriger ward, das Schiff sich auf die Klippen niederließ, und
nicht mehr mit solcher Heftigkeit an dieselben geworfen ward.
Die bevorstehende Fluth machte unsern Leuten freylich einige
Hoffnung; aber es war zweifelhaft, ob das Schiff so lange
zusammenhalten würde, besonders da ein Theil des Schiffsbodens noch immer so stark an die Klippe getrieben ward, daß
man es in dem vordern Vorrathsraume hören konnte. Man
sparte indessen doch keine Mühe aus Verzweiflung an einem
glücklichen Erfolge. Um keine Zeit zu verlieren, ließ man das
Wasser sogleich in den untersten Schiffsraum laufen, und aus-
pumpen. Sechs Kanonen, die sich auf dem Verdeck befanden,
eine Menge in Eisen und Steinen bestehender Ballast, Ki-
sten, Faßtauben, Oelkrüge, verdorbener Vorrath, und viel
andere Dinge wurden in größter Eile über Bord geworfen.
Jedermann strengte seine Kräfte an, nicht allein ohne Mur-
ren und Unzufriedenheit, sondern auch mit einer Munterkeit,
die der Frölichkeit nahe kam. Das Schiffsvolk sah zugleich
die fürchterliche Lage, worin es sich befand, sowohl ein, daß
man auch nicht einen einzigen Fluch von demselben hörte, da
die Gewohnheit des gottlosen Schwörens augenblicklich der
Furcht, daß man sich versündigen möchte, da man den Tod
vor Augen hatte, unterdrückt ward.

Indem nun der Lieutenant und alle die er um sich hatte,
auf diese Weise beschäftiget waren: so wurden sie am eilften
Junius mit Anbruch des Tages die Gefahr, in welcher sie sich
befanden, erst recht gewahr. Sie sahen das Land in einer
Entfernung von ungefähr acht Seemeilen, ohne die geringste
Insel in dem Zwischenraume, auf welcher sie, wenn das

Schiff gescheitert wäre, in den Böten hätten ans Land gesetzt,
und von dannen nach und nach in selbigen nach dem festen
Lande gebracht werden können. Der Wind legte sich gleichwohl stufenweise, und Vormittags ziemlich früh entstand eine
vollkommne Windstille; ein Umstand, der für sie, durch die
Fügung der göttlichen Vorsehung ein besonderes Glück war;
denn wenn der Wind stark gegangen wäre: so hätte das Schiff
unvermeidlich zu Trümmern gehen müssen. Da man erwartete, daß Morgens um eilf Uhr das höchste Wasser seyn
würde, und alles in Bereitschaft war, das Schiff wenn es
flott würde abzubringen: so war doch die Fluth bey Tage zum
unaussprechlichen Erstaunen und zur Bekümmerniß unserer
Seefahrer, so viel schwächer als die Fluth bey der Nacht,
daß, ob man gleich das Schiff um funfzig Tonnen erleichtert
hatte, doch noch anderthalb Fuß fehlten, ehe das Schiff flott
ward. Es ward daher nothwendig, das Schiff noch mehr
zu erleichtern, und man warf alles, dessen man nur irgend
entbehren konnte, über Bord. Bisher hatte der Endeavour
noch nicht viel Wasser eingenommen; als aber die Ebbe ein-
trat, stürzte es so schnell hinein, daß man es kaum lebig halten konnte, obgleich zwo Pumpen unaufhörlich im Gange
waren. Man hatte nun keine andere Hoffnung, als von der
Fluth zu Mitternacht; und man gäb sich alle mögliche Mühe,
um Anstalt zu machen, dieselbe zu benutzen. Um fünf Uhr
Nachmittags fieng die Fluth an, einzugehen, zugleich nahm
aber auch der Leck dermaaßen zu, daß man darüber in die
größte Unruhe gerieth. Es wurden also noch zwo Pumpen
mit Mannschaft versehen, von welchen eine unglücklicher
Weise nicht gehen wollte. Drey Pumpen wurden gleichwohl
im Gange erhalten, und um neun Uhr richtete sich das Schiff;
der Leck aber hatte gleichwohl so viel Wasser eingenommen,
daß man glaubte, das Schiff würde sinken müssen, wenn es

J 5

von der Klippe nicht mehr getragen würde. Es war in der That ein fürchterlicher Umstand für unsern Befehlshaber und seine Leute, daß sie das Flottwerden des Schiffs nicht als einen Vorboten ihrer Befreyung, sondern als eine Begebenheit, die ihren Untergang vermuthlich befördern würde, schon zum Voraus betrachten mußten. Sie wußten, daß ihre Böte nicht vermögend waren, die ganze Anzahl ihrer Mannschaft ans Land zu bringen, und daß man, wenn der fürchterliche Zeitpunct kommen würde, da das Commando und die Subordination gänzlich aufhörte, einen Streit über den Vorzug erwarten könnte, wodurch denn die mit einem Schiffbruche verbundenen fürchterlichen Umstände noch erhöhet werden, und sie ihre Wuth gegen einander auslassen würden. Einige von ihnen sahen ein, daß, wenn sie auch das feste Land erreichten, sie vermuthlich überhaupt mehr als diejenigen würden ausstehen müssen, die am Bord blieben, um in den Meereswellen umzukommen. Diese letzten würden nur dem gewissen Tode ausgesetzt seyn; die erstern aber würden, wenn sie ans Land kämen, keine dauerhafte oder wirksame Vertheidigungsmittel gegen die Eingebornen in einer Gegend des Landes haben, wo ihnen Netze und Feuergewehr kaum Lebensmittel verschaffen könnten. Allein gesetzt, daß sie auch Lebensunterhalt fänden, so müßte doch ihr Zustand abscheulich seyn, da sie verdammt wären, während des Rests ihres Lebens in einer wilden Einöde ohne den Besitz oder die Hoffnung häuslicher Freuden zu schmachten, und vom Umgange mit dem menschlichen Geschlechte abgeschnitten zu seyn, den mit einigen nackten Wilden ausgenommen, die in der Wüsteney auf den Raub ausgehen und vielleicht zu den rauhesten und ungesittetsten Einwohnern des Erdbodens gehören.

Der fürchterliche Augenblick, welcher das Schicksal unse=
rer Reisenden entscheiden sollte, kam nunmehr heran, und
jedermann sah in dem Gesichte seiner Gefährten das Ge=
mählde seiner eigenen Empfindungen. Der Lieutenant über=
ließ sich gleichwohl nicht der Verzweifelung, sondern ertheilte
Befehl, die große und kleine Winde mit so vielen Leuten, als
man bey den Pumpen entbehren konnte zu versehen, und da
das Schiff ungefähr um zwanzig Minuten nach zehn Uhr
flott geworden war, so strengte man nun alle Kräfte an, und
es ward ins tiefe Wasser hinüber gehoben. Es war kein ge=
ringer Trost, da man fand, daß es nun nicht mehr Wasser
einnahm, als es auf der Klippe eingenommen hatte. Es
waren freylich dadurch, daß der Leck den Pumpen immer
abgewann, drey Fuß und neun Zoll Wasser in den Raum gekom=
men; allein dessen ungeachtet ließen die Leute doch nicht von
der Arbeit ab. Sie suchten also das Wasser gleichsam hinzu=
halten; da aber ihr Körper über vier und zwanzig Stunden
lang übermäßige Mühseligkeiten ausgestanden hatten, und ihr
Gemüth in größter Unruhe gewesen war, und bey allen die=
sem wenig Hoffnung vorhanden war, daß es ihnen am Ende
gelingen würde; so fiengen sie endlich an matt zu werden und
nachzulassen. Keiner von ihnen konnte länger als fünf bis
sechs Minuten bey der Pumpe arbeiten, worauf sie, da sie
völlig erschöpft waren, sich aufs Verdeck hinwarfen, obgleich
ein zwischen drey und vier Zoll tiefer Strom Wassers von den
Pumpen über selbiges hinlief. Wenn diejenigen, die ihnen
folgten, eben so lange gearbeitet hatten, und nun gleichfalls
erschöpft waren: so warfen sie sich auf gleiche Weise aufs Ver=
deck nieder, und die andern sprangen auf, um die Arbeit
wieder anzufangen. Indem sie auf diese Weise einander
ablöseten, hätte ein Zufall beynahe allen ihren Bemühungen
sogleich ein Ende gemacht. Die Bretter, womit der

Schiffsboden belegt iſt, heißen, das Getäfel, zwiſchen welchem und der Bekleidung der Außenſeite ein Raum von ungefähr achtzehn Zoll iſt. Derjenige, welcher bisher am Brun-
nen die Aufſicht gehabt, hatte nur von dieſem Getäfel an,
die Tiefe des Waſſers genommen, und das Maaß darnach
angegeben. Als er aber abgelöſet ward, rechnete derjenige,
welcher an ſeine Stelle kam, die Tiefe von der äußern Bekleidung, daher es denn das Anſehen hätte, daß der Leck den
Pumpen in einigen Minuten achtzehn Zoll abgewonnen hätte.
Der Irrthum ward gleichwohl bald entdeckt, und der Zufall,
welcher den Leuten anfangs ſehr fürchterlich war, ward in
der That ungemein vortheilhaft. Die Freude, die jedermann
fühlte, als er fand, daß er ſich in beſſern Umſtänden befände,
als ſeine Furcht ihm eingebildet hatte, war ſo groß, daß ſie
mit wunderbarer Kraft wirkte, und ihm eine ſtarke Ueberzeugung zu geben ſchien, daß faſt gar keine wirkliche Gefahr
mehr vorhanden wäre. Neues Vertrauen und neue Hoffnung flößte friſche Kräfte ein, und das Volk ſtrengte mit
ſolcher Munterkeit und ſolchem Muthe ſeine Kräfte an, daß
die Pumpen dem Leck vor acht Uhr des Morgens anſehnlich
abgewonnen hatten. Jedermann ſprach nun davon, daß
man das Schiff nach irgend einem Hafen, an deſſen Erreichung man nun nicht mehr zweifelte, bringen müßte, und da
man einige Leute bey den Pumpen entbehren konnte: ſo wurden ſie gebraucht, die Anker aufzuwinden. Da man es
unmöglich fand, den kleinen Anker zu retten: ſo ward er mit
einem ganzen Ankertau gekappt, und das Tau des Strom-
Ankers gieng zwiſchen den Klippen verloren; aber in den Umſtänden, worin unſere Leute ſich befanden, waren dieß Kleinigkeiten, die kaum ihre Aufmerkſamkeit auf ſich zogen. Die
vordere Maſtſtange und die vordere Raa wurden darauf
errichtet, und da eine Kühlung aus der See kam: ſo gieng

der Endéavour nochmals unter Segel, und hielt nach dem Lande hin.

Dieser günstigen Umstände ungeachtet waren unsere Reisenden doch noch lange nicht in völliger Sicherheit. Es war nicht möglich, die Arbeit lange fortzusetzen, wodurch die Pumpen dem Leck abgewonnen hatten, und da man die eigentliche Stelle desselben nicht entdecken konnte: so war keine Hoffnung vorhanden, ihn von neuem zu stopfen. In diesen kritischen Umständen kam Herr Monkhouse zum Lieutenant Cook, und schlug ein Mittel vor, wovon er einmal an Bord eines Kauffartheyschiffs, welches einen Leck bekommen hatte, der in einer Stunde mehr als vier Fuß Wasser einnahm, Gebrauch hatte machen sehen, und wodurch man es glücklich von Virginien nach London gebracht hätte. Dem Herrn Monkhouse ward also die Besorgung des Mittels, welches man das Schiff futtern heißt, aufgetragen, wozu man ihm die nöthige Hülfe gab. Seine Verfahrungsart war folgende. Er nahm ein breites Segel, mischte eine große Menge Werg und Wolle untereinander, steckte es, so locker als möglich, bey Hände voll am Segel fest, und bestrich es mit dem Miste der am Bord befindlichen Schaafe, und mit anderm Unrath. Nachdem das Segel auf diese Weise zubereitet war: so ward es durch Seile, die es ausgebreitet erhielten, unter dem Schiffsboden durchgezogen. Als es unter den Leck kam, führte der Zug, der das Wasser hineinführte, auch das Werg und die Wolle von der Oberfläche des Segels mit hinein. An andern Orten war das Wasser nicht in genugsamer Bewegung, um das Werg und die Wolle abzuspielen. Der Erfolg dieses Mittels entsprach den wärmsten Erwartungen; denn der Leck ward dadurch in so weit gestopft, daß man ihn, anstatt daß er sonst drey Pumpen abgewann, mit einer mit leichter Mühe unterhalten konnte. Dieß war eine solche neue

Quelle des Vertrauens und Trostes, daß unsre Leute kaum
mehr Freude an den Tag gelegt haben könnten, wenn sie bereits
in einem Hafen gewesen wären. Vor kurzem war alles,
wozu sie sich Hoffnung machen konnten, das Schiff in irgend
einem Hafen entweder auf einer Insel, oder am festen Lande
auf den Strand zu lassen, und aus den Materialien desselben
ein Fahrzeug zu bauen, welches sie nach Ostindien bringen
könnte. Jetzt aber war man auf nichts anders bedacht, als
längst der Küste hinzusegeln, um einen bequemen Ort zu
suchen, wo man den Schaden, den der Endeavour bekommen
hatte, wieder auszubessern und alsdann die Reise nach demselben Plane, als wenn kein Hinderniß vorgefallen wäre,
fortsetzen könnte. Um der Schiffsbesatzung und den Herren
am Bord Gerechtigkeit wiederfahren zu lassen, und ihnen
seine Erkenntlichkeit zu bezeigen, hat Cook angemerkt, daß,
obgleich alle zu der Zeit, da die Gefahr am größten war,
eine richtige Einsicht von ihrer Gefahr zu haben schienen,
dennoch niemand heftige Ausdrücke, oder phantastische
Gebärden äußerte. „Man sah, daß jedermann vollkommen
Herr über sich und seine Leidenschaften war, und jedermann
that alles, was er konnte mit ruhiger und geduldiger Beharr-
lichkeit, die eben so weit von der tumultuarischen Heftigkeit
des Schreckens, als von der finstern Unthätigkeit der Verzweifelung entfernt war *).“ Obgleich der Lieutenant nichts
von sich selbst gesagt hat, so weiß man gleichwohl, daß sein
ruhiges Wesen, seine Standhaftigkeit und Thätigkeit der
Größe der Gelegenheit vollkommen gleich waren.

Zur Vollendung der Geschichte dieser wunderbaren Er-
rettung ist es nöthig, einen Umstand anzuführen, den man
nicht eher entdecken konnte, als bis das Schiff zur Ausbesserung

---

*) Hawkesworth, 2 Band.

auf die Seite gelegt war. Bey dieser Gelegenheit fand man, daß eines der bekommenen Löcher, welches so groß war, daß unsere Seefahrer nothwendig hätten sinken müssen, wenn sie acht Pumpen statt vier gehabt hätten, und im Stande gewesen wären, sie beständig im Gange zu erhalten, großentheils durch ein Bruchstück von der Klippe, welche der Endeavour berührt hatte, ausgefüllt war. Diesem sonderbaren Zufalle hatte man es also zu danken, daß das Wasser nicht mit einer solchen Heftigkeit hineinströmte, die dem Endeavour und allen, die sich auf demselben befanden, den unvermeidlichen Untergang zugezogen haben würde *).

Bisher waren keine von den Namen, wodurch unser Befehlshaber die verschiedenen Theile des Landes, welche ihm zu Gesicht gekommen waren, unterschieden hatte, Erinnerungen unglücklicher Umstände; aber die Angst und Gefahr, welcher er und seine Mannschaft nun ausgesetzt gewesen war, bewog ihn, eine Landspitze, die er im Gesicht hatte, und die gegen Norden lag, das Cap der Trübsal (Cape Tribulation) zu nennen **).

Der nächste Gegenstand nach dieser Begebenheit war, sich nach einem Hafen umzusehen, wo der Schaden des Schiffs ausgebessert werden, und zur Fortsetzung der Schiffahrt in den gehörigen Stand gesetzt werden könnte. Am 14 Junius entdeckte man glücklicher Weise einen kleinen Hafen, der sich zu der Absicht vortreflich schickte. Es war in der That merkwürdig, daß unsere Leute während der ganzen Dauer der Reise keinen Platz gesehen hatten, der ihnen in ihren jetzigen Umständen denselben Beystand hätte gewähren

---

*) Hawkesworth, 2 Band.

**) Ebendaselbst. Das Cap Tribulation liegt unter 16° 6' südlicher Breite, und 214° 39' westlicher Länge.

können. Sie konnten aber doch nicht sogleich einlaufen; und bey aller ihrer Freude über ihre unerwartete Rettung hatten sie doch nicht vergessen, daß nichts als eine Schutzwehre von Wolle zwischen ihnen und ihrem Untergange war.

Um diese Zeit fieng der Scharbock an, mit vielen fürchterlichen Symptomen unter unsern Seefahrern einzureissen. Tupia war besonders von dieser Krankheit so heftig angegriffen, daß alle Mittel, die der Wundarzt vorschrieb, den Fortgang derselben nicht aufhalten konnten. Der Astronom, Herr Green, war gleichfalls in mißlichen Gesundheitsumständen. Diese und andere Umstände machten den Verzug noch verdrüßlicher, der unsern Befehlshaber und seine Reisegefährten hinderte, ans Land zu gehen. Am siebenzehnten Junius des Morgens wagte es der Lieutenant, obgleich der Wind noch stark wehete, die Anker zu lichten, und den Weg nach dem Hafen zu nehmen, dessen Eingang durch einen sehr engen Canal gieng. Während des Einlaufens kam das Schiff zweymal auf den Grund zu sitzen. Es ward indessen doch durch Anwendung der gehörigen Mittel und mit Hülfe der Fluth ungefähr um ein Uhr Nachmittags wieder flott, und ward in kurzer Zeit in den Hafen gezogen. Am folgenden Tage beschäftigte man sich, zwey Gezelte zu errichten, die Lebensmittel und andern Vorrath ans Land zu bringen, und alle Anstalten zu machen, den Schaden, den der Endeavour bekommen hatte, wieder auszubessern. Mittlerweile ward Cook, welcher einen der höchsten Berge bestieg, von welchen man den Hafen übersehen konnte, auf keine Weise durch einen angenehmen Anblick unterhalten, da das niedrige Land am Flusse gänzlich mit Mangrove-Bäumen bewachsen war, zwischen welche das Seewasser bey jeder Fluth durchfließt, und das hohe Land allenthalben steinig und unfruchtbar zu seyn schien. Herr Banks that gleichfalls einen Gang

ins

ins Land, und traf Ruinen alter indianischen Häuser und
Plätze an, wo die Eingebornen, wiewohl nicht seit kurzem,
Schaalenfische zugerichtet hatten. Das Boot, welches man
an diesem Tage mit dem Zugnetze abgeschickt hatte, in der
Absicht, einige Fische zur Erfrischung für die Kranken zu
fangen, kam leer wieder zurück. Tupia war glücklicher. Er
hatte sich mit Angeln beschäftigt, genoß schlechterdings nichts,
als was er fieng, und erholte sich dergestalt, daß jedermann
darüber erstaunte. An Herrn Green aber nahm man, zum
Leidwesen seiner Freunde, noch keine Symptomen der zurück-
kehrenden Gesundheit wahr.

Am neunzehnten Junius fuhr Herr Banks über den
Fluß, um das Land noch weiter in Augenschein zu nehmen,
welches er hauptsächlich aus Sandbergen bestehend befand.
Er sah auch einige indianische Häuser, die dem Ansehen nach
noch vor kurzem bewohnt gewesen waren, und unterweges
traf er große Fluge von Tauben und Krähen an. Die Tauben waren überaus schön, und er schoß einige davon; die
Krähen aber, die denen in England völlig glichen, waren so
scheu, daß er ihnen nie bis auf einen Schuß nahe kommen
konnte.

Allererst am 22sten Junius verlief sich das Wasser so
weit vom Endeavour, daß man zu dem Leck kommen konnte,
um ihn zu untersuchen. An dem Orte, wo man ihn fand,
waren die Klippen durch vier Bretter, ja sogar bis in die
Rippen gedrungen. Drey andere Bretter waren sehr beschädigt, und an den Löchern bemerkte man eine ganz außerordentliche Erscheinung. Es war kein Splitter daran zu sehen,
sondern alles war so glatt, als wenn es mit einem Werkzeuge
wäre abgehauen worden. Es war ein besonders glücklicher
Umstand, daß die Rippen hier sehr nahe an einander lagen,
weil das Schiff vermuthlich sonst nicht hätte gerettet werden

Erster Theil. K

können. Bey dieser Gelegenheit ward auch das Bruchstück von der Klippe entdeckt, welches, indem es den Leck des Schiffs verstopfte, ein so merkwürdiges Werkzeug der Vorsehung zu dessen Erhaltung gewesen war.

An demselben Tage schickte man einige von der Schiffsmannschaft ab, Tauben für die Kranken zu schießen, welche verschiedene indianische Häuser und einen schönen Strom süßen Wassers entdeckten, auch bey ihrer Zurückkunft berichteten, daß sie ein Thier von der Größe eines Windhundes, von schlanker, schmächtiger Gestalt, mausfarbig und von äußerster Geschwindigkeit gesehen hätten. Als der Lieutenant des Morgens am vier und zwanzigsten Junius in einiger Entfernung vom Schiffe herum gieng, fügte es sich, daß er ein Thier von derselben Gattung zu Gesichte bekam. Wegen der Beschreibung, die er davon machte, und nach einem unvollkommnen Anblicke, den Herr Banks davon hatte, war dieser der Meynung, daß es eine bisher unbekannte Gattung wäre.

Die Lage des Schiffs während der Zeit, da es ausgebessert ward, um wieder See halten zu können, hätte die Welt beynahe derjenigen botanischen Kenntnisse beraubt, die Herr Banks ihr mit Aufwande so vieler Mühe und mit so vielfacher Gefahr verschaft hatte. Zur größern Sicherheit der so seltenen Sammlung von Pflanzen, die er während der ganzen Reise gemacht, hatte er sie in die Brodkammer gebracht. Dieß Zimmer ist im Hintertheile des Schiffs, dessen Vordertheil, in der Absicht es auszubessern, viel höher, als der Hintertheil war gelegt worden. Da niemand an die Gefahr gedacht hatte, worin diese Lage die Pflanzen bringen konnte: so fand man sie unter Wasser. Durch Anwendung unabläßiger Sorgfalt und Aufmerkſamkeit ward jedoch der größere Theil derſelben wieder in einen ſolchen Stand geſetzt, daß er aufbehalten werden konnte.

Am neun und zwanzigſten Junius, Morgens um zwey Uhr, beobachtete Cook, in Geſellſchaft des Herrn Green einen Austritt des erſten Trabanten Jupiters aus dem Schatten deſſelben. Die Zeit war hier 2 Uhr 18′ 53″, welches die weſtliche Länge des Orts von 214° 48′ 30″ und die ſüdliche Breite von 15° 26′ gab. Am folgenden Morgen ſchickte der Lieutenant einige der jungen Herren ab, einen Plan vom Hafen aufzunehmen, da er mittlerweile einen Berg beſtieg, um eine völlige Ueberſicht der See zu bekommen, und dieß war eine Ausſicht, die ihm einen lebhaften Anblick von den Schwierigkeiten ſeiner Lage verſchaffte. Er ſah zu ſeiner größten Bekümmerniß unzählige Sandbänke und Untiefen, die in jeder Richtung der Küſte lagen. Einige derſelben erſtreckten ſich ſo weit, als er mit ſeinem Fernglaſe nur immer ſehen konnte, und viele derſelben ragten nur eben über dem Waſſer hervor. Gegen Norden hatte es das Anſehen, als wenn eine Durchfahrt daſelbſt wäre, und dieß war die einzige Richtung, vermittelſt welcher unſer Befehlshaber glücklich heraus zu kommen, um ſeine Reiſe fortzuſetzen, hoffen konnte; denn da der Wind beſtändig aus Südoſten wehete, ſo würde es äußerſt ſchwer, wo nicht ſchlechterdings unmöglich geweſen ſeyn, gegen Süden wieder zurück zu gehen. An dieſem und dem vorigen Tage war unſer Schiffsvolk im Fiſchen mit dem Zugnetze ſehr glücklich geweſen. Der Vorrath an Fiſchen war ſo groß, daß der Lieutenant nun im Stande war, einem jeden drittehalb Pfund auszutheilen. Man hatte gleichfalls einen Vorrath an grünen Kräutern geſammelt, und er gab Befehl, ſie mit den Erbſen zu kochen. Dieß gab ein vortrefliches Gericht, welches mit den Fischen der ganzen Schiffsgesellschaft eine unaussprechliche Erfrischung ge= währte *).

Am zweyten Julius frühmorgens schickte Lieutenant Cook den Schiffsmeister in der Pinnasse aus dem Hafen, um zwischen den Untiefen Untersuchung anzustellen, und einen Canal gegen Norden zu suchen. Ein zweyter Versuch, den man an diesem Tage machte, um das Schiff abzubringen, lief eben so fruchtlos wie der erste ab, den man gemacht hatte. Am folgenden Tage kam der Schiffsmeister zurück, und berich= tete, daß er zwischen den Untiefen eine Durchfahr nach der See gefunden hätte. Auf einer dieser Untiefen, die aus Corallen= Klippen bestanden, wovon viele bey niedrigen Was= ser trocken waren, hatte er gelandet, und daselbst Kammmu= scheln von so ungeheurer Größe gefunden, daß eine einzige Kammmuschel mehr betrug, als zwey Menschen essen konnten. Am demselben Orte fand er eine große Mannigfaltigkeit an= derer Schaalfische, und brachte einen ansehnlichen Vorrath zum Gebrauche seiner Reisegefährten mit zurück. An diesem Tage machte man zur Zeit des höchsten Wassers nochmals einen Versuch, das Schiff flott zu machen, welcher denn auch glücklich von statten gieng. Da man aber fand, daß ein Brett zwischen den Verdecken losgegangen war: so ward es nothwendig, es nochmals ans Land auf die Seite zu legen. Da der Lieutenants zu einer vollkommnen Kenntniß vom Zu= stande des Schiffes zu gelangen, gar sehr wünschte: so bewog er einen von des Zimmermanns Leuten, einen Mann, auf welchen er sich verlassen konnte, sich am fünften Julius unter

*) Am 1 Julius stieg das Thermometer auf 87°, welches höher war, als an irgend einen Tage, seitdem sie bey der Küste von Neu= Süd= Wales angekommen waren.

das Wasser an den Boden des Schiffs zu begeben, um die
Stelle zu untersuchen, wo die Haut, oder äußere Bekleidung
war abgestoßen worden. Seine Aussage, welche darin bestand, daß drey Striemen von der Haut, ungefähr acht Fuß
lang fehlten, und daß die Hauptbretter ein wenig zerrieben
wären, stimmte vollkommen mit dem Berichte überein, welchen der Schiffsmeister und andere, welche dieselbe Untersuchung angestellet, abgestattet hatten, und unser Befehlshaber hatte die Beruhigung zu finden, daß dieß, nach der Meynung des Schiffszimmermanns, ein Umstand von geringer
Bedeutung wäre. Nachdem also der andere Schaden ausgebessert war: so ward das Schiff bey hohem Wasser wieder
flott gemacht, und die ganze Mannschaft war beschäftigt,
den Vorrath an Bord zu bringen, und es in solchen Stand
zu setzen, daß es die Reise fortsetzen könnte *). Dem Hafen,
in welchem es war ausgebessert worden, um wieder in See
zu gehen, gab Cook dem Namen des Endeavour-Flusses
(Endeavour River.)

Am sechsten Julius frühmorgens fuhr Herr Banks, vom
Lieutenant Gore und drey Mann begleitet, in dem kleinen
Boote den Fluß hinauf, in der Absicht, einige Tage mit
der Untersuchung des Landes zuzubringen. Auf dieser Reise
entgieng nichts seiner Aufmerksamkeit, was entweder auf die
natürliche Geschichte, oder auf die Einwohner der Oerter, die
er besuchte, Beziehung hatte. Ob er gleich unstreitige Beweise antraf, daß verschiedene der Einwohner nicht weit entfernt waren: so kam ihm doch keiner zu Gesicht. Da er überhaupt fand, daß eine weitere Untersuchung des Landes
nicht viel vortheilhaftes versprach: so begab er sich mit seiner

L 3

*) Hawkesworth, 2 Band.

Gesellschaft wieder ins Boot, und gieng am achten Julius zurück zum Schiffe. Während dieser kleinen Reise hatten sie ganz unbesorgt auf der Erde geschlafen, ohne ein einzigesmal an die Gefahr zu denken, in welche sie würden gerathen seyn, wenn sie in dieser Lage von den Indianern wären entdeckt worden.

Der Bericht, den der Schiffsmeister dem Lieutenant Cook von der Durchfahrt zwischen den Untiefen, ins offene Meer, die er gefunden haben wollte, abgestattet hatte, war nicht befriedigend für ihn gewesen. Er schickte ihn daher zum zweytenmale in eben der Absicht aus, und bey seiner Zurückkunft ertheilte er einen verschiedenen Bericht. Der Schiffsmeister, welcher sieben Seemeilen weit in See gewesen war, hegte nunmehr die Meynung, daß dergleichen Durchfahrt, wie er sie sich vorher eingebildet hatte, nicht vorhanden wäre. Seine Reise war jedoch, ob sie gleich in dieser Rücksicht mißlungen war, nicht ganz ohne Nutzen. Er traf auf derselben Klippe, wo er die großen Kammmuscheln gefunden hatte, eine große Anzahl Schildkröten an, und ob er gleich kein besseres Werkzeug, als einen Bootshaken hatte: so wurden doch drey davon gefangen, die zusammen sieben hundert und ein und neunzig Pfund wogen. Ein Versuch, welcher am folgenden Morgen auf Befehl des Lieutenants gemacht ward, um noch einige Schildkröten zu bekommen, mißlung durch ein Versehen desselben Officiers, welcher am vorigen Tage so glücklich gewesen war.

Bisher hatten die Eingebornen dieser Gegend des Landes es mit allem Fleiße vermieden, sich in Verkehr mit unsern Leuten einzulassen; endlich aber entstanden in ihrem Gemüthe geneigtere Gesinnungen durch des Herrn Cook gutes Verfahren. Am zehnten zeigten sich vier von ihnen in einem kleinen Canoe, und da sie sehr beschäftigt zu seyn schienen,

Fifche zu fchlagen: fo waren einige von der Schiffsgefell-
fchaft geneigt, fich in einem Boote zu ihnen zu begeben. Der
Lieutenant aber wollte dieß nicht erlauben, weil wiederholte
Erfahrung ihn überzeugt hatte, daß dieß eine Zufammenkunft
vielmehr verhindern, als beförbern würde. Er befchloß einen
entgegengefetzten Weg einzufchlagen, und zu verfuchen, was fie
thun würden, wenn man fie allein ließe, und fich das Anfehen
gäbe, als wenn man fie auf keine Weife zu Gegenftänden feiner
Aufmerkfamkeit machte. Diefer Plan war von einem fo glücklichen Erfolge begleitet, daß fie, nach einigem vorbereitendem
Verkehr an die Seite des Schiffs kamen, ohne einige Furcht oder
Mißtrauen zu Tage zu legen. Die Unterredung ward durch
Zeichen mit der größten Vertraulichkeit bis zur Mittagszeit
fortgefetzt, da fie, als unfre Leute fie einluben, mit ihnen zu
gehen, und an ihrem Vorrathe Theil zu nehmen, fich deffen
weigerten, und mit ihrem Canoe davon fuhren. Einer diefer
Indianer war etwas über das mittlere Alter hinaus; die drey
andern waren jung. Ihre Statur war von gewöhnlicher
Größe; aber ihre Gliedmaßen befonders fchmächtig. Die
Farbe ihrer Haut war dunkel chocolatfarbig. Ihr Haar war
fchwarz aber nicht wollicht, und ihre Gefichtszüge waren keinesweges unangenehm. Sie hatten lebhafte Augen, und
ihre Zähne waren eben und weiß. Der Ton ihrer Stimme
war fanft und muficalifch, und in ihren Sprachwerkzeugen
war eine gewiffe Biegfamkeit, welche fie in den Stand fetzte,
viele von den Engländern vorgebrachte Worte mit großer
Leichtigkeit zu wiberholen.

Am folgenden Morgen bekamen unfere Reifenden einen
andern Befuch von drey Eingebornen. Zwey von ihnen waren diefelben, die am vorigen Tage erfchienen, der britte aber
war ein Unbekannter, welchem feine Gefährten den Namen
Yaparico gaben. Er unterfchied fich durch einen befondern

Puß.   Dieser bestand in einem Knochen von einem Vogel,
der beynahe so dick, als eines Mannes Finger und fünf oder
sechs Zoll lang war, den er durch ein in dem Knorpel, welcher
die Nasenlöcher von einander absondert, gemachtes Loch ge-
steckt hatte.   Ein Beyspiel von derselben Art, und nur ein
einziges hatte man in Neu-Seeland gesehen.   Man befand
gleichwohl, daß bey allen diesen Leuten derselbe Theil der Nase
durchbohrt war, daß sie Löcher in den Ohren hatten, und
am obern Theile ihrer Arme Armbänder von geflochtenem
Haaren trugen.   Die Liebe, sich zu schmücken hat also doch
auch Platz unter ihnen, ob sie gleich schlechterdings alles
Putzes beraubt sind.

Am zwölften Julius wagten sich drey Indianer herab in
des Tupia Gezelt, und waren mit ihrer Aufnahme so wohl
zufrieden, daß einer sich mit seinem Canoe hinweg begab,
um zween andere zu holen, welche die Engländer nie gesehen
hatten.   Bey seiner Zurückkunft führte er die Unbekannten
namentlich ein, eine Cärimonie, die bey solcher Gelegenheit
nie unterlassen ward.   Nachdem man mit den Eingebornen
näher bekannt geworden war, sah man, daß die Farbe ihrer
Haut nicht so dunkel war, wie man anfänglich gemeinet
hatte, und daß alle vorzüglich gute Gliedmaßen hatten, und
und ungemein thätig und behende waren.   Ihre Sprache
war rauher und härter, als die Sprache der Insulaner in der
Südsee.

Am 14 Julius war Herr Gore so glücklich, eines von
oben erwähnten Thieren zu tödten, welche zu allerley Gedanken Anlaß gegeben hatten.   Die Eingebornen nennen dieß
Thier Kanguroo, welches, als es zugerichtet war, sehr
wohlschmeckend befunden ward.   Man konnte jetzt in der
That von unsern Seefahrern sagen, daß sie alle Tage herrlich
lebten; denn sie hatten Schildkröten in großem Ueberflusse,

und man war darin einig, daß sie alle, wovon unsere Leute
in England je gekostet hatten, am Geschmacke weit über-
trafen. Dieß schrieben die Herren mit Recht dem Umstande
zu, daß sie frisch aus der See gegessen wurden, ehe ihr natür-
liches Fett durch die Lage und das Futter, welchen sie, wenn
sie in Kübeln aufbehalten werden, ausgesetzt sind, abgezehret
und ihre Säfte verändert wären. Die meisten Schildkröten,
die man hier fieng, waren von derjenigen Gattung, die man
grüne Schildkröten nennt, und ihr Gewicht war zweyhundert
bis dreyhundert Pfund.

Am sechszehnten Julius des Morgens, als die Schiffsmannschaft bey ihrer gewöhnlichen Beschäftigung war, das
Schiff in den Stand zu setzen, um in See gehen zu können,
bestieg unser Befehlshaber eine der Anhöhen an der Nordseite
des Flusses, und hatte von derselben eine sich weit erstreckende
Uebersicht des innern Landes, von welchem er befand, daß
es mit Bergen, Thälern und großen Ebenen, die an vielen
Stellen schöne Wälder hatten, auf eine angenehme Art ab-
wechselte. Diesen Abend beobachteten der Lieutenant und
Herr Green einen Austritt des ersten Trabanten Jupiters,
welche 214° 53′ 45″ der Länge gab. Die Beobachtung,
welche sie am neun und zwanzigsten Junius angestellet, hatte
214° 48′ 30″ gegeben, und das Mittel war 214° 48′ 7″,
welches die westliche Länge des Orts von Greenwich angerechnet war.

Am siebenzehnten Julius schickte Cook den Schiffsmeister und einen seiner Gehülfen in der Pinnasse ab, um einen
Canal gegen Norden zu suchen, worauf er sich, von Herrn
Banks und Doctor Solander begleitet, in den Wald an der
andern Seite des Flusses begab. Auf diesem Gange hatten
diese Herren Gelegenheit, noch näher in Bekanntschaft mit
den Indianern zu kommen, welche nach und nach so vertraut

K 5

wurden, daß verschiedene von ihnen sich am folgenden Tage
an Bord des Schiffs wagten. Der Lieutenant verließ sie
daselbst, dem Ansehen nach sehr vergnügt, damit er sich mit
Herrn Banks noch weiter im Lande umsehen könnte, und besonders um einer ängstlichen Neubegierde, rings herum die
See betrachten zu können, nachzuhängen, da sie gar sehr
wünschten, aber es kaum zu hoffen wagten, daß sie auf derselben eine günstige und ermunternde Aussicht erhalten möchten. Nachdem sie sieben bis acht Meilen gegen Norden am
Ufer hingegangen waren, bestiegen sie einen sehr hohen Berg;
allein der Anblick, den sie daselbst hatten, flößte ihnen nichts
als traurige Besorgnisse ein. In jeder Richtung sahen sie
unzählige Klippen und Untiefen, und keine andere Durchfahrt zur See, als durch die sich krümmenden Canäle
zwischen selbigen, welche Fahrt nicht anders als mit größter
Schwierigkeit und Gefahr vollendet werden konnte. Der
Muth der beyden Herren ward durch diesen Gang eben
nicht ermuntert.

Am neunzehnten Julius hatten unsere Reisenden einen
Besuch von zehn Eingebornen, und in einer Entfernung sah
man noch sechs bis sieben, vornämlich Weiber, die eben so
nackend, als die männlichen Einwohner des Landes waren.
Eine Anzahl Schildkröten lag gerade damals auf dem Verdecke
des Schiffs, und die Indianer, die an Bord kamen, hatten
sich vorgenommen, eine davon mitzunehmen, und als die
Unsrigen sich weigerten, ihnen ihren Wunsch zu gewähren,
bewiesen sie sich sehr mißvergnügt und aufgebracht. Sie
machten verschiedene Versuche, sich desjenigen, was sie haben
wollten, mit Gewalt zu bemächtigen; als aber alle ihre Bemühungen mißglückten, sprangen sie schnell in einem Anfalle
von Wuth in ihr Canoe, und ruderten nach dem Ufer hin.
Der Lieutenant, Herr Banks und fünf oder sechs von der

Schiffsmannschaft warfen sich so gleich in ein Boot und begaben sich ans Land, wo verschiedene von den Engländern sich mit allerley Dingen beschäftigten. So bald die Eingebornen das Land erreicht hatten, griffen sie zu ihren Waffen, welche sie unter einen Baum gelegt hatten, rissen einen Feuerbrand unter einen kochenden Pechkessel weg, machten einen Umweg gegen den Wind, der nach den wenigen Dingen, die unsre Leute am Bord hatten, hinwehete, und zündeten das Gras, welches auf ihrem Wege stand, mit erstaunlicher Geschwindigkeit und Geschicklichkeit an. Das Gras, welches so trocken, wie Stoppeln, und fünf bis sechs Fuß hoch war, brannte mit erstaunlicher Heftigkeit; und ein Gezelt des Herrn Banks würde gewiß ein Raub der Flammen geworden seyn, wenn er nicht sogleich einige Leute bekommen hätte, die es dadurch retteten, daß sie es niederrissen, und nach dem Strande hinschleppten. Alle brennbare Theile von der Werkstätte des Schmids wurden von den Flammen verzehret. Auf diesen Vorgang folgte noch ein anderer von derselben Art. Aller Drohungen und Bitten ungeachtet begaben sich die Indianer nach einem andern Platze, wo verschiedene von der Mannschaft des Endeavour wuschen, und wo das Zugnetz, die andern Netze, und eine Menge Leinengeräthe ausgelegt war, um zu trocknen. Auch hier steckten sie das Gras an. Die Kühnheit dieses neuen Angriffs machte es nothwendig, daß man mit einer mit Schroot geladenen Flinte auf einen von ihnen feuern mußte, und da dieser in einer Entfernung von ungefähr vierzig Yards verwundet war: so nahmen alle die Flucht. Bey diesem letzten Vorgange ward das Feuer gelöschet, ehe es weit um sich gegriffen hatte; da aber, wo es zuerst anfieng, verbreitete es sich weit ins Gehölze. Da man die Eingebornen noch im Gesichte hatte, so feuerte Cook, um sie zu überzeugen, daß er sie noch

erreichen könnte, mit einer Flinte, die mit einer Kugel geladen war, in die ihnen gegenüberstehenden Mangrovebäume,
worauf sie eiligst entflohen, und bald aus dem Gesichte kamen.
Man war nun in der Erwartung, daß sie unsere Seefahrer
nicht weiter beunruhigen würden; allein man hörte ihre Stimmen bald hernach im Walde, und merkte, daß sie immer
näher kamen. Der Lieutenant, Herr Banks und drey bis
vier andere machten sich also auf, ihnen entgegen zu gehen,
und die Folge von dieser Zusammenkunft war eine völlige
Aussöhnung, die durch des Lieutenants und seiner Freunde
kluges und sanftmüthiges Betragen bewirkt ward. Bald
hernach, als sich die Indianer hinweg begeben hatten, sah
man den Wald bis auf eine Weite von ungefähr zwo Meilen
in Flammen stehen. Hätte sich dieser Vorfall etwas früher
zugetragen, so hätten fürchterliche Wirkungen daraus entstehen können; denn das Pulver war erst vor einigen Tagen
an Bord gebracht worden, und es waren kaum einige Stunden verflossen, seitdem man das Vorraths-Gezelt, mit allen
Dingen von Werth, die sich darin befanden hinweggeschafft
hatte. Die Heftigkeit, mit welcher das Gras in dieser heissen
Himmelsgegend brannte, und die Schwierigkeit, das Feuer zu
löschen, brachte unsere Reisenden zu dem Entschlusse, sich nie wieder einer solchen Gefahr auszusetzen, sondern vorher den Boden
rings herum zu reinigen, wenn sie je wieder in die Nothwendigkeit gerathen sollten, ihre Gezelte in einer solchen Lage
aufzuschlagen.

Am Abend dieses Tages, da alles ans Schiff geschaft,
und es beynahe segelfertig war, kam der Schiffsmeister mit
der unangenehmen Nachricht zurück, daß gegen Norden keine
Durchfahrt für selbiges zu finden wäre. Am folgenden Morgen sondirte der Lieutenant selbst die Sandbänke, und legte
Boyen aus. Um diese Zeit standen alle Berge auf viele

Weilen rings herum in Flammen, und der Anblick, den sie
bey Nacht gewährten, war vorzüglich auffallend und
prächtig.

Auf einem Gange, den Herr Banks am drey und zwanzigsten Julius vornahm, um Pflanzen zu sammeln, fand
er den größten Theil des Tuchs, welches man den Indianern
gegeben hatte, in einem Haufen bey einander liegen. Sie
sahen dasselbe sowohl, als die Kleinigkeiten, die man ihnen
gegeben hatte, vermuthlich als unnütze Dinge an. Sie schienen in der That auf alles, was die Unsrigen besaßen, einen
geringen Werth zu setzen, ihre Schildkröten ausgenommen;
und diese waren ein Artikel, den man nicht missen konnte.

Da stürmisches Wetter den Lieutenant Cook hinderte,
einen Versuch zu machen, in See zu gehen: so nahmen
Herr Banks und Doktor Solander am vier und zwanzigsten
nochmals Gelegenheit, ihre botanischen Untersuchungen fortzusetzen. Nachdem sie den größten Theil des Tages im Walde
fruchtlos herum gestreift hatten: so fanden sie, als sie durch
ein tiefes Thal zurückkehrten, verschiedene Nüsse vom Ana-
cardium orientale auf der Erde liegend. Von der Hoffnung
ermuntert, den Baum, der sie trug, anzutreffen, einen Baum,
den vielleicht kein europäischer Kräuterkenner jemals gesehen hatte, suchten sie nach demselben mit großem Fleisse und
sehr mühsam, aber vergebens. Als Herr Banks am sechs
und zwanzigsten Julius nochmals im Lande eine Nachlese
hielt, um seinen Schatz der natürlichen Geschichte zu berei-
chern, war er so glücklich, ein Thier von dem Opossum
Geschlechte mit zwey Jungen zu fangen. Es war ein Weib-
chen, und ob es gleich nicht genau von derselben Art war: so
glich es doch dem merkwürdigen Thiere ungemein, welches
Herr von Buffon unter dem Namen von Phalanger
beschrieben hat.

Als das Wetter des Morgens am neun und zwanzigsten
Julius still war, und sich eine kleine Kühlung vom Lande
erhob, schickte Lieutenant Cook ein Boot aus, um zu sehen,
wie hoch das Wasser über der vor dem Hafen liegenden Sandbank stünde, und alles ward in Bereitschaft gesetzt, in
See zu gehen. Allein bey der Zurückkunft des Boot berichtete der Officier, daß das Wasser auf der Sandbank nur
dreyzehn Fuß tief wäre. Da das Schiff dreyzehn Fuß und
sechs Zoll tief gieng, und gegen Abend sich wieder ein Seewind erhob: so ward alle Hoffnung, an diesem Tage unter
Segel zu gehen, aufgegeben. Da das Wetter am ein und
dreyßigsten Julius ruhiger war: so war der Lieutenant darauf
bedacht, einen Versuch zu machen, das Schiff aus dem
Hafen schleppen zu lassen; als er aber selbst mit dem Boote
ausgieng, so fand er, daß der Wind noch so stark wehete,
daß es nicht thunlich war, den Versuch zu machen. Am folgenden Tage erhielt Cook eine unangenehme Nachricht. Der
Zimmermann, welcher die Pumpen untersucht hatte, berich-
tete, daß sie sämmtlich in einen verfallenen Zustande wären.
Eine war so sehr gefault, daß sie, als man sie aufwand, in
Stücken zerfiel, und die übrigen waren in keinem viel bessern
Stande. Unsre Seefahrer mußten also nunmehr ihr größtes
Vertrauen auf die gute Beschaffenheit des Schiffs setzen, und
es war ein glücklicher Umstand, daß es nicht mehr als einen
Zoll Wasser in einer Stunde einnahm.

Frühmorgens am dritten August machte man einen neuen
fruchtlosen Versuch, das Schiff aus dem Hafen zu schleppen;
am folgenden Morgen aber waren die Bemühungen unserer
Reisenden glücklicher, und der Endeavour gieng mit einer
schwachen Kühlung vom Lande wieder unter Segel, die sich
aber bald gänzlich legte, und worauf Seewinde aus Südosten
zum Süden folgten. Mit diesen Winden richtete das Schiff

gegen Often zum Norden den Lauf nach dem Meere, und die
Pinnaſſe gieng vorauf, welche befehligt war, unaufhörlich
das Senkbley zu werfen.   Kurz vor Mittage ankerte der
Lieutenant in funfzehn Faden Waſſer mit ſandigem Boden.
Die Urſache war, weil er es nicht für ſicher hielt, ſich zwiſchen die Untiefen zu wagen, bis er, nachdem er ſie vom
Maſtkorbe bey niedrigem Waſſer in Augenſchein genommen,
im Stande wäre zu urtheilen, welchen Weg zu ſteuern für
ihn am rathſamſten wäre.   Dieß war eine ſehr bedenkliche
und ſchwer zu entſcheidende Sache.   Bisher war Cook noch
ungewiß, ob er zurück nach Süden, um alle Untiefen herum
ſegeln, oder eine Durchfahrt gegen Oſten oder gegen Norden
ſuchen ſollte, und es war auch nicht möglich zu ſagen, ob nicht
jede dieſer Fahrten mit gleicher Schwierigkeit und Gefahr verbunden ſeyn würde *).

Wir müſſen das unpartheyiſche und menſchenfreundliche
Verfahren des Lieutenant Cook bey der Austheilung der
Lebensmittel nicht unbemerkt laſſen.   Es mochten Schildkröten oder andere Fiſche gefangen werden, ſo wurden ſie ſtets
unter die ganze Schiffsmannſchaft dergeſtalt ausgetheilt, daß
der Geringſte am Bord eben ſo viel, als der Lieutenant ſelbſt
davon bekam.   Er hat ganz richtig angemerkt, daß dieß eine
Regel iſt, bey deren Befolgung auf Reiſen von ähnlicher Art
jeder Befehlshaber ſeinen Vortheil finden wird.

Auf der Fahrt vom Endeavour-Fluſſe fielen große Schwierigkeiten vor.   Der Lieutenant hatte ſeinen Lauf am fünften
Auguſt noch nicht lange fortgeſetzt, als er Untiefen in jeder
Gegend entdeckte, welche ihn zwangen bey Herannäherung
der Nacht ſich vor Anker zu legen.   Am ſechſten des Morgens
gieng der Wind ſo ſtark, daß unſere Reiſenden gehindert

*) Hawkesworth, 2 Band.

wurden, den Anker zu lichten.　Bey niedrigem Waſſer ſaß
Cook ſich mit verſchiedenen ſeiner Officiere auf dem Maſtkorbe
ſorgfältig herum, um zu ſehen, ob eine Durchfahrt zwiſchen
den Untiefen entdeckt werden könnte.　Sie bekamen gleichwohl nichts zu Geſichte, als ſich brechende Wellen, die
ſich von Süden herum zum Oſten, nach Nordweſten
und weiter, als das Geſicht eines dieſer Herren reichte,
ins Meer erſtreckten.　Es zeigte ſich nicht, daß dieſe Brechung
der Wellen, durch eine zuſammenhängende Untiefe verurſacht
ward, ſondern durch verſchiedene, die von einander abgeſon-
dert da lagen.　An derjenigen, welche am weiteſten gegen
Oſten lag, brach ſich die See ſehr ſtark, ſo daß der Lieutenant
bewogen ward, zu glauben, daß es die letzte Untiefe wäre.
Er war nun überzeugt, daß keine Durchfahrt zur See gienge,
ohne durch ein Labyrinth, oder durch Krümmungen, die dieſe
Untiefen verurſachten, und zugleich wußte er ganz und gar
nicht welchen Weg er ſteuern ſollte, wenn das Wetter erlauben würde, mit dem Schiffe unter Segel zu gehen.　Des
Schiffsmeiſters Meynung war, daß unſere Seefahrer den
Weg, den ſie gekommen waren, wieder zurückgehen ſollten;
da aber der Wind ſehr heftig und faſt unaufhörlich aus ſelbi-
ger Gegend blies, ſo würde dieß unendliche Arbeit und Mühe
gemacht haben, und gleichwohl blieb keine andere Wahl übrig,
wenn keine Durchfahrt nach Norden ausfindig gemacht werden konnte.　Indem man dieſe kummervollen Berathſchla-
gungen anſtellte, nahm der Wind zu, und hielt bis am zehnten des Morgens an, da unſer Befehlshaber, als das Wetter
ſtiller ward, den Anker lichtete, und den Lauf nach dem Lande
richtete.　Er hatte nun den Entſchluß gefaßt, eine Durchfahrt
längſt dem Strande hin nach Norden zu ſuchen *).

　　　　　　　　　　　　　　　　　　　　　Dieſer

---

*) Hawkesworth, 2 Band.

Dieser Entschließung zufolge setzte der Endeavour seinen Lauf fort, und kam um Mittag zwischen die äußerste Land, spitze, die man im Gesicht hatte, und drey Inseln, welche vier bis fünf Seemeilen von demselben gegen Norden in der See lagen. Hier glaubten unsre Seefahrer eine freye Oeff, nung vor sich zu sehen, und fiengen an zu hoffen, daß sie nun wieder außer Gefahr wären. Dieser Hoffnung wurden sie aber bald wieder beraubt, weswegen der Lieutenant der Land, spitze den Namen, das Cap der Schmeicheley (Cape Flattery) gab *). Nachdem er eine Zeit lang an dem Strande nach der Gegend hin gesteuert hatte, wo er glaubte, daß ein offener Canal wäre: so rief der Unterofficier auf dem Mastkorbe mit lauter Stimme, daß er vorwärts Land sähe, welches sich rings herum bis an die drey Inseln erstrecke, und daß zwischen selbigen und dem Schiffe eine breite Bank läge. Cook stieg hierauf selbst in den Mastkorb, und sah die Bank ganz deutlich, die sich so weit nach der Seite, von welcher der Wind kam, erstreckte, daß sie nicht umschiffet wer, den konnte. Von dem Lande, welches der Unterofficier für festes Land gehalten hatte, war des Herrn Cook Meynung, daß es nur ein Haufen kleiner Inseln wäre. Der Schiffs, meister und einige andere, die nach dem Lieutenant in den Mastkorb stiegen, waren ganz verschiedener Meynung. Sie behaupteten alle als zuverläßig, daß das Land, welches man im Gesicht hatte, nicht aus Inseln bestünde, sondern ein Theil des festen Landes wäre, und machten ihren Bericht dadurch noch beunruhigender, daß sie hinzusetzten, sie sähen rings um sich herum auf allen Seiten, sich brechende Wellen. In diesen so

*) Cap Flattery liegt unter 14° 56' südlicher Breite, und 14° 43' westlicher Länge.

Erster Theil.   L

kritischen und zweifelhaften Umständen hielt Cook es für rathsam, unter einer hohen Landspitze zu ankern, die er sogleich
bestieg, damit er das Meer und das Land noch weiter übersehen könnte. Die Aussicht, die er von diesem Orte, den er
Point Look-out *) nannte, bestätigte ihn völlig in seiner
vorigen Meynung, deren Richtigkeit eines von den zahlreichen Beyspielen war, aus welchen deutlich erhellete, wie sehr
er alle, die um ihn waren, an scharfer Beurtheilungskraft
in Schiffahrtssachen überträfe.

Der Lieutenant, welcher sehnlich wünschte, die Lage der
Untiefen und den Canal zwischen selbigen genauer zu entdecken,
beschloß, die nördlichste und größte der drey Inseln zu besuchen, die wegen ihrer Höhe, und da sie fünf Seemeilen ins
Meer hinein lag, zu seinem Endzwecke besonders geschickt
war. Er fuhr also in Gesellschaft des Herrn Banks, dessen
Standhaftigkeit und Neugierde ihn antrieb, an jeder Unternehmung Theil zu nehmen, am eilften August des Morgens
ab, um sein Vorhaben auszuführen. Ungefähr um ein Uhr
erreichten diese Herren den Ort ihrer Bestimmung, und stiegen mit einer mit Furcht vermischten Hoffnung, die der Wichtigkeit ihres Geschäfts und der Ungewißheit des Ausgangs
angemessen war, auf den höchsten Berg, den sie finden konnten. Als der Lieutenant die Aussicht rings um sich herum
übersah, entdeckte er an der Aussenseite der Inseln, und in
einer Entfernung von zwo bis drey Seemeilen von ihnen eine
Bank von Klippen, an welchem die See sich in einer fürchterlichen Brandung brach, und die sich weiter, als das Gesicht reichen konnte, erstreckte. Er schloß gleichwohl daraus,
daß keine Untiefen zwischen ihnen wären, und da er verschiedene

*) Im Platdeutschen könnte man es die Kiekuthspitze
nennen.

Brüche oder Oeffnungen in der Bank, und tiefes Waſſer
zwiſchen derſelben und den Inſeln wahrnahm: ſo machte er
ſich Hoffnung, zwiſchen den Klippen heraus zu kommen.
Allein ob er gleich Gründe ſah, dieſer Erwartung einigermaßen nachzuhängen: ſo hinderte ihn doch das neblige Wetter, diejenige befriedigende Nachricht, die er ſo eifrig wünſchte,
zu erhalten. Er beſchloß alſo, die ganze Nacht auf der Inſel
zu bleiben, um zu verſuchen, ob ihn nicht der nächſte Tag
eine deutlichere und weitläuftigere Ausſicht gewähren würde.
Die beyden Herren ſuchten alſo Schutz unter einem Buſch,
welcher am Ufer ſtand.   Sie widmeten dem Schlafe nicht
viele Stunden; um drey Uhr des Morgens beſtieg Cook den
Berg zum zweytenmale, fand aber zu ſeinem Leidweſen, daß
das Wetter noch nebliger, als am vorigen Tage, war. Er
hatte frühmorgens die Pinnaſſe mit einem von den Unter-
bootsmännern abgeſchickt, um zwiſchen der Inſel und der
Bank das Senkbley zu werfen, und dasjenige zu unterſuchen,
was ein zwiſchen dem Klippen durchgehender Canal zu ſeyn
ſchien. Wegen des heftigen Windes wagte der Unterbootsmann
es nicht, ſich in den Canal zu begeben, von welchem er berichtete, daß er ſehr enge wäre.   Unſer Befehlshaber, welcher
aus der Beſchreibung des Orts urtheilte, daß man ihn in
einer nicht vortheilhaften Stellung geſehen hatte, ließ ſich
gleichwohl durch dieſen Bericht nicht abſchrecken.

Indem der Lieutenant ſich mit ſeiner Ueberſicht beſchäftigte, ſammelte Herr Banks, welcher ſtets auf den großen
Gegenſtand der natürlichen Geſchichte aufmerkſam war, einige
Pflanzen, die er vorher noch nie angetroffen hatte. Man
ward daſelbſt keiner Thiere gewahr, Eidexen ausgenommen;
aus welcher Urſache die Herren derſelben den Namen, die Ei-
dexen-Inſel (Lizard Island) gaben. Auf dem Rückwege
zum Schiffe landeten ſie an einer niedrigen, ſandigen Inſel,

auf welcher Bäume waren, und welche einen Ueberfluß an
einer unglaublichen Menge Vögeln, besonders Seevögeln
hatte. Sie fanden hier ein Nest eines Adlers, und ein Nest
einer andern Gattung von Vögeln, von welcher aber, konnten sie nicht unterscheiden; es mußte indessen gewiß von einer
der größten Gattungen seyn, die zu finden sind. Dieß sah
man aus der ungeheuern Größe des Nestes, welches aus
kleinen Zweigen auf der Erde gebauet war, nicht weniger als
sechs und zwanzig Fuß im Umfange hielt, und zwey Fuß acht
Zoll hoch war *). Diese Insel nannten die Herren Adlers-
Insel, (the Eagle Island.)

Als der Lieutenant Cook wieder an Bord gelangt war,
fieng er an, ernstlich zu überlegen, was für einen Lauf er
nehmen müßte. Nachdem er dasjenige, was er selbst gesehen, und den Bericht des Schiffsmeisters erwogen hatte: so
war er der Meynung, daß er, wenn er sich am festen Lande
hielte, Gefahr laufen würde, von der großen Bank eingeschlossen zu werden, und endlich doch wieder würde umkehren
müssen, um eine andere Durchfahrt zu suchen. Es war beynahe gewiß, daß unsre Seefahrer durch den Verzug, welcher
dadurch würde veranlasset werden, würden gehindert worden
seyn, zu rechter Zeit nach Ostindien zu kommen, welches ein
Umstand von äußerster Wichtigkeit, ja von unumgänglicher
Nothwendigkeit war; denn sie hatten jetzt für nicht viel mehr
als drey Monate Lebensmittel, wenn die Portionen einge-
kürzt wurden, am Bord. Der Lieutenant trug sein Urtheil,
und die Thatsachen, und sich hervorthuenden Umstände seinen

---

*) Im zwanzigsten Bande der philosophischen Transactionen,
wo man eine kurze Nachricht von Neu-Holland findet, wird
eines Vogelnests erwähnt, welches noch größer ist, als das
hier beschriebene.

Officieren vor, welche einmüthig beschlossen, das beste, was
sie thun könnten, wäre, die Küste gänzlich zu verlassen, bis
sie sich derselben mit wenigerer Gefahr wieder nähern
könnten.

Dieser Entschließung zufolge gieng der Endeavour am
dreyzehnten August frühmorgens unter Segel, und kam
glücklich durch einen der Canäle oder Oeffnungen in der äußern
Bank, die Cook von der Insel gesehen hatte. Als das Schiff
aus den sich brechenden Wellen heraus war, hatte man auf
hundert und funfzig Faden keinen Grund, und unsre Leute
fanden eine weite See, die aus Südosten gegen sie anrollte.
Dieß war ein gewisses Zeichen, daß weder Land noch Untiefen
ihnen in dieser Directon nahe wären.

Eine so glückliche Veränderung in den Umständen unserer
Reisenden fühlte jedermann tief in seiner Brust, und sie
war auch in jedermanns Gesichte sichtbar. Sie waren nicht
viel weniger, als drey Monate lang in einem Zustande gewesen, welcher ihnen beständig den Untergang drohete. Sie
hatten öfters die Nächte vor Anker liegend zugebracht, so daß
sie das Getöse der Wellen, die sich an den Untiefen und Klippen brachen, hören konnten, und dabey wußten, daß sie,
wenn die Anker bey fast beständigen ungestümen Wetter zufälliger Weise nicht hielten, in einigen Minuten unvermeidlich umkommen müßten. Sie waren dreyhundert und sechszig
Seemeilen gesegelt, ohne daß man auch nur einen Augenblick
aufgehöret hatte, das Senkbley zu werfen. Dieß war ein
Umstand, der vielleicht niemals irgend einem andern Schiffe
begegnet war. Nunmehr aber befanden unsre Seefahrer sich
in einer offenen See mit tiefem Wasser, und die Freude,
welche sie empfanden, war der neulichen Gefahr, und ihrer
jetzigen Sicherheit angemessen. Allein dieselben Wellen, welche
durch ihr Anschwellen bewiesen, daß unsre Leute keine Klippen

L 3

oder Untiefen zu befürchten hätten, überwiesen sie auch zugleich, daß sie kein so starkes Vertrauen auf ihr Schiff setzen
konnten, als vorher, ehe es an die Klippen stieß. Durch die
Schläge, die das Schiff von den Wellen bekam, wurden die
Ritzen so erweitert, daß es in einer Stunde nicht weniger als
neun Zoll Wasser einnahm. Wenn die Schiffsgesellschaft
neulich nicht in einer viel augenscheinlichern Gefahr gewesen
wäre: so würde dieser Umstand, in Betrachtung des Zustandes der Pumpen, und der Fahrt, die ihnen noch bevorstand,
ihnen wahrlich große Sorge gemacht haben.

Die Durchfahrt oder der Canal, durch welchen der Endeavour in die offene See an der andern Seite der Klippenbank kam, liegt unter 14° 32′ südlicher Breite. Man kann
ihn immer an den drey hohen Inseln innerhalb derselben
erkennen, welchen unser Befehlshaber wegen des Nutzens,
den sie für künftige Reisende haben können, um ihnen den
Weg zu zeigen, den Namen der Directions-Inseln
beylegte.

Es währte aber nicht lange, daß unsere Seefahrer des
Vergnügens genossen, von der Besorgniß vor Gefahr frey
zu seyn. Als sie in der Nacht vom funfzehnten August ihre
Fahrt fortsetzten, ließen sie oft das Senkbley fallen; fanden
aber mit hundert und vierzig Faden keinen Boden, noch den
geringsten Grund mit gleicher Länge der Linie. Nichts destoweniger hörten sie am sechszehnten frühmorgens um vier Uhr
das Gebrülle der Brandung sehr deutlich, und mit Tages-
Anbruch sahen sie dieselbe in keiner größern Entfernung, als
ungefähr von einer Meile zu einer fürchterlichen Höhe empor-
schäumen. Die Wellen, welche gegen die Klippenbank anroll-
ten, führten das Schiff mit großer Schnelligkeit darauf zu;
unsere Leute konnten dabey keinen Grund mit dem Anker
erreichen, und nicht der geringste Wind wehete ihnen in die

Segel. In einer so fürchterlichen Lage hatten sie sonst keine Hülfsmittel, als ihre Böôte, und unglücklicher Weise ward die Pinnasse ausgebessert. Durch Hülfe des Langboots und der Yolle, welche vorausgeschickt wurden, um das Schiff zu ziehen, ward der Vordertheil des Schiffs herum nach Norden gebracht, ein Umstand, welcher den Untergang verzögern, wo nicht vorbeugen konnte. Dieß geschah nicht eher, als um sechs Uhr, und unsere Reisenden waren damals nicht über hundert Yards von der Klippe, an welcher sich dieselbe Welle, die an der Seite des Schiffs hinrollte, so bald sie wieder stieg, sich in fürchterlicher Höhe brach. Es war also nur ein fürchterliches Thal zwischen den Engländern und dem Untergange; ein Thal, welches nicht breiter war, als die Grundlage einer Welle, indeß die See unter ihnen unergründlich war. Da der Zimmermann die Pinnasse mittlerweile in aller Eil ein wenig ausgeflickt hatte: so ward sie in See gelassen, und den andern Böôten zu Hülfe zum buxiren vorausgeschickt. Allein alle diese Bemühungen würden unwirksam gewesen seyn, woferne nicht eine kleine Kühlung gerade zu der Zeit, als das Schicksal unsrer Leute seiner Entscheidung nahe war, entstanden wäre. Diese Kühlung war so schwach, daß man sie zu einer andern Zeit gar nicht würde bemerkt haben; sie war aber hinreichend, um der Sache eine günstige Wendung für unsere Seefahrer zu geben, und gab dem Schiffe in Verbindung mit der Hülfe, die es von den Böôten erhielt, eine merkliche Bewegung, die schief von der Felsenbank abgieng. Die Hoffnung der Schiffsgesellschaft lebte nun wieder auf; aber in zehn Minuten erfolgte eine gänzliche Windstille, und das Schiff ward wieder nach den sich brechenden Wellen, die keine zweyhundert Yards entfernt waren, hingetrieben. Allein ehe dasjenige, was man bereits gewonnen hatte, wieder verloren gieng, entstand dieselbe schwache Kühlung von

neuem, und hielt noch zehn Minuten an. Mittlerweile entdeckte man in der Felsenbank eine kleine, ungefähr eine Viertelmeile entfernte Oeffnung, worauf Cook sogleich einen der
Unterbootsmänner abschickte, sie zu untersuchen, welcher
berichtete, daß ihre Breite nicht mehr als eine Schiffslänge
betrüge, innerhalb derselben aber das Wasser still und eben
wäre. Diese Entdeckung gab eine Aussicht, daß eine Rettung möglich wäre, wenn man das Schiff durch die Oeffnung
brächte. Man machte also einen Versuch, aber er mißlang;
denn als unsere Leute durch Hülfe ihrer Böte und der Kühlung die Oeffnung erreicht hatten: so fanden sie, daß es das
höchste Wasser war, und begegneten zu ihrem größten Erstaunen der Ebbe, die wie ein Mühlenstrom aus der Oeffnung heraus kam. Ihrer Erwartung gerade zuwider gewan-
nen sie einigen Vortheil durch diese Begebenheit. Ob es gleich
unmöglich war durch die Oeffnung zu kommen: so trieb doch
der Strom, welcher dieß verhinderte, das Schiff ungefähr
eine Viertelmeile fort, und die Ebbe war den Böten im
buxiren dermaßen behülflich, daß es um Mittag beynahe zwo
Meilen in der Entfernung gewonnen hatte. Man hatte gleichwohl noch sehr viel Ursache an der Rettung zu verzweifeln.
Denn wenn auch die Kühlung, die sich nun gänzlich gelegt
hatte, sich wieder erhoben hätte: so waren unsere Seefahrer
doch noch innerhalb der Felsenbank, und nach Ablauf der
Ebbezeit würde die Fluth, ihrer äußersten Bemühung ungeachtet, das Schiff immer wieder in die vorige gefährliche Lage
gebracht haben. Glücklicher Weise ward man um diese Zeit
einer andern beynahe eine Meile gegen Westen gewahr. Unser
Befehlshaber schickte unverzüglich den ersten Lieutenant,
Herrn Hicks ab, sie zu untersuchen, und mittlerweile hatte
der Endeavour einen harten Kampf mit der Fluth, wobey er
bisweilen gewann, und auch wieder verlor. Während dieses

harm Dienstes that jedermann seine Schuldigkeit mit solcher Ruhe und Ordnung, als wenn gar keine Gefahr da gewesen wäre. Endlich kam Herr Hicks mit der Nachricht zurück, daß, obgleich die Oeffnung enge und gefährlich, es dennoch möglich wäre, hindurch zu kommen. Die bloße Möglichkeit, hindurch zu kommen, diente zu einer hinlänglichen Ermunterung, einen Versuch zu machen; und in der That war auch jede Gefahr unsern Leuten weniger furchtbar, als die, noch länger in ihrer jetzigen Lage zu bleiben. Da glücklicher Weise eine leichte Kühlung entstand, so setzte diese, in Verbindung der Hülfe von den Böten und der Fluth, die sonst ihren Untergang bewirkt haben würde, sie in den Stand, in die Oeffnung zu kommen, durch welche sie mit erstaunlicher Schnelligkeit hindurch getrieben wurden. Die Gewalt des Stroms, welcher sie fortriß, war so groß, daß sie dadurch verhindert wurden, sich der einen oder andern Seite des Canals, dessen Breite nicht mehr als eine Viertelmeile betrug, zu nähern. Indem sie durch diesen Schlund hindurch fuhren, fiel das Senkbley ungemein ungleich, indem sie bald dreyßig, bald sieben Faden Wasser hatten, und der Grund war dabey schlammigt.

Sobald unsere Seefahrer innerhalb der Felsenbank waren, ließen sie den Anker fallen, und ihre Freude war ungemein groß, daß sie wieder in eine Lage gekommen waren, welche sie drey Tage zuvor mit dem größten Vergnügen und Entzücken verlassen hatten. Klippen und Untiefen, die dem Seemanne, selbst wenn sie zum voraus bekannt und bemerkt sind, immer gefährlich sind, werden in Meeren, die man vorher niemals befahren hat, besonders gefährlich, und in dieser Weltgegend sind sie gefährlicher, als in irgend einer andern. Sie bestehen hier aus Reihen, von Korallenklippen, die sich, wie eine Mauer beynahe senkrecht aus der Tiefe

L 5

erheben, und von der Fluth stets überschwemmt werden. Die
ungeheuern Wellen des unermeßlichen südlichen Oceans brechen hier auch, wenn sie einen so jähen Widerstand finden,
mit unbegreiflicher Heftigkeit und gehen in eine Brandung
über, die keine Klippen noch Stürme auf der nördlichen Halbkugel verursachen können. Ein schadhaftes Schiff, wenige
Lebensmittel und Mangel an allen Nothwendigkeiten ver-
größerten die Gefahr unserer Reisenden ungemein, als sie in
diesem Ocean schifften. Der Trieb des menschlichen Geistes
ist gleichwohl so stark, und der Vorzug, der erste Entdecker
zu seyn, ist so schmeichelhaft, daß Lieutenant Cook und seine
Gefährten sich mit frölichem Muthe in alle Gefahren wagten,
und sich allen Unbequemlichkeiten unterwarfen. Sie wollten
sich lieber der Beschuldigung der Unbesonnenheit und Verwe-
genheit aussetzen, als ein Land, welches sie entdeckt hatten,
verlassen, ohne Kundschaft davon eingezogen zu haben, oder den
geringsten Anlaß zu geben, daß man sagen könnte, daß es
ihnen an genugsamer Standhaftigkeit und Heldenmuth gefehlt
hätte *). Ich brauche wohl kaum hinzu zu setzen, daß besonders der erhabene und große Geist unsers Befehlshabers
seiner Mannschaft so viel Entschließung und Muth einflößte.

Der Lieutenant, welcher sich nunmehr innerhalb der
Felsenbank befand, beschloß auf seiner künftigen Fahrt nach
Norden, das feste Land zur Seite zu behalten, was auch
immer die Folge davon seyn möchte. Die Ursache dieser seiner
Entschließung war, daß, wenn er sich wieder an die äußere
Seite der sich in die Länge hinziehenden Felsenbank begeben
hätte, er dadurch so weit von der Küste hätte entfernt werden
können, daß er dadurch wäre verhindert worden, mit Gewißheit zu bestimmen, ob dieß Land mit Neu-Guinea

*) Hawkesworth, 2 Band.

zusammenhienge oder nicht; eine Frage, deren Auflösung er
in dem ersten Augenblicke, da er Land zu Gesichte bekam,
beschlossen hatte.   Unser Befehlshaber gab der Oeffnung,
durch welche er gekommen war, aus wahrer Empfindung der
Dankbarkeit gegen das höchste Wesen, den Namen des Canals der Vorsehung (Providential Channel).   Am
siebenzehnten August frühmorgens waren die Böte ausgeschickt
worden, zu versuchen, ob sie einige Erfrischungen bekommen könnten, und kamen Nachmittags mit zweyhundert und
vierzig Pfund an eßbaren Schaalenfischen, besonders Kammmuscheln, wieder zurück.   Einige von den Kammmuscheln
betrugen am Gewichte so viel, als zwey Mann tragen konnten, und enthielten zwanzig Pfund guter Speise.   Herr
Banks, welcher in Gesellschaft des Doctors Solander, mit
seinem kleinen Boote ausgefahren war, kam mit allerley sonderbaren Muscheln und vielen Arten von Korallen zurück.

Als man die Reise am neunzehnten August fortsetzte,
waren unsere Leute an allen Seiten mit Klippen und Tiefen
umgeben; da sie aber vor kurzem viel größerer Gefahr ausgesetzt, und nunmehr mit diesen Gegenständen bekannt geworden waren: so fiengen sie an, sie vergleichungsweise mit ziem-
licher Sorglosigkeit zu betrachten.   Als unsere Seefahrer am
ein und zwanzigsten zwo Landspitzen zu Gesichte bekamen,
zwischen welchen sie kein Land sehen konnten: so machten sie
sich Hoffnung, daß sie endlich eine Durchfahrt nach dem indi-
schen Meere gefunden hätten.   Um im Stande zu seyn, die
Sache mit desto größerer Gewißheit zu entscheiden, beschloß
Cook, auf einer Insel, welche an der südöstlichen Spitze der
Durchfahrt liegt, zu landen.   Er begab sich demnach ins Boot
mit einer Parthey Leuten, und in Begleitung des Herrn
Banks und Doctors Solander.   Als sie ans Land kamen,
schienen einige von den Eingebornen geneigt zu seyn, sich ihrer

Landung zu widersetzen, giengen aber doch bald mit langsa-
men Schritten davon. Die Herren bestiegen unverzüglich
den höchsten Berg, von welchem kein Land zwischen Südwesten und Westsüdwesten zu sehen war, so daß der Lieutenant
nicht den geringsten Zweifel hegte, daß er einen Canal finden
würde, durch welchen er nach Neu-Guinea gelangen könnte.
Da er nunmehr im Begriff war, die Küste von Neu-Holland, die er vom acht und dreyßigsten Grad der Breite bis an
diesen Ort befahren, und wovon er überzeugt war, daß kein
Europäer sie vor ihm gesehen hatte, zu verlassen: so zog er
nochmals die englische Flagge auf. Er hatte freylich schon
von verschiedenen besondern Gegenden des Landes Besitz genommen; nun aber nahm er Besitz von der ganzen östlichen
Küste, mit allen an derselben gelegenen Häfen, Bayen,
Flüssen und Inseln von 38° bis zum 10° ¾′ südlicher Breite,
für Se. Majestät, König Georg den Dritten, und unter
dem Namen von Neu-Südwales. Die Parthey, welche
der Lieutenant bey sich hatte, gab darauf eine dreymalige
Salve aus dem kleinen Gewehre, welche eben so oft vom
Schiffe beantwortet ward. Als die Herren diese Cärimonie
auf der Insel, welche sie die Besitzungs-Insel (Pos-
session Island) nannten, vollzogen hatten, begaben sie sich
wieder ins Boot, und hatten wegen der schnellen Ebbe einen
sehr schweren und langwierigen Rückweg zum Schiffe.

Am drey und zwanzigsten August war der Wind nach
Südwesten umgegangen, und ob er gleich nur schwach wehete: so war er doch mit hohen Wogen aus selbiger Gegend
begleitet, welche, in Verbindung mit andern Umständen,
Herrn Cook in der Meynung bestärkten, daß er das
nördliche Ende von Neu-Holland erreicht, und nunmehr ein
offnes Meer nach Westen vor sich hätte. Diese Umstände
machten ihm ein besonderes Vergnügen, nicht allein weil

die Gefahren und Mühseligkeiten der Reise sich ihrem
Ende näherten, sondern auch, weil man nun nicht mehr
daran zweifeln konnte, daß Neu-Holland und Neu-Guinea
zwo verschiedene Inseln sind.   Der nördliche Eingang der
Straße oder Durchfahrt liegt zwischen 10° 39' südlicher Breite,
und 218° 36' westlicher Länge, und die Durchfahrt geht zwischen dem festen Lande und einer Menge Inseln, nach Nordwesten hin, die der Lieutenant des Prinzen von Wales
Inseln nannte, und die sich vermuthlich bis nach Neu-
Guinea erstrecken mögen.   Sie sind sowohl in Ansehung der
Höhe, als des Umfangs sehr von einander unterschieden,
und einige schienen mit Kräutern und Gehölze gut bewachsen
zu seyn; es war auch gar nicht zweifelhaft, daß sie bewohnt
waren.   Unser Befehlshaber war überzeugt, daß zwischen
diesen Inseln eben so gute Durchfahrten gefunden werden
könnten, als diejenige, durch welche das Schiff gekommen
war, und zu welchen der Zugang vielleicht nicht so gefährlich
seyn möchte.   Er würde die Entscheidung dieses Umstandes
künftigen Seefahrern nicht überlassen haben, wenn er durch
Gefahren und Mühseligkeiten weniger abgemattet gewesen
wäre, und zu dieser Absicht ein in besserm Stande befindliches
Schiff gehabt hätte.   Dem Canale, durch welchen er kam,
gab er den Namen der Endeavour-Straße (Endeavour
Streights) *).

Neu-Holland, oder wie der östliche Theil desselben von
dem Lieutenant genannt ward, Neu-Südwales ist das größte
Land in der bekannten Welt, welches nicht den Namen eines
festen Landes führt.   Die Länge der Küste, an welcher unsere
Leute hinsegelten, betrug, wenn man es nach einer geraden
Linie berechnete, nicht weniger als sieben und zwanzig Grade

*) Hawkesworth, 2 Band.

der Breite, welche beynahe zweytausend Meilen ausmachen. Die Oberfläche der Insel, ins Gevierte gerechnet, ist dem Inhalte nach Europa mehr als gleich. In Ansehung einer besondern Nachricht von den natürlichen und thierischen Erzeugnissen des Landes, und einer umständlichen Beschreibung seiner Einwohner müssen wir die Leser auf die große Reisebeschreibung verweisen. Ueberhaupt können wir in Rücksicht auf die Eingebornen bemerken, daß ihre Anzahl mit der Weitläuftigkeit ihres Landes in gar keinem Verhältnisse steht. Dreyßig derselben hat man nur ein einzigesmal bey einander gesehen, und dieß war zu Botany-Bay. Selbst wenn sie entschlossen schienen, sich mit den Engländern in ein Gefecht einzulassen, konnten sie nicht über vierzehn oder funfzehn wehrhafte Männer stellen; und es war offenbar, daß ihre Hütten und Häuser nicht so nahe bey einander lagen, daß eine größere Anzahl sich bequem darin aufhalten konnte. Unsre Seefahrer sahen freylich nur die Seeküste an der östlichen Seite, zwischen welcher und dem westlichen Ufer ein unermeßlicher Strich Landes liegt, welcher noch gar nicht ausgekundschaftet ist. Allein aus dem gänzlich unangebaueten Zustande des Landes, welches die Unsrigen gesehen haben, erhellet, daß dieß unermeßliche Land entweder ganz wüst und von Einwohnern entblößt, oder noch schlechter bewohnt seyn muß, als diejenigen Gegenden, die man besucht hat. Von Handlung und Gewerbe hatten die Einwohner gar keinen Begriff, und man konnte ihnen auch keinen davon beybringen. Sachen, die ihnen gegeben wurden, nahmen sie an, schienen aber die Zeichen der Engländer, welche eine Vergeltung dagegen verlangten, nicht zu verstehen. Man hatte keine Ursache zu glauben, daß sie von Thieren genommene Lebensmittel roh äßen. Da sie keine Gefäße haben, worin Wasser gekocht werden kann: so rösten sie entweder ihre Speisen auf Kohlen,

oder backen sie in einem Loche mit Hülfe heisser Steine, nach
der Gewohnheit der Bewohner der Südsee-Inseln. Feuer
wissen sie auf eine sehr leichte Art zu machen, und verbreiten
es mit erstaunlicher Geschwindigkeit. Um Feuer zu machen,
nehmen sie zwey Stücke weichen Holzes, wovon eines ein
acht bis neun Zoll langer Stecken, und das andere platt ist.
Dem Stecken geben sie an dem einen Ende eine stumpfe
Spitze, drücken ihn auf das platte Stück Holz und drehen
ihn schnell herum, indem sie ihn zwischen beyden Händen
halten. Indem sie dieß thun, schieben sie ihre Hände oft in
die Höhe, bewegen sie alsdann hinabwärts, in der Absicht,
den Druck so viel als möglich zu vermehren. Durch dieß
Verfahren bekommen sie in weniger, als zwo Minuten Feuer,
und wissen es aus dem kleinsten Funken mit größter Schnelligkeit und Geschicklichkeit anzufachen.

Wenn man erwägt, wie eingeschränkt der Umgang unserer Seefahrer mit den Eingebornen von Neu-Süd-Wales
war: so ist leicht zu erachten, daß man von ihrer Sprache
nicht viel lernen könnte. Da aber dieses gleichwohl ein Gegenstand ist, der die Neugierde der Gelehrten reizt, und in
der That bey der Nachspürung des Ursprungs der verschiedenen Nationen, die man entdeckt hat, von besonderer Wichtigkeit ist: so gaben Cook und seine Freunde sich einige Mühe,
zur Probe eine solche Sammlung davon zu machen, die dem
Endzwecke gewissermaßen entsprechen konnte. Unser Befehlshaber verließ das Land nicht, ohne solche Anmerkungen, die
sich auf die Meerströme und Ebbe und Fluth an der Küste beziehen, zu machen, die, indem die Wissenschaft der Schiffahrt
dadurch überhaupt vergrößert wird, künftigen Reisenden nützlich seyn können *).

*) Hawkesworth, 2 Band.

Am drey und zwanzigsten August nahm der Lieutenant
von der Küste von Neu-Süd-Wales seinen Lauf nach der
Küste von Neu-Guinea, und gerieth am fünf und zwanzigsten auf eine gefährliche Untiefe.　　Das Schiff war in sechs
Faden Wasser; man fand aber, als man rings herum sondirte, kaum zwey Fuß in der Entfernung von eines halben
Ankertaues Länge.　Diese Untiefe, die von Osten um Norden und Westen herum bis nach Südwesten reichte, war von
solchem Umfange, daß kein Mittel, das Schiff von derselben
frey zu machen, vorhanden war, als wieder dahin zurück zu
gehen, woher es gekommen war.　　Sie entgiengen hier nochmals mit genauer Noth der Gefahr; denn es war beynahe
das höchste Wasser, und die See warf daselbst kurze, krause
Wellen, die, wenn das Schiff auf den Grund gerathen wäre,
es gar bald zertrümmert haben würden.　　Die Lage des Schiffs
war so gefährlich, daß es, wenn die Richtung desselben nur
um eine halbe Ankertaues Länge weiter zur Rechten oder zur
Linken gegangen wäre, auf den Grund müßte gerathen seyn,
ehe man das Signal einer Untiefe hätte geben können.

Des Lieutenants Cook Absicht war gewesen, so lange
nach Nordwesten zu steuern, bis er die südliche Küste von
Neu-Guinea gefunden hätte, und er hatte sich vorgenommen, bey derselben anzuhalten, wenn man es thunlich finden
könnte; allein wegen der Untiefen, die er antraf, änderte er
seinen Lauf, in der Hoffnung einen reinern Canal und tieferes
Wasser zu finden.　　Er hatte das Vergnügen, daß seine Hoffnung eintraf; denn am sechs und zwanzigsten um Mittag hatte
die Tiefe des Wassers nach und nach bis auf siebenzehn Faden
zugenommen *).　　Am acht und zwanzigsten fanden unsre
　　　　　　　　　　　　　　　　　　　　　Reisen-

*) Die Breite war nun 10° 10' südlich, und die Länge 220°
12' westlich.

Reisenden die See an vielen Stellen mit einem braunen Schaum bedeckt, den die Seeleute gewöhnlich Fischleich (Spawn) nennen. Als der Lieutenant ihn zuerst sah, machte er ihm Unruhe, weil er besorgte, daß das Schiff wieder zwischen Untiefen wäre; als man aber das Senkbley fallen ließ, fand man, daß die Tiefe des Wassers der in andern Stellen gleich wäre. Eben diese Erscheinung hatte man auf den Küsten von Brasilien und Neu-Holland bemerkt, in welchen Fällen man nicht sehr weit vom Lande war. Herr Banks und Doctor Solander untersuchten den Schaum, konnten aber nicht entscheiden, was es wäre, ausgenommen, daß sie Ursache fanden, zu glauben, daß er zum Pflanzenreiche gehörte. Als die Seeleute mehr davon antrafen, ließen sie den Begriff, als wenn es Fischleich wäre, fahren, machten einen neuen Namen dazu ausfindig, und nannten ihn Seesägespäne.

Am dritten September mit Tages Anbruche bekamen unsre Reisenden Neu-Guinea zu Gesicht, und segelten mit einer frischen Kühlung darauf zu bis um neun Uhr, da sie beylegten, weil sie in drey Faden Wasser und ungefähr drey bis vier Meilen vom Lande waren. Die Pinnasse ward hierauf in See gelassen, und der Lieutenant fuhr mit der Boots-Besatzung, von Herrn Banks, Doctor Solander und des ersten Bedienten, in allem zwölf Personen, alle wohl bewaffnet, vom Schiffe ab. So bald sie ans Land kamen, entdeckten sie Spuren von menschlichen Füßen, die eben noch nicht lange dem Sande eingeprägt seyn konnten. Da die Herren also hieraus den Schluß machten, daß die Eingebornen nicht weit entfernt seyn könnten, und ein dicker Wald daselbst vorhanden war, der bis auf hundert Yards ans Wasser reichte: so hielten sie dafür, daß es nothwendig wäre, behutsam vorwärts zu gehen, damit ihnen der Rückweg zum Boote nicht abgeschnitten würde. Als sie eine

Erster Theil.　　　　　　　M

Strecke Weges außen am Walde hingegangen waren, kamen
sie an ein Gehölze von Cocosnußbäumen, nach deren Früchten sie mit Sehnsucht hinsahen; weil sie es aber nicht für
sicher hielten, hinauf zu steigen: so mußten sie dieselben verlassen, ohne auch nur eine einzige Nuß zu genießen. Nachdem sie sich ungefähr eine Viertelmeile vom Boot entfernt
hatten, stürzten drey Indianer mit gräßlichem Geschrey aus
dem Walde hervor, und, indem sie auf die Engländer zulie-
fen, warf der erste etwas aus der Hand, welches an der einen
Seite desselben flog, und völlig wie Schleßpulver brannte,
aber keinen Knall von sich gab. Da die beyden andern Eingebornen in demselben Augenblicke ihre Pfeile abschossen: so
waren der Lieutenant und seine Leute in die Nothwendigkeit
gesetzt, zu feuern, und zwar zuerst mit Schrodt, hernach
aber mit Kugeln. Hierauf liefen die drey Indianer mit großer
Schnelligkeit davon. Da Cook nicht geneigt war, in diesem
Lande Gewalt zu brauchen, in der Absicht, um entweder den
Appetit, oder der Neugierde seiner Leute zu willfahren, und
überzeugt war, daß in der Güte nichts auszurichten wäre: so
begaben er und seine Gefährten sich in aller Eile wieder zurück
nach ihrem Boote. Als sie an Bord waren, ruderten sie
neben den Eingebornen her, die herab ans Ufer gekommen
waren, um ihren Landsleuten beyzustehen, und deren Anzahl
sich zwischen sechszig und hundert belief. Sie hatten beynahe
dasselbe Ansehen, wie die Neu-Holländer; sie waren ihnen
in der Statur beynahe ähnlich, und ihr Haar war, wie jener
ihres, kurz und beschnitten. Sie waren auch, so wie jene,
ganz nackend; die Farbe ihrer Haut aber schien nicht völlig so
dunkel zu seyn; welches aber vielleicht dem Umstande zuzuschreiben seyn mochte, daß sie nicht völlig so schmutzig waren.
So lange die Engländer sie im Gesichte behielten, foderten
sie dieselben mit einem Geschrey heraus, und ließen vier bis

fünfe auf einmal ihr Feuer loßgehen. Unsre Leute konnten
nicht begreifen, worin dieß Feuer bestand, oder zu welcher
Absicht es dienen sollte. Diejenigen, die es ausließen, hatten
ein kurzes Stück von einem Stecken in den Händen, welchen
sie seitwärts von sich herum schwungen, da denn sogleich
Feuer und Rauch herausgiengen, die denen von einer Flinte
vollkommen glichen und von eben so kurzer Dauer waren.
Die Leute an Bord des Schiffs, welche diese überraschende
Erscheinung sahen, wurden dadurch dergestalt hintergangen,
daß sie glaubten, die Indianer hätten Feuergewehr. Für
diejenigen, die sich im Boote befanden, hatte es das Ansehen, als wenn Salven ohne Knall gegeben würden.

Der Ort, wo dieser Vorfall sich ereignete, liegt unter
6° 15′ südlicher Breite, und ist ungefähr fünf und sechszig
Seemeilen gegen Nordosten vom Hafen St. Augustine, oder
dem Cap Walche entfernt, liegt nahe bey dem Orte, der auf
den Landkarten Cap de la Colta de St. Bonaventura genannt
wird. In jeder Gegend der Küste ist das Land mit Wäldern
und Kräutern, die ein vortreflichs Wachsthum haben, bedeckt.
Der Cocosbaum, der Brodfruchtbaum und der Moosbaum
(plantain-tree) wachsen hier in größter Vollkommenheit,
und außerdem sind in diesem Lande die meisten Bäume,
Sträuche und Pflanzen, welche den Südsee-Inseln, Neu-
Seeland und Neu-Holland gemein sind, in großem Ueberflusse anzutreffen *).

So bald Cook mit seinen Leuten wieder aus Schiff gekommen war, giengen unsere Reisenden nach Westen unter
Segel, da der Lieutenant beschlossen hatte, nicht länger an
der Küste zu verweilen; eine Entschließung, die bey weitem

M 2

*) Hawkesworth, 2 Band.

dem größten Theile seiner Mannschaft ein ungemeines Vergnügen machte. Einige Officiere drangen zwar besonders
darauf, daß eine Anzahl Leute ans Land geschickt werden
möchte, um die Cocosnußbäume ihrer Früchte halber zu fällen; allein unser Befehlshaber weigerte sich schlechterdings,
dieses zu thun, weil es eben so ungerecht, als grausam wäre.
Ans dem vorigen Betragen der Einwohner konnte man mit
moralischer Gewißheit schließen, daß sie, wenn ihr Eigenthum
angegriffen würde, dasselbe aus allen Kräften würden ver-
theidigt haben. In diesem Falle hätte das Leben der Indianer nicht weniger von ihnen aufgeopfert werden müssen, und
vielleicht würden auch verschiedene von den Engländern in dem
Streite geblieben seyn. Dem Lieutenant würde die Nothwendigkeit eines Streits mit den Indianern leid gewesen seyn,
wenn er auch durch Mangel an Lebensnothwendigkeiten dazu
wäre bewogen worden; allein es war in seinen Augen ein
großes Verbrechen, wenn man sich wegen eines angenehmen
Genüsses von kurzer Dauer, den zwey oder dreyhundert
unzeitige Cocosnüsse gewähret hätten, in einen Streit eingelassen hätte. Dasselbe Unglück würde, wenigstens in Rücksicht auf die Eingebornen, Statt gehabt haben, wenn er einen
andern Platz an der Küste gegen Norden und Westen gesucht
hätte, wo man das Schiff so nahe ans Land hätte legen können, daß seine Leute, wenn sie ans Land gegangen wären,
von den Kanonen hätten gedeckt werden können. Man hatte
außerdem Ursache zu glauben, daß unsre Seefahrer, ehe ein
solcher Platz wäre ausfindig gemacht worden, so weit nach
Westen würden gekommen seyn, daß sie nach Batavia, an
der Nordseite von Java herum, hätten segeln müssen. Dieß
würde, nach Cooks Meinung keine so sichere Fahrt gewesen
seyn, als die Fahrt nach der Südseite von Java durch die
Straße von Sunda. Eine andere Ursache, aus welcher er so

bald als möglich nach Batavia zu kommen suchte, war das
lecke Schiff, welches es zweifelhaft machte, ob es nicht nothwendig seyn würde, es auf die Seite zu legen, wenn man
gedachten Hafen erreicht hätte.   Die Entschließung unsers
Befehlshabers ward auch noch durch die Betrachtung gestärkt,
daß in Meeren, die bereits befahren, und wo die Küsten
sowohl von spanischen, als holländischen Geographen hinlänglich beschrieben worden, keine neue Entdeckung erwartet
werden könnte.   Das einzige Verdienst, worauf der Lieutenant in diesem Theile seiner Reise Anspruch machte, war,
daß er nunmehr mit völliger Gewißheit, so daß kein Zweifel
mehr Statt fand, ausgemacht hatte, daß Neu-Holland und
Neu-Guinea zwey verschiedene Länder sind.

Der Endeavour nahm also, ohne sich an der Küste von
Neu-Guinea aufzuhalten, an demselben Tage seinen Lauf
nach Westen, und auf der Fahrt hatte Cook Gelegenheit, die
Versehen einiger ältern Seefahrer zu verbessern.   Am sechsten
September, des Morgens sehr früh, kamen unsere Reisenden bey einer kleinen Insel vorbey, die gegen Nord-Nord-
westen lag, und mit Tages Anbruch entdeckten sie eine andere
niedrige Insel, die sich von selbiger Gegend nach Nord-Nord-
osten erstreckte.   Auf dieser letzten Insel, die eine ansehnliche
Größe zu haben schien, würde der Lieutenant gelandet seyn,
um die Erzeugnisse derselben zu untersuchen, wenn der Wind
nicht so stark geweht hätte, daß seine Absicht dadurch unthunlich geworden wäre.   Wenn diese beyden Inseln nicht etwan
zu den Arrou-Inseln gehören, so findet man sie gar nicht auf
den Karten, und wenn sie zu den Arrou-Inseln gehören: so
hat man ihnen ihre Stelle in gar zu großer Entfernung von
Neu-Guinea angewiesen *).   Ein andres Land, welches

M 3

*) Cook fand, daß der südliche Theil derselben unter 7° 6'
südlicher Breite, und 225° westlicher Länge lag.

man an diesem Tage sah, hätte wegen seiner Entfernung von Neu-Guinea ein Theil der Arrou-Inseln seyn müssen; wenn man sich aber einigermaßen auf ältere Karten verlassen kann, so liegt es um einen Grad weiter gegen Süden.

Am siebenten September, als das Schiff unter 9° 30' südlicher Breite, und 229° 34' westlicher Länge war, hätten unsere Leute die Wiesel-Inseln im Gesichte haben müssen, welchen man in einer Entfernung von zwanzig bis fünf und zwanzig Seemeilen von der Küste von Neu-Holland ihre Stelle auf den Karten angewiesen hat. Da aber unser Befehlshaber nichts davon sah, so machte er den Schluß, daß ihre Lage irrig angegeben seyn müßte. Man wird sich auch hierüber eben nicht wundern, wenn man erwägt, daß nicht allein diese Inseln, sondern auch die Küste, welche dieß Meer begränzet, zu verschiedenen Zeiten und von verschiedenen Personen aufgesucht worden sind, welche nicht alles hatten, was erforderlich war, unrichtige Tagebücher, die man jetzt hat, zu halten, und deren mannigfaltige Entdeckungen von andern, vielleicht nach einem Zeitverlaufe von mehr als einem Jahrhundert, nachdem man solche Entdeckungen gemacht hatte, auf den Karten angezeiget worden sind.

Im Verfolge ihrer Fahrt kamen unsere Seefahrer bey den Inseln Timor, Timorlavet, Rotte und Seman vorbey. Als sie nahe bey den beyden letzten Inseln waren, beobachteten sie am sechszehnten September ungefähr um zehn Uhr in der Nacht am Himmel ein Phänomen, welches in vielen Umständen dem Nordlichte ähnlich, ob es gleich in andern von demselben sehr verschieden war. Es bestand in einem matten röthlichen Lichte, welches bis ungefähr zwanzig Grad über den Horizont reichte, und obgleich seine Ausdehnung sich zu Zeiten sehr veränderte: so umfaßte es doch niemals weniger als acht oder zehn Puncte des Compasses. Durch die große

Erscheinung und aus derselben giengen Lichtstrahlen von glän-
zenderer Farbe, welche beynahe auf dieselbe Art, wie die von
einem Nordlichte verschwanden und wieder erneuert wurden,
allein völlig ohne die zitternde oder schwankende Bewegung,
die man an dieser Lufterscheinung wahrnimmt. Der Körper
dieses Lichts zog sich nach Süd-Südosten vom Schiffe, und
hielt ohne einige Verminderung seines Glanzes bis um zwölf
Uhr und vermuthlich noch länger an, da die Herren, weil
sie sich schlafen legten, es nicht länger beobachten konnten.

Am sechzehnten September war Lieutenant Cook bereits
bey allen Inseln vorbey, deren Lage auf den Landkarten zwischen Timor und Java angezeigt war, und erwartete gar
nicht, noch einige andere in selbiger Gegend anzutreffen. Allein am folgenden Morgen erblickte man eine Insel,
die sich nach West-Südwesten zog, und glaubte anfänglich,
daß er eine neue Entdeckung gemacht hätte. So bald unsere
Reisenden derselben an der Nordseite nahe gekommen waren,
hatten sie den angenehmen Anblick von Häusern und Cocosnußbäumen, und welches sie noch viel angenehmer überraschte,
von zahlreichen Heerden von Schaafen. Viele von der
Schiffsmannschaft befanden sich gerade zu dieser Zeit in schlech-
ten Gesundheitsumständen, und nicht wenige waren übel
damit zufrieden, daß der Lieutenant zu Timor nicht angesprochen hatte. Er bediente sich daher aufs bereitwilligste der Gelegenheit an einem Orte zu landen, welcher so wohl eingerichtet zu seyn schien, den Bedürfnissen der Schiffsgesellschaft
abzuhelfen, und der Krankheit so wohl, als dem Mißvergnü-
gen, die sich unter ihnen verbreitet hatten, abzuhelfen *).

M 4

*) Hawkesworth, 2 Band,

Man fand, daß dieser Ort die Insel Savu war, wo die Niederländer vor einiger Zeit eine Colonie angelegt hatten.

Die Hauptabsicht unsers Befehlshabers war, Lebensmittel zu erlangen, die man ihm denn auch, nach einiger Schwierigkeit und eifersüchtigem Betragen abseiten des holländischen Residenten, Herrn Lange, verschafte. Diese Lebensmittel bestanden in neun Büffelochsen, sechs Schaafen, drey Schweinen, dreyßig Dutzend Geflügel, vielen Dutzend Eyern, einigen Cocosnüssen, einigen wenigen süßen Citronen, ein wenig Knoblauch, und einigen hundert Gallonen PalmSyrup. Ein alter Indianer, welcher ein Mann von großem Ansehen unter dem Könige des Landes zu seyn schien, war den Engländern nicht wenig behülflich, daß sie diese Lebensmittel zu einem billigen Preise bekamen. Der Lieutenant und seine Freunde wurden eines Tages von dem Könige selbst sehr gastfrey bewirthet, obgleich das königliche Etiquette Sr. Majestät nicht erlaubte, an dem Gastmahle Theil zu nehmen.

Die Insel Savu war überhaupt so wenig bekannt gewesen, daß Cook nie eine Karte gesehen hatte, in welcher sie deutlich, oder genau angezeigt war. Die Mitte derselben liegt ungefähr unter 10° 35′ südlicher Breite, und 237° 30′ westlicher Länge, und vom Schiffe gewährte sie einen Anblick, der nicht schöner seyn kann. Dieser Anblick ist, da das Land allenthalben grün und gut angebauet ist, die mit Waldungen bewachsenen Berge sich sanft und regelmäßig erheben, und die Bäume ansehnlich und groß sind, dermaßen anmuthig, daß auch die lebhafteste Einbildung sich denselben kaum vorstellen kann. Was die Nachricht betrifft, die unsere Seefahrer von den Erzeugnissen und den Eingebornen der Insel

zu geben in Stand gesetzt wurden, und welches weitläuftig
und unterhaltend ist, so schreibt sich dieselbe großentheils aus
einer Erzählung des Herrn Lange her.

Von der Sittlichkeit der Einwohner dieser Insel geben
sie uns einen außerordentlichen Bericht, der, wenn er wahr
ist, jedem tugendhaften Gemüthe Vergnügen verursachen
muß. Man schildert ihren Charakter und ihr Betragen un-
tadelhaft, selbst nach den Grundsätzen des Christenthums.
Obgleich niemanden erlaubt ist, mehr als eine Frau zu haben:
so weis man doch bey ihnen nichts von einem unerlaubten
Umgange zwischen beyden Geschlechtern. Beyspiele von Dieb-
stählen sind sehr selten, und die Einwohner rächen eine angebliche Beleidigung so wenig durch Mord, daß sie vielmehr,
wenn eine Zwistigkeit zwischen ihnen entsteht, dieselbe ihrem
Könige unverzüglich zur Entscheidung vortragen. Sie werden nie einen Wortwechsel unter sich darüber anfangen, damit
sie dadurch nicht zur Rache, oder zum Widerwillen gereizet
werden. Ihr Zartgefühl und ihre Reinlichkeit stimmen völlig
mit der Unsträflichkeit ihrer Sitten überein. Aus der Probe,
die man von der Sprache in Savu geliefert hat, erhellet, daß
sie einige Verwandschaft mit der in den Südsee-Inseln hat.
Viele von den Worten sind ganz genau dieselben, und
die Benennungen der Zahlen haben mit jenen einerley
Ursprung *).

Am ein und zwanzigsten September giengen unsre Seefahrer unter Segel, und nachdem sie ihre Reise bis den ersten
October fortgesetzt hatten: so bekamen sie an selbigem Tage
die Insel Java zu Gesichte. Auf der Fahrt von Savu

M 5

*) Hawkesworth, 1ter Band. Parkinsons Tagebuch einer
Reise nach der Südsee.

rechnet: Lieutenant Cook täglich zwanzig Minuten auf den westlichen Strom, der, nach seiner Meynung damals stark seyn mußte, besonders an der Küste von Java, und diesem zufolge fand er, daß das, was er auf den Strom rechnete, genau mit der Wirkung desselben auf das Schiff übereinstimmte. So scharf war unsers Befehlshabers Beurtheilungskraft in Ansehung alles dessen, was sich auf die Schiffahrt bezog.

Am zweyten October sah man zwey holländische Schiffe auf der Höhe der Anger-Spitze liegen. Der Lieutenant schickte Herrn Hicks an Bord des einen, und Nachrichten von England, von welchem die Unsrigen so lange abwesend gewesen waren, einzuholen. Herr Hicks brachte die angenehme Nachricht zurück, daß das Schiff, the Swallow, unter dem Kommando des Capitains Carteret vor zwey Jahren zu Batavia gewesen war. Am fünften des Morgens kam ein Fahrzeug mit einem niederländischen Officier dem Endeavour zur Seite, und ließ ein gedrucktes Papier in englischer Sprache, wovon er Duplicate in andern Sprachen hatte, an Herrn Cook gelangen. Diese Schrift war im Namen des Gouverneurs und Conseil in Indien von dem Secretär desselben ordentlich unterschrieben, und enthielt neun Fragen, die sehr fehlerhaft ausgedruckt waren, wovon der Lieutenant aber nur zwo zu beantworten für dienlich erachtete. Diese waren diejenigen, welche die Nation und den Namen des Schiffs und die Bestimmung desselben betrafen. Am neunten richteten unsre Reisenden ihren Lauf nach der Rheede von Batavia, wo sie das von England kommende ostindische Schiff, the Harcourt, zwey englische Privat-Kauffartheyschiffe, und eine Anzahl niederländischer Schiffe antrafen. Es kam sogleich ein Boot an Bord des Endeavour, der commandirende Officier erkundigte sich, wer unsre Leute wären, und woher sie kämen,

worauf er sich mit der Antwort, die er bekommen hatte, so
gleich wieder entfernte. Mittlerweile schickte Cook einen
Lieutenant ans Land, um den Gouverneur seine Ankunft zu
melden, und ihn zu entschuldigen, daß er nicht salutirt hätte;
welche Cärimonie zu unterlassen er für rathsam erachtet hatte,
da er nur von drey Kanonen Gebrauch machen konnte, die
Drehbassen ausgenommen, die, seiner Meinung nach, nicht
gehöret werden konnten.

Da jedermann der Meinung war, daß das Schiff die
Fahrt nach Europa nicht mit Sicherheit fortsetzen könnte,
wenn man nicht vorher den Boden desselben untersucht hätte:
so beschloß unser Befehlshaber, um Erlaubniß anzuhalten,
es zu Batavia auf die Seite zu legen; und zu diesem Ende
trug er seine Bitte schriftlich vor, die ihm denn auch, nachdem er zuerst dem General-Gouverneur, und darauf dem
Conseil seine Aufwartung gemacht hatte, bereitwilligst zugestanden wurde, mit dem Zusatze, daß er alles, dessen er benöthiget wäre, bekommen sollte.

Am zehnten October des Abends erhob sich ein fürchterlicher Sturm mit Donner, Blitz und Regen, in welchem der
große Mast des einen der niederländischen ostindischen Schiffe
gespalten, und über dem Verdecke abgeschlagen, die große
Bramstange aber, und der Gipfelmast des großen Mastbaums in Stücken zersplittert wurden. Der Blitzstrahl fiel
vermuthlich auf eine eiserne Spindel, die sich in dem obersten
Ende der Bramstange des großen Mastbaums befand. Da
dieß Schiff sehr nahe bey dem Endeavour lag: so würde dieser
demselben Schicksale schwerlich entgangen seyn, wenn er nicht
mit einer dem Blitz ableitenden Kette versehen gewesen wäre,
die zum Glücke eben angehängt war, und den Wetterstrahl
über die Seite des Schiffs hinabgeleitet hatte. Allein ob er
gleich dem Wetterstrahle entgieng, so ward er doch vom

Schlage wie von einem Erdbeben erschüttert, und die Kette
hatte zu gleicher Zeit das Ansehen einer feurigen Linie. Cook
hat sich dieser Gelegenheit bedient, um jedem Schiffe dergleis
chen Ketten zu empfehlen, und hat die Hoffnung geäußert, daß
alle, die seine Erzählung lesen, sich hüten werden, keine eiserne
Spindel in der Spitze des Mastbaums zu haben.

Die englischen Herren hatten sich in einem Hotel, oder
einer Art von Gasthofe, der auf Befehl der Regierung gehalten ward, eingemiethet, wo sie auch zugleich speiseten. Hier
waren sie in Ansehung der Ausgaben und Bewirthung solchen
Betrügereyen ausgesetzt, welche zu gemein sind, als daß man
sich darüber verwundern dürfte. Sie ließen sich indessen eine
so schlechte Begegnung nicht lange gefallen. Durch nähere
Bekanntschaft mit der Verfahrungsart ihres Wirths, und
durch nachdrückliche Vorstellungen brachten sie es dahin, daß
sie einen bessern Tisch bekamen. Herr Banks miethete sich
nach einigen Tagen ein kleines Haus für sich und die Seini-
gen, und so bald er seine neue Wohnung bezogen hatte, ließ
er den Tupia holen, der wegen Krankheit bisher an Bord
geblieben war. Als er das Schiff verließ und nachdem er sich
ins Boot begeben hatte, war er ungemein muthloß und niedergeschlagen; allein er war nicht so bald in die Stadt gekommen, als er von einem andern Geiste beseelt zu seyn schien.
Ein so ganz neuer und außerordentlicher Anblick erfüllte ihn
mit Erstaunen. Die Häuser, die Fuhrwerke, die Gassen,
das Volk und eine Menge anderer Gegenstände, die ihn auf
einmal überraschten, brachten eine Wirkung hervor, die demjenigen ähnlich war, was man einer Bezauberung zuschreibt.
Sein Knabe Tayeto drückte seine Verwunderung und sein Erstaunen auf eine noch entzücktere Art aus. Er tanzte in einer
Art von Entzückung durch die Gassen, und betrachtete alle
Gegenstände mit einer rastlosen und eifrigen Neugierde, die

alle Augenblicke gereizt und befriediget ward. Tupias Aufmerksamkeit ward besonders durch die verschiedenen Trachten
der vorbeygehenden vielen Leute rege gemacht, und als man
ihm anzeigte, daß jedermann zu Batavia in seiner eigenen
Landes-Tracht einhergienge: so gab er sein Verlangen zu
erkennen, in Otaheitischer Kleidung zu erscheinen. Man ließ
also ein Gewand aus den Südsee-Inseln vom Schiffe holen,
welches er mit großer Geschwindigkeit und Geschicklichkeit
anlegte.

Lieutenant Cook hatte geglaubt, daß er zu Batavia mit
leichter Mühe so viel Geld würde bekommen können, als er
brauchte, um den Endeavour auszubessern und wieder in
Stand zu setzen; aber hierin hatte er sich geirrt. Man konnte
keinen Privatmann finden, welcher im Stande und geneigt
war, ihn mit der Summe, die er nöthig hatte, zu versehen.
In dieser Verlegenheit wandte sich der Lieutenant mit einem
schriftlichen Ersuchen an den Gouverneur, von welchem er
eine Anweisung erhielt, daß die Schatzkammer der niederländischen Compagnie ihm das nöthige Geld auszahlen
sollte.

Als unsre Reisenden noch nicht länger als neun Tage zu
Batavia gewesen waren, fiengen sie schon an, die bösen Wirkungen der Himmelsgegend und der Lage zu empfinden.
Nachdem des Tupia erste lebhafte Empfindung vorbey war,
verschlimmerte es sich mit ihm von Tage zu Tage, und Tayeto
war von einer Lungenentzündung angegriffen. Herr Banks
und Doctor Solander wurden von Fiebern befallen, und in
kurzer Zeit wurden fast alle krank, sowohl die, welche sich auf
dem Schiffe, als die, welche sich am Lande befanden. Der
schlimme Zustand, worin sich unsre Leute befanden, war in
der That sehr groß, und die Aussicht, welche sie hatten, war
im höchsten Grade niederschlagend. Dem Tupia, welcher

einer freyen Luft, als zwischen den vielen Häusern war, welche
in der Stadt den freyen Gang derselben hemmten, zu genießen
wünschte, ward ein Gezelt auf Coopers-Insel errichtet, wohin ihn Herr Banks begleitete, welcher dieses armen Indianers mit größter Menschenliebe so lange wartete, bis er durch
eine heftige Verschlimmerung seiner eignen Krankheit dazu
außer Stande gesetzt ward. Am ersten November ward Herr
Monkhouse, der Wundarzt des Schiffs, ein gefühlvoller, in
seiner Kunst sehr geschickter Mann, das erste Opfer in diesem
unglücklichen Lande, und die Umstände, worin die Engländer sich befanden, machten diesen Verlust noch empfindlicher.
Tayeto starb am neunten November, und mit dem Tupia,
der ihn so zärtlich, als ein Vater liebte, verschlimmerte es sich
nach dem Verluste des Knaben auf einmal, so daß er ihn nur
einige Tage überlebte. Mit der Krankheit des Herrn Banks
und Doctors Solander ward es so arg, daß der Arzt erklärte,
sie würden schwerlich mit dem Leben davon kommen, wenn sie
sich nicht aufs Land begäben. Man miethete also ein Haus
für sie in einer Entfernung von ungefähr zwo Meilen von der
Stadt, wo sie sich, weil sie daselbst einer reinern Luft, und
von zwo malayischen Weibern, welche sie gekauft hatten,
einer bessern Wartung genossen, sehr langsam erholten. Endlich ward auch Cook selbst krank, und von der ganzen Mannschaft des Schiffs waren nur zehn im Stande, Dienste
zu thun.

Bey allen diesen traurigen Umständen sorgte unser Befehlshaber doch auf das fleißigste und nachdrücklichste für die
Ausbesserung seines Schiffs. Als der Boden desselben untersucht ward, fand man, daß es sich in einem noch schlimmern
Zustande befand als man besorgt hätte. Der falsche Kiel und
der Hauptkiel desselben waren beyde stark beschädigt; ein großer
Theil der Haut, oder äußern Bekleidung war abgerissen, und

unter verschiedenen Brettern, welche sehr gelitten hatten,
waren zwey und die Hälfte eines dritten, in einer Länge von
sechs Fuß dermaßen abgenutzt, daß sie nicht den achten Theil
eines Zolls mehr dick waren; und hier hatten sich die Würmer
ganz bis in die Rippen hinein gefressen. In diesem Zustande
war der Endeavour in einer Weltgegend, wo die Schiffahrt
im höchsten Grade gefährlich ist, viel hundert Meilen gesegelt. Es war ein Glück für unsre Reisenden, daß ihre gefährliche Lage ihnen unbekannt war; denn es mußte den tiefsten
Eindruck auf sie gemacht haben, wenn sie gewußt hätten,
daß ein ansehnlicher Theil des Schiffsbodens dünner als eine
Schuhsole war, und daß ihrer aller Leben von einer so schwachen und zerbrechlichen Schutzwehre zwischen ihnen und dem
unergründlichen Ocean abhieng.

Die Ausbesserung des Endeavour ward zur größten Zufriedenheit des Capitains betrieben. Um den niederländischen
Officieren und Arbeitsleuten Gerechtigkeit wiederfahren zu
lassen, hat er erklärt, daß es, seiner Meinung nach, keinen
Schiffszimmerhof in der Welt giebt, wo ein Schiff mit größerer Bequemlichkeit, Sicherheit und Betriebsamkeit aufgelegt,
oder mit größerm Fleiße und Kunst ausgebessert werden kann.
Besonders gefiel ihm die Art, ein Schiff durch Hülfe zweener
Mastbäume umzulegen, und er giebt derselben einen entschie-
denen Vorzug vor der bisher bey den Engländern gewöhnlichen Verfahrungsart. Der Lieutenant war keiner von denen,
welchen man eine abergläubige Anhänglichkeit an alten Gewohnheiten, den Vorschriften der Vernunft und Erfahrung
zuwider Schuld geben konnte.

Ungefähr den achten December war der Endeavour vollkommen wieder ausgebessert. Von dieser Zeit bis zum vier
und zwanzigsten waren unsre Leute damit beschäftiget, sich mit
Wasser, Lebensmitteln und anderem Vorrath zu versehen,

einige neue Pumpen anzulegen, und verschiedene andere nothwendige Verrichtungen vorzunehmen.   Man würde mit allen
diesen Geschäften weit eher zu Stande gekommen seyn, wenn
man nicht durch die allgemeine Krankheit der Mannschaft
wäre aufgehalten worden.

Am vier und zwanzigsten Nachmittags nahm unser Befehlshaber Abschied von dem Gouverneur zu Batavia und
verschiedenen andern daselbst wohnhaften Herren, mit welchen er in Bekanntschaft gekommen, und welchen er für die
ihm erzeigte Höflichkeiten und Beystand große Verbindlichkeiten schuldig war.   Mittlerweile ereignete sich ein Zufall,
welcher unangenehme Wirkungen hätte nach sich ziehen können.   Ein Matrose, welcher von einem der auf der Rheede
liegenden niederländischen Schiffe entlaufen war, hatte sich
an Bord des Endeavour begeben.   Da man ihn nun als einen
holländischen Unterthanen zurückfoderte: so erklärte Cook, welcher sich am Lande befand, daß der Entlaufene, wenn erwiesen würde, daß es ein Niederländer wäre, gewiß ausgeliefert
werden sollte.   Als aber dieser Befehl an den Herrn Hicks,
welcher am Bord commandirte, gelangte: so weigerte er sich,
den Matrosen auszuliefern, und zwar aus dem Grunde, weil
er ein in Irland geborner großbritannischer Unterthan wäre.
Hierin handelte Herr Hicks der Absicht und Anweisung des
Lieutenants vollkommen gemäß.   Der Capitain des niederländischen Schiffs foderte hierauf den Kerl, vermittelst einer
Bothschaft vom General-Gouverneur, als einen dänischen
Unterthanen zurück.   Cook versetzte hierauf, daß in der Bothschaft des General-Gouverneurs ein Versehen seyn müßte,
weil er gewiß keinen dänischen Matrosen von ihm zurückfo-
dern würde, dessen einziges Verbrechen darin bestünde, daß
er den englischen Dienst dem niederländischen vorzöge.   Der
Lieutenant setzte zugleich hinzu, daß er, um zu zeigen, wie
aufrich-

aufrichtig er Streitigkeiten zu vermeiden suchte, den Matrosen, wenn er ein Däne wäre, aus Gefälligkeit ausliefern
wollte, daß man ihn aber, wenn sichs fände, daß er ein Unterthan Sr. brittischen Majestät wäre, behalten würde, was
auch immer daraus entstehen möchte. Bald hernach ward
ein Brief von Herrn Hicks gebracht, welcher unstreitige Beweise enthielt, daß der Matrose, über welchen man sich stritt,
ein brittischer Unterthan wäre. Diesen Brief sandte Cook an
den Gouverneur mit der Versicherung an Se. Excellenz, daß
er den Kerl unter keiner Bedingung herausgeben würde.
Ein so standhaftes und entscheidendes Betragen that die
verlangte Wirkung, so daß man weiter nichts von der
Sache hörte.

Am fünf und zwanzigsten December des Abends begab
sich unser Befehlshaber mit dem Herrn Banks und den übrigen Herren, die sich beständig am Lande aufgehalten hatten,
an Bord. Die Herren befanden sich zwar viel besser, waren
aber doch bey weitem noch nicht hergestellt. Die Anzahl der
Kranken auf dem Schiffe belief sich damals auf vierzig, und
die übrigen von der Schiffsgesellschaft befanden sich in ziemlich schwächlichen Umständen. Es war merkwürdig, daß
jedermann krank gewesen war, der Segelmacher ausgenommen, ein alter Mann zwischen siebenzig und achtzig Jahren,
welcher während des Aufenthalts unserer Leute zu Batavia
täglich betrunken war. Außer dem Wundarzte, Tupia
und Tayeto starben drey Matrosen und des Herrn Green
Bedienter. Tupia war nicht bloß ein Opfer der ungesunden,
stillstehenden und faulen Landesluft. Da er von seiner Geburt
an gewohnt war, hauptsächlich von Nahrungsmitteln aus
dem Pflanzenreiche, und besonders von reifen Früchten, zu
leben: so ward er bald von solchen Krankheiten befallen, die

Erster Theil. N

mit dem Seeleben verbunden zu seyn pflegen, und würde
vermuthlich darunter erlegen haben, ehe die Engländer ihre
Reise vollendet hätten, wenn sie auch nicht, um ihr
Schiff auszubessern, nach Batavia hätten gehen müssen *).

Unsre Seefahrer verweilten an diesem Orte nicht,
ohne sich eine ausgebreitete Kenntniß von den Landes-Er-
zeugnissen, und von den Sitten und Gewohnheiten der
Einwohner zu erwerben. Die Nachrichten, welche sie von
diesen Puncten erhielten, sind in des Doctors Hawkesworth Erzählung weitläuftig angeführt, und man wird
befinden, daß es ein schätzbarer Zusatz zu demjenigen ist, was
man bisher von diesem Gegenstande gewußt hat.

Am Donnerstage, den sieben und zwanzigsten December gieng der Endeavour in See, und am fünften
Januar 1771 ankerte er unter der südöstlichen Seite von
der Prinzen-Insel. Dieß geschah in der Absicht, um
einen Vorrath an Holz und Wasser zu bekommen, und
Erfrischungen für die Kranken zu erhalten, da es sich mit
vielen derselben, seitdem sie Batavia verlassen, verschlim-
mert hatte. So bald das Schiff in Sicherheit war,
begaben sich der Lieutenant, Herr Banks und Doctor
Solander ans Land, und wurden von einigen Indianern,
welche sie antrafen, zu einer Person geführt, die man für
den König des Landes ausgab. Nach einigen von beyden
Seiten gewechselten Complimenten schritten die Herren zu
Geschäften, konnten aber mit Sr. Majestät nicht sogleich
wegen des Schildkrötenpreises einig werden. In der Aufsuchung eines Wasserplatzes waren sie glücklicher, da sie in

*) Hawkesworth, 2 Band.

einer bequemen Lage Waſſer fanden, und Urſache hatten
zu glauben, daß es gut ſeyn würde. Als ſie ſich hinweg
begaben, verkauften einige Eingeborne ihnen drey Schildkröten, unter dem Verſprechen, daß der König von dieſem
Handel nichts zu wiſſen bekommen ſollte.

Am folgenden Tage kam ein Handel mit den Indianern unter denjenigen Bedingungen, wozu die Engländer
ſich erboten hatten, zu Stande, ſo daß unſre Leute des
Abends Schildkröten im Ueberfluſſe hatten. Die drey,
welche man am vorigen Abend gekauft hatte, wurden mittlerweile für die Schiffsgeſellſchaft zugerichtet, welchen beynahe in einem Zeitraume von vier Monaten, ausgenommen Tages vorher, nicht ein einzigesmal geſalzene Speiſen
waren aufgetragen worden. Abends machte Herr Banks
dem Könige ſeine Aufwartung in deſſen Pallaſte, welcher
mitten in einem Reisfelde lag. Se. Majeſtät beſchäftigte
ſich eben mit der Anrichtung ſeiner eignen Mahlzeit, welches ihn aber nicht hinderte, den Herrn Banks bey ſeinem
Beſuche auf das gnädigſte zu empfangen. Am folgenden
Tage ward der Handel, um Lebensmittel zu bekommen,
mit den Eingebornen fortgeſetzt, und während deſſelben
brachten ſie nicht allein einen Vorrath an Schildkröten
nach dem Handelsplatze, ſondern auch Geflügel, Fiſche,
Meerkatzen, Rehe und einige Gewächſe.

Als Cook am eilften des Abends ans Land kam, um
zu ſehen, wie diejenigen von ſeinen Leuten, welche beſchäf-
tiget waren, Holz und Waſſer anzuſchaffen, damit zurecht
kämen, ward ihm gemeldet, daß eine Axt geſtohlen wäre.
Da es eine Sache von Wichtigkeit war, zu verhindern,
daß andere nicht ermuntert werden möchten, Diebſtähle

von gleicher Art zu begehen: so beschloß er, dieß Verbrechen nicht so hingehen zu lassen, sondern darauf zu bestehen, daß der König ihm Genugthuung verschaffen sollte.
Nach einigem Wortwechsel versprach also Se. Majestät,
daß die Axt am folgenden Morgen zurückgegeben werden sollte, welches Versprechen denn auch getreulich erfül-
let ward.

Am funfzehnten Januar lichtete unser Befehlshaber
den Anker, und gieng wieder in See *). Die Prinzen-
Insel, bey welcher er ungefähr zehn Tage vor Anker lag,
ward vormals von den ostindischen Schiffen verschiedener
Nationen, und besonders von Englischen, stark besucht;
sie war aber neulich verlassen worden, weil man annahm,
daß das Wasser schlecht wäre. Allein diese Voraussetzung
entstand aus einem Mangel gehöriger Untersuchung des
Bachs, aus welchem man das Wasser schöpfte. Am un-
term Ende des Bachs ist es freylich Brakwasser, aber
höher hinauf wird man es vortreflich finden. Der Lieutenant war daher völlig der Meinung, daß die Schiffe
Ursache haben, vielmehr bey der Prinzen-Insel anzusprechen, als bey der Nord-Insel oder in der Neuen-Bay, da
an keinem dieser beyden Plätze ein irgend ansehnlicher Vorrath an andern Erfrischungen zu bekommen ist.

Als der Endeavour die Reise nach dem Vorgebürge
der guten Hoffnung fortsetzte, zeigten sich sehr fürchterliche Symptomen der Krankheiten, wozu in Batavia der

*) Das Cap Java, von welchem der Lieutenant abreisete,
liegt unter 6° 49′ südlicher Breite, und 252° 12′ westlicher
Länge.

Grund war gelegt worden, so daß unsre Seefahrer dadurch in den traurigsten Zustand geriethen. Das Schiff war in der That nichts besser, als ein Hospital, in welchem diejenigen, die herum gehen konnten, nicht hinlänglich waren, derjenigen, die krank lagen, gehörig zu warten. Damit das Wasser, welches man auf der Prinzen-Insel eingenommen hatte, die Krankheit der Schiffsbesatzung nicht etwan noch verschlimmern möchte: so gab der Lieutenant Befehl, es mit Citronensaft zu verbessern, und als ein Mittel gegen fernere Ansteckung verordnete er, daß alle Theile des Schiffs zwischen den Verdecken mit Weinessig ausgewaschen werden sollten. Die Krankheit hatte zu tiefe Wurzeln geschlagen, als daß sie schnell hätte ausgerottet werden können. Herr Banks war dadurch in einen so schlimmen Zustand gerathen, daß man eine Zeit lang gar keine Hoffnung zu seiner Erhaltung hatte, und viel andere wurden von der Krankheit so heftig mitgenommen, daß fast in jeder Nacht ein Todter ins Meer geworfen ward. In einer Zeit von ungefähr sechs Wochen hatten Herr Sporing, einer der Gehülfen des Herrn Banks, Herr Parkinson, sein Naturalien-Mahler, Herr Green, der Astronome *), der Oberbootsmann, der Zimmermann und sein Gehülfe, der Midshipmann, Herr Monkhouse, der alte lustige Segelmacher und sein Gehülfe, der Koch des Schiffs, der Corporal der Seesoldaten, zween von den Leuten des Zimmermanns, und neun Ma-

N 3

---

*) Der Verfasser macht hier eine weitläuftige Anmerkung, welche die Privatumstände des Herrn Green betrift, die man aber, weil sie den deutschen Leser nicht interessirt, weggelassen hat.

trofen, ihr Leben verloren. Ueberhaupt bestand der Verlust
in drey und zwanzig Personen, außer denen sieben, die
zu Batavia starben *). Es ist wahrscheinlich, daß diese
traurigen Ereignisse, die nothwendig einen mächtigen Eindruck auf das Gemüth des Lieutenant Cook machen mußten, Anlaß gegeben haben mögen, daß er der Methode,
die Gesundheit der Seeleute zu erhalten, mit größerm Eifer nachdachte, welcher er sich denn auch nachmals mit so
glücklichem Erfolge bediente.

Am Freytage, den funfzehnten März, kam der Endeavour auf dem Vorgebürge der guten Hoffnung an;
und so bald man die Anker hatte fallen lassen, wartete
unser Befehlshaber dem Gouverneur auf, von welchem er
die Versicherung empfieng, daß er mit allen Unterstützungs-
mitteln, die das Land gewähren könnte, versehen werden
sollte. Seine erste Sorge war, einen bequemen Ort für
die Kranken, deren Anzahl nicht klein war, zu bekommen, und es ward bald ein Haus ausfindig gemacht, und
die Verabredung getroffen, ihnen daselbst Wohnung und
Unterhalt zu geben, wofür man täglich zween Englische
Schillinge für die Person zahlte.

Auf der Fahrt von der Spitze von Java bis nach
dem Vorgebürge der guten Hoffnung kamen nicht viel
merkwürdige Gegenstände vor, die für künftige Reisende
von großem Nutzen seyn könnten. Der Lieutenant hat
aber doch diejenigen Beobachtungen, die ihm vorkamen,
sorgfältig aufgezeichnet, da er auch nicht den kleinsten

*) Hawkesworth, 2 Band.

Umstand, der zur Sicherheit und Erleichterung der Schiff-
fahrt beytragen konnte, unbemerkt laſſen wollte.

Das Vorgebürge der guten Hoffnung iſt vor dem
Aufenthalte unſerer Leute auf demſelben ſo oft beſchrieben
worden, daß ich, wenn es auch zu meinem Plan gehöret
hätte, eine beſondere Nachricht von den Ländern, die Cook
beſucht hat, und von den Sitten ihrer Einwohner zu ertheilen,
dennoch dasjenige, was Doctor Hawkesworth von dieſem
Orte angeführet hat, würde weggelaſſen haben. Ich will
alſo nur bemerken, daß der Lieutenant, nachdem er ſich
bis den vierzehnten April auf dem Vorgebürge, um die
Kranken heilen zu laſſen, Vorrath anzuſchaffen, und ſein
Schiff wieder in Stand zu ſetzen, aufgehalten hatte, die
Bay verließ und die Rückreiſe fortſetzte. Am neun und
zwanzigſten April des Morgens gieng er zum erſtenmale
über die Mittagslinie, da er die Erde in der Richtung
von Oſten nach Weſten umſchiffet hatte. Die Folge davon
war, daß er einen Tag verloren hatte, welcher Verluſt zu
Batavia gehörig war angerechnet worden. Am erſten
May langte er zu St. Helena an, wo er ſich, um Erfriſchungen einzunehmen, bis zum vierten aufhielt, in welcher Zeit Herr Banks ſich mit einer Reiſe um die ganze
Inſel beſchäftigte, und die merkwürdigſten Plätze auf derſelben beſuchte.

Der Art und Weiſe, wie man auf dieſer Inſel, der
Beſchreibung nach, die Sklaven behandelt, kann man
nicht anders, als mit Unwillen erwähren. Nach dem
Berichte unſers Befehlshabers werden ſie, da ſie alle Arten von Arbeiten verrichten müſſen, weder mit Pferden,
noch mit einigen von den vielfältigen Maſchinen verſehen,

welche die Kunst erfunden hat, um ihnen ihre Arbeit zu
erleichtern. In einigen Gegenden könnte man sich füglich
der Wagen bedienen, und wo der Boden zu steil für dieselben
ist, könnte man Schubkarren mit großem Vortheile gebrauchen, und dennoch ist kein Schubkarn in der ganzen Insel zu
finden. Obgleich die Sklaven allein alles, was von einem
Orte zum andern geschafft werden soll, hinbringen müssen:
so haben sie doch nicht einmal das so einfache Hülfsmittel eines
Tragbandes, sondern tragen ihre Last auf ihren Köpfen.
Sie hatten das Ansehen eines höchst elenden Menschenge-
schlechts, welches durch die vereinigte Wirkung übermäßiger
Arbeit und schlechter Behandlung ganz ausgemergelt war,
und Cook bemerkte und berichtet mit Leidwesen, daß Beyspiele muthwilliger Grausamkeit bey seinen Landsleuten zu
St. Helena viel häufiger vorkommen, als bey den Nieder-
ländern sowohl zu Batavia, als auf dem Vorgebürge der
guten Hoffnung, welchen man doch gemeiniglich den Vor-
wurf des Mangels an Menschenliebe macht *). Ein empfind-
sames Herz kann unmöglich umhin, sich darüber zu betrüben,
daß dergleichen Bericht von dem Betragen von Leuten gegeben wird, die berechtiget sind, den Namen der Britten zu
führen. Der Tadel des Lieutenants ist, wenn er gerecht ist,
schon längst an Ort und Stelle gelangt, und hat vermuthlich
einige gute Wirkungen hervorgebracht **). Wenn die

---

*) Hawkesworth, 2 Band.

**) Gegen das Ende der zweyten Reise des Capitains Cook ist
folgende kurze Note befindlich. „In einer von St. Helena
mitgetheilten Nachricht, in der Erzählung von meiner ersten
Reise finde ich einiges zu berichtigen. Die Einwohner üben
keinesweges eine muthwillige Grausamkeit gegen ihre Sla-
ven aus, und sie haben seit vielen Jahren Fuhrwerke mit

Sklaverey, dieser Schandfleck der Religion, der Menschlichkeit und, ich darf hinzusetzen, der gesunden Staatskunst,
noch immer beybehalten werden muß: so sollte doch alles ins
Werk gerichtet werden, was dazu beytragen kann, die Ab-
scheulichkeit derselben zu mildern.

Am vierten May verließ unser Befehlshaber St. Helena
in Gesellschaft des Kriegsschiffes Portland und von zwölf
Ostindienfahrern. In Gesellschaft dieser Flotte segelte er bis
den zehnten, an welchem Tage er, da er merkte, daß der
Endeavour viel langsamer, als irgend eines der andern Schiffe
fortkam, und daß nicht wahrscheinlich war, daß er so bald,
als die übrigen nach Hause kommen würde, dem Portland
ein Signal gab, daß er mit demselben zu reden wünschte.
Capitain Elliot kam hierauf selbst an Bord, und Cook über-
gab ihm die gemeinschaftlichen Protokolle seines Schiffs, und
die Tagebücher einiger von seinen Officieren. Der Endeavour blieb gleichwohl in der Gesellschaft der Flotte bis am
drey und zwanzigsten des Morgens, da kein einziges Schiff
mehr im Gesichte war. An diesem Tage starb Herr Hicks,
und Abends ward sein Leichnam mit den gewöhnlichen Cärimonien der See übergeben. Herr Charles Clarke, ein junger Mann, der sich zu der Stelle ungemein gut schickte, und
dessen Name in der Folge öfters vorkommen wird, erhielt von
Cook Befehl, an des Herrn Hicks Stelle die Verrichtungen
eines Lieutenants zu übernehmen.

N 5

Rädern und Tragebände." Ich rücke diese Note hier mit
Vergnügen ein; gleichwohl kann ich nicht glauben, daß der
Lieutenant sich hierüber in so starken Ausdrücken geäußert
haben würde, wenn die Sache zu der Zeit, da er es schrieb,
so ganz ungegründet gewesen wäre.

Das Tauwerk und die Segel des Schiffs waren nunmehr so schlecht geworden, daß immer etwas daran zerriß. Gleichwohl setzte unser Befehlshaber seine Fahrt in Sicherheit fort, und am zehnten Junius entdeckte Nicolaus Young, der Schiffsjunge, welcher Neu-Seeland zuerst gesehen hatte, Land, welches man das Cap Lizard zu seyn befand. Am eilften segelte der Lieutenant in den Canal hinein. Am folgenden Morgen um sechs Uhr kam er bey der Landspitze Beachy vorbey, und an demselben Tage Nachmittags kam er in den Dünen vor Anker, und begab sich zu Deal ans Land *).

So endigte sich des Herrn Cook erste Reise um die Welt, auf welcher er so viele Gefahren ausgestanden, so viele Länder ausgekundschaftet, und die stärksten Beweise abgelegt hatte, daß er einen im höchsten Grade scharfsichtigen und thätigen Geist besäße; einen Geist, der jeder gefährlichen Unternehmung, und den kühnsten und glücklichsten Bemühungen in Rücksicht auf Schiffahrt und Entdeckungen gewachsen war.

*) Hawkesworth, 2 Band.

Drittes Kapitel.

Lebensgeschichte des Capitain Cook vom Ende seiner
ersten bis zum Anfange seiner zweyten Reise
um die Welt.

———————

Die Art und Weise, wie Lieutenant Cook seine Schiffahrt
um die Erde vollendet hatte, gab ihm einen gerechten Anspruch
auf den Schutz der Regierung und die Gunst seines Mo-
narchen. Er ward demnach vermittelst einer Bestallung unter
dem neun und zwanzigsten August 1771 *), zum Befehlshaber bey Sr. Majestät Flotte ernannt. Aus einem gewissen Bewußtseyn seines eignen Verdienstes wünschte Capitain
Cook bey dieser Gelegenheit, daß man ihn zum Post-Capi-
tain ernannt hätte. Allein der Graf von Sandwich, welcher nunmehr erster Lord der Admiralität war, konnte unserm
Seefahrer, ob er gleich die größte Achtung für ihn hegte, in
seiner Bitte nicht willfahren, weil es mit der Ordnung des
Seedienstes nicht hätte bestehen können, wenn er darein ge-
williget hätte. Der Unterschied fand aber nur in Ansehung
des Ranges, nicht der Einkünfte, statt. Ein Commandant

*) Aus den Admiralitäts-Büchern.

hat einerley Befoldung mit einem Poſt-Capitain, und gleiches
Anſehen, wenn er in wirklichen Dienſten iſt.　Der Unter-
ſchied iſt ein nothwendiger Schritt in dem Fortgange zu höhern
Ehrenſtellen in dieſem Stande *).

Es iſt gar nicht daran zu zweifeln, daß der Präſident
und das Conſeil der königlichen Societät mit der Beobach-
tungsart des Vorübergangs der Venus vor der Sonnen-
ſcheibe höchſt zufrieden geweſen ſind.　Die auf dieſen Gegenſtand ſich beziehenden Papiere der Herren Cook und Green,
wurden dem königlichen Aſtronomen zu Händen geſtellt, um
ſie in Ordnung zu bringen, und diejenigen wichtigen Folgen
für die Wiſſenſchaft, die aus dieſer Beobachtung entſprangen,
daraus zu ziehen.　Er that dieß mit einer ſeinen großen Kennt-
niſſen und ſeinem Charakter angemeſſenen Genauigkeit und
Geſchicklichkeit.　Am ein und zwanzigſten May 1772 theilte
Capitain Cook der königlichen Societät in einem an den
Doctor Maskelyne gerichteten Schreiben eine „Nachricht
von dem Gange der Ebbe und Fluth in der Südſee mit, ſo
wie er am Bord der Barke Sr. Majeſtät, des Endeavour
beobachtet worden **).‟

Der Ruhm und das Anſehen, welche unſer Seefahrer
ſich durch ſeine neuliche Reiſe erworben hatte, waren groß,
ſo wie er es verdiente, und bey dem Publikum entſtand ein
eifriges Verlangen mit den neuen Scenen und neuen Gegenſtänden, die nun aus Licht gekommen waren, bekannt zu
werden.　Man darf alſo nicht darüber erſtaunen, daß ver-

_____

*) Aus einer vom Grafen von Sandwich mitgetheilten
　　Nachricht.

**) Philoſophiſche Transactionen, 62ſter Band.

schiedene Versuche gemacht wurden, die allgemeine Neugierde
zu befriedigen. In kurzer Zeit erschien ein Werk, unter dem
Titel: „Tagebuch einer Reise um die Welt." Dieß war
die Arbeit eines Mannes, welcher die Reise mitgemacht
hatte, und obgleich seine Nachricht trocken und unvollkommen war: so diente sie doch gewissermaßen dazu, die gar zu
eifrige Nachfrage zu vermindern. Das Tagebuch des Sydney
Parkinson, Mahlers des Sir Joseph Banks, der es um
einen ansehnlichen Preis an sich gekauft hatte, ward gleichfalls nach einer verstohlner Weise erlangten Abschrift abge-
druckt; allein ein Befehl von der Kanzley verhinderte die Erscheinung desselben auf eine Zeit lang. Dieß obgleich auf
eine unerlaubte Art der Welt mitgetheilte Werk empfohl sich
durch seine Kupferstiche; allein des Doctors Hawkesworth
Nachricht von des Lieutenants Cook Reise that der Neugierde des Publikum erst völlig ein Genüge. Diese Nachricht, die auf höhern Befehl verfaßt war, ist aus des Lieutenants Tagebuche und Sir Joseph Banks Papieren gezogen, und hat, außer dem Verdienste der Ausarbeitung auch
noch den außerordentlichen Vorzug, daß sich sehr viele und
vortrefliche Landkarten und Kupferstiche dabey befinden, wozu
die Regierung die Kosten hergab. Der hohe Preis, den die
Buchhändler für dieß Werk bezahlten, und die Begierde,
womit es gelesen ward, zeigten das Verlangen der Nation,
von allem, was die neuliche Schiffahrt und die gemachten
Entdeckungen betraf, völlig unterrichtet zu seyn, im stärksten
Lichte.

Capitain Cook hatte auf seiner Reise im stillen Ocean
viele von den Breiten besegelt, von welchen man vermuthet
hatte, daß daselbst ein südliches festes Land liegen müßte. Er
machte mit Gewißheit aus, daß weder Neu-Seeland noch

Neu-Holland Theile eines solchen festen Landes wären. Allein die das Daseyn desselben betreffende Frage überhaupt war von ihm nicht entschieden worden, und er war auch nicht zu dem Ende ausgegangen, obgleich einige von den Gründen, aus welchen die Meynung, daß es vorhanden wäre, war angenommen worden, in dem Fortgange seiner Fahrt entkräftet wurden. Es ist bekannt genug, mit welchem Wohlgefallen man seit beynahe zwey Jahrhunderten die Meynung von einer Terra australis incognita geheget hatte. Man hatte viel scheinbare philosophische Gründe zur Unterstützung derselben beygebracht, und viel Thatsachen zur Behauptung derselben angeführt. Der Verfasser dieser Erzählung erinnert sich noch sehr wohl, wie sehr seine Einbildungskraft von der Hypothese eines südlichen festen Landes in den frühern Zeiten seines Lebens eingenommen gewesen. Er hat oft mit Entzücken bey derselben verweilet, und fand großes Vergnügen an den Schriftstellern, welche für das Daseyn desselben stritten, und die wichtigen Folgen aus einander setzten, die das Resultat der Entdeckung desselben seyn würde. Obgleich seine Kenntnisse von den Kenntnissen einiger geschickten Männer, welche diesem Gegenstande einer besondern Aufmerksamkeit gewidmet hatten, unendlich übertroffen wurden: so waren doch seine Hoffnungen und Erwartungen in dieser Rücksicht nicht geringer, wie die ihrigen; allein alles, was sich auf die Wissenschaften bezieht, muß von der Einbildungskraft abgesondert, und auf den Probierstein der Erfahrung gebracht werden; und hier war eine Untersuchung anzustellen, die es vollkommen verdiente. Der Gegenstand war in der That von besonderer Größe und würdig, daß ein großer Fürst und eine große Nation sich desselben annahm.

Zum Glücke war in Brittannien der Zeitpunkt gekommen, die wichtigsten wissenschaftlichen Absichten zur Aus-

führung zu bringen. Obgleich die Achtsamkeit auf Gegenstände von dieser Art für gekrönte Häupter so ehrenvoll ist:
so war sie doch vormahls selbst von einigen unserer besten
Fürsten nur gar zu sehr verabsäumet worden. Unser jetziger
Souverain hatte seine Regierung bereits durch seinen den
Wissenschaften und der Litteratur verliehenen Schutz vorzüg-
lich unterschieden; allein der Anfang, welcher bisher gemacht
worden, war nur bloß ein Bürge für künftige Freygebigkeit. In Rücksicht auf den Gegenstand, der jetzt der Ge-
sichtspunkt war, wurden die gnädigen Gesinnungen Sr.
Majestät von dem edeln Lord, welcher die erste Stelle im
Admiralitäts-Collegio bekleidete, auf das eifrigste unterstützt.
Der Graf von Sandwich besaß einen Geist, welcher im
Stande war, Absichten und Entwürfe von dem weitesten
Umfange, in Rücksicht auf Schiffahrt und Entdeckungen, zu
begreifen und zu befördern. Diesem zufolge geschah es auf
seine besondre Empfehlung, daß man den Entschluß faßte
eine Seereise anzuordnen, um das Daseyn eines südlichen
festen Landes mit Gewißheit zu entscheiden *). Quiros
scheint der erste gewesen zu seyn, der auf den Gedanken gerieth, daß ein solches festes Land vorhanden wäre, und war
der erste, welcher bloß in der Absicht ausgeschickt ward, um
die Sache mit Gewißheit auszumachen. Er war in diesem
Versuche nicht glücklich, und die Versuche verschiedener See-

*) Herr Dalrymple hat die Aufmerksamkeit des Publikums
auf diesen Gegenstand durch seine historische Sammlung der
verschiedenen Reisen und Entdeckungen im südlichen stillen
Ocean, in zween Bänden in 4to wieder rege gemacht. Der
erste Band erschien 1770 und der zweyte 1771.

Seefahrer bis ins jetzige Jahrhundert waren darin nicht glücklicher *).

Als man das Vorhaben, diesen großen Gegenstand völlig auszumachen, beschlossen hatte, fand gar kein Bedenken mehr Statt, wem man die Ausführung derselben anvertrauen sollte. Man hielt niemanden für so geschickt, als den Capitain Cook, um der Führer bey einer Unternehmung zu seyn, wodurch die Geographie und die Kunst der Schiffahrt so sehr nur immer möglich, erweitert werden sollte. Um die Unternehmung mit desto größerem Vortheile auszuführen, ward beschlossen, daß man zwey Schiffe dazu gebrauchen sollte, und in Ansehung der Wahl derselben und ihrer Ausrüstung zum Dienste ward große Aufmerksamkeit angewendet. Nach reiflich angestellter Berathschlagung von dem Schiffahrts-Collegio, wobey man die Einsicht und Erfahrung des Capitains einer besondern Achtung würdigte, kam man dahin überein, daß keine Schiffe zu Entdeckungen in unbekannten Weltgegenden geschickter wären, als solche, die so, wie der Endeavour, gebauet wären. Da diese und des Grafen von Sandwich Meynung mit einander übereinstimmten: so nahm die Admiralität die Entschließung, daß zwey Schiffe von ähnlicher Bauart angeschafft werden sollten. Diesem zufolge wurden zwey Schiffe, die beyde zu Whitby von eben demjenigen, welcher den Endeavour gebauet hatte, gebauet waren, dem Capitain William Hammond von Hull abgekauft. Sie waren damals, als sie gekauft wurden, ungefähr vierzehn bis sechszehn Monat alt, und nach Capitain Cooks Urtheil

**) Einleitung zur Reise nach dem Südpole und um die Welt.

zu dem Dienste, wozu sie bestimmt waren, eben so geschickt, als wenn sie ausdrücklich zu diesem Endzwecke wären gebauet worden. Dem größten von beyden, von vierhundert zwey und sechszig Tonnen, gab man den Namen, the Resolution; das andre von dreyhundert sechs und dreyßig Tonnen, bekam den Namen, the Adventure. Am 28sten November 1771 ward dem Capitain Cook das Commando des erstern aufgetragen, und um dieselbe Zeit gab man dem Herrn Tobias Fourneaux das Commando des letztern. Die Besatzung des Schiffs, the Resolution, Officiere und Gemeine zusammengenommen, ward zu hundert und zwölf Mann, und des Schiffs, the Adventure, zu ein und achtzig Mann angesetzt. Bey der Ausrüstung dieser Schiffe war man auf alle Umstände aufmerksam, die dazu beytragen konnten, die Reise zu erleichtern und zu sichern. Sie wurden in den vollkommensten Zustand versetzt, und mit allen außerordentlichen Dingen versehen, wovon man glaubte, daß sie nothwendig oder nützlich wären. Lord Sandwich, dessen Eifer bey dieser Gelegenheit nicht zu ermüden war, besuchte die Schiffe von Zeit zu Zeit, um versichert zu seyn, daß die ganze Ausrüstung seinen Wünschen gemäß wäre, und denenjenigen, die an der Reise Theil nehmen sollten, ein Genüge thäte. Das Schiffsund Victualien-Collegium sparten gleichfalls keine Mühe, den Schiffen die allerbesten Vorräthe und Lebensmittel zu verschaffen, wobey einige Veränderungen in den Gattungen derselben, die der Natur der Unternehmung angemessen waren, gemacht wurden. Ausserdem hatte man einen ansehnlichen Vorrath an antiscorbutischen Artikeln, als Malz, Sauerkraut, eingesalznen Kohl, Taschensuppe, Senf, gelbe Möhren, Marmolade und verdickten Saft von ungegohrnem und gegohrnem Biere.

Erster Theil. O

Der Sache der Wissenschaften überhaupt ward keine geringere Aufmerksamkeit gewidmet. Die Admiralität nahm den Herrn William Hodges, einen vortreflichen Landschafts-mahler, an, um die Reise mitzumachen, und Zeichnungen und Gemählde von solchen Gegenständen zu machen, die durch Beschreibungen nicht so begreiflich gemacht werden konnten. Herr Johann Reinhold Forster und sein Sohn wurden ausersehen, die natürliche Geschichte der Länder, die man besuchen würde, zu erforschen und zu sammeln, und vom Parlamente ward zu diesem Ende eine ansehnliche Summe bestimmt. Damit es auch an nichts ermangeln möchte, um die wissenschaftlichen Absichten der Reise zu erfüllen: so nahm das Collegium der Meereslänge die Herren William Wales und William Bayley an, um astronomische Beobachtungen anzustellen. Herr Wales ward angewiesen, sich an Bord des Schiffs Adventure zu begeben. Sie wurden von dem-selben Collegio mit den besten Instrumenten, und beson-ders mit vier Zeitmessern (time pieces) versehen, wovon drey von Herrn Arnold, und einer von Herrn Kendal, nach Herrn Harrisons Grundsätzen war angefertiget worden.

Obgleich dem Capitain Cook das Commando des Schiffs Resolution bereits am acht und zwanzigsten No-vember 1771 war aufgetragen worden: so waren doch die zu einer so langen und wichtigen Reise nothwendigen An-stalten, und die Hindernisse, die gelegentlich und unver-meidlich entstanden, von solcher Beschaffenheit, daß das Schiff erst am neunten April des folgenden Jahrs von Deptford abgieng, und Long-Reach erst am zehnten May verließ. Als das Schiff den Fluß hinunter segelte, fand

man nöthig, zu Sheerneß einzulaufen, um einige Veränderungen an den obern Werken desselben zu machen. Die
Officiere des Schiffszimmerhofes wurden angewiesen, sogleich Hand ans Werk zu legen, und Lord Sandwich kam
mit Sir Hugh Palliser dahin, um zu sehen, daß alles
auf das beste zu Stande gebracht würde. Am zwey und
zwanzigsten Junius war das Schiff wieder segelfertig,
Capitain Cook gieng an demselben Tage von Sheerneß
unter Segel, und stieß am dritten Julius zum Adventure
im Sunde von Plymouth. Als Lord Sandwich auf dem
Rückwege von einem Besuche des Schiffszimmerhofes
Abends vorher das Schiff, Resolution antraf, gab er und
Sir Hugh Palliser den letzten Beweis von ihrer großen
Aufmerksamkeit auf den Gegenstand der Reise, indem sie
sich an Bord begaben, um sich zu überzeugen, daß alles
geschehen, was nach dem Wunsche des Befehlshabers geschehen sollte, und daß das Schiff völlig zu seiner Zufriedenheit ausgerüstet war.

Zu Plymouth bekam Capitain Cook seine Verhal-
tungsbefehle. Ohne uns in eine umständliche Nachricht
von selbigen einzulassen, wird es hinlänglich seyn, daraus
anzuführen, daß er nach dem ausgebreitesten Entdeckungs-
Entwurfe, der in der Geschichte der Schiffahrt bekannt
ist, ausgeschickt ward. Seinen Instructionen zufolge
sollte er nicht allein die ganze Erde sondern sie auch
in hohen südlichen Breiten umschiffen, und von Zeit
zu Zeit nach jedem Winkel des stillen Oceans, der bisher
noch nicht besucht worden, solche Queerreisen vornehmen, wodurch die so oft aufgeworfene Frage von dem
Daseyn eines südlichen festen Landes in dieser oder jener

Gegend der südlichen Halbkugel, wohin durch die Bemühungen der kühnsten und erfahrensten Seefahrer nur immer zu gelangen wäre, mit Gewißheit und Ueberzeugung
entschieden werden könnte *).

*) Cooks Reise nach dem Südpole und um die Welt. —
Einleitung in die Reise nach dem stillen Ocean.

Viertes Kapitel.

Lebensgeschichte des Capitains Cook während seiner zweyten Reise um die Welt.

***

Am dreyzehnten Julius gieng Capitain Cook von Plymouth unter Segel, und am neun und zwanzigsten desselben Monats ließ er auf der Rheede Funchiale in Madera die Anker fallen. Nachdem er auf selbiger Insel einen frischen Vorrath an Wasser, Wein und andre Nathwendigkeiten eingenommen hatte: so verließ er sie den ersten August und segelte nach Süden. Während der Fortsetzung seiner Reise machte er drey Fässer Bier von dem verdickten Malzsafte, und das daraus verfertigte Getränke war sehr muthig und trinkbar. Die heiße Witterung und die Bewegung des Schiffs hatten bisher alle Bemühungen unsrer Leute vereitelt, um zu verhindern, daß dieser Saft nicht in völlige Gährung käme. Könnte man die Gährung verhindern: so würde er auf der See ein Artikel von großem Werthe seyn.

Der Capitain fand, daß sein Vorrath an Wasser nicht bis zum Vorgebürge der guten Hoffnung zureichen würde, wenn er seinen Leuten die Portionen nicht abkürzte, und beschloß daher zu St. Jago, einer der Inseln des grünen

Vorgebürges vorzusprechen, um frischen Vorrath einzunehmen. Er ließ am zehnten August in dieser Insel zu Porto
Praya die Anker fallen, und am vierzehnten hatte er genugsamen Vorrath an Wasser, auch hatte er sich andere Erfrischungen angeschafft, worauf er unter Segel gieng und seine
Reise fortsetzte. Er bediente sich der Gelegenheit, die er hatte,
indem er zu St. Jago vorsprach, und machte einen solchen
Abriß und Beschreibung von Porto Praya, und dem Vorrath, den er daselbst bekam, daß künftige Seefahrer Nutzen
davon haben konnten.

Am zwanzigsten August fiel der Regen nicht in Tropfen
auf unsere Seefahrer, sondern ward in Strömen auf sie
herab gegossen; und da der Wind zugleich veränderlich war,
und sehr stark gieng: so mußte die Mannschaft fast immer auf
dem Verdeck seyn, so daß fast alle durch und durch naß wurden. Dieses Umstandes wird erwähnt, um die Mittel anzuzeigen, deren sich Capitain Cook bediente, seine Leute
vor den schlimmen Folgen der Nässe, welcher sie ausgesetzt
gewesen waren, zu bewahren. Von dem Regen, welcher
ein großer Beförderer der Krankheiten in heissen Gegenden
ist, hatte er alles zu befürchten. Um sich vor dieser Wirkung
zu sichern, richtete er sich nach einigen Winken, die ihm Sir
Hugh Palliser und Capitain Campbell gegeben hatten, und
sorgte dafür, daß das Schiff durch Feuer, welches man zwischen den Verdecken machte, ausgelüftet und getrocknet ward,
und die dumpfigen Stellen desselben ließ er ausräuchern; und
außerdem ward den Leuten anbefohlen, ihre Betten auszu-
lüften, und ihre Kleider zu waschen und zu trocknen, so bald
nur Gelegenheit dazu war. Die Folge von diesen Vorsichts-
mitteln war, daß sich kein einziger Kranker am Bord des
Schiffs Resolution befand.

Am achten September gieng Capitain Cook unter 8°
westlicher Länge über die Linie, und setzte seine Reise, ohne
etwas Merkwürdiges anzutreffen, bis zum eilften October
fort, da der Mond um 6 Uhr, 24 Minuten 12 Secunden,
nach Herrn Kendals Uhr ungefähr vier Finger breit verfin-
stert aufgieng, worauf denn die Herren sogleich Anstalt machten, das Ende der Finsterniß zu beobachten. Die Beobachter waren, der Capitain selbst, Herr Forster, Herr Wales,
Herr Pickersgill, Herr Gilbert und Herr Harvey.

Man hatte unsern Befehlshaber, ehe er England verließ
benachrichtiget, daß er zu einer ungelegenen Jahrszeit ab-
gienge, und viel Windstillen nahe bey der Linie und unter
derselben antreffen würde. Allein wiewohl dergleichen Wetter
in einigen Jahren einfallen mag; so ist dieß doch nicht immer
und auch nicht einmal allgemein zu erwarten. Bey dem Capitain Cook war dieß so wenig der Fall, daß er vielmehr selbst
unter denen Breiten, wo man ihm Windstillen prophezeihete,
einen frischen Südwestwind hatte; er war auch den stürmischen Wirbelwinden, deren von andern Seefahrern so oft
Erwähnung geschieht, ganz und gar nicht ausgesetzt. Am
neun und zwanzigsten October, da unsere Reisenden sich nahe
am Vorgebürge der guten Hoffnung befanden, ward die
ganze See, so weit ihr Gesicht reichte, auf einmal gleichsam
erleuchtet. Der Capitain war vormals durch Herrn Banks und
Doctor Solander überzeugt worden, daß dergleichen Erscheinungen im Ocean durch Insecten verursacht würden. Herr Forster aber schien geneigt zu seyn, eine andere Meynung anzunehmen. Und diese Frage zu entscheiden, ertheilte der Capitain Befehl, einige Eimer Wasser zur Seite des Schiffs
heraufzuziehen, die man denn mit einer unzählbaren Menge
kleiner kugelförmiger Insecten, die ungefähr die Größe des
Kopfs einer gemeinen Stecknadel hatten, und ganz durchsichtig

O 4

waren, angefüllt fand. Ob man gleich kein Leben an ihnen bemerkte: so war doch kein Zweifel, daß es lebendige Thiere wären, wenn sie sich in ihrem eignen Elemente befänden, und Herr Forster ward nun völlig überzeugt, daß sie die Ursache der Erleuchtung der See waren *).

Am dreyßigsten October ankerten die Resolution und Adventure in der Tafel-Bay, und bald hernach begab sich Capitain Cook, von dem Capitain Furneaux und den beyden Herren Forster begleitet, ans Land, und machte dem Gouverneur auf dem Vorgebürge der guten Hoffnung, dem Baron Plettenberg, seine Aufwartung, welcher denn die Herren sehr höflich empfieng, und ihnen alle Unterstützung, die daselbst zu haben war, versprach. Unser Befehlshaber erhielt von ihm die Nachricht, daß zwey französische Schiffe von der Insel Mauritius ungefähr vor acht Monaten unter 48° südlicher Breite Land entdeckt hätten, an welchem sie vierzig Meilen hingesegelt wären, bis sie eine Bay erreicht hätten, in welche sie eben hätten einlaufen wollen, als sie durch einen heftigen Windstoß wieder waren in See getrieben und von einander getrennet worden. Vor diesem Unglücke hätten sie einige ihrer Böte und Leute verloren, die abgeschickt gewesen wären, die Bay zu sondiren. Capitain Cook vernahm auch noch von dem Baron Plettenberg, daß im März zwey andere französische Schiffe von der Insel Mauritius bey dem Cap auf der Fahrt nach dem südlichen stillen Ocean angesprochen hätten, wo sie unter dem Commando des Herrn Marion Entdeckungen machen wollten.

Der gesunde Zustand, worin sich die Mannschaft beyder Schiffe befand, veranlaßte den Capitain zu glauben, daß

---

*) Cooks Reise. — Forsters Reise um die Welt, erster Band.

fein Aufenthalt am Cap nur von sehr kurzer Dauer seyn
würde; allein die Nothwendigkeit, so lange zu warten, bis
der erforderliche Vorrath bereitet und zusammengebracht werden konnte, war Ursache, daß er hier über drey Wochen verweilen mußte, welche Zeit er anwandte, beyde Schiffe kalfatern und theeren zu lassen, und dafür zu sorgen, daß ihr
Zustand in jeder Rücksicht so gut seyn möchte, als er war,
da sie England verließen.

Am zwey und zwanzigsten November gieng unser Befehlshaber vom Vorgebürge der guten Hoffnung unter Segel,
und setzte seine Reise fort, um ein südliches festes Land aufzusuchen. Als er das Land aus dem Gesichte verloren hatte,
richtete er seinen Lauf nach dem Vorgebürge Circumcision,
(oder Beschneidung) und da er glaubte, daß bald kaltes Wetter einfallen würde, so ließ er denen von der Mannschaft,
welche ihrer bedurften, lange Schifferhosen geben, und gab
jedem Mann ein warmes Wams und Pluderhosen, welche
ihnen von der Admiralität bewilliget waren. Am neun und
zwanzigsten November ward der Wind, welcher West-Nord-
west war, heftig bis zu einem Sturme, welcher bis zum
sechsten December *) anhielt, nur daß er von Zeit zu Zeit
etwas nachließ. Durch diesen Sturm, welcher von Hagel
und Regen begleitet war, und bisweilen so heftig wehete,
daß die Schiffe gar keine Segel führen konnten, wurden
unsere Reisenden weit nach Osten von dem Laufe, den sie
halten wollten, abgeführt, und dem Capitain ward dadurch
alle Hoffnung, das Vorgebürge Circumcision zu erreichen,
benommen. Der Verlust des vornehmsten Theils des

O 3

*) Die Schiffe befanden sich nun unter 48° 41' südlicher Breite,
und 18° 24' östlicher Länge.

lebendigen Viehes am Bord, welcher in Schaafen, Schweinen und Gänsen bestand, war ein noch größeres Unglück.
Zu gleicher Zeit ward der schnelle Uebergang aus dem warmen, gelinden, in ungemein kaltes und feuchtes Wetter von
unsern Leuten so stark empfunden, daß es nothwendig war, ihre
Portionen an starkem Getränke mit einer kleinen Zugabe zu
vermehren, so daß jedweder bey dieser oder jener besondern
Gelegenheit einen Schluck bekam.

Am zehnten December trafen unsre Seefahrer zuerst
Eisinseln an *). Eine dieser Inseln ward ihnen durch das
nebelige, von Schnee und Regen begleitete Wetter so sehr
verborgen, daß sie gerade darauf zusteuerten und sie nicht
eher sahen, als bis sie nicht einmal eine Meile weit davon
entfernt waren. Nach des Capitains Cook Urtheil war sie
ungefähr funfzig Fuß hoch, und hatte eine halbe Meile im
Umkreise. Oben war sie platt, und die Seiten erhoben sich
in senkrechter Richtung, an welchen sich die See in großer
Höhe brach. Da das Wetter noch immer nebelig blieb: so
mußte der Capitain wegen der Eisinseln seine Fahrt mit
größter Behutsamkeit fortsetzen. Am zwölften kam man bey
sechs solchen Inseln vorbey, von welchem einige zwo Meilen
im Umfange hatten, und sechszig Fuß hoch waren. Die
Gewalt und Höhe der Wellen war gleichwohl dermaßen groß,
daß die See sich völlig über ihnen brach. Dieß gab einen
Anblick, welcher dem Auge auf einige Augenblicke angenehm
war; allein dieß Vergnügen ward von dem Schrecken, welcher bey der Betrachtung der Gefahr sich des Geistes bemächtigte, gar bald verschlungen. Denn wenn ein Schiff so unglücklich wäre, an diejenige Seite einer dieser Inseln, nach

---

*) Sie befanden sich damals unter 50° 40' südlicher Breite,
und 2° 0' östlich vom Vorgebürge der guten Hoffnung.

welcher der Wind hinsteht, zu gerathen: so würde es in
einem Augenblicke in Stücken zertrümmert werden.

Am vierzehnten December ward die Fahrt der Schiffe
durch ein unermeßliches Feld niedrigen Eises, wovon man
weder nach Osten, Westen oder Süden das Ende absehen
konnte, gehemmet. In verschiedenen Gegenden dieses Fel-
des waren Eisinseln, oder Berge, wie diejenigen, die unsere
Reisenden in der See schwimmend angetroffen hatten, und
von welchen ihnen am vorigen Tage zwanzig zu Gesichte gekommen waren. Einige von der Mannschaft glaubten, sie
sähen Land jenseits des Eises, und Capitain Cook hegte anfänglich selbst diese Meinung. Allein nach genauerer Untersuchung dieser Eisberge und des veränderlichen Ansehens,
welches sie hatten, wenn man sie durch den Nebel betrachtete,
ward er bewogen, seine Meinung zu ändern. Am achtzehnten December wurden unsere Seefahrer, ob sie gleich des
Morgens völlig eingeschlossen gewesen waren, doch endlich
in den Stand gesetzt, aus dem Eisfelde zu kommen. Sie
geriethen aber zu gleicher Zeit zwischen die Eisinseln, die
immer auf einander folgten, fast eben so gefährlich waren,
und deren Vermeidung eine Sache von größter Schwierigkeit
war. Allein so gefährlich es auch ist, in einem dicken Nebel
zwischen diesen schwimmenden Felsen, wie unser Befehlshaber sie mit Recht nannte, zu segeln: so ist es doch viel besser,
als mit unermeßlichen Eisfeldern in gleichen Umständen umgeben zu seyn. In diesem letzten Falle ist die größte Gefahr,
die man zu befürchten hat, diese, daß man im Eise fest zu
sitzen kommen kann; eine Lage, die im höchsten Grade fürchterlich seyn würde *).

*) Cook am angeführten Orte. — Unsre Leute befanden sich
nun unter 55° 8′ der Breite, und 24° 3′ der Länge.

Es war bisher eine allgemein angenommene Meinung
gewesen, daß dergleichen Eis, wie eben beschrieben worden,
in Bayen und Flüssen entstünde.   Dieser Voraussetzung
zufolge wurden unsere Reisenden bewogen zu glauben, daß
in keiner großen Entfernung Land seyn müßte, und daß es
nach Süden hinter dem Eise läge.   Nachdem sie also ungefähr dreyßig Seemeilen am Rande des Eises hingesegelt hatten, ohne eine Durchfahrt nach Süden zu finden: so beschloß
Capitain Cook dreyßig bis vierzig Seemeilen nach Osten zu
gehen, und hernach sich zu bemühen, nach Westen zu kommen.   Wenn er bey diesem Versuche kein Land oder anderes
Hinderniß anträfe: so war seine Absicht, hinter dem Eise
herum zu segeln, und auf diese Weise die Sache zur Entscheidung zu bringen.   Das Wetter verursachte zu der Zeit, daß
man die Wirkung einer viel heftigern Kälte empfand, als
das Thermometer *) anzeigte, so daß die ganze Schiffsbesatzung darüber klagte.   Um sie in den Stand zu setzen, die
strenge Kälte desto besser zu ertragen, ließ der Capitain die
Aermel ihrer Wämser durch Boy verlängern, und ließ für
jeden eine Kappe von gleichem Zeuge machen, die mit grober
Leinewand überzogen war.   Diese Vorsichtsmittel trugen viel
zu ihrer Erleichterung und Bequemlichkeit bey.   Es ist anmer-
kenswürdig, daß, obgleich die Witterung am fünf und zwanzigsten September eben so kalt war, als in demselben Monat
im Jahr in irgend einer Gegend in England hätte erwartet
werden können, unsrer Seefahrer sich gleichwohl mitten im
Sommer befanden.   Da sich bey einigen von der Mannschaft
jetzt Symptomen vom Scorbut zeigten: so ward ihnen täglich frisches ungegohrnes Bier gereicht, welches unter der
Aufsicht der Wundärzte aus dem Malze, welches man zu dem
Ende mitgenommen hatte, zubereitet ward.

*) Es zeigte von 30 bis 34 Grad.

Am neun und zwanzigsten December ward es aus dem Laufe, den unser Befehlshaber genommen hatte, mit hinlänglicher Gewißheit ausgemacht, daß das Eisfeld, an welchem die Schiffe hingesegelt waren, gar nicht an irgend ein Land stieß, wie man gleichwohl gemuthmaßet hatte *). Um diese Zeit faßte Capitain Cook den Entschluß, wenn er kein Hinderniß anträfe, bis an den Mittagszirkel vom Vorgebürge Circumcision nach Westen zu segeln. Indem er in der Ausführung dieser Absicht begriffen war, erhob sich am ein und dreyßigsten December ein Wind, der eine so hohe See mitbrachte, daß es für die Schiffe gefährlich ward, im Eise zu bleiben, und die Gefahr ward durch die Entdeckung eines unermeßlichen Eisfeldes gegen Norden, welches sich weiter erstreckte, als das Auge reichen konnte, noch vergrößert. Da unsere Reisenden nur zwo bis drey Meilen von diesem Felde entfernt, und mit Treibeis umgeben waren, so war keine Zeit sich lange zu bedenken. Sie legten nach Süden um, und ob sie gleich glücklich aus dem Eise kamen: so geschah es doch nicht eher, als bis die Schiffe verschiedene harte Stöße von sehr großen Stücken des Treibeises bekommen hatten.

Am Freytage den ersten Januar 1773 ließ der starke Wind etwas nach, und am folgenden Tage Nachmittags waren unsere Leute so glücklich, des Anblicks des Monds zu genießen, dessen Scheibe, seitdem sie vom Vorgebürge der guten Hoffnung abgegangen waren, sie nur ein einzigesmal gesehen hatten. Man kann daraus urtheilen, welch einer Art von Wetter sie ausgesetzt gewesen waren, seitdem sie diesen Platz verlassen hatten. Man ergriff diese Gelegenheit auf

*) Unsre Leute befanden sich nunmehr unter 59° 12′ der Breite, und unter 19° 1′ östlicher Länge, welches drey Grad mehr nach Westen war, als da sie das Eisfeld zuerst antrafen.

das eilfertigste, um verschiedene Beobachtungen mit der Sonne und dem Monde anzustellen *).

Capitain Cook befand sich nun beynahe in derselben Länge, die man für das Vorgebürge Circumcision angiebt, und ungefähr neun und funfzig Seemeilen nach Süden von der Breite, worin es liegen soll. Das Wetter war dabey zu der Zeit so helle, daß man Land in einer Entfernung von vierzehn bis funfzehn Seemeilen hätte sehen können. Er schloß daher, daß es sehr wahrscheinlich wäre, daß das, was Bouvet für Land gehalten, nur Eisberge, mit Treibeise oder Eisfeldern umgeben, wären. Unsre jetzigen Seefahrer waren natürlicher Weise in einen ähnlichen Irrthum gerathen, die Muthmaßung, daß dergleichen Eis, als man neulich gesehen hatte, an Land stieße, war sehr wahrscheinlich, ob es sich gleich in der That nicht so verhielt. Ueberhaupt hatte man gute Ursache zu glauben, daß unter diesem Mittagszirkel, zwischen der Breite von fünf und funfzig und neun und funfzig Graden, wo man das Daseyn desselben angenommen hatte, kein Land anzutreffen wäre.

Mitten unter den Hindernissen, welchen Capitain Cook wegen der Eisinseln, die beständig auf einander folgten, ausgesetzt war, zog er doch einen Vortheil von ihnen, und dieser war ein Vorrath an frischem Wasser. Obgleich das Schmelzen des Eises, und die Füllung desselben in die Fässer einige Zeit wegnimmt, und in der That etwas langweilig ist: so ist doch diese Methode, Wasser einzunehmen die hurtigste, die unser Befehlshaber je gekannt hatte. Das Wasser, welches man bekam, war vollkommen süß und wohlschmeckend. Auf den Eisinseln sah man häufig Penguinen, Albatrossen und andere Vögel. Bisher hatte man die Meinung

*) Cooks Reisen.

angenommen, daß dergleichen Vögel sich nie weit vom Lande begeben, und daß der Anblick derselben ein sicheres Zeichen von seiner Nähe ist. Daß diese Meinung wenigstens da, wo Eisinseln sind, nicht gegründet ist, ward nun durch vielfältige Erfahrung erwiesen.

Am Sonntage, dem siebenzehnten Januar kam Capitain Cook bis unter 67° 15′ südlicher Breite, da er nicht weiter kommen konnte. Nunmehr war das Eis gegen Süden, in seiner ganzen Erstreckung von Osten nach West-Südwesten, geschlossen, ohne daß der geringste Anschein einer Oeffnung vorhanden war. Der Capitain glaubte daher, daß es der Klugheit nicht länger gemäß wäre, noch weiter nach Süden zu segeln, besonders, da der Sommer bereits halb vorbey, und wenig Ursache vorhanden war, zu hoffen, daß man es thunlich finden würde, um das Eis herum zu kommen. Nachdem er diesen Entschluß gefaßt hatte, beschloß er, seinen Lauf gerade so zu richten, um das Land aufzusuchen, welches vor kurzem von den Franzosen war entdeckt worden; und da das Wetter indem er diese Absicht auszuführen suchte, von Zeit zu Zeit hell war: so ließ er die Schiffe in einer Entfernung von vier Meilen von einander fortsegeln, um alles, was etwan auf ihrem Wege läge, desto besser aufspüren zu können. Am ersten Februar befanden sich unsre Reisenden unter 48° 30′ südlicher Breite, und 58° 7′ östlicher Länge, beynahe im Mittagszirkel der Insel Mauritius. Dieß war die Lage, in welcher das Land, welches die Franzosen entdeckt haben sollten, zu erwarten war; da sich aber keine Zeichen davon gezeigt hatten: so nahm unser Befehlshaber seinen Lauf nach Osten. Capitain Fourneaux gab dem Capitain Cook an demselben Tage Nachricht, daß er so eben eine Menge See oder Felsengras angetroffen, und verschiedene Vögel, Taucher genannt, dabey gesehen hätte. Dieß waren untrügliche Zeichen von der Nähe eines Landes, ob man gleich auf keine Weise wissen konnte, ob es gegen Osten oder Westen läge. Unser Befehlshaber nahm sich daher vor, in der jetzigen Breite vier bis fünf Grad der Länge nach Westen desselben Mittagszirkels, worin er sich jetzt befand zu segeln, und alsdann seine Nachforschungen gegen Osten fortzusetzen. Die westlichen und nordwestlich Winde, die seit einigen Tagen angehalten hatten, hinderten ihn, sein Vorhaben zur Ausführung zu bringen. Durch die beständige hohe See, die er seit einiger Zeit gehabt hatte, war er gleichwohl überzeugt, daß gegen Westen kein Land von beträchtlicher Größe liegen könnte.

Als Capitain Cook am folgenden Tage nach Osten steuerte *), sagte ihm Capitain Furneaux, er glaubte, daß das Land von ihnen gegen Nordwesten läge; da er einmal bemerkt hätte, daß die See platt und eben wäre, wenn der Wind selbige Richtung hätte. Die Beobachtung stimmte auf keine Weise mit den Bemerkungen überein, die unser Befehlshaber selbst gemacht hatte. Seine Bereitwilligkeit, jedem Winke Folge zu leisten, war indessen doch so groß, daß er beschloß, die Sache zu untersuchen, wenn der Wind ihm in nicht gar zu langer Zeit erlauben würde, nach Westen zu segeln. Da nun der Wind nach Norden umgieng, so erlaubte er, seine Nachsuchung anzustellen, und die Folge davon war die Ueberzeugung, daß, wenn etwan Land nahe wäre, es nur eine Insel von keinem ansehnlichen Umfange seyn könnte.

Cook und seine philosophischen Freunde widmeten während der Zeit, da sie diesen Theil des südlichen Oceans durch-

*) Er befand sich nun unter 49° 13' südlicher Breite.

durchschifften, eine besondere Aufmerksamkeit der Abweichung des Compasses, welche sie von 27° 50' bis zu 30° 26' westlich zu seyn befanden. Vermuthlich kam die mittlere Zahl zwischen diesen beyden, nämlich 29° 4' der Wahrheit am nächsten, da sie mit der Abweichung, die man am Bord des Adventure beobachtet hatte, zusammen traf. Ein Umstand, wovon man keine Ursache anzugeben weiß, ist merkwürdig, ob er gleich jetzt nicht zum erstenmale vorkam. Es ist dieser, daß, wenn die Sonne an der rechten Seite des Schiffs war, diese Abweichung am kleinsten, und wenn sie sich an der linken Seite desselben befand, am größten war.

Am achten Februar hatte unser Befehlshaber, da die Signale vom Adventure nicht beantwortet wurden, Ursache zu befürchten, daß eine Trennung erfolgt wäre. Nachdem er zween Tage, in welchen man von Zeit zu Zeit Kanonen abfeuerte, und in der Nacht Feuer-Signale machte, gewartet hatte: so ward dieser Umstand dadurch bestätiget, so daß das Schiff Resolution nunmehr die Reise allein fortsetzen mußte. Während dieser Fahrt ließen sich Penguinen und andere Vögel von Zeit zu Zeit in großer Anzahl sehen, welches unsern Seefahrern einige Hoffnung, Land zu finden, und zu verschiedenen Gedanken in Rücksicht auf die Lage desselben Anlaß gab. Indessen überzeugte sie doch die Erfahrung, daß man sich auf dergleichen Hoffnungen eben nicht sehr verlassen könnte. Sie waren so oft betrogen worden, daß sie keine Vögel des Oceans, welche hohe Breiten besuchen, noch ferner als gewisse Zeichen von der Nähe des Landes ansehen konnten.

Am siebenzehnten, des Morgens zwischen Mitternacht und drey Uhr, sah man ein Licht am Himmel, das demjenigen ähnlich war, welches auf der nördlichen Halbkugel unter dem Namen der Aurora borealis, oder des Nordlichts bekannt ist. Capitain Cook hatte nie gehöret, daß je eine Aurora australis, oder ein Südlicht war gesehen worden. Der wachthabende Officier bemerkte, daß es sich bisweilen in Spiral-Strahlen und in zirkelförmiger Gestalt verbreitete, zu welcher Zeit das Licht sehr stark war und ein schönes Ansehen hatte. Zu anderer Zeit hingegen war es in verschiedenen Gegenden des Himmels sichtbar und ergoß sein Licht über die ganze Atmosphäre.

Am zwanzigsten glaubten unsere Leute gegen Südwesten Land zu sehen. Ihre Ueberzeugung von dem wirklichen Daseyn desselben war so stark, daß sie an der Sache gar nicht mehr zweifelten, und diesem zufolge bemüheten sie sich, demselben näher zu kommen, wobey denn auch das Wetter ihnen zu ihrer Absicht günstig war. Man befand indessen doch, daß dasjenige, was man für Land angesehen hatte, nur Wolken waren, die des Abends gänzlich verschwanden, und einen hellen Horizont hinterließen, an welchem man nichts, als Eisinseln sehen konnte. In der Nacht sah man das Südlicht wieder, und es hatte ein sehr glänzendes und helles Ansehen. Es zeigte sich zuerst in Osten, und verbreitete sich in kurzer Zeit über den ganzen Himmel.

In der Nacht vom drey und zwanzigsten Februar, da das Schiff sich in 61° 52' südlicher Breite, und 95° 2' östlicher Länge befand, und das Wetter übermäßig stürmisch, dunkel und neblig, und von vermischtem Schnee und Regen begleitet war, waren unsere Reisenden aus allen Seiten mit Gefahren umzingelt. In diesen Umständen war es ganz natürlich, daß sie die Wiederkunft des Tages wünschen; aber der Tag diente, als er anbrach, nur dazu, ihre Besorgnisse zu vergrößern, indem er ihren Blicken diejenigen hohen Eisberge sichtbar machte, welche zu sehen die Finsterniß sie gehindert hatte. Diese ungünstigen Umstände benahmen,

bey so weit verstrichener Jahrszeit, dem Capitain Cook den
Muth, einen Entschluß, den er gefaßt hatte, den Kreis des
Südpols nochmals zu durchkreuzen, zur Ausführung zu bringen.   Er nahm dem zufolge am vier und zwanzigsten frühmorgens, bey sehr heftigem Winde und ungemein hoher See,
welche große Verwüstung unter den Eisinseln anrichteten,
seinen Lauf nach Norden.   Allein diese Verwüstung der Eisinseln war unsern Seefahrern so wenig vortheilhaft, daß sie
vielmehr die Anzahl der Eisschollen, welche sie zu vermeiden
hatten, ungemein vergrößerte.   Man fand, daß die großen
Stücke, die sich von den Eisinseln losrissen, viel gefährlicher,
als die Inseln selbst waren.   Sie ragten so hoch aus dem
Wasser hervor, daß man sie, wenn das Wetter nicht sehr
dunkel und neblig war, gemeiniglich sehen konnte, ehe unsere
Leute ihnen ganz nahe kamen; jene aber konnte man zur
Nachtzeit nicht eher bemerken, als bis sie dem Schiffe ganz
nahe waren.   Diese Gefahren waren gleichwohl dem Capitain und seiner Gesellschaft nunmehr so gewöhnlich geworden,
daß die Besorgnisse, welche sie erregten, niemals von langer
Dauer waren; wie sie denn auch gewissermaßen dadurch ver-
gütet wurden, daß man beständig frisches Wasser, welches
diese Eisinseln gaben, haben konnte, und daß sie ein sehr
romanenhaftes Ansehen hatten.   Das Schäumen und Schlagen der Wellen in die sonderbaren Löcher und Höhlen, die in
vielen derselben anzutreffen waren, erhöheten die Scene ungemein, und das Ganze gab einen Anblick, welcher die Seelen
zugleich mit Bewunderung und Schrecken erfüllte, und nur
durch die Hand eines geschickten Mahlers dargestellt werden
konnte.

     Während der Fahrt vom fünf und zwanzigsten bis zum
acht und zwanzigsten Februar war der Wind von einer großen,
hohlen See begleitet, welche den Capitain Cook überzeugte,

daß kein Land von irgend einer beträchtlichen Größe in einer
Weite von hundert bis hundert und funfzig Seemeilen von
Osten bis nach Südwesten liegen konnte. Ob es gleich in
dieser Weltgegend noch im Sommer und das Wetter etwas
wärmer, als es vorher gewesen, geworden war: so waren
doch die Wirkungen der Kälte so stark, daß neun Ferklein,
die eine Sau des Morgens geworfen hatte, Nachmittags um
vier Uhr schon alle von der Kälte getödtet waren, ob man
sich gleich die größte Mühe gab, dieses zu verhüten. Aus
derselben Ursache waren dem Capitain selbst und verschiedenen
von seinen Leuten die Finger und Zehen geschwollen. In
einigen folgenden Tagen ließ die Kälte sehr nach; allein man
konnte doch nicht sagen, daß es Sommerwetter nach den Begriffen war, die unser Befehlshaber vom Sommer auf der
nördlichen Halbkugel unter sechszig Graden der Breite
hatte, welches beynahe eben so weit, als er damals gewesen war.

Während der Fortsetzung seiner Reise vom acht und
zwanzigsten Februar bis zum eilften März hatte er große Ursache, aus der hohen See und andern Ursachen den Schluß
zu machen, daß gegen Süden kein Land seyn könnte, es
müßte denn in einer großen Entfernung liegen.

Am dreyzehnten und vierzehnten März, da das Wetter
hell war, hatte Herr Wales Gelegenheit, einige Beobachtungen mit der Sonne und dem Monde anzustellen, wovon
das auf den Mittag reducirte Resultat, bey 58° 22′ südlicher
Breite, 136° 22′ östlicher Länge gab. Die Uhren der Herrn
Kendal und Arnold zeigten beyde 134° 42′ an; und dieß war
das erste und einzigemal, daß sie dieselbe Länge anzeigten,
seitdem die Schiffe von England abgegangen waren. Der

größte Unterschied zwischen selbigen hatte gleichwohl, nachdem unsere Reisenden das Cap verlassen hatten, nicht viel
über zwo Grad betragen.

Wegen des gemäßigten Wetters, welches man beynahe
angenehm nennen konnte, entstand bey dem Capitain Cook
der Wunsch, daß er um einige Grade der Breite weiter nach
Süden gewesen seyn möchte, ja er gerieth sogar in Versu-
chung, seinen Lauf nach dieser Richtung zu nehmen. Allein
er bekam bald wieder solch Wetter, welches ihn überzeugte,
daß er weit genug gekommen wäre, und daß die Zeit heran
rückte, da diese Seen nicht befahren werden könnten, ohne
die heftigste Kälte auszustehen. Als er seine Fahrt fortsetzte,
ward er durch wiederholte Beweise vollkommen überzeugt,
daß er in der Richtung von West-Südwest kein Land hinter
sich gelassen hätte, und daß diesseits dem sechszigsten Grade
der Breite kein Land gegen Süden läge. Er nahm daher am
siebenzehnten März *) die Entschließung, die hohen südlichen
Breiten zu verlassen, und nach Neu-Seeland zu segeln, in
der Absicht, das Schiff Adventure aufzusuchen, und seine
Leute zu erfrischen. Er hegte auch einigermaßen den Gedanken, ja sogar ein Verlangen, die östliche Küste von van
Diemens Lande zu besuchen, um sich zu überzeugen, ob es
an die Küste von Neu-Süd-Wales stoße. Da der Wind
ihm aber nicht erlaubte, diesen Theil seiner Absicht zu voll-
führen: so richtete er seinen Lauf nach Neu-Seeland, welches er am fünf und zwanzigsten März zu Gesichte bekam,
und am folgenden Tage in der Dusky Bay die Anker fallen
ließ. Er war nun hundert und siebenzehn Tage in See

P 3

*) Die Resolution befand sich jetzt unter 59° 7' südlicher Breite,
und 146° 53' östlicher Länge.

gewesen, in welcher Zeit er dreytausend sechshundert und sechszig Seemeilen gesegelt war, ohne daß er ein einzigsmal Land zu Gesichte bekommen hatte.

Nach einer so langen Reise unter einer so hohen südlichen Breite hätte man mit Recht erwarten können, daß viele von des Capitains Cooks Leuten vom Scharbock stark würden angegriffen gewesen seyn. Dieß war aber doch ganz und gar nicht der Fall; so heilsam waren die Wirkungen des unge= gohrnen Biers, nebst verschiedenen andern Artikeln von Lebens= mitteln, und besonders des öftern Auslüftens und Ausräu= cherns des Schiffs, so daß nur ein einziger sich am Bord befand, von welchem man sagen konnte, daß er die Krankheit in einem hohen Grade hatte; und eben bey diesem Manne ward sie durch eine üble Leibesbeschaffenheit und durch eine Verwickelung anderer Krankheiten verursacht.

Unserm Befehlshaber gefiel der Platz nicht, wo er geant= kert hatte: er schickte also den Lieutenant Pickersgill nach der südöstlichen Seite der Bay hinüber, um einen bessern aufzu= suchen; und der Lieutenant war so glücklich, einen Hafen zu finden, der in jeder Rücksicht so war, wie man ihn wünschen konnte. Mittlerweile war das Fischerboot sehr glücklich, indem es mit so viel Fischen zurück kam, als zur Abendmahl= zeit der ganzen Schiffsmannschaft hinreichten; und am Mor= gen des folgenden Tages fieng man so viel, als man zum Mittagsessen brauchte. Man machte sich daher die gewisse Hoffnung, daß man mit diesem Artikel reichlich würde ver= sehen werden. Es hatte auch gar nicht das Ansehen, daß an den Ufern und in den Waldungen Mangel an wildem Geflügel seyn würde, so daß unsere Leute die Aussicht hatten, daß sie mit leichter Mühe den Genuß von Lebensmitteln würden ha= ben können, die man in ihrer Lage Leckerbißchen nennen konnte. Diese angenehmen Umstände brachten den Capitain

Cook zu dem Entschlusse, sich eine Zeit lang in dieser Bay aufzuhalten, um sie genau zu untersuchen, da vor ihm niemand in irgend einer der südlichen Gegenden von Neu-See-land gelandet war.

Am sieben und zwanzigsten März lief das Schiff in den Hafen Pickersgill ein; denn dieser Name ward ihm nach demjenigen, der ihn zuerst entdeckt hatte, beygelegt. Hier war Holz zum Brennen und zu anderm Gebrauche sogleich bey der Hand, und ein schöner Fluß süßen Wassers, war nicht über hundert Yards von dem Hintertheile des Schiffs entfernt. Unsere Reisenden, die sich nun in einer so vortheilhaften Lage befanden, fiengen eifrig an, Anstalten zu ihren nöthigen Arbeiten zu machen; indem sie Plätze in der Waldung frey machten, um das Observatorium des Astronomen und eine Schmiede zur Eisenarbeit daselbst anzulegen, wie auch Gezelte für die Segelmacher und Böttcher zu errichten. Sie machten auch einen Versuch, aus den Zweigen, oder Blättern eines Baums, welcher der amerikanischen schwarzen Pechtanne sehr ähnlich war, Bier zu brauen. Capitain Cook war aus der Bekanntschaft mit diesem Baume, und aus der Aehnlichkeit, die er mit gedachter Pechtanne hatte, überzeugt, daß er mit einem Zusaße von verdicktem Safte des ungegohrnen Biers und groben Syrup ein sehr gesundes Getränke geben, und den Mangel der Nahrungsmittel aus dem Pflanzenreiche, die in diesem Lande nicht befindlich waren, ersetzen würde. Der Ausgang zeigte, daß er sich in seinem Urtheile nicht geirrt hatte.

Am acht und zwanzigsten sah man verschiedene von den Eingebornen, die sich wenig um die Engländer bekümmerten, und sich nicht leicht ankommen ließen. Der Capitain hielt auch nicht für gut, einen Umgang mit ihnen zu erzwingen, da er aus vormaliger Erfahrung wußte, daß der beste Weg, dazu zu gelangen, dieser wäre, wenn man die Zeit und den Ort ihnen selbst überließe. So lange unser Befehlshaber in seiner jetzigen Lage blieb, nutzte er jede Gelegenheit, die Bay zu untersuchen. Als er seine Uebersicht derselben fortsetzte, ward seine Aufmerksamkeit am eilften April auf die Nordseite gelenkt, wo er eine schöne geräumige Bucht entdeckte, an deren Ende ein Fluß süßen Wassers ist. An der Westseite sind verschiedene schöne Wasserfälle, und die Ufer sind so steil, daß man unmittelbar von selbigen im Schiffe Wasser einnehmen könnte. Hier wurden vierzehn Enten und einige andere Vögel geschossen, weswegen er diesem Orte den Namen der Enten-Buch (Duch Cove) beylegte. Als er des Abends zurück gieng, traf er auf drey von den Eingebornen, einen Mann und zwey Weiber, welchen er ihre Furcht in kurzer Zeit benahm, und sich mit ihnen in eine Unterredung einließ, wovon man an beyden Seiten wenig verstand. Das jüngste Weib sprach mit einer solchen Schnelligkeit, daß nichts darüber gieng, und unterhielt den Capitain Cook, und die Herren, die ihn begleiteten, mit einem Tanze.

Nach und nach erwarb unser Befehlshaber sich das Wohlwollen und Vertrauen der Indianer. Seine Geschenke nahmen sie gleichwohl anfänglich mit vieler Gleichgültigkeit an, Beile und lange Nägel ausgenommen. Als der Capitain am zwölften April bey einem Besuche von einer Familie der Eingebornen merkte, daß sie sich dem Schiffe sehr behutsam näherten: so kam er ihnen in einem Boote entgegen, welches er verließ, als er nahe bey ihnen war, und sich in ihr Canoe begab. Bey allem dem konnte er sie doch nicht bewegen, an Bord der Resolution zu kommen; endlich aber begaben sie sich ans Land in eine kleine Bucht, setzten sich dem englischen Schiffe gegenüber, und ließen sich einem vertrauten Umgang

mit verschiedenen Officieren und Matrosen ein, in welchem
sie gegen einige, welche sie vermuthlich für Weiber hielten,
eine viel größere Achtung, als gegen andere bewiesen. Sie
waren nunmehr mit unsern Reisenden wirklich in einem so
guten Vernehmen, daß sie in einer Entfernung von ungefähr
hundert Yards von dem Wasserplatze des Schiffs ihren Wohnplatz nahmen. Bey seiner Zusammenkunft mit ihnen hatte
Capitain Cook die Sackpfeiffen und Pfeiffen blasen und die
Trummel schlagen lassen. Die beyden ersten hörten sie mit
augenscheinlicher Unempfindlichkeit; die letzte aber machte bey
ihnen einen gewissen Grad der Aufmerksamkeit rege.

Am achtzehnten April ward ein Anführer, mit welchem
man sich bereits in einige Verbindung eingelassen hatte, bewogen, mit seiner Tochter an Bord der Resolution zu kommen. Ehe er dieß that, beschenkte er den Capitain mit einem
Stück Zeuge, und einem Beile von grünem Talk. Er gab
auch den Herrn Forster ein Stück Zeug, und das Mädchen
dem Herrn Hodges auch eines. Obgleich diese Gewohnheit,
Geschenke zu machen, ehe man dergleichen empfangen hat,
bey den Eingebornen der Südsee-Inseln gewöhnlich ist: so
hatte unser Befehlshaber doch in Neu-Seeland noch kein
Beyspiel davon gesehen. Ehe der Anführer sich an Bord
begab, nahm er auch noch einen kleinen grünen Zweig in die
Hand, womit er einigemal auf die Seite des Schiffs schlug,
und eine Rede, oder Gebet wiederholte. Diese Art, gleichsam Frieden zu machen, ist ebenfalls unter allen Nationen
der Südsee üblich. Als man den Anführer in die Cajüte
führte, besah er jeden Theil derselben mit einer Art von Erstaunen; es war aber nicht möglich, ihn auf irgend einen
Gegenstand auch nur einen Augenblick aufmerksam zu erhalten. Die Werke der Kunst erschienen ihm in demselben Lichte,
wie die Werke der Natur, und waren ihm eben so wenig,

P 5

als diese begreiflich. Die Anzahl der Verdecke und andere
Theile des Schiffs schienen auf ihn und seine Tochter den mei=
sten Eindruck zu machen.

Als Capitain Cook fortfuhr, die Dusky Bay zu unter=
suchen, traf er gelegentlich noch einige andere Eingeborne an,
in Ansehung welcher er sich aller nur möglichen Mittel be=
diente, um sie sich geneigt zu machen. Am zwanzigsten April
begab sich der Anführer, welcher vertraulicher als einer der
übrigen Indianer mit unsern Seefahrern umgegangen war,
mit seiner Familie hinweg, und kam gar nicht wieder. Dieß
war um desto außerordentlicher, da man ihm bey allen seinen
Besuchen mit Geschenken aufgewartet hatte. Er hatte von
verschiedenen Personen neun bis zehn Beile, und drey bis
viermal so viel große so genannte Dückernagel nebst vielen
andern Artikeln bekommen. Er war, in so ferne diese Dinge
in Neu=Seeland für Reichthum gerechnet werden können,
ohne Zweifel dadurch der reichste Mann im ganzen Lande
geworden.

Während des Aufenthalts unserer Reisenden in der
Dusky=Bay bestand eine Beschäftigung derselben in der See=
hunde=Jagd, welches Thier auf eine dreyfache Art nützlich
befunden ward. Der Haut bediente man sich zum Tauwerk,
das Fett gab Oel zu den Lampen her, und das Fleisch ward
gegessen. Am vier und zwanzigsten begab sich der Capitain,
welcher noch fünf Gänse vor denen, die er vom Vorgebürge
der guten Hoffnung mitgebracht, übrig hatte, nach einem
Orte, welchem er den Namen, die Gänse=Bucht (Goose
Cove) gab, und ließ sie daselbst. Er wählte diesen Platz
aus einer doppelten Ursache; erstlich, weil daselbst keine Ein=
wohner waren, wodurch sie beunruhiget werden konnten;
und zweytens, weil hier für sie dienliches Futter im Ueber=
flusse vorhanden war, so daß er gar nicht daran zweifelte,

daß sie sich vermehren und, wie er hoffte über das ganze Land zum vorzüglichen Vortheile desselben verbreiten würden. Einige Tage hernach, als alles, was zum Schiffe gehörte, vom Lande geschafft war, zündete er ein Stück des Waldes an, um ein Grundstück auszutrocknen, welches er umgraben ließ und mit verschiedenen Arten von Garten-Sämereyen besäete. Der Boden war freylich nicht so beschaffen, daß der Säemann sich einen sonderlichen Erfolg versprechen konnte; aber er war der beste, den man nur finden konnte.

Der fünf und zwanzigste April war der achte schöne Tag, den unsre Leute in einer Reihe nach einander gehabt hatten, und man hatte Ursache zu glauben, daß dergleichen Umstand an dem Orte, wo sie jetzt lagen, und in der damaligen Jahrszeit sehr ungewöhnlich war. Dieß günstige Wetter gab ihnen Gelegenheit, sich in kürzerer Zeit mit dem nöthigen Holze und Wasser zu versehen, und das Schiff in den Stand zu setzen, um in See gehen zu können. Am fünf und zwanzigsten des Abends fieng es an zu regnen, und nachmals war das Wetter ungemein veränderlich, indem es von Zeit zu Zeit in einem hohen Grade naß, kalt und stürmisch war. Capitain Cook ließ sich gleichwohl durch nichts abhalten, mit seiner gewöhnlichen Scharfsichtigkeit und Fleiße seine Untersuchung aller Gegenden in der Dusky-Bay fortzusetzen; und da es wenig Plätze in Neu-Seeland giebt, wo man die nöthigen Erfrischungen in solchem Ueberflusse, wie in dieser Bay haben kann: so hat er sich die Mühe gegeben, eine solche Beschreibung von derselben und von dem daran liegenden Lande zu liefern, die künftigen Seefahrern gute Dienste thun kann. Obgleich dieß Land von dem jetzigen handelnden Theile der Welt weit entfernt ist: so kann man doch, wie er sehr richtig bemerkt, ganz und gar nicht sagen, was für einen Nutzen künftige Zeitalter von den Entdeckungen, die in dem jetzigen gemacht werden, ziehen können.

Die verschiedenen Ankerplätze sind auf der Karte unsers Befehlshabers angegeben, und die bequemsten derselben hat er besonders beschrieben. Das Land ist nicht allein in der Gegend der Dusky-Bay, sondern auch im ganzen südlichen Theile der westlichen Küste von Tavalpoenammoo ungemein bergig. Man wird schwerlich eine rauhere und fürchterlichere Aussicht finden können; tiefer ins Land hinein sieht man nur die Gipfel von Bergen von entsetzlicher Höhe, die aus Felsen bestehen, die gänzlich unfruchtbar und nackend sind, nur da ausgenommen, wo sie von Schnee bedeckt werden. Das Land aber, welches an die Seeküste stößt, ist stark mit Waldungen bekleidet, die fast bis ans Wasser reichen; und eben dieses findet auch auf allen benachbarten Inseln statt. Es giebt allerley Gattungen von Bäumen, die fast zu jedem möglichen Gebrauche geschickt sind. Capitain Cook hatte in ganz Neu-Seeland, mit Ausnahme des Themseflusses, kein schöneres Bauholz gefunden. Die ansehnlichste Art davon ist die Pechtanne (Spruce-tree;) denn diesen Namen gab er den Bäumen von der Aehnlichkeit seiner Blätter mit dem amerikanischen Baume dieses Namens, obgleich sein Holz schwer ist, und eine größere Aehnlichkeit mit der Pechfichte hat. Viele von diesen Bäumen sind so groß, daß sie zum großen Mast auf funfzig Kanonen Schiffen gebraucht werden könnten. Unter den mannigfaltigen aromatischen Bäumen und Stauden, welche dieser Theil von Neu-Seeland hervorbringt, waren keine befindlich, welche Früchte trugen, die man essen konnte. Jedoch, ich muß denjenigen, welcher nähere Nachricht von dem Boden, den vegetabilischen Erzeugnissen und Thieren an der Küste haben will, auf des Capitains Cook eigene Erzählung verweisen, und will nur

noch bemerken, daß man das Land nicht so arm an vier-
füßigen Thieren fand, als man vormals geglaubt hatte.

Obgleich die Dusky-Bay unsern Seefahrern viel Vortheile gewährte: so waren sie doch auch mit von einigen unangenehmen Umständen begleitet. Es gab daselbst eine große
Menge kleiner schwarzer Sandfliegen, welche dermaßen be-
schwerlich waren, daß unser Befehlshaber vorher niemals
dergleichen erfahren hatte. Ein andrer schlimmer Umstand
ward durch den beständigen Regen, welcher in der Bay in
großer Menge fiel, veranlasset. Dieser Regen konnte freylich zum Theil von der Jahrszeit herrühren; es ist aber wahrscheinlich, daß dieß Land zu jeder Zeit, wegen der ungeheuern
Höhe und Nähe der Berge, sehr nasser Witterung ausgesetzt
seyn muß. Es war sehr merkwürdig, daß, obgleich unsere
Leute dem Regen beständig ausgesetzt waren, dennoch keine
schlimme Folgen daraus entstunden. Vielmehr wurden diejenigen, welche krank waren, und sich beklagten, als sie in
die Bay kamen, von Tage zu Tage gesünder, und die ganze
Schiffsbesatzung ward stark und munter. Ein so glücklicher
Umstand konnte blos der gesunden Luft des Orts, und den
frischen Lebensmitteln, die er lieferte, unter welchen
das Bier ein sehr wesentlicher Artikel war, zugeschrieben
werden.

Die Bewohner der Dusky-Bay sind von demselben
Geschlechte mit den andern Eingebornen von Neu-Seeland,
reden dieselbe Sprache, und haben fast dieselben Gebräuche.
Sie scheinen eine wandernde Lebensart zu führen, und obgleich
ihre Anzahl nur geringe ist: so bemerkte man doch gar keine
Spuren, daß ihre Familien in einer genauen Verbindung
der Einigkeit und Freundschaft stünden.

Während der Zeit, da die Resolution in der Bay lag,
machte Herr Wales mannigfaltige wissenschaftliche Bemer-

lungen, die sich auf die Breite und Länge *), auf die Abweichung des Compasses, und auf die Verschiedenheiten der
Ebbe und Fluth bezogen, wovon Capitain Cook zum Unterrichte und Nutzen des Publikum in seiner Reise eine kurze
Nachricht mitgetheilt hat.

Als Capitain Cook die Dusky-Bay verließ, richtete er
seinen Lauf nach der Königin Charlotte Sund, wo er das
Schiff Adventure zu finden hoffte. Dieß geschah am eilften
May und bis zum siebenzehnten fiel nichts merkwürdiges vor,
an welchem Tage der Wind sich auf einmal legte, eine Windstille entstand, der Himmel plötzlich von finstern, dicken Wolken verdunkelt ward, und alle Vorboten eines Sturms sich
zeigten. Bald hernach sah man sechs Wasserhosen, von welchen vier zwischen dem Schiffe und dem Lande entständen,
und sich erschöpften. Die fünfte war in einer ansehnlichen
Entfernung an der andern Seite des Schiffs, und die sechste,
deren fortschreitende Bewegung nicht in gerader, sondern in
krummer Linie geschah, gieng in einer Weite von nicht völlig
funfzig Yards bey dem Hintertheile der Resolution vorbey,
ohne eine schlimme Wirkung zu verursachen. Man hatte dem
Capitain berichtet, daß die Lösung einer Kanone die Wasserhosen zerstöre, und es that ihm leid, daß er diesen Versuch
nicht gemacht hatte. Allein ob er sich gleich nahe genug befand, und eine Kanone zu dieser Absicht in Bereitschaft
hatte: so ward doch sein Geist bey dem Anblicke dieser außerordentlichen Erscheinungen so sehr damit beschäftigt, daß er
vergaß, die nöthigen Befehle dazu zu ertheilen.

*) Die Breite des Observatorii des Herrn Wales in Pi-
kersgill Hafen war 45° 47' 26¼" südlich, und die Länge 166°
18' östlich.

Am folgenden Tage gelangte die Resolution in Gesicht von der Königinn Charlotte Sund, wo Capitain Cook das Vergnügen hatte, die Adventure zu entdecken. Beyde Schiffe empfanden eine ungemeine Freude, daß sie nach einer Abwesenheit von vierzehn Wochen nun wieder zusammen kamen. Da die Begebenheiten, welche dem Capitain Furneaux während der Trennung der beyden Schiffe zustießen, mit dem unmittelbaren Entzwecke gegenwärtiger Erzählung keinen Zusammenhang haben: so wird es genug seyn zu bemerken, daß er Gelegenheit hatte, van Diemens Land mit etwas größerer Genauigkeit, als bisher geschehen war, zu untersuchen. Seine Meinung war, daß sich keine Meerengen, sondern eine sehr tiefe Bay zwischen diesem Lande und Neu-Holland befände. Er bekam auch noch neue Beweise, daß die Eingebornen von Neu-Seeland Menschenfleisch essen *).

Am Morgen nach seiner Ankunft in der Königinn Charlotte Sund gieng Capitain Cook selbst mit Tages Anbruche aus, Löffelkraut, Sellery und andere Kräuter zu suchen, und war so glücklich, mit einer Bootsladung von selbigen in kurzer Zeit zurück zu kommen. Da er gefunden hatte, daß man diese Kräuter in hinlänglicher Menge für beyde Schiffsbesatzungen bekommen könnte: so gab er Befehl, sie täglich mit Weitzen und Taschensuppe zum Frühstücke, und mit Erbsen und Suppe zur Mittagsmahlzeit zu kochen. Die Erfahrung hatte ihn gelehret, daß die eben erwähnten Kräuter, wenn sie auf diese Weise zugerichtet werden, den Seeleuten ungemein heilsam sind, indem dadurch den vielfältigen scorbutischen Zufällen, welchen sie unterworfen sind, abgeholfen wird.

*) Cooks Reisen.

Unser Befehlshaber hatte ein Verlangen geheget, van Diemens Land zu besuchen, um Erkundigung einzuziehen, ob es ein Theil von Neu-Holland wäre. Da aber dieser Punct vom Capitain Furneaux so ziemlich war ausgemacht worden: so beschloß er, seine Untersuchungen gegen Osten zwischen den Breiten von 41° und 46° fortzusetzen; und diesem zufolge ertheilte er Befehl, die Schiffe in Bereitschaft zu setzen, um so bald als möglich in See gehen. Am zwanzigsten May schickte er das einzige Schaaf und den Widder ans Land, die ihm von denen noch übrig waren, welche er in der Absicht, sie in diesem Lande zu lassen, vom Vorgebürge der guten Hoffnung mitgenommen hatte. Bald darauf besuchte er verschiedene Gärten, die auf des Capitain Furneaux Befehl angelegt, und mit verschiedenen Pflanzen und Gartengewächsen besetzt waren. Diese waren sämmtlich in einem so blühenden Zustande, daß sie, wenn sie gehörig gewartet würden, den Eingebornen den größten Nutzen versprachen. Am folgenden Tage setzte Capitain Cook selbst einige Leute an, auf Long-Eyland einen Garten anzulegen, den er mit verschiedenen Sämereyen besäete, und besonders mit Rüben, gelben Möhren, Pastinaken und Tartuffeln versah. Dieß waren solche Gewächse, wovon die Indianer den besten Nutzen haben konnten, und wovon man ihnen durch Vergleichung mit solchen Wurzeln, welche sie selbst kannten, leicht einen Begriff beybringen konnte. Am zwey und zwanzigsten May bekam Capitain Cook die unangenehme Nachricht, daß man das Schaaf und den Widder, die er mit so großer Sorgfalt und Mühe nach diesem Orte gebracht hatte, beyde todt wären angetroffen worden. Man glaubte, daß sie etwan vergiftete Pflanzen angetroffen und gefressen hätten, und durch diesen Zufall ward die Hoffnung des Capitains,

Neu-

Neu-Seeland mit einer Zucht von Schaafen zu versehen, urplötzlich vereitelt.

Der Verkehr, den unser großer Seefahrer während dieses seines zweyten Besuchs in der Königinn Charlotte Sund mit den Landes-Einwohnern hatte, war von freundschaftlicher Art. Zwo oder drey Familien schlugen ihren Wohnplatz nahe bey den Schiffen auf, beschäftigten sich täglich mit der Fischerey und versorgten die Engländer mit den Früchten ihrer Arbeit. Unsern Leuten gereichte dieß zu keinem geringen Vortheile, da sie bey weiten keine so erfahrne Fischer, wie die Eingebornen, waren, und auch keine von unsern Arten zu fischen den ihrigen gleich kamen. Es werden also fast in jedem Stande des gesellschaftlichen Lebens verschiedene Künste zur Vollkommenheit gebracht, und es finden sich Dinge, welche die gesittetsten Völker von höchst barbarischen lernen können.

Am zweyten Junius, als die Resolution und Adventure beynahe in Bereitschaft waren, in See zu gehen, schickte Capitain Cook an der Ostseite des Sundes eine Ziege und einen Bock ans Land, und Capitain Furneaux ließ in der Nähe der Cannibalen Bucht einen Eber und zwo trächtige Säue zurück. Die Herren zweifelten gar nicht daran, daß diese Thiere sich mit der Zeit im Lande vermehren würden, woferne nur die Indianer sie nicht tödteten, ehe sie wild würden. Nach dieser Zeit war die Gefahr vorbey; und da die Eingebornen nichts davon wußten, daß man sie daselbst zurück ließ: so hoffte man, daß wohl einige Zeit verlaufen könnte, ehe sie entdeckt würden.

Es ist merkwürdig, daß Capitain Cook bey seinem zweyten Besuche in Charlotte Sund nicht im Stande war, sich des Gesichts einer einzigen Person, die er drey Jahre vorher daselbst gesehen hatte, zu erinnern. Man bemerkte auch nicht

Erster Theil.   Q

ein einzigesmal, daß auch nur ein einziger Indianer das geringste von unserm Befehlshaber oder von irgend einem von unsern Leuten, die auf der letzten Reise bey ihm gewesen waren, wußte. Er hielt es daher für höchst wahrscheinlich, daß der größte Theil der Eingebornen, die diesen Sund im Anfange des 1770sten Jahrs bewohnten, seitdem entweder von bannen waren vertrieben worden, oder sich auch gutwillig nach einem andern Orte begeben hatten. Jetzt war nicht der dritte Theil von Einwohnern vorhanden, die man damals gesehen hatte. Ihr befestigter Platz auf der Landspitze von Motuara war verlassen, und in allen Gegenden des Sundes entdeckte man verlassene Wohnungen. Nach des Capitains Meinung hatte man keine Ursache zu glauben, daß der Ort jemals sehr volkreich gewesen war. Wenn man beyde Reisen mit einander vergleicht, so kann man daraus schließen, daß die Indianer in Eaheinomauwe einen etwas größern Fortgang im gesellschaftlichen Leben, als die Indianer in Tavaipoenammoo gemacht haben.

Den vierten Junius brachte Capitain Cook zum Theil mit einem Besuche bey einem Oberhaupte und einem ganzen Stamme der Eingebornen zu, der ungefähr aus neunzig bis hundert Personen an Männern, Weibern und Kindern bestand. Nachdem der Capitain einige Geschenke unter diese Leuten ausgetheilt, und dem Oberhaupte die angelegten Gärten gezeigt hatte: so begab er sich wieder an Bord, und widmete den Rest des Tags der Feyer des Geburtsfestes des Königs, seines Herrn. Capitain Furneaux und alle Officiere wurden bey dieser Gelegenheit eingeladen, und die Matrosen wurden durch Bewilligung einer doppelten Portion in den Stand gesetzt, an der allgemeinen Freude Theil zu nehmen.

Da einige unserm Befehlshaber es als einen außeror, dentlichen Schritt anrechnen möchten, daß er mitten im Win, ter unter sechs und vierzig Graden südlicher Breite Entdeckun, gen zu machen suchte: so hat er die Gründe aufgezeichnet, die ihn dieses zu thun bewogen haben. Er giebt zu, daß der Winter zu Entdeckungen gar nicht günstig ist. Es schien ihm gleichwohl nothwendig zu seyn, in dieser Jahrszeit etwas vorzunehmen, um das Werk, welches er übernommen hatte, zu mindern, weil er besorgte, daß er sonst nicht im Stande seyn würde, die Entdeckung des südlichen Theils des südlichen stillen Oceans im folgenden Sommer zu Ende zu bringen. Ueberdieß würde er, wenn er einiges Land auf seiner Fahrt nach Osten entdeckte, sogleich in Bereitschaft seyn, es auszu, kundschaften, so bald die Jahrszeit es nur immer erlauben würde. Alle diese Betrachtungen ungerechnet, hatte er we, nig zu befürchten, da er zwey gute, mit allem wohl versorgte Schiffe hatte, und die Besatzung auf beyden gesund war. Wo konnte er also seine Zeit besser anwenden? Wenn er sonst nichts that: so hatte er doch wenigstens Hoffnung, daß er im Stande seyn würde, der Nachwelt zu zeigen, daß diese Meere mitten im Winter befahren werden können, und daß es thun, lich ist, in dieser Jahrszeit auf Entdeckungen auszugehen. So groß war der Eifer unsers Seefahrers, den Endzweck seiner Reise in solchen Umständen zu verfolgen, welche die meisten Menschen bewogen haben würden, behutsamer zu verfahren.

Capitain Cook hatte während seines Aufenthalts im Sunde bemerkt, daß der zweyte Besuch in diesem Lande die Sitten der Einwohner beyderley Geschlechts nichts gebessert hatte. Er hatte die Weiber in Neu, Seeland immer für keuscher, als die indianischen Weiber überhaupt gehalten. Was für Gunstbezeigungen einige wenige unter ihnen der

Mannschaft des Endeavour auch erwiesen haben mochten: so erfolgte doch dieser Umgang gemeiniglich heimlich, und man bemerkte nicht, daß er von den Männern befördert ward. Nun aber ward dem Capitain gemeldet, daß die indianischen Männer selbst die vornehmsten Beförderer eines schändlichen Gewerbes waren, und für einen Dückernagel, oder sonst etwas, worauf sie einen Werth setzten, die Weiber zwangen, Unzucht zu treiben, es mochte ihnen angenehm oder ihrer Neigung zuwider seyn. Man sah auch dabey nicht darauf, daß dergleichen ins geheim vorgenommen wurde, wie der Wohlstand erfodert hätte. Jedweder Freund guter Ordnung und der Glückseligkeit der Gesellschaft wird die Nachricht von diesem Umstande nicht ohne Bekümmerniß lesen, wenn ihm auch dabey Betrachtungen von höherer Art nicht einfallen *).

Am siebenten Junius gieng der Capitain Cook, in Gesellschaft des Schiffs Adventure von der Königinn Charlotte Sund in See. In Rücksicht auf den seemännischen Theil der Fahrt von Neu-Seeland nach Otaheite, welche bis den funfzehnten August währte, verweise ich meine Leser auf die Reise des Capitains, und will nur solche Umstände auswählen, die der Absicht der gegenwärtigen Erzählung mehr gemäß sind. Am neun und zwanzigsten Julius befand man, daß die Mannschaft der Adventure sich in einem kränklichen Zustande befand. Der Koch war gestorben, und zwanzig der besten Leute waren durch Scharbock und Durchfälle außer Stande gesetzt, Dienste zu thun. Am Bord der Resolution aber standen damals nur drey Mann auf der Krankenliste, und von diesen war nur einer vom Scharbock angegriffen. An einigen andern zeigten sich gleichwohl Symptomen dieser

*) Cooks Reisen, am angeführten Orte.

Krankheit, und man nahm daher seine Zuflucht zum ungegohrnen Biere, zur Carotten-Marmelade, und zur abgerie-
benen Citronen- und Pommeranzen-Schaale, mit dem gewöhnlichen guten Erfolge.

Capitain Cook konnte keine Ursache davon angeben, daß
der Scharbock am Bord der Adventure so viel stärker, als
auf der Resolution im Schwange gieng, wenn es nicht etwan
dem Umstand zuzuschreiben war, daß die Mannschaft der ersten
scorbutischer wäre, als die Mannschaft der letzten, da sie in
Neu-Seeland ankamen, und daß sie während des Aufenthalts in der Königinn Charlotte Sund wenige oder gar keine
Kräuter aßen. Dieß kam zum Theil daher, daß sie die rechten Gattungen nicht kannten, und theils von der Abneigung
der Seeleute, die Einführung einer neuen Diät anzunehmen.
Ihr Haß gegen jede ungewöhnliche Veränderung der Lebensmittel ist so groß, daß er allein durch das standhafte und fort-
dauernde Beyspiel des Befehlshabers überwunden werden
kann. Vielen von der Mannschaft des Capitains, Officieren sowohl, als gemeinen Matrosen, mißfiel es, daß man
Sellery, Löffelkraut und anderes Grünes mit den Erbsen
und dem Weitzen kochte, und einige wollten die auf diese
Weise zubereiteten Speisen nicht essen. Da aber dieß auf
das Verfahren des Capitains keine Wirkung that: so ward
ihr Vorurtheil nach und nach schwächer; die ihnen gereichten
Speisen fiengen an, ihnen eben so sehr, als ihren Cameraden
zu gefallen, und endlich war schwerlich einer im Schiffe zu
finden, welcher den Umstand, daß die Mannschaft vom
Scharbock frey war, nicht dem Bier und den Speisen aus
dem Pflanzenreiche zuschrieb, wovon man in Neu-Seeland
Gebrauch gemacht hatte. Von der Zeit an fand unser Befehlshaber, wenn die Matrosen irgendwo anlangten, wo
man Kräuter bekommen konnte, es selten nöthig, ihnen

Q 3

Befehl zu ertheilen, dieselben zu sammeln; und wenn sie selten waren, so schätzte sich derjenige glücklich, welcher ihrer zuerst habhaft werden konnte.

Am ersten August, als die Schiffe sich unter 25° 1' der Breite und 134° 6' westlicher Länge befanden, waren sie beynahe in derselben Lage mit derjenigen, welche der Capitain Carteret für die Insel Pitcairn angiebt, die er im Jahre 1767 entdeckt hat. Unsre Reisenden sahen sich also nach dieser Insel fleißig um, entdeckten aber nichts. Der Länge zufolge, die er für diese Insel angegeben hat, mußte Capitain Cook funfzehn Seemeilen gegen Westen vorbey gekommen seyn. Da dieß aber ungewiß war: so hielt er es der Klugheit nicht gemäß, seine Zeit mit Aufsuchung derselben zu verlieren, da der kränkliche Zustand der Mannschaft auf dem Schiffe Adventure erforderte, so bald als möglich nach einem Erfrischungs-Orte zu gelangen. Indessen würde ein Anblick derselben dienlich gewesen seyn, nicht allein die Länge der Insel Pitcairn, sondern auch der andern, die Capitain Carteret in der Nachbarschaft derselben entdeckt hat, zu berichtigen. Der Werth der Reise dieses Mannes wird dadurch vermindert, daß seine Länge durch astronomische Beobachtungen nicht bestätiget ward, und daß sie daher Irrthümern ausgesetzt ward, deren Verbesserung nicht in seiner Gewalt war.

Capitain Cook war nunmehr gegen Norden der Fahrt, die Capitain Carteret gemacht hatte, gekommen, und hegte deswegen gar keine Hoffnung mehr, ein festes Land zu entdecken. Inseln waren alles, was er, bis er wieder nach Süden zurückgienge, erwarten konnte. Auf dieser und seiner vorigen Reise hatte er den Ocean in einer Breite von 40° Graden und darüber durchkreuzet, ohne etwas anzutreffen, welches ihn im geringsten bewegen konnte, zu glauben, daß er den großen Gegenstand seiner Nachsuchungen erreichen würde. Alle Umstände vereinigten sich, ihn zu überzeugen, daß zwischen dem Mittagskreis von Amerika und Neu-Seeland kein südliches festes Land liegt, und daß weiter gegen Süden, ausgenommen etwa in einer sehr hohen Breite, kein festes Land vorhanden ist. Dieß war gleichwohl ein zu wichtiger Punct, als daß man ihn Meinungen und Muthmaßungen hätte überlassen können. Es mußte durch Thatsachen ausgemacht werden, und unser Befehlshaber hatte beschlossen, den künftigen Sommer dazu anzuwenden, um hierin Gewißheit zu bekommen.

Die Schiffe hatten nicht eher als am sechsten August den Vortheil, einen Strichwind (trade wind) zu bekommen *). Diesen fanden sie in Südosten, als sie sich unter 19° 36′ südlicher Breite, und 131° 32′ westlicher Länge befanden. Da Capitain Cook den südlichen Strichwind gefunden hatte, so richtete er seinen Lauf nach West-Nord-Westen nicht allein in der Absicht, in der Stärke des Windes zu bleiben, sondern auch zu den auf seiner vorigen Reise entdeckten Inseln gegen Norden zu kommen, damit er auf diese Weise auch andere Inseln, die etwan auf diesem Wege lägen, antreffen möchte. Unser Befehlshaber verfolgte nunmehr den Weg, den Herr von Bougainville genommen hatte. Es war ihm leid, daß er nicht Zeit hatte, auf diesem Wege gegen Norden zu segeln; allein wegen des kränklichen Zustandes der Mannschaft im Schiffe Adventure war die Erreichung eines Platzes, wo man Erfrischungen haben konnte ein Gegenstand, welcher wichtiger war, als die Absicht, Entdeckungen zu machen. Vier

Q 4

---

*) Es ist nichts neues in diesem Meere, daß man den südöstlichen Strichwind nicht eher antrifft.

Inseln, bey welchen Capitain Cook vorbey kam, gab er die Namen, der Resolution-Insel, der zweifelhaften Insel, der Furneaux Insel, und der Adventure Insel *). Man glaubt, daß diese Inseln dieselben sind, die Herr von Bougainville sah, und diesen nebst verschiedenen andern Inseln, die in einem Haufen niedriger und halb überschwemmter Inseln bestehen, gab ebengedachter Herr den Namen des gefährlichen Archipelagus (Archipel Dangereux). Das ebene, glatte Meer überzeugte unsre Seefahrer zur Gnüge, daß sie von selbigen umgeben, und es höchst nothwendig wäre, mit äußerster Behutsamkeit besonders zur Nachtzeit den Weg fortzusetzen **).

Am funfzehnten August frühmorgens bekamen die Schiffe die Insel Osnabrügge oder Maitea zu Gesichte, die Capitain Wallis entdeckt hatte. Bald darauf machte Capitain Cook dem Capitain Furneaux bekannt, daß er Willens wäre in die Oaity-Piha Bay, nahe am südöstlichen Ende von Otaheite einzulaufen, in der Absicht, die Erfrischungen, welche er in selbigem Theile der Insel bekommen könnte, einzunehmen, ehe er nach Matavai segelte. Abends um sechs Uhr erblickte man die Insel, die sich nach Westen zog, und unsre Leute fuhren bis gegen Mitternacht fort, sich derselben zu nähern, da sie bis um vier Uhr des Morgens beylegten, worauf sie mit einem guten Ostwinde nach dem Lande hinsegelten. Mit

---

*) Die Resolution Insel liegt unter 17° 24′ südlicher Breite, und 141° 39′ westlicher Länge; die zweifelhafte Insel 17° 20′ der Breite, und 141° 38′ der Länge; die Furneaux Insel 17° 5′ der Breite und 143° 16′ der Länge; und die Adventure Insel 17° 4′ der Breite, und 144° 30′ westlicher Länge.

**) Cooks Reisen, am angeführten Orte.

Tages Anbruch befanden sie sich in einer Entfernung von einer halben Seemeile von dem Rief, oder der Reihe Klippen, und zu gleicher Zeit fieng der Wind an, sich zu legen, und endlich entstand eine Windstille. Es ward nun nothwendig, die Böte auszusetzen, um die Schiffe nach der Höhe zu buxiren; allein alle Bemühungen unserer Reisenden, zu verhindern, daß sie nicht zu nahe ans Rief kommen möchten, waren nicht hinlänglich, dieses zu bewirken. Durch die anhaltende Windstille ward die Lage der Schiffe noch gefährlicher. Capitain Cook machte sich dennoch Hoffnung, um die westliche Spitze des Rief herum, und in die Bay zu kommen. Allein als er ungefähr um zwo Uhr Nachmittags vor eine Oeffnung, oder einen Bruch im Rief kam, durch welche er mit den Schiffen hinein zu kommen sich geschmeichelt hatte, fand er, als er ein Boot, sie zu untersuchen, abgesendet hatte, daß das Wasser in derselben nicht tief genug war. Nichts destoweniger verursachte diese Oeffnung, daß die Fluth mit einer solchen Gewalt eindrang, daß es für die Resolution beynahe sehr unglücklich abgelaufen wäre; denn die Schiffe wurden, so bald sie in den Strohm kamen, mit großer Heftigkeit nach der Felsen-Reihe hingerissen. Man ließ zwar die Anker fallen; aber keiner wollte halten; die Resolution kam einigemal auf den Grund zu sitzen, und sie waren nur zwo Kabeltaues Längen von den sich brechenden Wellen entfernt. Endlich hörte die Fluth auf, in derselben Direction zu wirken, und alle Böte bekamen vom Capitain Befehl, das Schiff fortzuziehen. Dieß ward thunlich befunden, und zugleich kam ein schwacher Wind vom Lande, welcher den Böten so sehr behülflich war, daß die Resolution in kurzer Zeit außer Gefahr kam. Der Capitain schickte darauf alle Böte ab, dem Schiffe Adventure zu helfen; ehe sie aber dahin gelangten, war es mit dem Landwinde schon unter Segel, mußte aber drey Anker nebst einigen

Tauen zurück laſſen, die man niemals wieder bekam. Auf dieſe Weiſe kamen unſre Reiſenden nochmals glücklich in See, nachdem ſie mit genauer Noth dem Schiffbruche an derſelben Inſel entgangen waren, wohin zu gelangen ſie vor einigen Tagen eifrig gewünſcht hatten. Es war ein beſonders glück-licher Umſtand, daß die Windſtille anhielt, nachdem ſie die Schiffe in eine ſo gefährliche Lage gebracht hatte. Denn wenn ein Seewind, wie gewöhnlich der Fall iſt, ſich erho-ben hätte, ſo wäre die Reſolution ohne allen Zweifel verloren geweſen, und vermuthlich auch die Adventure.

Während der Zeit, daß die Engländer in dieſer kriti-ſchen Lage waren, befand ſich eine Anzahl der Eingebor-nen entweder am Bord, oder nahe bey den Schiffen in ihren Canoes. Sie ſchienen gleichwohl bey der Gefahr, in welcher ſich die Unſrigen befanden, unempfindlich zu ſeyn, und ver-riethen nicht den geringſten Grad des Erſtaunens, der Freude oder Furcht, wenn die Schiffe den Grund berührten, und begaben ſich kurz vor Sonnen Untergange ganz unbekümmert hinweg. Obgleich die meiſten von ihnen den Capitain Cook wieder kannten, und viele ſich nach Herrn Banks und an-dern, die ihn begleitet hatten, erkundigten: ſo war es doch merkwürdig, daß keiner von ihnen nach dem Tupia fragte.

Am ſiebenzehnten Auguſt ankerten beyde Schiffe in der Oaiti-Piha Bay, worauf ſogleich die Landes-Einwohner in Menge zu ihnen kamen, und Cocosnüſſe, Plantanen, Bananoes, Aepfel, Yams und andere Wurzeln brachten, und gegen Nägel und Knöpfe vertauſchten. Einige, die ſich Oberhäupter nannten, beſchenkte unſer Befehlshaber mit Hemden, Beilen und andern Sachen, wofür ſie ihm Schweine und Geflügel zu bringen verſprachen, welche Ver-ſprechen ſie aber nicht erfüllten, und, wie aus ihrem Betra-gen erhellte, zu erfüllen wohl nie die Abſicht gehabt haben mochten. An demselben Tage Nachmittags landete Capitain Cook in Gesellschaft des Capitain Furneaux, in der Absicht, den Wasserplatz zu besehen, und die Gesinnungen der Einwohner zu erforschen. Er fand, daß Wasser, dessen man jetzt am Bord sehr bedurfte, bequem zu erhalten war, und die Einwohner betrugen sich sehr höflich. Dieser Höflichkeit ungeachtet ward am folgenden Tage doch nichts, als Früchte und Wurzeln zu Markte gebracht, ob man gleich berichtete, daß viel Schweine bey den Häusern in der Nachbarschaft wären gesehen worden. Die allgemeine Rede war, daß sie dem Waheatoua, dem Earee be hi oder dem Könige gehörten, welcher sich noch nicht hatte sehen- lassen, so wie auch noch kein Oberhaupt von einigem Ansehen. Unter den Indianern, die an Bord der Resolution kamen, und von welchen nicht wenige kein Bedenken trugen, sich Earees zu nennen, war einer von dieser Art, der in der Cajüte fast den ganzen Tag war bewirthet worden, und dessen Freunde so wohl, als ihn selbst, Capitain Cook freygebig beschenkt hatte, und den man endlich doch darüber betraf, daß er Dinge, die ihm nicht gehörten, aus dem Schiffe hinab reichte. Da zu gleicher Zeit über die Eingebornen, die sich auf dem Verdeck befanden, verschiedene Klagen von derselben Art geführet wurden: so jagte unser Befehlshaber sie alle vom Schiffe. Sein Gast, den er in der Cajüte bewirthet hatte, machte sich sehr eilfertig davon, und der Capitain war über die Aufführung dieses Earee dermaßen aufgebracht, daß er, als derselbe sich in einiger Entfernung von der Resolution befand, zwo Musketen über seinen Kopf hin abfeuerte, worüber er so sehr erschrack, daß er das Canoe verließ, und sich ins Wasser warf. Capitain Cook schickte darauf ein Boot ab, das Canoe wegzunehmen; als aber das Boot sich dem Ufer näherte, fiengen die Leute auf dem Lande an, mit Steinen darnach zu werfen. Das Boot war unbewaffnet, und der Capitain deswegen einigermaßen für dasselbe besorgt; er gieng also selbst mit einem andern Boote ab, um es in Schutz zu nehmen, und ließ eine mit einer Kugel geladene Kanone längst der Küste hin abfeuern, welches verursachte, daß alle Indianer sich vom Ufer hinweg begaben, und er zwo Canoes, ohne daß man im geringsten Miene machte, sich zu widersetzen, wegnehmen konnte. In einigen Stunden war der Friede hergestellt, und die Canoes wurden dem ersten, der sich einfand, sie abzuholen, wieder gegeben.

Nicht eher als am Abend dieses Tages erkundigte man sich nach dem Tupia, und diese Nachfrage geschah auch nur von zween oder drey der Eingebornen. Als sie die Ursache seines Todes vernahmen, waren sie völlig zufrieden, und unser Befehlshaber hatte auch gar keine Ursache zu glauben, daß sie sich auch nur einen Augenblick betrübt haben würden, wenn Tupias Tod von einer andern Ursache, als einer Krankheit hergekommen wäre. Eben so wenig bekümmerten sie sich um den Aotourou, der mit dem Herrn von Bougainville gegangen war. Sie fragten aber beständig nach Herrn Banks und verschiedenen andern, die den Capitain auf seiner ersten Reise begleitet hatten.

Seit dieser Reise waren sehr große Veränderungen im Lande vorgefallen. Toutaha, der Regent der größern Halbinsel von Otaheite, war in einem Treffen geblieben, welches beyde Königreiche ungefähr fünf Monat vor der Ankunft der Resolution einander geliefert hatten, und Otoo war nunmehr regierender Fürst. Tubourai Tamaide, und verschiedene von den vornehmsten Freunden der Engländer waren nebst einer großen Anzahl gemeinen Volks im Treffen geblieben. Jetzt war der Friede zwischen den beyden großen Abtheilungen der Insel hergestellt.

Am zwanzigsten August raubte einer von den Eingebornen eine Flinte, die der am Lande befindlichen Wache gehörte. Capitain Cook, welcher selbst Zeuge von dem Vorfalle war, schickte ihm einige von seinen Leuten nach; dieß würde aber wenig geholfen haben, wenn der Dieb nicht von einigen seiner eignen Landsleute wäre aufgefangen worten, die ihn freywillig verfolgten, zu Boden warfen und den Engländern die Flinte wieder gaben. Diese Ausübung der Gerechtigkeit diente dazu, daß unser Befehlshaber mit einer unangenehmen Lage verschont blieb. Wenn die Eingebornen ihm nicht unverzüglich Beystand geleistet hätten: so würde er schwerlich vermögend gewesen seyn, die Flinte durch gütliche Mittel wieder in seine Gewalt zu bekommen; und wenn er zu einer andern Verfahrungsart seine Zuflucht hätte nehmen müssen: so war er versichert, daß er mehr als den zehnfachen Werth derselben verloren hätte.

Die Betrügerey eines Mannes, welcher als ein Oberhaupt erschien, verdient vielleicht angemerkt zu werden. Dieser Mann beschenkte den Capitain Cook bey einem Besuche, den er ihm machte, mit einigen Früchten, worunter sich eine Anzahl Cocosnüsse befand, von welchen unsre Leute die Milch bereits abgezapfet, und sie hernach über Bord geworfen hatten. Diese hatte der Anführer gesammlet, und so künstlich in Bündeln gebunden, daß man anfänglich den Betrug nicht merkte. Als man ihm denselben anzeigte, öffnete er, ohne die geringste Bewegung zu verrathen, und indem er sich stellte, als wenn er nicht das geringste von der Sache wüßte, zwo oder drey von den Nüssen, gab zu erkennen, daß er von der Sache überzeugt wäre, gieng darauf ans Land, und schickte einen Vorrath an Plantanen und Bananas. Nicht bloß in gesitteten Gesellschaften weiß man mit Freymüthigkeit und dabey doch auf eine unvorsichtige Art zu betrügen.

Am drey und zwanzigsten August hatte Capitain Cook eine Zusammenkunft mit dem Waheatoua, wovon die Folge war, daß unsre Seefahrer an diesem Tage so viel Schweine- fleisch bekamen, als zu einer Mahlzeit für die Mannschaft beyder Schiffe hinlänglich war. Zur Zeit der ersten Reise des Capitains hieß Waheatoua, der damals nicht viel mehr, als ein kleiner Knabe war, Tearee; hatte aber nunmehr, da er seinem Vater in seiner Würde gefolgt war, auch seines Vaters Namen angenommen.

Die Früchte, die man in der Oaiti-Piha Bay bekam, waren zur Herstellung der kranken Mannschaft auf dem Schiffe Adventure ungemein beförderlich. Viele von ihnen, die sich so schlecht befanden, daß sie sich ohne Hülfe nicht von der Stelle bewegen konnten, wurden in einigen Tagen so weit hergestellt, daß sie im Stande waren, ohne Hülfe herumzu- gehen. Als die Resolution in die Bay einlief, befand sich nur ein Mann, der vom Scharbock angegriffen war, am Bord, nämlich ein Seesoldat, welcher lange krank gewesen war, und am zweyten Tage nach ihrer Ankunft an einer Verwickelung von Krankheiten starb, die nicht die geringste Verwandschaft mit dem Scharbock hatten.

Am vier und zwanzigsten giengen beyde Schiffe in See, und kamen am folgenden Abend in der Mataval Bai an. Ehe sie noch die Anker konnten fallen lassen, waren die Ver- decke schon voll von Eingebornen, von welchen Capitain Cook viele kannte, und von denen die meisten sich seiner ganz gut erinnerten. Unter einer großen Menge Volks, welches sich am Ufer versammelt hatte, befand sich auch Otoo, der Kö- nig der Insel. Unser Befehlshaber legte am folgenden Tage zu Oparree, seinem Residenzplatze, einen Besuch bey ihm

ab, und fand an ihm einen feinen, anſehnlichen, wohlge-
machten Mann, von ſechs Fuß und ungefähr dreyßig Jahr
alt. Die Eigenſchaften ſſeines Geiſtes entſprachen ſeinem
äußerlichen Anſehen nicht; denn als Capitain Cook ſich bemühete, das Verſprechen eines Beſuchs auf dem Schiffe von
ihm zu erhalten, gab er zu erkennen, daß er ſich vor den
Kanonen fürchtete, und gab wirklich durch alle ſeine Handlungen zu erkennen, daß er ein Fürſt von furchtſamer Gemüthsart war.

Bey ſeiner Zurückkunft von Oparree fand der Capitain
die Gezelte und das Obſervatorium des Aſtronomen an derſelben Stelle errichtet, wo er den Vorübergang der Venus
im Jahr 1769 beobachtet hatte. Die Kranken, zwanzig
vom Adventure, und einer von der Reſolution, die ſämmt-
lich vom Scharbock angegriffen waren, ließ er aus Land bringen, und beſtellte am Ufer eine Wache von Seeſoldaten, unter dem Commando des Lieutenants Edgcumbe.

Am ſieben und zwanzigſten Auguſt überredete man endlich den Otoo, ob er gleich einigen Widerwillen dagegen be-
zeugte, einen Beſuch bey unſerm Befehlshaber abzuſtatten.
Er kam von einem anſehnlichen Gefolge begleitet, und brachte
Früchte, ein Schwein, zween große Fiſche, und einen Vorrath an Zeug mit, wofür er und ſein ganzes Gefolge anſtän-
dige Geſchenke empfiengen. Als Capitain Cook ſeine Gäſte
ans Land brachte, traf er daſelbſt eine ehrwürdige Frau, die
Mutter des verſtorbenen Toutaha an, die ſeine beyden Hände
ergriff, und eine Thränenfluth vergoß, mit den Worten:
Toutaha Tiyo no Toutee matty Toutaha! das
iſt: „Toutaha, ihr Freund, oder Cooks Freund, iſt todt.”
Er war von ihrem Betragen dermaßen gerührt, daß es ihm
unmöglich geweſen wäre, ſeine Thränen mit den ihrigen nicht
zu vermiſchen, woferne nicht Otoo, welchem die Zuſammen-

kunst mißfiel, ihn von ihr abgezogen hätte. Es kostete Mühe, daß der Capitain Erlaubniß erhielt, sie noch einmal zu sehen, da er sie denn mit einem Beile und einigen andern Dingen beschenkte. Capitain Furneaux machte dem Könige um dieselbe Zeit ein Geschenk mit zwo hübschen Ziegen, wovon man, wenn sie mit Zufällen verschont blieben, vermuthen konnte, daß sie sich vermehren würden.

Man hatte verschiedene Tage in einem freundschaftlichen Umgange mit den Eingebornen zugebracht, und einen Vorrath von Lebensmitteln von ihnen bekommen; aber am dreyßigsten August des Abends wurden die Herren am Bord der Resolution durch ein Geschrey über Mord und durch einen großen Lerm am Lande hinten in der Bay und in einiger Entfernung vom englischen Lager in Schrecken gesetzt. Capitain Cook, welcher vermuthete, daß vielleicht einige von seinen Leuten Theil an der Sache haben möchten, schickte sogleich ein bewaffnetes Boot ab, um sich nach der Ursache der Unruhe zu erkundigen, und diejenigen von seinen Leuten, die man daselbst finden würde, mitzubringen. Er schickte auch zur Adventure, und zu dem Posten am Lande, um sich zu erkundigen, wer etwan fehlte; denn von der Resolution war sonst niemand, als diejenigen, die Dienste thaten, abwesend. Die Böte kamen in kurzer Zeit mit drey Seesoldaten und einigen Matrosen zurück. Einige andere, die zum Schiffe Adventure gehörten, wurden gleichfalls angehalten; alle wurden gefangen gesetzt, und am folgenden Morgen gab der Capitain Befehl, sie nach Verdienst zu bestrafen. Er fand nicht, daß Unheil angerichtet war, und die Leute wollten nichts bekennen. Einige Freyheiten, welche sie sich mit den Weibern genommen, hatten vermuthlich zu der Unruhe Anlaß gegeben. Allein was auch die Ursache davon seyn mochte,

so

so waren doch die Eingebornen in so großes Schrecken gerathen, daß sie mitten in der Nacht aus ihren Wohnungen entflohen, und der Lerm sich viele Meilen weit an der Küste verbreitete. Des Morgens wollte Capitain Cook, einer Verabredung zufolge, einen Besuch bey dem Otoo abstatten, fand aber, daß er sich von dem Orte seines gewöhnlichen Aufenthalts weit entfernt hatte, oder vielmehr entflohen war. Nach des Capitains Ankunft an dem Orte, wo er sich befand, vergiengen einige Stunden, ehe er ihn zu Gesichte bekommen konnte, und darauf beklagte er sich über den in der vorigen Nacht betriebenen Unfug.

Da die Kranken beynahe hergestellt waren, man einen genugsamen Vorrath an Wasser angeschafft, und die nöthigen Ausbesserungen am Schiffe vollendet hatte: so beschloß Capitain Cook, unverzüglich in See zu gehen. Er gab diesem zufolge am ersten September Befehl, alles vom Lande an Bord zu bringen, und die Anker zu lichten, mit welcher Arbeit seine Leute den größten Theil des Tages zubrachten. An gedachtem Tage Nachmittags kam Lieutenant Pickersgill von Attahourou, wohin der Capitain ihn geschickt hatte, um einige Schweine zu holen, die man ihm versprochen hatte. Auf dieser Reise hatte der Lieutenant die berühmte Oberea gesehen, die so oft ein Gegenstand poetischer Erdichtungen gewesen ist. Sie befand sich, in Vergleichung mit ihren vorigen Umständen, in einem sehr niedrigen Zustande. Sie hatte nicht allein in Rücksicht auf ihre Gestalt sehr verloren, sondern schien auch arm zu seyn, und wenig oder gar kein Ansehen in der Insel zu haben. Als Abends der Wind günstig geworden war, gieng unser Befehlshaber in See, und mußte bey dieser Gelegenheit seine Otaheiter Freunde, früher entlassen, als sie ihn zu verlassen wünschten. Sie waren

Erster Theil. R

aber doch mit seiner gütigen und freygebigen Behandlung
sehr zufrieden *).

Von der Matavai Bay richtete Capitain Cook seinen
Lauf nach der Insel Huaheine, wo er anzusprechen Willens
war. Bey dieser Insel kam er am folgenden Tage an, und
gieng am dritten September frühmorgens nach dem Hafen
Owharre unter Segel, in welchen er in kurzer Zeit die Anker
fallen ließ. Das Schiff Adventure, welches sich nicht so
leicht wendete, um in den Hafen zu kommen, kam an der
Nordseite des Canals auf dem Strand zu sitzen; allein durch
zeitigen Beystand, den Capitain Cook auf diesem Fall zum
voraus veranstaltet hatte, ward es, ohne einigen Schaden
bekommen zu haben, wieder abgebracht. So bald beyde
Schiffe in Sicherheit waren, landete unser Befehlshaber in
Gesellschaft des Capitains Furneaux auf der Insel, und ward
von den Einwohnern mit dem herzlichsten Wohlwollen empfangen. Man fieng sogleich einen Handel an, so daß unsre
Seefahrer die beste Aussicht hatten, mit frischem Schweine-
fleisch und Geflügel im Ueberflusse versehen zu werden, welches für Leute in ihrer Lage ein sehr wünschenswürdiger Umstand war. Am vierten September segelte der Lieutenant
Pickersgill mit dem Cutter nach dem südlichen Ende der Insel,
um daselbst einen Handel anzufangen. Eine andere Handels-
Parthey ward nahe bey den Schiffen ans Land geschickt,
bey welcher sich Capitain Cook selbst befand, um dahin zu
sehen, daß dieß Geschäft im Anfange gehörig betrieben
würde, da dieß ein Punct von keiner geringen Wichtigkeit
war. Als alles nach seinem Sinne eingerichtet war, begab er
sich, in Gesellschaft des Capitains Furneaux und Herrn Forster zum Besuche zu seinem alten Freunde Oree, dem Ober-

*) Cooks Reise.

haupte der Insel. Vor diesem Besuche giengen viel vorberei-
tende Cärimonien her.   Unter andern Dingen schickte dieser
Regent unserm Befehlshaber, die in ein kleines Stück Zinn
eingegrabene Innschrift, die er ihm im Julius 1769 hinterlassen hatte.   Sie befand sich in dem Beutel, den Capitain
Cook dazu gemacht hatte, mit einem Stücke falscher englischer
Münze, und einigen wenigen Knöpfen, die zugleich mit
derselben hinein gethan waren; woraus denn erhellete, mit
welcher Sorgfalt alles war aufgehoben worden.   Nachdem
diese vorgängigen Cärimonien vollbracht waren, wollte der
Capitain sich zum Könige begeben, erhielt aber Nachricht,
daß der König zu ihm kommen würde.   Oree kam also zu
unserm Befehlshaber, fiel ihm um den Hals und urarinte
ihn, und diese Umarmung war keine leere Cärimonie; denn
die Zähren, die dem ehrwürdigen alten Manne über die
Wangen herab tröpfelten, bewiesen zur Gnüge, daß es die
Sprache des Herzens war.   Die Geschenke, die Capitain
Cook dem Oberhaupte bey dieser Gelegenheit machte, bestanden in den besten Sachen, die er hatte; denn er betrachtete
ihn, wie einen Vater.   Oree gab dem Capitain dagegen ein
Schwein, und einen Vorrath an Zeuge, wobey er versprach,
daß allen Bedürfnissen der Engländer abgeholfen werden
sollte; und dieß war ein Versprechen, welches er getreulich
erfüllte.   Er gieng in der That in seinen gütigen Gesinnungen gegen den Capitain Cook so weit, daß er nicht ermangelte, ihm täglich für seinen Tisch einen reichlichen Vorrath
von den besten, schon zubereiteten Früchten und Wurzeln
zu senden.

Bisher war alles gut und zu jedermanns Vergnügen
ausgefallen; aber am Montage, den sechsten September
ereigneten sich verschiedene Umstände, die denselben zu einen
unangenehmen und unruhigen Tag machten.   Als unser

R 2

Befehlshaber zum Handelsplatze kam, meldete man ihm,
daß einer von den Einwohnern sich sehr trotzig aufgeführt
hätte. Dieser Mann war völlig kriegerisch gekleidet, hatte
in jeder Hand eine Keule, und schien böse Absichten zu haben.
Capitain Cook nahm ihm daher seine Keulen ab, zerbrach sie
vor seinen Augen, und zwang ihn mit einiger Mühe, sich zu
entfernen. Um dieselbe Zeit ward Herr Sparrmann, welcher unbesonnener Weise allein ausgegangen war, zu botanisiren, von zween Eingebornen angefallen, die ihm alles,
was er um und an sich hatte, seine langen Hosen ausgenommen, abnahmen, und ihm einige Streiche mit seinem eigenen
Jagdmesser gaben, ob sie ihn gleich glücklicher Weise nicht
beschädigten. Als sie ihr Vorhaben ausgeführt hatten, machten sie sich davon, worauf ein anderer von den Eingebornen
ein Stück Zeug brachte, ihn zu bedecken, und führte ihn in
diesem Zustande nach dem Handelsplatze, wo die Einwohner
in großer Anzahl versammelt waren. In dem Augenblicke,
da Herr Sparrmann in dem eben beschriebenen Zustande
erschien, flohen alle in größter Eile. Capitain Cook aber rief
einige von den Indianern zurück, und überzeugte sie, daß er
keinen Schritt thun würde, um diejenigen, die unschuldig
wären, zu beleidigen, und begab sich darauf zum Oree, um
sich über die Gewaltthätigkeit zu beklagen. Als der König
den Bericht von der ganzen Sache angehöret hatte, weinte
er laut, und viele andere von den Einwohnern thaten es
gleichfalls. Als seine heftige Bekümmerniß einigermaßen nach-
gelassen hatte: so fieng er an, seine Leute zur Rede zu stellen,
und sagte ihnen, (so wie die Engländer es verstunden,) wie
gut Capitain Cook sowohl auf dieser als auf der vorigen Reise
mit ihnen umgegangen, und wie niederträchtig es von ihnen
wäre, dergleichen Handlungen zu begehen. Er ließ sich darauf
eine umständliche Nachricht von allem geben, was dem Herrn

Sparrmann war geraubt worden, und nachdem er versprochen hatte, sich die äußerste Mühe zu geben, alles wieder zu
bekommen: so verlangte er, sich in des Capitains Boot zu
begeben. Hierüber bezeigten die Eingebornen, die vermuthlich für die Sicherheit ihres Fürsten besorgt waren, die äußerste Unruhe, und führten alle nur mögliche Gründe an, ihm
eine so unbesonnene Maßregel zu widerrathen. Alle ihre
Vorstellungen waren gleichwohl vergebens. Er eilte ins
Boot, und sie erhoben ein großes Geschrey, so bald sie sahen,
daß ihr geliebtes Oberhaupt gänzlich in unsers Befehlshabers
Gewalt war. Ihr Kummer war in der That unausssprech-
lich; sie baten, sie flehten, ja sie versuchten sogar, ihn aus
dem Boot zu reißen, und jedermanns Gesicht war naß von
Thränen. Capitain Cook selbst war durch ihren Kummer so
sehr gerührt, daß er seine Bitten mit den ihrigen vereinigte;
aber alles half nichts. Oree bestand darauf, daß der Capitain
ins Boot kommen sollte, und dieß war nicht so bald geschehen, als er Befehl ertheilte, vom Lande abzustoßen. Seine
Schwester war die einzige Person unter den Indianern, die
sich bey dieser Gelegenheit mit einer anständigen Großmuth
betrug. Von gleichem Geiste mit ihrem Bruder beseelt,
widersetzte sie ganz allein sich seinem Vorhaben nicht. Die
Absicht, aus welcher er sich ins Boot der Engländer begab,
war, mit ihnen zu fahren, und die Räuber aufzusuchen. Er
fuhr also mit dem Capitain Cook zu Wasser so weit es sich
thun ließ, worauf sie landeten, ans Land giengen, und sich
einige Meilen hinein begaben. Der König gieng hierbey
voran, und erkundigte sich bey allen, welche er sah, nach den
Verbrechern. Er würde die Nachsuchung bis ans Ende der
Insel fortgesetzt haben, wenn unser Befehlshaber, welcher
den Gegenstand einer so mühsamen Nachforschung nicht achtete, sich nicht geweigert hätte, weiter zu gehen. Da er

überdieß die Absicht hegte, am folgenden Morgen unter Segel zu gehen, und alle Art von Handel wegen der Unruhe der
Einwohner gehemmet war: so ward es für ihn desto nothwendiger zurück zu gehen um alles wieder in den vorigen
Stand zu setzen.   Es geschah nicht anders, als mit großem
Widerwillen, daß Oree sich bewegen ließ, von der Nachsuchung abzulassen, und sich daran zu begnügen, einige von
seinen Leuten abzuschicken, die geraubten Sachen wieder zu
holen.   Als er und der Capitain sich wieder zurück ins Boot
begeben hatten, fanden sie daselbst des Oberhaupts Schwester, und verschiedene andere Personen, die sich zu Lande
dahin begeben hatten.   Die Engländer begaben sich sogleich
in ihr Boot, um sich wieder an Bord zu begeben, ohne den
Oree einmal zu bitten, sie zu begleiten.   Nichts desto weniger bestand er darauf, auch konnten der Widerstand und die
Bitten derer, die um ihn waren, ihn nicht bewegen, von
seinem Vorhaben abzulassen.   Seine Schwester folgte seinem
Beyspiele, ohne daß die Bitten und Thränen ihrer Tochter
bey dieser Gelegenheit einigen Einfluß auf sie hatten.   Capitain Cook belohnte den König und seine Schwester reichlich
für das Vertrauen, welches sie auf ihn gesetzt hatten, und
brachte beyde nach der Mittagsmahlzeit ans Land, wo einige
hundert vom Volke warteten, sie zu empfangen, wovon viele
den Oree mit Freudenthränen umarmten.   Nun herrschte
überall Friede und Freude.   Die Einwohner kamen in Menge
aus allen Gegenden mit einem so großen Vorrath an Schweinen, Geflügel und Erdgewächsen herbey, daß die Engländer
sogleich zwey Böte damit anfüllten, und der König selbst beschenkte den Capitain mit einem großen Schweine und einem
Vorrath an Früchten.   Des Herrn Sparrmanns Jagdmesser,
das einzige Stück von Werthe, was er verloren hatte, ward
mit einem Theile seines Rocks wieder gebracht, und man

ſagte unſerm Seefahrern, daß die fehlenden Stücke am folgenden Tage auch wieder zurück gegeben werden ſollten. Einige Sachen, die einer Parthey von Officieren, welche aufs
Schießen ausgegangen, waren geſtohlen worden, wurden
gleichfalls zurück gegeben.

Ich habe dasjenige, was an dieſem Tage vorgieng,
deswegen ſo umſtändlich angeführt, weil daraus erhellet,
welch eine hohe Meynung das Oberhaupt von unſerm Befehlshaber hegte, und welch ein unbegränztes Vertrauen er
auf ſeine Redlichkeit und Ehre ſetzte. Oree hatte mit dem
Capitain Cook einen feyerlichen Freundſchaftsbund nach allen
im Lande gewöhnlichen Formalitäten errichtet, und ſchien zu
glauben, daß dieſe Freundſchaft durch keine Handlung irgend
einer andern Perſon gebrochen werden könnte. Der Capitain
bemerkt ſehr richtig, daß man wohl ſchwerlich ein anderes
Oberhaupt finden möchte, welches unter ähnlichen Umſtänden
eben ſo handeln werde. Oree hatte in der That nichts zu
befürchten; denn es war unſers Befehlshabers Abſicht nicht,
ihm ein Haar auf dem Kopfe zu krümmen, oder ihn einen
Augenblick länger, als ſeinem eignen Verlangen gemäß war,
bey ſich zu behalten. Aber wie konnte er und ſein Volk davon
verſichert ſeyn? Ihnen war nicht unbekannt, daß, wenn er
ſich erſt einmahl in des Capitains Gewalt befände, die ganze
Macht der Inſel nicht hinlänglich wäre, ihn daraus zu befreyen, und daß ſie alle Foderungen, ſo groß ſie auch immer
ſeyn möchten, zu ſeinem Löſegelde hätten bewilligen müſſen.
Die Beſorgniſſe der Einwohner für ihres Oberhaupts
und ihre eigene Sicherheit hatten alſo einen vernünftigen
Grund,

Frühmorgens am ſiebenten September begab ſich der
Capitain, indem die Schiffe die Anker lichteten, zum Oree,
um ihm einen Abſchieds-Beſuch zu geben, und nahm ſolche

Geschenke mit, die nicht bloß einen eingebildeten Werth,
sondern einen wahren Nutzen hatten. Er hinterließ auch dem
Oberhaupte die Platte mit der Innschrift, die er vorher im
Besitze gehabt hatte, wie auch eine andere kleine Kupferplatte,
in welcher diese Worte eingegraben waren: „Sr. brittischen
Majestät Schiffe, Resolution und Adventure ankerten hier
im September 1773." Diese Platten und einige Medaillen
wurden zusammen in einen Beutel gethan, welche Oree sorg=
fältig aufzubewahren, und dem ersten Schiffe, oder Schif=
fen, die bey der Insel anlangen würden, vorzuzeigen versprach.
Nachdem er dem Capitain Cook zur Vergeltung noch ein
Schwein gegeben, und sein Boot mit Früchten beladen hatte,
nahmen sie von einander Abschied, und der gute alte Kö=
nig umarmte unsern Befehlshaber mit Thränen in den Augen.
In dieser Zusammenkunft ward der übrigen Sachen, die dem
Herrn Sparrman waren geraubt worden, gar nicht erwähnt.
Da es noch frühmorgens war: so glaubte der Capitain, daß
sie noch nicht eingebracht wären, und war nicht geneigt, mit
dem Oree davon zu reden, damit er ihm keinen Kummer we=
gen Sachen machen möchte, zu deren Wiedererlangung die
Zeit zu kurz gewesen war. Als man aber die Räuber bald
hernach bekommen hatte: so kam Oree wieder an Bord, den
Capitain zu bitten, daß er ans Land kommen möchte, entwe=
der sie selbst zu bestrafen, oder ihre Bestrafung anzusehen;
da ihm aber dieß nicht gelegen, so überließ er sie der Züchti=
gung ihres eignen Oberhaupts. Von der Insel Huaheine
nahm Capitain Furneaux einen jungen Mann, Namens
Omai, von Ulietea gebürtig, in sein Schiff auf, welcher
nachmals so sehr bekannt, und von welchem so viel geschrieben
worden. Diese Wahl mißbilligte Capitain Cook anfänglich,
weil er glaubte, daß dieser Jüngling nicht geschickt wäre,
seinen Landsleuten einen richtigen Begriff von den Einwoh=

hern der Societäts-Inseln beyzubringen, da er in Ansehung
der Geburt und des erworbenen Ranges geringer war, als
viele unter ihnen, und keinen besondern Vorzug weder in
Ansehung seines Wuchses, seiner Gestalt, oder Gesichtsfarbe
hatte. Nachmals aber fand der Capitain Ursache, besser
damit zufrieden zu seyn, daß Omai unsre Seefahrer nach
England begleitet hatte.

Während des kurzen Aufenthalts der Schiffe zu Huaheine
waren unsre Leute sehr glücklich in der Erhaltung eines Vorraths an Lebensmitteln. Sie bekamen nicht weniger, als
dreyhundert Schweine, nebst Geflügel und Früchten, und
wenn die Schiffe länger daselbst verweilet hätten: so würde
dieser Vorrath noch sehr vermehret worden seyn. Die Fruchtbarkeit dieser kleinen Insel war so groß, daß keiner dieser Er-
frischungs-Artikel dadurch merklich vermindert war, sondern
in eben solchem Ueberflusse, wie vorhin, vorhanden zu seyn
schien *).

Von Huaheine segelten unsre Seefahrer nach Ulietea,
wo der Handel auf die gewöhnliche Art getrieben ward, und
der freundschaftlichste Verkehr zwischen dem Capitain Cook,
und dem Oreo, dem Oberhaupte der Insel, erneuert ward.
Hier erkundigte man sich mit besonderer Neubegierde nach dem
Tupia, und die, welche nach ihm fragten, waren mit der
Nachricht, die man ihnen von den Ursachen des Todes dieses
Indianes gab, vollkommen zufrieden.

Am funfzehnten September, des Morgens, erstaunten
die Engländer nicht wenig, als sie sahen, daß keiner der Einwohner von Ulietea zu den Schiffen kam, wie sonst gewöhnlich war. Capitain Cook muthmaßete anfänglich, daß die

R 5

*) Cook am oben angeführten Orte.

Einwohner zwey Mann vom Schiffe Adventure, welche die ganze Nacht, dem Befehle zuwider, am Lande geblieben waren, beraubt hätten, und sich nun vor der Rache fürchteten, die man wegen dieser Beleidigung an ihnen ausüben würde. Dieß war gleichwohl der Fall nicht. Man hatte diese beyden Leute sehr höflich behandelt, und sie konnten keine Ursache von der übereilten Flucht der Indianer angeben. Alles, was Capitain Cook herausbringen konnte, war, daß verschiedene durch das Feuergewehr der Engländer wären getödtet und andere verwundet worden. Diese Nachricht machte ihn für die Sicherheit einiger unsrer Leute besorgt, die in zwey Böten nach der Insel Otaha geschickt waren. Er beschloß also, wo möglich, mit dem Oberhaupte selbst zu sprechen. Als er zu ihm kam, fiel Oreo unserm Befehlshaber um den Hals, und vergoß Thränen, worin alle Weiber und einige Männer ihm Gesellschaft leisteten, so daß die Klagen allgemein wurden. Capitain Cook ward durch sein Erstaunen allein zurückgehalten, an ihrem Kummer Theil zu nehmen. Alles, was er am Ende durch seine Nachforschungen herausbringen konnte, lief darauf hinaus, daß die Einwohner sich wegen der Abwesenheit der Böte Sorge gemacht, und geglaubt hätten, daß der Capitain wegen angeblichen Ausreissens seiner Leute gewaltsame Mittel, seinen Verlust zu ersetzen, gebrauchen würde. Als die Sache auf diese Weise ins Licht gesetzt war, erkannte man, daß kein einziger Einwohner, oder Engländer war beschädiget worden. Diese ungegründete Bestürzung zeigte die furchtsame Gemüthsart der Bewohner der Societäts-Inseln im stärksten Lichte.

Zu Ulietea waren unsere Seefahrer eben so glücklich in Erlangung eines Vorraths an Lebensmitteln, als sie zu Huaheine gewesen waren. Capitain Cook glaubte, daß die Anzahl der bekommenen Schweine sich auf vierhundert und darüber beliefe. Viele darunter waren freylich nur Ferklein, andere hingegen wogen über hundert Pfund; die meisten aber wogen vierzig bis sechszig Pfund. Man bot sie ihnen in größerer Menge an, als die Schiffe fassen konnten, so daß unsere Landsleute im Stande waren, ihre Reise vergnügt und auf eine vortheilhafte Art fortzusetzen.

Bey seinem zweyten Besuche der Societäts-Inseln erwarb der Capitain sich eine nähere Kenntniß von ihrem Zustande überhaupt, und von den Gewohnheiten der Einwohner. Man erfuhr, daß neulich ein spanisches Schiff zu Otaheite gewesen war, und die Einwohner beklagten sich, daß ihnen eine Krankheit von dem Volke dieses Schiffs wäre zugebracht worden, welche, nach ihrem Berichte, den Kopf, den Schlund, den Magen angriffe, und sich endlich mit dem Tode endigte. In Rücksicht auf eine gewisse Krankheit, die in den letzten Jahrhunderten so unglückliche Wirkungen in der Welt hervorgebracht hat, konnte Capitain Cook durch seine Nachforschungen nicht schlechterdings bestimmen, ob sie den Inselbewohnern bekannt gewesen war, ehe sie Besuche von den Europäern bekamen. Wenn sie neuern Ursprungs war, so ward die Einführung derselben, ohne den geringsten Widerspruch, der Reise des Herrn von Bougainville zugeschrieben.

Ein Umstand, den unser Befehlshaber mit Gewißheit auszumachen sich bemühete, war, ob menschliche Opfer ein Theil der Religionsgebräuche dieser Nationen ausmachten, Derjenige, bey welchem er sich darnach erkundigte, gab sich einige Mühe, die Sache zu erklären; weil aber unsre Leute mit der Landessprache unbekannt waren, so konnte man diese Erklärung nicht verstehen. Capitain Cook erfuhr nachmals vom Omai, daß die Bewohner der Societäts-Inseln dem höchsten Wesen menschliche Opfer bringen. Dasjenige, was sich auf die Cärimonien bey Leichenbegängnissen bezieht, ausgenommen, war alle Kenntniß, die er von ihrer Religion erhalten konnte, sehr unvollkommen und mangelhaft.

Der Capitain hatte auf dieser Reise Gelegenheit, das große Unrecht, welches man den Weibern zu Otaheite und in den benachbarten Inseln gethan hatte, zu verbessern. Man hatte von ihnen ausgesprengt, daß sie ohne Ausnahme bereit wären, einem jeden, der ihnen, was sie foderten, gäbe, die letzte Gunstbezeugung zu bewilligen; allein unser Befehlshaber fand, daß dieß keinesweges der Fall war. Die Gunstbezeugungen sowohl der verheyratheten, als unverheyratheten Weibspersonen von der bessern Gattung waren in den Societäts-Inseln eben so schwer, als in irgend einem andern Lande zu erhalten. Die Beschuldigung war selbst in Rücksicht auf unverheyrathete Weibsbilder von der geringern Classe nicht ohne Unterschied wahr. Auch unter diesen gab es viele, die keine unanständige Vertraulichkeiten erlaubten. Man muß es als eine der guten Wirkungen der zweyten Reise des Capitains Cook betrachten; daß diese Sache ins gehörige Licht gesetzt worden ist, eine Sache, worüber Doctor Hawkesworth sich weitläuftiger herausgelassen hatte, als der Klugheit gemäß zu seyn schien. Jedermann von richtiger Einsicht wird sich über alles freuen, was der menschlichen Natur überhaupt, und dem weiblichen Geschlechte insbesondere zur Ehre gereicht. Die Keuschheit ist diesem Geschlechte in einem so vorzüglichen Grade rühmlich, und ist auch wirklich mit der guten Ordnung der Gesellschaft so wesentlich verbunden, daß es zur wahren Zufriedenheit gereichen muß, wenn man bedenkt, daß kein Land, es sey so unwissend oder barbarisch wie es immer wolle, vorhanden ist, in welchem diese Tugend nicht als ein Gegenstand moralischer Verbindlichkeit betrachtet wird.

Diese Reise setzte unsern Befehlshaber in den Stand, nähere Kenntniß von der Geographie der Societäts-Inseln zu bekommen, so daß er es für höchst wahrscheinlich hielt, daß Otaheite von größerm Umfange ist, als er ihn nach seiner vorigen Schätzung berechnet hat *). Die Astronomen versäumten es nicht, ihre Observatorien zu errichten, und Beobachtungen, die ihren Absichten gemäß waren, anzustellen **).

Am siebenzehnten September gieng Capitain Cook von Ulietea unter Segel, und richtete seinen Lauf nach Westen mit einer Abweichung nach Süden. Am drey und zwanzigsten desselben Monats entdeckte man Land, welchem er den Namen der Harvey's-Insel gab ***). Am ersten October kam er an die Inseln von Middleburg. Mittlerweile, da er sich nach einem Landungsplatze umsah, kamen zwey bis drey Canoes, wovon jedes von zwey bis drey Mann geführet ward, kühnlich an die Seite des Schiffs, und einige von ihnen kamen ohne Bedenken an Bord. Dieß Zeichen des Vertrauens brachte unserm Befehlshaber eine so gute Meinung von den Einwohnern bey, daß er beschloß, wo möglich, einen Besuch bey ihnen abzulegen, welches er denn auch am folgenden Tage that. Das Schiff hatte kaum den Anker fallen lassen, als es schon von einer großen Anzahl Canoes umgeben war, die mit Eingebornen angefüllt waren, welche

*) Die Breite von der Oaiti-Piha Bay in Otaheite befand man 17° 46′ 28″ südlich, und die Länge 0° 21′ 25′ 2″ östlich von der Landspitze Venus, oder 149° 17′ 24″ westlich von Greenwich.

**) Cook am angeführten Orte.

***) Sie liegt unter 19° 18′ südlicher Breite, und 158° 54′ westlicher Länge.

Zeuge und verschiedene Seltenheiten mitbrachten, die sie gegen
Nägel und andere dergleichen Artikel, wozu sie Lust hatten,
eintauschten. Unter denen, die am Bord kamen, war ein
Oberhaupt, Namens Tioony, dessen Freundschaft Capitain
Cook durch schickliche Geschenke, die vornämlich in einem
Beile und einigen Duckernägeln bestunden, zu gewinnen
wußte. Eine Parthey von unsern Seefahrern, an deren
Spitze der Capitain sich befand, begaben sich in zwey Böten
ans Land, wo sie eine ungemein große Menge Volks fanden,
welches sie mit einem lauten Zurufe auf der Insel bewill-
kommte. Auch nicht ein einziger Einwohner hatte einen
Stecken, oder ein anderes Gewehr in Händen: so friedfertig
waren ihre Gesinnungen und Absichten. Sie schienen geneig-
ter zu seyn, zu geben, als zu nehmen, und viele von ihnen,
die den Böten nicht nahe kommen konnten, warfen ganze
Ballen Zeuge über die Köpfe der andern in dieselben hinein,
und begaben sich alsdenn hinweg, ohne etwas zur Vergeltung zu verlangen, oder darauf zu warten. Unsre Seefahrer brachten den ganzen Tag auf das angenehmste zu. Als
sie des Abends wieder an Bord kamen, gab jedermann zu
erkennen, welch ein Vergnügen das Land und das ungemein
verbindliche Betragen der Einwohner ihm gemacht habe, die
mit einander in ihren Bestrebungen, unsern Leuten Vergnügen zu machen, zu wetteifern schienen. Dieß ganze Betragen schien eine Folge der lautersten Gutartigkeit zu seyn, die
vielleicht nicht von vieler Empfindung oder Gefühle begleitet
war; denn als Capitain Cook dem Obersten seine Absicht,
die Insel zu verlassen, zu erkennen gab, so schien er dadurch
nicht im geringsten gerührt zu werden. Unter andern Artikeln, womit der Capitain den Tioony beschenkte, hinterließ
er ihm auch allerley Gärten-Sämereyen, die bey ordentlicher

Wartung und Gebrauch dem Lande in Zukunft großen Nutzen bringen konnten.

Von Middelburg segelten die Schiffe nach Amsterdam, wo die Eingebornen eben so bereitwillig, als die am vorigen Orte, waren, einen freundschaftlichen Verkehr mit den Engländern zu unterhalten. Sie brachten, so wie die Einwohner zu Middelburg nichts als Zeuge, Matten und andere solche Artikel, die von wenigen Nutzen waren, und unsere Seeleute waren so einfältig, daß sie dieselben gegen ihre Kleider antauschten. Um also einen so schädlichen Handel zu hemmen, und die nöthigen Erfrischungen zu erhalten, gab unser Capitain Befehl, daß keine Art von Seltenheit von irgend einem, wer er auch wäre, gekauft werden sollte. Dieser Befehl that die verlangte Wirkung. Als die Einwohner sahen, daß die Engländer nichts als Eßwaaren von ihnen eintauschen wollten, brachten sie Bananoes und Cocosnüsse im Ueberflusse, wie auch einiges Geflügel und Ferklein, welche sie gegen kleine Nägel und Stücken Tuch vertauschten. Sogar einige alte Lumpen waren hinlänglich, ein Ferklein, oder ein Stück Geflügel dafür zu kaufen.

Als die Art und Weise, Handel zu treiben, festgesetzt war, und man die gehörigen Officiere ernannt hatte, die Streitigkeiten zu verhindern: so war unsers Befehlshabers nächste Bemühung, eine so vollständige Kenntniß, als möglich von der Insel Amsterdam zu erlangen. Diese Absicht ward ihm durch die Freundschaft, die er mit dem Attago, einem der Oberhäupter des Landes, errichtet hatte, sehr erleichtert. Capitain Cook konnte sich nicht genug verwundern, als er die Schönheit und den guten Anbau der Insel sah. Er glaubte in die fruchtbarsten Ebenen in Europa versetzt zu seyn. Es war kein Zoll breit ungenützten Landes zu finden. Die Wege nahmen keinen größern Raum ein, als schlechterdings nothwendig war; die Umzäunungen waren nicht über vier Zoll breit; und auch dieser geringe Theil des Bodens war nicht gänzlich verloren. In vielen dieser Umzäunungen standen nützliche Bäume oder Pflanzen. Die Sonne war sich allenthalben gleich, und die Natur, welcher die Kunst ein wenig zu Hülfe gekommen ist, hat nirgends ein glänzenderes Ansehen, als auf dieser Insel.

So freundschaftlich sich auch die Eingebornen der Insel Amsterdam bewiesen, so waren sie doch nicht ganz frey von dem Hange zur Dieberey, der so oft an den Inselbewohnern im südlichen Ocean bemerkt worden ist. Die Beyspiele von dieser Art waren gleichwohl nicht von solcher Beschaffenheit, daß sie zu einiger Unruhe von Bedeutung, oder zu Streitigkeiten zwischen unsern Leuten und den Einwohnern Anlaß gaben.

Die Vorstellung des Capitains Cook bey dem Könige der Insel war ein etwas merkwürdiger Auftritt. Se. Majestät saß da mit einer dermaßen mürrischen und dummen Ernsthaftigkeit, daß der Capitain ihn für einen Blödsinnigen hielt, den die Indianer aus abergläubigen Ursachen verehrten. Als unser Befehlshaber ihn grüßte und anredete, antwortete er so wenig, als er sich im geringsten um ihn bekümmerte, auch veränderte er nicht den geringsten Zug in seinem Gesichte. Selbst die Geschenke, die ihm gemacht wurden, konnten ihn nicht bewegen, das geringste von seiner Ernsthaftigkeit nachzulassen, oder ein Wort zu reden, oder sein Haupt auf die rechte oder linke Seite zu wenden. Er war in der Blüthe seines Lebens; es ist also möglich, daß eine falsche Empfindung von seiner Würde ihn vielleicht bewegen mochte, ein so feyerliches unempfindliches Ansehen anzunehmen.

nehmen. Vermuthlich könnte man in der Geschichte des menschlichen Geschlechts Beyspiele finden, welche diese Voraussetzung bestätigen würden *).

Eine allgemeine Beschreibung der beyden Inseln Middelburg und Amsterdam, und eine Nachricht von dem Anbau, von den Gebräuchen und Sitten der Einwohner kann man in Capitain Cooks Reise nachlesen. Ich hoffe, daß meine Leser mir's verzeihen werden, wenn ich einige wenige besondere Umstände anführe.

Es ist merkwürdig, daß diese beyden Inseln vor der See durch eine Reihe von Korallen-Klippen, die sich vom Ufer ungefähr auf hundert Faden erstrecken, geschützt werden. An diesen Klippen wird die Gewalt der See gebrochen, ehe sie das Land erreicht. Größtentheils ist die Lage aller Inseln des Wendezirkels, die unser Befehlshaber in selbiger Gegend des Erdballs gesehen hat, von gleicher Beschaffenheit, und dieß dient zu einem Zeugnisse von der Weisheit und Güte der Vorsehung, da die Natur sie durch diese Anstalt gegen die Angriffe der See gesichert hat, obgleich viele derselben nur bloße Puncte sind, wenn man sie mit dem ungeheuern Ocean, von welchen sie umgeben sind, vergleichet **).

In Amsterdam fand Herr Forster nicht allein dieselben Pflanzen, die in Otaheite und den benachbarten Inseln sind, sondern auch verschiedene andere, die man daselbst nicht findet. Capitain Cook sorgte dafür, der Einwohner Vorrath an Gewächsen durch eine gute Sammlung von Garten-Sämereyen und Gemüse zu vermehren.

*) Cook am angeführten Orte.
**) Die Inseln Middelburg und Amsterdam liegen zwischen 21° 29' und 21° 3' südlicher Breite, und 174° 40' und 175° 15' westlicher Länge, den Beobachtungen zufolge, die man an Ort und Stelle anstellte.

Erster Theil.　　S

Schweine und Federvieh waren die einzigen häuslichen Thiere, die man in diesen Inseln sah. Jene sind von einerley Gattung mit denen, die man in andern Gegenden des südlichen Oceans antraf; dieß aber ist viel besser, da es eben so groß ist, wie das Geflügel in Europa, und in Rücksicht auf die Güte des Fleisches demselben gleich, wo nicht vorzuziehen ist.

Sowohl die Männer als Weiber haben die gewöhnliche Größe der Europäer. Ihre Farbe ist eine helle Kupferfarbe, und bey ihnen einförmiger, als man sie bey den Eingebornen von Otaheite und den Societäts-Inseln antrifft. Einige der englischen Herren waren der Meinung, daß die Einwohner von Middelburg und Amsterdam von einer viel hübschern Art wären, da hingegen andere, welchen Capitain Cook beytrat, die entgegengesetzte Meinung behaupteten. Es sey dem, wie ihm wolle, so ist ihre Gestalt doch gut, ihre Gesichtszüge sind regelmäßig, und sie sind thätig, munter und lebhaft. Die Weiber insbesondere sind die lustigsten Geschöpfe, die unser Befehlshaber je angetroffen hatte, und waren, wenn nur jemand Gefallen an ihnen zu finden schien, im Stande, ihn zu begleiten, und mit ihm zu plaudern, ohne die geringste Einladung, oder ohne zu erwägen, ob man sie verstände oder nicht. Ueberhaupt schienen sie sittsam zu seyn, ob sich gleich verschiedene von anderm Charakter unter ihnen befanden. Da am Bord noch hier und da über eine gewisse Krankheit geklagt ward, so trug der Capitain alle mögliche Sorge, um zu verhindern, daß sie den Einwohnern nicht mitgetheilt würde. Unsre Seefahrer wurden von den Weibern oft mit Gesängen unterhalten, und zwar auf eine gar nicht unangenehme Art. Sie schlugen eine Art von Takt, indem sie Schnippchen mit den Fingern schlugen. Ihre Musik war harmonisch eben so wohl als ihre Stimme, und ihre Töne hatten einen großen Umfang von der Höhe zur Tiefe.

Man fand, daß eine besondere Gewohnheit in diesen Inseln im Schwange gieng. An dem größern Theile der Einwohner bemerkt man, daß sie einen, oder beyde kleine Finger verloren hatten, und dieß war keinem Range, Alter oder Geschlechte besonders eigen, und die Verstümmelung war nicht auf eine besondere Lebens-Periode eingeschränkt. Unsre Seefahrer bemüheten sich vergebens, die Ursache einer so außerordentlichen Gewohnheit zu entdecken.

Während des kurzen Aufenthalts der Engländer zu Middleburg und Amsterdam konnten sie eben keine sehr große Kenntniß von der Landessprache erlangen. Je mehr sie dieselbe gleichwohl erforschten, desto mehr fanden sie, daß sie überhaupt mit der, die zu Otaheite und in den Societäts-Inseln gesprochen wird, einerley ist. Der Unterschied ist nicht größer, als der, den man oft zwischen den nördlichen und westlichen Gegenden in England findet *).

Am siebenten October setzte Capitain Cook seine Reise fort. Seine Absicht war, gerade nach der Königinn Charlotte Sund in Neu-Seeland zu segeln, um Holz und Wasser einzunehmen, worauf er seine Entdeckungen gegen Süden und Osten fortsetzen wollte. Am Tage nach seiner Abreise von Amsterdam kam er bey der Insel Pilstart vorbey, die von Tasman entdeckt worden ist **).

S 2

*) Cook am angeführten Orte.

**) Pilstart liegt unter 22° 26' südlicher Breite, und 175° 59' westlicher Länge. Diese Insel ist zwey und dreyßig Seemeilen vom südlichen Ende von Middleburg entfernt.

.Am ein und zwanzigsten bekam er das Land von New, Seeland zu Gesichte, in einer Entfernung von acht bis zehn Meilen vom Tafel-Cap. Da unser Befehlshaber eifrig wünschte, in diesem Lande einige Gattungen von Thieren und Gewächsen zu lassen, die in Zukunft für die Einwohner von großem Nutzen seyn könnten: so war eines von den ersten Dingen, die er vornahm, daß er einem Hauptmann, der in einem Canoe ans Schiff gekommen war, zween Eber, zwo Säue, vier Hennen und zween Hähne, nebst einem Vorrath an Sämereyen gab. Die Sämereyen waren von den nütz, lichsten Gattungen, als Weizen, Phaseolen, Erbsen, Kohl, Rüben, Zipollen, gelbe Möhren, Pastinakwurzeln u. d. g. Obgleich derjenige, welchem diese verschiedene Artikel geschenkt wurden, eine viel größere Freude über einen Dückernagel empfand, der halb so lang war, als sein Arm: so versprach er doch, ihrer sorgfältig zu warten, und besonders keines von den Thieren zu tödten. Wenn er sein Versprechen gehalten hat: so werden sie mehr als hinlänglich gewesen seyn, die ganze Insel nach einigen Jahren damit zu versehen.

Capitain Cook konnte erst am dritten November mit der Resolution in die Schiff-Bucht in der Königinn Char- lotte Sund einlaufen. Er war vom ein und zwanzigsten October an in der Gegend der Insel herum geschwärmt, in welcher Zeit sein Schiff mannigfaltigem stürmischen Wetter ausgesetzt war. Einmal ward er durch einen wüthenden Sturm, welcher zween Tage anhielt, und äußerst gefährlich ge- wesen seyn würde, wenn es nicht glücklicher Weise helle Luft und keine Ursache da gewesen wäre, sich vor einem dem Winde gegenüber liegenden Lande zu fürchten, vom Lande ab in die hohe See getrieben. In dem anhaltenden bösen Wetter, welches auf diesen Sturm folgte, ward die Abventure von der

Resolution getrennt, und während der noch übrigen Zeit der Reise sah und hörte man nichts von derselben.

Der erste Gegenstand, den unser Befehlshaber nach seiner Ankunft in der Königinn Charlotte Sund seiner Aufmerksamkeit widmete, war, daß er für die Ausbesserung des Schiffs sorgte, welches in verschiedener Rücksicht, und besonders an seinen Segeln und Tauwerk war beschädigt worden. Der Zustand des dem Schiffe gehörigen Vorraths am Brodte foderte gleichfalls seine Fürsorge auf, und er befand mit Leidwesen, daß ein großer Theil desselben beschädigt war. Um diesen Verlust, so gut er konnte, zu ersetzen, ließ er alle Fässer öffnen, das Brod auslesen, und diejenigen Stücke desselben, die durch dieß Mittel wieder eßbar gemacht werden konnten, in dem kupfernen Backofen backen. Dieser Bemühung ungeachtet wurden viertausend zweyhundert und neunzig Pfund zu diesem Gebrauche gänzlich untüchtig befunden, und ungefähr dreytausend Pfund konnten nur von Leuten gegessen werden, die sich in der Situation unsrer Seefahrer befanden.

Capitain Cook erkundigte sich ungesäumt nach den Thieren, die er da gelassen hatte, als er zum erstenmale auf dieser Reise daselbst vorsprach. Er sah die jüngste von den beyden Säuen, die Capitain Furneaux in der Cannibalen-Bucht ans Land gesetzt hatte. Sie befand sich gut, und war sehr zahm. Den Eber und die andere Sau hatte man, woferne die Nachricht, die man unserm Befehlshaber gab, richtig war, weggenommen und getrennet, aber nicht getödtet. Man sagte ihm, daß die beyden Ziegen, die man im Sunde aus Land gesetzt hatte, von einem schelmischen Eingebornen, Namens Goubiah, wären getödtet worden, so daß der Capitain mit Leidwesen entdeckte, daß alle seine wohlwollenden Bemühungen, das Land mit nützlichen Thieren zu

versehen, aller Wahrscheinlichkeit nach von demjenigen Volke
selbst, welchem er zu dienen bemühet war, würden vereitelt
werden. Die Gärten hatten ein besseres Schicksal gehabt.
Die Einwohner hatten in denselben alles, die Tartuffeln ausgenommen, gänzlich der Natur überlassen, die denn auch das
ihrige so gut gethan, daß die meisten Gewächse und Pflanzen
im besten Wachsthum waren.

Der Nachläßigkeit und Thorheit der Neu-Seeländer
ungeachtet fuhr Capitain Cook in seinem Eifer zu ihrem Besten doch noch immer fort. Er gab den Einwohnern, die sich
an der Bucht aufhielten, einen Eber, eine junge Sau, zween
Hähne und zwo Hennen, die er von den Societäts-Inseln
mitgebracht hatte. Zu Ende der westlichen Bay ließ er, ohne
daß die Indianer darum wußten, vier Schweine, nämlich
drey Säue und einen Eber, nebst zween Hähnen und zwo
Hennen ans Land setzen. Sie wurden eine Strecke Weges
in den Wald hineingebracht, und man ließ ihnen so viel Futter, als auf zehn bis zwölf Tage hinlänglich war, welches
man that, um zu verhindern, daß sie nicht, um Futter zu
suchen, hinab ans Ufer kommen, und auf diese Weise von
den Eingebornen entdeckt werden möchten. Der Capitain
wünschte auch die beyden zu ersetzen, die Goubiah, wie er
vernommen, getödtet hatte, indem er die beyden, die er allein
noch übrig hatte, daselbst zurücklassen wollte. Allein er war
bald nach seiner Ankunft in der Königinn Charlotte Sund,
so unglücklich, den Ziegenbock zu verlieren, und zwar auf
eine Art, wovon die Ursache nicht leicht anzugeben war. Er
bekam Anfälle, die an Tollheit gränzten; es mag nun dieses
dem genossenen Futter, oder Nesselstichen, die in selbiger
Gegend häufig wuchsen, zuzuschreiben gewesen seyn. In
einem dieser Anfälle war er, wie man annahm, ins Meer
gelaufen und ersoffen, und auf diese Weise wurden alle Mittel,

die unser Befehlshaber versucht hatte, das Land mit Schaafen und Ziegen zu versehen, vereitelt. Er hoffte, daß es
ihm mit den Ebern und Säuen und mit den Hähnen und
Hennen, die er in der Insel ließ, besser glücken würde.

Als der Bootsmann und eine Parthey von der Mannschaft eines Tages mit Braamschneiden beschäftigt waren,
stahlen einige von ihnen verschiedene Sachen aus einer Pri-
vat-Hütte der Eingebornen, in welcher die meisten Schätze,
welche sie von den Engländern bekommen hatten, sowohl als
ihr eignes Eigenthum aufbewahret wurde. Die Indianer
erhoben darüber Klage bey dem Capitain Cook, und da sie
ihm einen gewissen Mann von der Parthey des Bootsmanns
als denjenigen anzeigten, welcher den Diebstahl begangen
hatte: so ließ er ihn in ihrer Gegenwart bestrafen. Hierauf
giengen sie, wie es das Ansehen hatte, wohl zufrieden hinweg, ob sie gleich von den Sachen, welche sie verloren hatten, nichts wieder bekamen. Unser Befehlshaber beobachtete
immer die Regel, die geringsten Verbrechen, deren sich einer
seiner Leute in Rücksicht auf ungesittete Nationen schuldig
gemacht hatte, zu bestrafen. Den Umstand, daß sie uns
ungestraft bestahlen, sahe er keinesweges als einen Grund
an, sie auf gleiche Weise zu behandeln. Obgleich die Neu-
Seeländer in einem gewissen Grade dem Stehlen ergeben
waren, welche Neigung durch die Neuheit und den Reiz der
Gegenstände, die ihnen zu Gesichte kamen, noch sehr hatte
verstärkt werden müssen: so hatten sie gleichwohl, wenn ihnen
selbst Unrecht geschah, eine solche Empfindung von der Gerechtigkeit, daß sie sich an den Capitain Cook wandten, sie
zu erlangen. Das beste Mittel, mit den Einwohnern von
Ländern, in welchen ein gesellschaftliches Leben von dieser Art
Statt hat, in gutem Vernehmen zu bleiben, ist, nach seiner
Meinung dieses, daß man sie zuerst von der Ueberlegenheit

S 4

überzeuge, die wir vermittelst unsers Feuergewehrs über sie
haben, und alsdann beständig auf seiner Hut sey. Ein solches mit einer strengen Ehrlichkeit und gelinden Behandlung
verbundenes Betragen wird sie überzeugen, daß ihr eigner
Nutzen es erfodert, uns nicht zu beunruhigen, und wird sie
abhalten, einen allgemeinen Plan, uns anzugreifen, zu
entwerfen.

Bey diesem zweyten Besuche, den unsre Seefahrer in
Neu-Seeland ablegten, trafen sie unstreitige Beweise an,
daß die Eingebornen Menschenfleisch äßen. Die Beweise von
dieser Sache machten einen so mächtigen Eindruck auf das
Gemüth des Oedidee, eines Jünglings von Bolabola, den
Capitain Cook am Bord der Resolution von Ulietea mitgebracht hatte. Er ward so dadurch angegriffen, daß er alle
Bewegung verlor, und ein solches Gemählde des Abscheues
und Entsetzens darstellte, daß es der Kunst unmöglich gewesen wäre, diese Leidenschaft halb so nachdrücklich zu beschreiben, als sie sich in seinem Gesichte zeigte. Als er von den
Engländern aus diesem Zustande ermuntert ward, fieng er
an Thränen zu vergießen, fuhr fort, abwechselnd zu weinen
und zu schelten; sagte den Neu-Seeländern, daß sie nieder-
trächtige Menschen wären, und versicherte sie, daß er nicht
länger ihr Freund seyn wollte. Er wollte ihnen auch nicht
einmal erlauben, sich ihm zu nähern, und weigerte sich, das
Messer, mit welchem ein Stück Menschenfleisch war abgeschnitten worden, anzunehmen, oder auch nur zu berühren.
So groß war des Oedidee Unwille über diese abscheuliche Gewohnheit, und unser Befehlshaber macht die richtige Anmerkung, daß dieser Unwille würdig wäre, von jedem vernünftigen Wesen nachgeahmt zu werden. Das Betragen dieses
Jünglings bey der gegenwärtigen Gelegenheit zeigt den Unterschied deutlich an, welcher bey dem Fortgange der Ver-

besserung

Kefferung der Sitten, zwischen den Einwohnern in den Societäts-Inseln und in Neu-Seeland Platz ergriffen hatte. Unser Befehlshaber war festiglich der Meinung, daß dieß Volk nur allein das Fleisch seiner Feinde äße, die im Treffen geblieben waren.

Unsre Reisenden wurden während ihres Aufenthalts in der Königinn Charlotte Sund mit Fischen reichlich versehen, welche die Einwohner ihnen zu einem sehr wohlfeilen Preise verschafften, und außer den Gartengewächsen, welche ihnen ihre eignen Gärten lieferten, fanden sie allenthalben Löffelkraut und Sellery im Ueberflusse. Diese ließ Capitain Cook täglich für seine ganze Mannschaft zurichten. Vermöge der Aufmerksamkeit, die er seinen Leuten in Ansehung ihrer Lebensmittel widmete, hatten sie drey Monat lang meistens frische Speisen genossen, und jetzt befand sich kein einziger Kranker oder mit dem Scharbock behafteter an Bord.

Ehe der Capitain unter Segel gieng, entwarf er einen Aufsatz, welcher Nachrichten enthielt, die er für den Capitain Furneaux für nöthig erachtete, wenn er etwan in den Sund einlaufen sollte. Dieser Aufsatz ward in einer Flasche unter der Wurzel eines Baums im Garten eingegraben, und zwar auf eine solche Art, daß er nothwendig entdeckt werden mußte, wenn entweder Capitain Furneaux, oder ein anderer Europäer etwan in der Bucht ankommen würde.

Unser Befehlshaber verließ Neu-Seeland nicht, ohne solche Bemerkungen an der Küste zwischen dem Cap Terrawhitte und dem Cap Palliser, die künftigen Seefahrern Dienste leisten können, gemacht zu haben. Da man nunmehr einmüthig der Meynung war, daß die Adventure sich nirgends an der Insel befände: so gab Capitain Cook alle Hoffnung auf, dieses Schiffs auf der Reise

S 5

wieder ansichtig zu werden. Dieser Umstand benahm ihm gleichwohl den Muth nicht, alle südlichen Gegenden des stillen Oceans völlig zu untersuchen, womit er den ganzen folgenden Sommer zuzubringen sich vorgenommen hatte. Als er die Küste verließ, hatte er das Vergnügen wahrzunehmen, daß kein einziger von der Mannschaft niedergeschlagen war, oder glaubte, daß die Gefahren, welche ihnen noch bevorstunden, dadurch, daß sie allein waren, im geringsten wären vermehrt worden. Das Vertrauen, welches sie auf ihren Befehlshaber setzten, war so groß, daß sie eben so bereitwillig waren, nach Süden, oder wohin er sie auch immer führen möchte, zu segeln, als wenn die Adventure, oder auch eine größere Anzahl von Schiffen in ihrer Gesellschaft gewesen wäre *).

Am sechs und zwanzigsten November gieng Capitain Cook von Neu-Seeland unter Segel, ein festes Land aufzusuchen, und steuerte nach Süden, mit einem Striche nach Osten. Einige Tage hernach rechneten unsre Seefahrer, daß sie nunmehr Gegenfüßler ihrer Freunde in London, und folglich so weit, als nur möglich, von ihnen entfernt wären. Die erste Eisinsel bekamen sie am zwölften December zu Gesichte **), und zwar weiter nach Süden, als das erste Eis, welches sie antrafen, da sie das Vorgebirge der guten Hoffnung im vorigen Jahre verlassen hatten. Bey der Fortsetzung der Reise stießen ihnen immer mehr und mehr Eisinseln auf, und die Fahrt

*) Cooks Reise.

**) Dieß war unter 62° 10′ südlicher Breite, und 172° westlicher Länge.

ward immer schwerer und gefährlicher. Als unsre Leute sich unter 67° 5′ südlicher Breite befanden, geriethen sie auf einmal zwischen solch einem Haufen dieser Inseln, und einer so großen Menge Treibeises, daß es äußerst schwer war, sich davon entfernt zu halten. Am zwey und zwanzigsten December befand die Resolution sich in der höchsten Breite *), die sie noch erreicht hatte, und die Umstände wurden nunmehr so ungünstig, daß unser Befehlshaber darauf bedacht war, weiter nach Norden zurück zu segeln. Hier war keine Wahrscheinlichkeit, Land zu finden, oder eine Möglichkeit, weiter nach Süden zu gehen. Es würde also nicht rathsam gewesen seyn, in dieser Breite nach Osten zu segeln, nicht allein wegen des Eises, sondern auch, weil er einen großen Theil der See nach Norden, in welchem eine große Strecke Landes liegen könnte, ununtersucht hätte lassen müssen. Durch den Besuch dieser Gegenden allein konnte es ausgemacht werden, ob dergleichen Voraussetzung gegründet wäre oder nicht. Als unsre Seefahrer am vier und zwanzigsten nach Nordosten segelten, vermehrte sich die Anzahl dieser Eisinseln so geschwinde, daß sie um Mittag fast hundert um sich herum sehen konnten, außer einer unermeßlichen Menge kleiner Stücken Eises. In dieser Lage brachten sie den ersten Weynachts-Tag zu, fast auf dieselbe Art, wie im vorigen Jahre. Zum Glücke hatten unsre Leute beständig Tag, und helles Wetter; denn wenn es, wie an einigen der vorigen Tage, nebelig gewesen wäre, so hätte nichts geringers, als ein Wunderwerk sie vor der Zertrümmerung schützen können.

---

*) Unter 67° 31′. Die Länge war 142° 54′ westlich.

Als die Resolution sich unter hohen Breiten befand, wurden viele von der Besatzung von leichten Fiebern angegriffen, die von Erkältung verursacht wurden. Indessen halfen die einfachsten Mittel bey dieser Krankheit, die gemeiniglich in einigen Tagen vorbey war. Am fünften Januar 1774, da das Schiff sich unter funfzehn Grad der Breite befand, standen nur einer oder zween auf der Kranken-Liste.

Ende des ersten Bandes.

www.ingramcontent.com/pod-product-compliance
Lightning Source LLC
Chambersburg PA
CBHW020849020726
47497CB00005B/1324